KB253185

한국문학과 낭만성 2

우리어문학회

국학자료원

목차

특집

한국문학과 낭만성 2

조선후기 장편소설의 낭만성 검토

강상순*

1. 머리말

한국 고전소설의 일반적인 성향을 논하거나 개별 작품의 구체적인 특성을 분석하는 데 있어서 아마도 '낭만성' 혹은 '낭만적'이라는 용어만큼 빈번하게 호출되는 용어도 드물 것이다. 그것은 이 용어가 지시하고 있는 어떠한 성향이나 요소가 한국 고전소설에 그만큼 편만하게 나타난다는 것을 뜻할 수도 있고, 이 용어가 그만큼 자의적이고 지나치게 광의로 사용되고 있다는 것을 뜻할 수도 있다. 사실 어느 면에서 이 두 지적은 모두 타당해 보인다.

우선 한국 고전소설 전반에 낭만성이라는 용어로 포착할 수 있을 만한 특정한 성향이나 요소가 매우 편만하게 나타난다는 점은 고전소설 연구자라면 대부분 암묵적으로 동의하고 있는 바다. 한 때 학계 일각에서 주요한 연구 쟁점으로 부각되었던 '한국 고전소설의 현실주의/사실주의 논의'[1]도, 따지고 보면 고전소설 전반에는 낭만적인 성향이 도저하다는

---

* 창원대

1) 이에 대해서는 다음 글들을 참조할 것. 정출헌, 고전소설에서의 현실주의 논의 검토,

통념을 그 배경으로 한 것이었다. 즉 한국 고전소설 전반에는 낭만적/낭만주의적 성향이 농후하다는 통념적 인식을 전제한 바탕 위에서 그것에만 주목할 경우 자칫 고전소설이 이룩한 현실주의적 성취를 놓치기 쉽다는 연구자들의 문제의식이 그와 같은 논의를 촉발시킨 것이라고 볼 수 있다.[2]

하지만 낭만성이라는 용어는 또한 섬세하게 분별해볼 필요가 있는 고전소설의 다양한 속성들을 대충 뭉뚱그려 설명할 때 사용되는 다분히 편의적인 용어였던 것도 사실이다. 많은 고전소설 연구에서 이 용어는 인물이나 장면 묘사에서 발산되는 서정적인 분위기, 기이하거나 환상적인 제재, 작가의 이상주의적이거나 관념적인 의식지향, 우연의 남발이나 초월계의 개입 등을 통한 사건의 비현실적 전개, 독자들의 즉자적인 기대에 부응하려는 통속적인 성향 등과 같은 다양한 층위의 속성들을 지시하거나 설명하는 데 두루 사용되어왔다. 이처럼 다양한 맥락에서 다양한 의미로 사용되다 보니 때로 이 용어는 실질적인 의미는 없고 단지 모호한 뉘앙스만을 전달하는 술어처럼 여겨지기도 한다.

그런데 이처럼 남용이라고 여겨질 만큼 빈번하게 활용되면서도, 정작 지금까지 고전소설 연구에서는 낭만성이라는 용어의 개념이나 그 구체적인 용법에 대해서 본격적으로 논의된 적이 거의 없는 것 같다. 다만 특정 작품의 현실주의적 성취를 강조하면서 아울러 그 한계를 지적할 때 부수적으로 논의되는 것이 고작이었는데, 이러한 논의에서 낭만성이

『민족문학사연구』 2, 민족문학사연구소, 1992; 장효현, 형성기 고전소설의 현실성과 낭만성 문제, 『민족문학사연구』 10, 민족문학사연구소, 1997.

2) 물론 '현실성 혹은 현실주의'라는 용어를 반드시 '낭만성 혹은 낭만주의'라는 용어와 대립적인 것으로 사용해야 할 필요는 없다. 하지만 지금까지의 고전소설 연구에서는 이 두 용어를 일종의 대립적인 개념쌍처럼 사용해왔는데, 필자로서는 일정한 재개념화를 거칠 경우 이와 같은 용법 또한 나름대로 유용한 것이라고 생각한다. 이에 대해서는 다음 절의 논의를 참조할 것.

란 작가의 객관적인 현실인식의 결여나 한계, 이로 인한 작품의 비현실적인 구성 등과 같은 부정적인 속성으로 파악되기 십상이었다. 즉 지금까지 고전소설 연구에서 낭만성이란 그 자체로 적극적인 연구 대상이 되지 못한 채 현실주의적인 세계관이나 창작방법에 이르지 못한 중세문학의 한계로서만 소극적으로 파악되어 왔다는 것이다.[3]

하지만 과연 고전소설의 낭만성을 이렇게만 파악해도 좋은 것일까? 그것은 고전소설 전반에 도저하게 나타나는 낭만적인 성향이나 요소를 온전하게 파악하기에는 너무 빈약한 관점 아닐까? 그리고 그것은 현실인식이나 창작방법이라는 측면에만 주목함으로써 고전소설의 낭만성이 지닌 미시적이고도 복합적인 측면을 너무 소홀하게 파악하고 있는 것은 아닐까? 필자가 보기에 고전소설의 낭만성을 궁극적으로 현실주의의 발전을 통해 극복되어야 할 중세적 현실인식이나 창작방법의 산물로만 파악하는 한, 이와 같은 비판적인 문제제기를 피해나가기는 어려워 보인다.[4]

---

3) 현실주의 논의를 주도했던 논자들 사이에서도 고전소설의 낭만성을 부정 일변도로만 파악해서는 안 된다는 문제의식은 공유되어 있다. 예컨대 고전소설의 관념적·신비주의적·비현실적 요소 일체를 낭만적이라고 싸잡아서는 안 된다는 박희병의 지적이나, 현실주의와 결합할 수 있는 낭만성의 진보적인 측면에도 주목해야 한다는 정출헌의 제안, 유사한 비현실적 속성일지라도 진보적인 세력의 꿈을 반영한 낭만적인 서술시각에서 기인한 것과 지배질서의 통념에 기반한 관념적인 서술시각에서 기인한 것을 분별하고자 했던 박일용의 논의 등에서 우리는 그와 같은 문제의식을 확인할 수 있다.(이에 대해서는 각각 다음 글들을 참조할 것. 진경환의 「창선감의록의 사실주의적 성격과 낭만적 구성」(『고전문학연구』6, 한국고전문학연구회, 1991)에 대한 박희병의 질의; 정출헌, 앞의 글; 박일용, 『조선시대의 애정소설』, 집문당, 1993, 39~40면.) 하지만 이와 같은 문제의식에도 불구하고 여전히 이들 논의에서 낭만성은 객관적인 현실인식이나 역사적 전망의 결여에서 기인하는 역사적 한계로서의 성격을 넘어서지 못하고 있다.

4) 그러므로 필자는 고전소설의 낭만성을 현실주의적 세계관이나 창작방법의 결여태로 파악하는 관점에 동의하지 않는다. 대체로 이와 같은 관점은 '비판적 리얼리즘'을 소설장르가 지향해야 할 바람직한 발전의 목표로 암묵적으로 상정하고 있는데, 이처럼 서구의

이 글은 이러한 문제의식을 바탕으로 한국 고전소설의 특성을 파악하는 데 보다 적절한 낭만성이라는 용어의 개념과 용법에 대해 다시 한번 생각해 보고, 그와 같은 재개념화를 통해 포착될 수 있는 특정한 성향이나 요소가 고전소설 작품 속에 구현되어 있는 양태와 그 효과에 대해 개괄적으로 검토해 보고자 작성되었다.

기본적으로 이글에서 필자는 낭만성을 인간 심리 속에 존재하는 보편적인 성향의 한 표현이자 문학을 향유하는 근본적인 방식 가운데 하나로 파악하고자 한다. 이 말은 낭만성이 시대를 뛰어넘어 항상 동일한 형태로 나타난다는 것을 뜻하지 않는다. 오히려 그것은 항상 특정한 역사적 형태로만 존재한다. 하지만 그럼에도 불구하고 '낭만성'이라고 부를 수 있을 만한 어떠한 요소나 성향은 문학을 향유하는 근본적인 방식의 하나로, 혹은 우리가 문학을 통해 맛보고자 하는 근본적인 속성의 하나로 항상 존재해왔다는 것이 필자의 생각이다.

이처럼 낭만성을 문학을 향유하는 근본적인 방식의 하나로 볼 수 있다면, 아마도 그것은 총체적인 세계관이나 창작방법론과 같은 거시적인 측면만으로는 온전하게 파악될 수 없을 것이다. 오히려 이보다는 담론의 형식이나 텍스트성, 작가나 독자들이 텍스트를 창작하고 수용할 때 취하는 주체위치, 이에 따른 상이한 리비도경제 등과 같은 미시적인 측면들에 주목하는 것이 그것을 파악하는 데 더 구체적인 도움을 줄 수도 있다.5)

이글에서는 조선후기 장편소설들, 특히 17세기 중후반에 창작된 장편소설들을 주된 검토 대상으로 삼아 앞서 제시한 미시적인 측면들을 고려

특정한 역사적 조건 속에서 산출된 소설창작이론을 한국 고전소설의 내재적인 발전 목표로 상정하는 것은 부당해 보인다.

5) 이 점에서 필자는, 이 글과는 다른 맥락에서 제기된 것이기는 하나, 환상문학과 같이 "현실을 닮지 않으려고 애쓰는 문학에까지 현실 반영이라는 것이 미적 기준으로 작용해서는 안" 된다는 김성룡의 주장에 크게 공감한다.(김성룡, 고전소설의 환상 미학, 『한국 고전소설과 서사문학』, 양포이상택교수환력기념논총, 집문당, 1998, 173면.)

하면서 고전소설의 낭만성에 대해 논의해 보도록 하겠다. 17세기 중후반 이후부터 족출하기 시작하는 조선후기의 장편소설들은 그 이전까지 고전소설사를 주도해왔던 (전기소설 유형을 중심으로 한) 문언체 한문단편 소설들에 비해 여러 측면에서 많은 차이들을 보여주고 있다. 당연히 양자 사이에는 낭만성의 역사적 형태 또한 다르게 나타나는데, 이는 한국문학의 낭만성을 통시적으로 조망하고자 하는 우리들의 기획에 유용한 역사적 통찰을 더해줄 수 있을 것이다.

2. 한국 고전소설에서의 낭만성의 개념과 용법

앞서 필자는 지금까지 고전소설 연구에서 낭만성이라는 용어가 다양한 맥락에서 다양한 의미로 사용되어왔음을 지적했다. 낭만성이라는 용어는 논자나 맥락에 따라 작가의 특정한 의식적 지향을 지시하기도 했고, 작품의 특정한 문체적 효과나 사건의 특정한 전개·구성 방식을 지시하기도 했으며, 독자들의 특정한 텍스트 수용 방식을 지시하기도 했다. 이처럼 하나의 용어가 논자나 맥락에 따라 다양한 의미로 전용되는 것은 어찌 보면 당연하고 불가피한 현상이라고 할 수 있다. 하지만 특정한 속성을 지시하는 '낭만성' – 혹은 그 관형적·서술적 형태인 '낭만적' – 이라는 용어의 경우 그 의미 범주가 지나치게 넓고 다층적이며 따라서 모호하다. 특히 이 용어는 유사한 의미를 지닌 일련의 어휘들과 인접하여 사용되면서 더욱 그 의미 범주가 확장되었는데, 대체로 그것은 비현실성·허구성·관념성·환상성·이상주의·서정성·감상성·통속성 등과 같은 어휘들과 유사한 의미 계열을 형성하고 있다.

그런데 낭만성이라는 용어가 지니고 있는 이와 같은 다의성은 애초 이 용어가 생성·변전·수용되는 과정에서부터 배태되어온 것이라고 할 수 있다. 잘 알려져 있듯이 낭만성이라는 용어의 어원은 라틴어에서 파생된 속어(俗語) 혹은 그러한 언어로 쓰여진 작품을 의미했던 '로망스 Roman/Romance'이다. 특히 그 가운데서도 연애나 모험을 주제로 한 중세 후기의 서사문학의 일 유형을 지칭했던 로망스는, 이후 그와 같은 성향을 공유하고 있는 작품 혹은 그와 같은 속성을 가리키는 용어로 그 쓰임이 넓어져갔다.6)

이처럼 특정한 역사적 유형을 지시하는 용어에서 특정한 속성을 지시하는 용어로 확장된 로망스—그리고 그 관형적·서술적 형태인 'romantic'—은 낭만주의 Romanticism의 발흥과 함께 큰 의미의 전변을 겪게 된다. 다소 경멸적인 뉘앙스로 '허구적, 공상적, 기이한, 열정적인 것'과 같은 속성들을 지시하던 이 용어는 낭만주의자들에 의해 "자신들이 해방하려고 노력했던 상상력의 힘과 억압된 감정의 힘을 표현하는"7) 용어로 새롭게 재개념화되는데, 이러한 의미 전변 이면에는 계몽주의의 절대적 이성이나 고전주의의 엄격한 관습에 반발하기 시작했던 18세기 서구인들의 감성의 변화가 놓여 있었다. 오늘날 문학 연구나 비평에서 활용되는 '낭만성'이나 '낭만적'이라는 용어는, 그 다양한 의미나 쓰임에도 불구하고, 기본적으로 이러한 낭만주의적 재해석을 거쳐나온 산물임을 기억해 둘 필요가 있겠다.

'낭만성'이라는 용어는 이와 같은 의미의 변전 과정을 겪어온 로망스를 그 어원으로 하여 새롭게 만들어진 한자어이다.8) 낭만성이라는 용어

---

6) Gillian Beer는 작품으로서의 로망스와 문학의 한 요소로서의 로망스를 구별할 필요가 있다고 지적하면서 로망스의 역사를 형식에서 특성으로의 변화로 간략히 요약하고 있다.(Gillian Beer, 『로망스 The Romance』, 문우상 역, 서울대출판부, 1980, 6면.)
7) 김진수, 『우리는 왜 지금 낭만주의를 이야기하는가』, 책세상, 2001, 125면.
8) 보다 정확히 말하자면 낭만성이라는 용어는 'Roman'을 음차한 '浪漫(ろうまん 로우만)'에다 (독일어 접미사 '~tät'에 해당하는) 한자어 접미사 '~性'을 덧붙여 만든 일본식 조어이다. 근대 이후 일본을 통해 유입된 많은 문학 용어와 마찬가지로 이 경우에도

에는 그 생성과 변전, 번역과 수용 과정에서 축적된 의미와 뉘앙스들이 함축되어 있는데, 이 용어가 논자나 맥락에 따라서 조금씩 다른 의미와 뉘앙스로 사용될 수 있었던 것도 이 때문이다. 필자는 이처럼 이미 일반화된 다양한 개념이나 용법들은 그것대로 존중될 필요가 있다고 본다.[9] 그런 점에서 지금 여기서 논의의 초점이 되어야 할 것은, 모든 용법들을 아우르는 포괄적이고 보편적인 개념 규정을 시도하는 것이 아니라, 한국 고전소설의 실상을 파악하는 데 보다 유용한 나름의 개념 규정과 생산적인 용법을 고민해 보는 것이라고 할 수 있겠다.

우선 한국 고전소설의 특정한 속성을 분별해내고 설명하는 데 있어 '낭만성' 혹은 '낭만적'이라는 용어가 과연 어떠한 개념적 도구로서의 가치를 지닐 수 있는지를 생각해 보자. 앞서 낭만성이라는 용어와 인접하여 사용되는 유사한 의미 범주를 지닌 어휘들을 열거해 보았는데, 만약 낭만성이 이들과 구별되지 않는 모호한 혼성 개념에 불과한 것이라면 이 용어의 남용은 오히려 혼란만 가중시킬 것이다. 예컨대 고전소설에 흔히 나타나는 비현실적이거나 환상적인 요소들을 대충 묶어 낭만성이라고 부르는 것은 이를 '비현실성'이나 '환상성'이라고 부르는 것에 비해 모호하기만 하다. 이러한 모호한 서술적 용법은 매우 낯익은 것이기는 하지만, 이 경우 낭만성은 문학 연구나 비평 용어로서의 독자적인 가치가 없다. 고전소설 연구에서 '낭만성' 혹은 '낭만적'이라는 용어가 필요하다면, 그것은 이 용어가 앞서 열거한 유사 어휘들과 구별되는 나름의 개념적 가치를 지니고 있기 때문일 것이다.

더 적절한 용어에 대한 고민은 필요하다.

9) 이 점에서 우리는 "낭만적이라는 말은… 아무리 정의를 내리려고 애를 써 보았자 결코 우리들 자신에게나 다른 이들에게 전적으로 납득이 가게 할 수가 없는 말"이라는 Grierson 의 비관적인 견해에도 일정 공감할 수 있다.(Lillian R. Furst, 『낭만주의 Romanticism』, 이상옥 역, 서울대출판부, 1979, 5~6면.)

　그런데 이처럼 고전소설 연구에서 낭만성이라는 용어의 개념적 가치를 따져보고자 할 때 함께 고려해보지 않을 수 없는 것은 이 용어와 '현실성'이라는 용어와의 관계이다. 앞서 오늘날 문학 연구나 비평에서 활용되는 낭만성이라는 용어가 이미 낭만주의의 재해석을 거친 이후의 산물임을 지적한 바 있는데, 낭만주의에 체계적으로 대립했던 것이 '사실주의 realism'[10]이고 이러한 사실주의에 의해 강조된 핵심적인 요소 가운데 하나가 '현실성 reality'이라고 할 수 있다. 이 점에서 낭만성이라는 용어의 개념적 가치를 제대로 평가하기 위해서는 이를 현실성이라는 용어와 대비해보는 것이 도움이 될 것 같다.

　하지만 낭만성과 현실성의 관계를 따지다 보면 다음과 같은 간단치 않은 질문들에 우선 마주치게 된다. 현실성과 낭만성은 동일한 차원에서 상호 규정될 수 있는 짝개념인가 아닌가, 현실성이나 낭만성은 사실주의나 낭만주의와 어떠한 관계를 갖는가, 한국 고전소설에서 사실주의나 낭만주의 등과 같은 개념을 활용하는 것은 가능한가. 이 글의 제한적인 목적상 이와 같은 질문들을 모두 천착해볼 수는 없지만, 일단 다음과 같은 두가지 논점만은 여기서 제시해 둘 필요가 있을 것 같다.

　우선 첫째로, 한국 고전소설 연구에서 사실주의나 현실주의, 낭만주의 등과 같은 용어를 활용하고자 한다면 이를 고전소설의 실상에 맞게 재개

---

10) 지금까지 한국 고전소설 연구자들 사이에서는 서구의 'realism'에 대응하는 용어로 '사실주의(寫實主義)' 혹은 '현실주의(現實主義)'라는 용어가 혼용되어왔다. 그런데 이 두 용어 각각의 쓰임에는 미묘하지만 의미 있는 차이가 존재하는 것 같다. 대체로 '사실주의'라는 용어가 서구의 'realism' 개념에 충실하면서 이를 기준으로 한국 고전소설을 재해석하고자 하는 논자들에 의해 선호되어왔다면, '현실주의'라는 용어는 서구와는 다른 우리 나름의 내재적 기준을 새로이 설정하고자 하는 논자들에 의해 선호되어왔다. 이와 같은 점을 고려하여 필자는 '현실주의'와 '사실주의'를 잠정적으로 구분해서 사용할 것과, 특정한 창작방법론적 경향으로서의 'realism'에 해당하는 역어로는 '사실주의'를 사용할 것을 제안한다.(사실주의와 현실주의 개념의 구별에 대해서는 이어지는 주11) 참조.)

넘화할 필요가 있다는 점이다.[11] 한국 고전소설에서 일정한 창작방법론적 경향을 분류해내고 여기에 사실주의니 낭만주의니 하는 이름을 붙이는 것은 가능한 시도라고 할 수 있지만, 이를 서구의 realism이나 romanticism과 동일한 내용과 성격을 지닌 것으로 파악해서는 곤란하다. 18~9세기 서구에서 대두된 리얼리즘이나 로맨티시즘은 동시대의 작가들에게 하나의 창작방법론을 넘어 세계관적 입장의 표명처럼 받아들여졌다. 하지만 한국 고전소설의 경우 어떤 작가도 특정한 창작방법론을 세계관적 입장의 표명으로 받아들이지 않았으며 따라서 작품에 따라 (창작방법론적 경향으로서의) 사실주의나 낭만주의를 자유롭게 넘나들 수 있었다.[12]

다음으로, 작품의 구성적 요소 내지 성향으로서의 현실성이나 낭만성과 지배적인 창작방법론적 경향으로서의 사실주의나 낭만주의를 구별해서 생각해 볼 필요가 있다는 점이다. 그러므로 우리는 예컨대 사실주의를 지배적인 창작방법론적 경향으로 취하고 있는 작품에서도 낭만적인 요소는 부분적으로 함유되어 있을 수 있다는 점을 충분히 인정할 수 있다.

이상의 논의를 전제로 삼아 다시 낭만성과 현실성의 관계에 대해 생각해 보자. 우선 이 두 용어를 나란히 놓고 보면 우리는 이 두 용어가 모두

---

11) 일반적으로 한국 고전소설 연구자들 사이에서는 '사실주의'라는 용어보다 광의로 재개념화된 '현실주의'라는 용어가 더 선호되는 것 같다. 그런데 이처럼 광의로 재개념화된 현실주의 – 필자는 이 용어를 '민족이나 민중의 역사적 현실이나 입장에 입각한 창작경향'을 의미하는 가치평가적인 개념으로 받아들인다 – 는 구체적인 창작방법론으로서의 사실주의와 선택적인 친화성은 있을 수 있으되 필연적인 관련성은 없다. 이와 마찬가지로 현실주의와 낭만주의 또한 서로 층위가 다른 개념이라고 할 수 있다.

12) realism이나 romanticism은 특정한 창작방법론을 일종의 세계관적 입장의 표명으로 승격시켰던 의식적인 문화-정치 운동이었다. 근대 이전 동아시아에서 이와 비견될 만한 성격의 문화-정치 운동으로는 고문(古文)운동을 그 예로 들 수 있겠는데, 여기서는 문체의 선택이 일종의 세계관적 입장의 표명으로 간주되며 그것이 곧 정치적 투쟁의 대상이 된다.

현실에 대한 어떠한 태도나 거리를 그 개념적 중핵 속에 함축하고 있다는 점을 발견할 수 있다. 우리가 낭만성이나 현실성과 같은 용어들을 통해 포착하고자 하는 것은 단지 '일상의 경험적 현실에 얼마나 멀고 가까우냐'에 따라 변별될 수 있는 속성들이 아니다. 오히려 이 용어들은 '(경험적이라고 인식된) 현실13)에 대해 어떠한 태도나 거리를 취하느냐'에 따라 서로 변별될 수 있는 속성들이라고 할 수 있다.14) 이 두 용어를 하나의 짝개념으로서 생산적으로 활용할 수 있는 것도 이러한 맥락에서라고 할 수 있는데, 이처럼 '현실에 대한 태도'를 기준으로 우리는 이 두 용어를 각기 다음과 같은 방식으로 상호 규정해 볼 수 있다. 즉 현실성이 '현실에 기반하여 현실의 실재를 지향하고자 하는 태도 혹은 그와 같은 태도에서 비롯되는 어떠한 성향'을 지시한다면, 낭만성은 '현실에 맞서 현실 너머를 지향하고자 하는 태도 혹은 그와 같은 태도에서 비롯되는 어떠한 성향'을 지시한다는 것이다.

이처럼 낭만성의 개념을 현실에 대한 특정한 태도나 거리와 연관지어 규정할 수 있다면, 우리는 그것을 특정한 역사적 발전단계나 인식수준에서만 나타나는 속성이라기보다 시대를 넘어 문학에 보편적으로 존재하는 속성의 하나로 파악할 수 있다. 특히 소설장르에서 낭만성은 텍스트를 현실인식이나 현실비판의 도구로서보다는 자기위안이나 현실초월의 도

---

13) 경험이라는 사건 자체는 실재에 속하지만, 경험을 통해 인식된 현실상(경험적 현실)은 주체의 이데올로기와 욕망에 의해 구성된 해석물에 불과하다. 즉 그것은 (라깡의 용어를 빌면) 상상계에 속한다. 그러므로 예컨대 어떤 작가가 경험적 현실에 충실하고자 했다고 해서 이를 곧 현실주의(적)라고 평가할 수는 없는데, 사실주의(적인 창작방법론)가 현실주의(적인 가치나 진실)를 담보하는 것은 아니기 때문이다.

14) 물론 현실성이라는 용어는 '일상의 경험적 현실에 가깝다'는 정도의 함의를 지닌 서술적 개념으로 사용되기도 하는데, 이 경우 이 용어는 '비현실성'이라는 용어와 짝개념을 이룬다고 볼 수 있다. 이 점에서 우리는 '현실성 ↔ 비현실성'이라는 개념짝과 '현실성 ↔ 낭만성'이라는 개념짝을 구분해 볼 필요가 있다.

구로서 받아들이고자 할 때, 그리고 그 속에서 현실원칙보다는 쾌락원칙에 충실하고자 할 때, 바로 그와 같은 계기들 속에서 보다 두드러지게 강화되어 나타나는 속성이라고 할 수 있다. 물론 이와 같은 낭만적 지향은 결과적으로 비현실적이거나 환상적인 것에 대한 선호로 나타날 수 있다. 하지만 그렇다고 낭만성 자체를 비현실성과 동일한 것으로 볼 수는 없는데, 단지 어떤 요소가 경험적 현실에서 거리가 멀다는 것을 의미하는 후자와 달리 전자는 현실에 대한 특정한 의식적·무의식적 태도를 그 개념적 핵심 속에 함축하고 있기 때문이다.[15]

그런 점에서 우리는 고전소설의 낭만성을 구체적이고 객관적인 현실 인식의 결여에서 비롯된 중세문학적인 한계로만 파악할 수 없다. 차라리 보기에 따라서는 고전소설에 농후한 낭만적인 성향에는 이미 어느 정도 현실의 모순이나 갈등에 대한 인식이 전제되어 있다고 볼 수 있는데, 그것은 누추한 현실에 대한 비판적 인식과 그것에 대한 거부가 낭만성의 이면에 자리잡고 있다고 여겨지기 때문이다. 그러므로 낭만성에 탐닉하는 작가나 독자들이라고 해서 모두 현실이 그처럼 낭만적이거나 현실의 모순이 그처럼 낭만적으로 해결될 수 있다고 믿고 있는 것은 아니다. 오히려 그들은 소설 텍스트 속에서나마 모순과 갈등으로 점철된 현실에서 잠시 벗어나 욕망이나 이상이 충족되고 실현되는 즐거운 경험을 갖기를 원하고 있는 것이다.

이러한 고전소설의 낭만성에 대한 자각적인 인식을 잘 보여주는 예로 김시습의 <題剪燈新話後>라는 독후기를 들 수 있다. <전등신화>를 읽은 후의 소회를 7언 고시 형식으로 읊고 있는 이 글에서 김시습은 <전등신화>의 서사세계가 경험적 현실에 비추어 매우 비현실적이고 허구적

---

15) 이 점에서 낭만성이란 비(非)-현실적이라기보다 차라리 반(反)-현실적 혹은 초(超)-현실적 지향성이라고 볼 수 있다.

인 성격을 지니고 있음을 충분히 인식하고 있었음을 보여준다. 즉 김시습은 <전등신화>에 대해 "그 말이 세교에 관계되니 괴이해도 무방하고 그 사연이 사람을 감동시키니 허탄해도 기쁘다(語關世教怪不妨 事涉感人誕可喜)"고 변호하고 있는데, 여기서 세교(世教)나 감인(感人)은 <전등신화>가 지닌 비현실적이고 허구적인 성격(怪誕)을 긍정적으로 끌어안기 위해 내세운 명분일 뿐이다. 경험적 현실에 비추어 명백히 비현실적이고 허탄한 것임을 충분히 인식하고 있으면서도 그것에 탐닉하게 되는 진정한 이유는 무엇인가? 이어지는 다음 구절에 그 답이 제시되어 있는데, 즉 그것은 "내 평생에 뭉친 가슴을 시원하게 씻어 준다(蕩我平生磊塊臆)"는 것이다.16)

이상에서 보듯 김시습은 <전등신화>의 기이하고 환상적인 서사세계가 비현실적이고 허구적인 성격을 지니고 있음을 충분히 인지하고 있으면서도, 이를 강고하고 억압적인 현실을 잠시나마 벗어나게 해주는 계기로 받아들이고 있다. <전등신화>의 기이하고 환상적인 서사세계를 억압적인 현실에서 탈주하는 계기로 받아들이는 김시습의 이와 같은 텍스트 수용방식이야말로 지금까지 논의해왔던 '낭만성' 개념에 잘 부합하는 것으로, 이처럼 낭만성은 작가뿐만 아니라 독자쪽에서도 능동적으로 작동할 수 있다.

그런데 우리는 김시습의 이러한 낭만적인 텍스트 수용방식 뒤에 '평생에 뭉친 가슴'이라는 비판적인 현실인식이 도사리고 있음을 또한 간과해서는 안 된다. 즉 모순과 갈등으로 점철된 현실에서 쌓인 불만(뭉친 가슴)이야말로 그의 낭만적인 텍스트 수용방식의 숨은 동력이었던 셈인데, 그렇다면 이처럼 현실에서 쌓인 불만을 잠시나마 해소하게 해주는 그의 낭만적인 텍스트 수용방식을 우리는 일종의 현실 도피로 보아야 할까

---

16) 大谷森繁, 『조선후기소설독자연구』, 고대민족문화연구소, 1985, 24~5면 참조.

아니면 역설적인 현실 비판으로 보아야 할까? 아마도 고전소설의 낭만성 전반에도 적용될 수 있을 이와 같은 질문에 대한 답은 작가 혹은 독자가 스스로의 낭만적인 탈주의 진정한 계기를 인식하고 있는가 아닌가, 그리고 그와 같은 낭만적인 탈주가 궁극적으로 현실을 긍정적으로 변화시키는 지향성을 갖는가 아닌가에 따라 달라질 것이다. 아무튼 그 답이 무엇이든 간에 고전소설의 낭만성이란 현실에 대한 인식 수준의 문제라기보다 태도의 문제임이 여기서 다시 한번 드러나는데, 우리가 고전소설의 낭만성에서 현실주의를 논의할 수 있다면 그것은 바로 이와 같은 맥락에서 일 것이다.

3. 조선후기 장편소설의 낭만성
-〈구운몽〉과 〈사씨남정기〉를 중심으로-

고소설사에서 17세기 중후반은 소설의 창작·유통·소비 구조 전반에 큰 변화가 나타나고 이에 발맞추어 기존과는 상이한 텍스트성을 지닌 장편소설들이 대거 출현하기 시작하는 일대 전환기였다. 임병양란 이후 빠르게 전개된 17세기의 사회경제적·정치적·문화적 변동은 경제적 여유를 지닌 계층을 확대시켰고 그러한 여유를 바탕으로 한 문화에 대한 대중적인 수요를 촉발시켰다. 소설은 이러한 사회적 변동 과정에서 새롭게 경제적·문화적 여유를 얻게 된 계층들에 의해 주목되고 가장 열렬히 애호되었던 문화장르였다. 새롭게 독자층으로 대거 합류한 (사대부 부녀자층을 중심으로 중간계층을 포괄하는) 계층들에게 소설장르는 무료하고 갑갑한 일상을 벗어나게 하는 흥미로운 오락물이자 역사에 대한 지식이나 인문적 교양을 제공해주는 독서물로 큰 사랑을 받았다.

그런데 소설에 대한 이러한 대중적 수요에 가장 먼저 부응했던 것은 특히 연의소설 유형을 중심으로 한 중국에서 유입된 장편소설들이었다고 짐작된다. 17세기에 접어들면서 소설장르의 주된 소비층으로 성장하기 시작한 사대부 부녀자층이나 중간계층들은 지배층 남성들을 중심으로 향유되었던 기존의 문언체 한문단편소설에 비해 보다 대중적인 형식과 내용을 지니고 있었던 이러한 장편소설들에 몰입하면서 소외된 현실에서 느끼는 갑갑함이나 무료함을 해소하고자 하였는데, 김만중은 이를 '통속(通俗)소설'이라 부르면서 독자들에게 강렬한 몰입과 상상적 동일시를 유발하는 그 대중적 흡인력과 윤리적 효용가치에 대해 주목한 바 있다.[17] 이처럼 이전까지 소설사를 주도해왔던 문언체 한문단편소설 유형들과는 매우 상이한 문화적 성격과 위상·효용가치를 지닌 '통속소설'이 대중문화의 총아로 부상하게 되는 것이야말로 17세기 소설사적 전환의 가장 중요한 대목이라고 할 수 있다.

이러한 소설사적 전환기를 대표하는 문제작 <사씨남정기>, <구운몽>, <창선감의록>은 이와 같은 '통속소설'의 대중적 흡인력을 몸소 체험한 사대부 남성 작가들에 의해 창작된 장편소설들이다.[18] 물론 이 소설들은 독자들의 대중적인 인기를 겨냥하여 창작된 통속소설이 아니

---

17) "삼국의 일을 이야기할 때 유현덕이 패한다는 말을 들으면, 아이들은 찡그리며 눈물을 흘리기도 하고, 조조가 패한다고 하면, 기뻐서 즐겁다고 소리치기도 한다.' 하였다. 이것이 나씨의 삼국지연의의 시원일 것이다. 이제 진수의 사전이나 온공의 통감을 가지고 여러 사람을 모아놓고 이야기를 하여도 반드시 눈물을 흘리는 사람은 없을 것이다. 이것이 통속소설을 짓는 까닭이다."(至說三國事 聞劉玄德敗 嚬蹙有出涕者 聞曹操敗 卽喜唱快 此其羅氏衍義之權輿乎 今以陳壽史傳溫公統鑑 聚衆講說 人未必有出涕者 此通俗小說之所以作也.)"((김만중, 『서포만필』, 홍인표 역주, 일지사, 1987, 385~6면.)

18) <사씨남정기>와 <구운몽>의 작가 김만중이나 <창선감의록>의 작가 조성기는 모두 서울에 근거를 둔 노론 명문가의 후예로서 소설을 지독히 애호하였던 어머니를 통해 소설장르와 접하게 되었다는 가족사적 공통성을 지니고 있다. 그런데 이러한 사정은, 어머니인 용인 이씨가 필사한 <소현성록>을 소중히 여겨 가묘에까지 보관하라고 당부하였던 권섭의 예에서 보듯, 동시대의 문벌가에서는 일반화된 경향이 아니었을까 추정된다.

다. 오히려 이 소설들에는 '통속소설'의 저급하거나 불온한 요소에 노출되어 있는 사대부 부녀자층을 회유하고 계도하려는 남성 지배층의 의도가 내포되어 있다. 하지만 그럼에도 불구하고 이 소설들은, 소외된 현실에서 잠시나마 벗어나 서사적 허구 속에 완전히 몰입하여 주인공과 자신을 완전히 동일시하고 이를 통해 현실에서는 불가능한 욕망의 실현을 대리체험해보고자 하는 독자들의 '통속적인' 기대에 잘 부응하는, 기본적으로 '통속소설'이 지닌 대중적 흡인력의 본질을 잘 체득·활용하고 있는 작품들이라고 할 수 있다.[19]

그렇다면 이처럼 기존의 문언체 한문단편소설 유형들과는 매우 상이한 서사적 형식과 소통방식·문화적 위상을 지닌 조선후기 장편소설들에서 낭만성은 어떠한 계기에 어떠한 방식으로 나타날까? 이것이 이 절에서 논의해보고자 하는 주제인데, 이를 위해 조선후기 장편소설사의 주된 두 가지 경향을 대표하는 <사씨남정기>와 <구운몽>를 예로 삼아 검토해 보기로 하겠다.

<사씨남정기>와 <구운몽>은 동일 작가에 의해 창작된 작품임에도 불구하고 매우 상이한 성향을 지니고 있는바, 대체로 창작방법론적 경향에 있어 전자가 사실주의적인 경향을 주로 한다면 후자는 낭만주의적인 경향을 주조로 한다. 그런데 두 작품간의 이러한 차이는 그 사이에 작가의 세계관이 전향되어서 나타난 결과라고 설명하기 어렵다. 오히려 이 두 작품간의 차이는 이 작품들이 제기하고자 하는 핵심적인 문제의 차이, 그에 따라 작가가 택하는 서사적 전략이나 독자가 취하는 주체위치의 차이, 그리고 그 결과 상이하게 작동하는 리비도경제의 차이 등에서 비롯되는 것이라고 볼 수 있다. 그런 점에서 한 작가에 의해 창작되었으면서

---

19) 이 점에 있어 17세기 중후반 이후부터 족출하기 시작하는 조선후기 장편소설들은 기본적으로 통속적인 성향을 그 본질의 한 부분으로 내재하고 있다고 볼 수 있다.

도 상이한 성향을 지닌 이 두 작품은 고전소설의 낭만성을 보다 미시적인 차원에서부터 검토해보고자 하는 우리의 논의에 매우 유용한 비교의 대상이 되어준다.

3-1. 〈사씨남정기〉의 경우

〈사씨남정기〉는 가부장제 이데올로기가 표방하는 이념적 당위와 질곡적인 현실 사이에 존재하는 균열을 진지하게 문제삼고 있는 소설이다. 흔히 이 작품은 그것이 제기하고자 했던 문제의 역사적 현실성, 인물형상화나 사건 전개의 구체성, 그리고 그것을 제기하는 작가의 진지성 등으로 인해 사실주의적인 성향이 농후한 작품으로 평가되어왔다.[20] 확실히 〈사씨남정기〉는, 17세기 들어 한편으로는 더욱 강화되어가면서도 다른 한편으로는 내부의 적대를 증폭시켜가던 가부장적 질서의 모순을 예리하게 포착하고 있을 뿐만 아니라 물질주의적 가치관에 따라 부동(浮動)하는 인물군상들을 구체적으로 형상화하고 있는, 넓은 의미에서 사실주의를 기본적인 창작방법론으로 취하고 있는 작품이라고 평가할 만 하다.[21]

하지만 이처럼 사실주의적인 창작방법론을 기반으로 한 작품이라고 해서 작품 속에 낭만적인 요소나 성향을 배제하고 있는 것은 아니다. 그렇다면 이처럼 당위와 현실 사이의 균열을 진지하고도 사실주의적으

---

20) 〈사씨남정기〉를 '사실주의의 빛나는 승리'로 평가하여 이후 고전소설의 사실주의/현실주의 논의에 큰 자극을 준 대표적인 논자로 윤기덕을 들 수 있다.(윤기덕, 사실주의에 관한 엥겔스 명제의 옳은 이해와 그의 발생시기 문제, 『우리나라 문학에서 사실주의의 발생, 발전 논쟁』, 사계절, 1989, 246~51면)

21) 물론 사실주의적인 지향이 저절로 현실에 대한 객관적인 인식을 보장하는 것은 아니다. 필자는 〈사씨남정기〉 작가의 진지한 현실인식 속에 내재된, 실재의 존재조건에 대한 왜상(歪像)을 만들어내는 무의식적 논리를 다음 글에서 검토해 본 바 있다. 강상순, 사씨남정기의 적대와 희생의 논리, 『고소설연구』 12, 한국고소설학회, 2001.

로 탐색하고 있는 이 작품에서 낭만성은 어떠한 계기에 요청되며 어떠한 방식으로 드러나는가?

　우선 이 작품에서 낭만성이 요청되고 개입하게 되는 주된 계기는 가부장적 질서에 대한 사실주의적인 탐색이 큰 장벽이나 불가능성에 직면했을 때이다. 예컨대 가부장적 이념을 절대선으로 받아들이고 그것을 온전하게 실천하고자 했던 사씨에게 닥친 현실은 냉혹하고 부조리한 것이었다. 이 지점까지 <사씨남정기>의 서사는 기본적으로 냉엄한 현실원칙에 입각하여 전개된다. 하지만 이러한 부조리한 현실에서 절망하는 사씨를 위기에서 건져주고 그녀에게 도덕적 확신을 심어주기 위해 설정된 구고(舅姑)의 현몽이나 이비(二妃)와의 만남 같은 사건에 이르면 서사는 현실원칙에서 벗어나 쾌락원칙에 이끌린다. 즉 경험적인 현실을 지배하는 (혹은 지배한다고 믿어지는) 현실원칙의 논리로는 더 이상 해결불가능한 장벽을 만나게 되는 지점에서 작품은 초월적이고 환상적인 세계를 끌어들이는데, 이는 작가가 윤리적 당위의 가치를 옹호하고 도덕적인 자아(사씨)의 승리를 확증하고자 하는 조급하고도 낭만적인 열정에 이끌리기 때문이다.22) 그러므로 예컨대 이 작품에서 사씨의 회의를 불식시키고 그녀에게 도덕적 확신을 심어주기 위해 설정된, 현실에서 버림받고 좌절했던 역대의 현부·열녀들이 사후의 영화를 누리고 있는 황릉묘 부임 대목은 사실상 누추하고 부조리한 현실에 대항하기 위해 작가가 축조해본 낭만적인 환타지라고 할 수 있다.

　이처럼 <사씨남정기>에서 낭만성은 가부장적 질서의 모순에 대한

---

22) 우리는 이처럼 자기정의감(自己正義感)에 기반한 도덕적 지향이 쾌락원칙과 결합한다는 점에 주목할 필요가 있다. 쾌락원칙이란 외부의 자극에 대항하여 자아를 방어하고 항상성을 유지하려는 경향이다. 자신을 지탱해왔던 자기정의적인 세계에 대한 완고한 믿음, 그것을 뒤흔드는 표상에 대한 격렬한 증오, 흔히 도덕적 열정이라고 치부하기 쉬운 이러한 심리현상 이면에는 쾌락원칙이 작동하고 있다.

사실주의적인 탐색이 벽에 부딪혔을 때, 당위와 현실 사이의 간극이 현실원칙에 따라서는 극복되기 어려울 때, 그럼에도 불구하고 도덕적인 자아의 정당성과 궁극적인 승리를 강력하게 옹호하고자 할 때 요청된다. 즉 <사씨남정기>에서 낭만성은 부도덕한 세계에 맞선 도덕적인 자아의 정당성을 열렬히 옹호하고자 할 때 나타난다는 것인데, 이러한 윤리지향적이고 자아도취적인 낭만성은 모순투성이의 현실에서 느낀 불만을 핍박받는 정의로운 주인공과의 동일시를 통해 전이적으로 투사하고 그 주인공의 승리 속에서 자기정의(自己正義)적인 세계의 회복을 (소설적 허구속에서나마) 증험해보고자 하는 동시대 소설 담당층의 통속적이고도 낭만적인 열망을 반영한 것이라고 볼 수 있다.

그런데 우리는 이러한 <사씨남정기>의 낭만성이, 한편으로는 중세적이고 공동체적인 윤리가 여전히 살아있으면서도 다른 한편으로는 물질주의적인 가치관이 확산되어가기 시작하던 중세에서 근대로의 이행기에 산생된 역사적 산물임을 간과해서는 안 된다.23) <사씨남정기>는 이러한 이행기에 더욱 심화된 윤리적 위기를 선과 악의 대립이라는 틀로 포착하고 있다. 이 소설의 작가는 경험적 현실을 지배하는 것이 이미 물질적 이해관계임을 알고 있지만 결코 그것을 현실로 승인할 수 없다. 그것을 승인하는 것은 자신의 정체성을 부정하는 것이나 다름 아니기 때문이다. 이처럼 부조리하고 모순적인 현실에 대한 비판적이고도 사실적인 인식과 그것에 대한 도덕주의적인 거부 사이에서 빚어지는 과잉된 비장함이나 자기연민의 파토스야말로 <사씨남정기>나 그와 같은 성향을 공유하

---

23) 그런데 이 점에서 보면 <사씨남정기>의 낭만성은 윤리에 대한 전통적인 강제력이 의문에 던져진, 그러면서도 윤리의 선언이 즉각적이고 일상적·정치적 관심이었던 세계에서 탄생한 서구의 멜로드라마의 낭만성과 유사한 측면이 있다. 멜로드라마의 역사적 성격에 대해서는 다음 글을 참조하라. Peter Brooks, The Melodramatic Imagination, Columbia University, 1985.

는 조선후기 장편소설에서 발현되는 낭만성의 한 핵심적인 특징이라고
할 수 있다.

이상에서 우리는 서사적 허구를 통해서나마 자아의 도덕적 정당성을
확인받고 자기정의에 입각한 도덕적 질서를 재구축해보고자 하는 <사씨
남정기> 작가의 - 그리고 그것에 열렬히 호응했던 독자들의 - 비장하면
서도 낭만적인 열정에 대해 논의해 보았다. 그런데 이러한 도덕주의적인
낭만성은 분명 복고적이고 통속적인 것으로서, 결국 현실을 긍정하고
순응하게 만드는 이데올로기적 효과를 낳는다는 비판을 피할 수 없다.[24]
하지만 이 점만을 강조하고 그치는 것은 그리 생산적인 해석이 아닐 것이
다. 어떤 의미에서 모든 문학은, 현실을 상징으로 대체한다는 점에서,
이미 일종의 승화이며 행위의 유보일 수 있기 때문이다. 오히려 우리는
그와 같은 도덕주의적이고도 통속적인 낭만성 이면에 도사리고 있는 현
실인식이나 그와 같은 낭만적인 대안을 요청하게 만든 역사적 계기들에
주목해 볼 필요가 있다. 이런 점에 주목해 보면 <사씨남정기>의 낭만성
이면에는 모순투성이의 현실에 대한 비판적 인식뿐만 아니라 기존의 윤
리적 해결책의 현실적 무력함에 대한 사실적 인식 또한 이미 어느 정도
내재되어 있다고 볼 수 있는데, 현실적인 무력함 앞에서 과잉된 자기연민
에 곧잘 빠지곤 하는 사씨나 (사씨를 자신과 동일시하는) 독자들의 연약
한 자아야말로 그것의 한 징표라고 할 수 있겠다.

3-2. 〈구운몽〉의 경우

<구운몽>은, 현실의 모순이나 질곡을 문제삼고 있는 <사씨남정기>

---

24) <사씨남정기>나 <창선감의록>과 같은 윤리지향적인 장편소설들에서 낭만성이 수행
   하는 이러한 부정적인 이데올로기 효과에 대해서는 진경환의 다음 논의를 참조할 것.
   진경환, 창선감의록의 작품구조와 소설사적 위상, 고려대 박사학위논문, 1992, 150~5
   면.

와 달리, 작가 자신과 동시대인들이 품고 있었던 욕망을 꿈을 무대로 하여 마음껏 재현해 보는 데에 그 초점을 두고 있는 소설이다. 즉 그것은 동시대인들이라면 누구나 품고 있었음직한, 동시에 그 실현 불가능성으로 인해 누구나 고통받고 있었음직한 욕망의 문제를 서사의 핵심 문제로 제기하고 있는 조선후기 장편소설사의 심층적인 일 경향을 선도하고 있는 문제작이다.

그렇다면 <구운몽>과 같은 작품에서 나타나는 낭만성은 어떠한 특징을 지니고 있으며 어디에 그 기원을 두고 있을까? 우선 <구운몽>에서 우리의 주목을 끄는 것은 이 작품이 경험적 현실을 구체적으로 재현하는 데는 전혀 그 관심을 두고 있지 않다는 점이다. 오히려 <구운몽>의 서사 세계는 작가 자신을 비롯하여 동시대인들의 내면에서 역동하던 욕망과 환상을 풍부하게 형상화하는 데 그 초점을 두고 있다. 특히 <구운몽>에서 서사의 중심을 이루고 있는 양소유의 세계는, 적대적인 환경이나 윤리적 구속 등으로 인해 욕망의 완전한 충족이 가로막혀 있는 경험적 현실에서 벗어나 그것에 반하여 축조된 거대한 백일몽(환몽)의 세계라고 할 수 있다.25) 이처럼 소설을 현실에서는 실현불가능한 욕망이나 환상을 펼쳐 보는 장(場)으로 활용하고자 하는 작품에서 낭만성은 서사의 가장 본질적인 추동력으로 작동하고 있다.

그러므로 <구운몽>에서는 현실원칙이 잠정적으로 뒤로 물러나고 대신 쾌락원칙이 서사의 전반을 지배한다. 이 때문에 <사씨남정기>와 같은 작품에서 당위와 현실 사이의 괴리로 인해 비장하게 뿜어져 나오던 팽팽한 윤리적인 긴장감이 <구운몽>에서는 전혀 나타나지 않는다. 반면 <구운몽>에서 성진의 욕망의 현현태(顯現態)인 양소유는 아무런 구

---

25) 그런 점에서 <구운몽>의 서두와 결말에 위치한 성진의 세계는 이러한 욕망의 문제를 제기하고 그것에 풍부한 형상을 부여하며 그것을 최종적으로 의미화하는 일종의 액자 장치적 기능을 맡는다고 볼 수 있다.

속도 제약도 없는 상태에서 오로지 자신의 욕망을 쫓아 많은 여성들과 사랑을 나누고 부귀공명을 성취한다. 이처럼 (유자에게는 철저한 자기절제와 수양을 의미하는 입신(立身)의 과정이 생략된) 파격적인 애정편력과 화려한 부귀공명으로 점철된 양소유의 생애는, <구운몽> 속에서는 성진이라는 한 젊은 승려의 무의식적 욕망이 빚어낸 환몽이지만26), 작품이면에서 보면 작가 자신과 동시대 독자들의 무의식적인 욕망과 환상의 문학적 형상화이기도 하다고 볼 수 있다.

이처럼 <구운몽>은 소설적 허구를 내면의 무의식적 욕망과 환상을 서사적으로 재현해보는 도구로 활용하고 있는데, 이와 같은 성향은 <구운몽>뿐만 아니라 흔히 몽자류(夢字類)소설로도 불리는 일군의 장편소설들이나 영웅소설과 같은 중하층독자층을 겨냥한 통속소설 유형에서도 두드러지게 나타나는 성향이다. 이와 같은 유형의 장편소설들에서 소설적 허구는 갑갑하고 왜소한 일상의 현실을 탈출하는 자극적이고도 낭만적인 계기로 활용되는데, 여기서 독자들은 양소유와 같은 전능하고 유아(唯我)적인 나르시시즘적 영웅과의 상상적 동일시를 통해 잠시나마 결여된 실재의 존재조건을 잊고 뭇사람들(특히 여성들)의 사랑과 인정을 받는 사람이 된 듯한 즐거움을 맛보게 본다. <구운몽>은 이처럼 소설을 비루하고 왜소한 경험적 현실을 초월하는 낭만적 계기로 활용하고자 하는, 그리고 그 속에서 거세되지 않은 존귀하고 전능한 자아와의 상상적 동일시를 통해 결여된 실재의 존재조건을 보상받고자 하는 동시대의 '통속소설' 독자들의 욕망을 정면에서 끌어안고 위로하는 작품이라고 할 수 있다.27)

---

26) 그러므로 우리는 이 소설의 주인공 성진(性眞)을 한 명의 불승이기에 앞서 욕망의 발현과 억압, 분출과 초극 사이에서 갈등했던 동시대인들의 범형으로 파악해볼 필요가 있다.
27) 이 점에서 필자는 <구운몽>이 꿈이라는 무대를 통해 작가 자신을 비롯한 동시대인들의 무의식에서 역동하던 욕망과 환상을 낭만적으로 재현하고 있는 '욕망의 텍스트'일

그런데 우리는 이와 같은 <구운몽>의 낭만성이 바로 동시대의 역사적 주체들에게 입신양명과 가문 창달을 지상의 과제로 부과하는 가부장적 가문 이데올로기의 호명과, 결여된 그들의 실재의 존재조건 사이의 간극에서부터 발원(發源)하는 것임을 간과해서는 안 된다. 17세기 이후 급격하게 진행된 사회경제적, 정치적 변화는 지배층을 중심으로 신분의 유지와 생존을 위해서는 가문의 유지와 창달이 절체절명의 과제라는 인식을 널리 확산시켰다.[28] 이러한 가문지상주의는 남성들에게 가문 창달이라는 과중한 책임과 함께 팔루스(phallus 男根)에 대한 과대평가를 부추겼다. 하지만 대부분의 경우 그들의 실재의 존재조건이란 왜소하고 결여된 것일 수밖에 없다.

이처럼 가부장적 가문 이데올로기가 끊임없이 촉발하는 성적·사회적 권력에 대한 욕망과 무기력하고 왜소하며 결여된 실재의 존재조건 사이의 간극을 메우는 것이 바로 <구운몽>과 같은 작품에 나타나는 낭만적인 환상의 심리적 효과이다. 그 속에서 독자들은 잠시나마 뭇여성들의 사랑과 인정을 받고 대가문을 창달하는 나르시시즘적 영웅과 상상적으로 동일시되는 에로틱하고 낭만적인 환상에 빠져들게 되는 것이다. 그런데 이와 같은 에로틱하고도 낭만적인 환상 이면에는, 더 이상 꿈 혹은 환상이 아니고서는 욕망의 완전한 충족이란 실현불가능하다는 비관적인 인식이 이미 어느정도 내재되어 있음은 물론이다.

뿐만 아니라, 각몽(覺夢)과 깨달음의 과정을 통해 그러한 욕망과 환상을 반성적으로 성찰하게 만드는 '욕망에 대한 텍스트'이기도 하다고 보았다.(강상순, 구운몽의 상상적 형식과 욕망에 대한 연구, 고려대 박사학위논문, 2000, 118~29면.)

28) 이러한 가문(가족)주의적 충동은 조선후기로 갈수록 확산되고 속화된다. 예컨대 <유충렬전>과 같은 통속적인 영웅소설에서 주인공 유충렬은 위기에 처한 천자(天子)를 앞에 두고 간신들의 참소를 믿어 그의 부친을 유배보냈던 과거의 잘못을 추궁하고 있는데, 충렬(忠烈)이라는 이름에 걸맞지 않은 이러한 행위는 그가 철저히 가족주의적 충동에 의해 이끌리고 있음을 보여준다.

4. 맺음말

이상에서 우리는 고전소설에서 낭만성이란 용어를 어떻게 파악하고 어떻게 활용할 것인지에 대해서 다시 한번 생각해 보고, 이러한 재개념화를 바탕으로 파악된 낭만성이 조선후기 장편소설에서 구체적으로 어떠한 계기에 어떠한 방식으로 나타나는가를 간략히 검토해 보았다.

이 글에서 주로 검토된 대상은 17세기 중후반에 창작된 장편소설들이었는데, 앞서도 논했듯이 이 시기에 출현한 장편소설들은 이미 대중적인 문화산물로서의 성격을 그 본질 속에 내재하고 있었다. 즉 갑갑하고 억압적이며 왜소한 일상의 현실에서 잠시나마 벗어나 스스로를 전능하고 유아적인 존재나 정의를 위해 핍박받는 존재처럼 상상해 봄으로써 낭만적인 쾌락과 위안을 얻고자 하는 조선후기 소설 독자들의 통속적이고도 낭만적인 요구에 이 소설들 또한 잘 부응하고 있다는 것이다.

그런데 이처럼 통속소설을 향해 투자되는 독자들의 과잉된 리비도 혹은 낭만적인 열정은 지배층이 보기에 위험스럽고 불온하면서도 다루기에 따라서는 유용하기도 한 것으로 여겨졌을 것이다. 즉 그것은 한편으로는 억압적인 기존의 현실을 거부한다는 점에서 위험스러운 현실 부정의 열정이기도 하지만, 다른 한편으로는 주인공과의 동일시를 통해 기존의 도덕률이나 이상을 재긍정할 수 있는 계기를 제공한다는 점에서 나름대로 효용가치가 높은 열정이기도 했다. 아마도 사대부 남성들의 소설 창작에는 이와 같은 이중적인 계기에 대한 나름의 진지한 고려가 내재되어 있었을 것이다.

이러한 이중적 계기 가운데 어디에 가치를 두고 주목하느냐에 따라 조선후기 장편소설의 낭만성의 정치적 효과에 대한 상이한 평가가 가능할 것이다. 이에 대해 필자는 현 시점에서는 고전소설의 낭만성이 현실에 대한 부정과 긍정, 위반과 보수 양면으로 상호전화되는 복합적인 과정에 주목하는 유연하고도 미시적인 해석의 시각이 요청된다고 생각한다. 마치 (헤겔이 그의 『정신현상학』에서 제시했듯이) 자신의 누추한 현실을 직면하는 것이 두려워 초월적인 세계를 도피하는 노예들의 비천한 자기의식이 때로는 현실을 자기의식에 맞춰 개조하려는 역사 발전의 동력으로 전화되듯이, 낭만성 또한 통속적이거나 현실도피적인 한계에 빠지는 경우가 허다하지만 때로는 역사 발전의 동력으로 전화될 수 있다. 고루한 현실에 속박되어 자잘한 일상만을 포착하는 현실성보다 차라리 낭만성에서 우리가 더 큰 불온함과 변화의 조짐을 읽어낼 수 있는 것도 이 때문이다.

ABSTRACT

The study of Romanticism in Korean classic novel

Kang, Sang-soon

The purpose of this study is to define the concept of Romanticism and to examine the uses of Romanticism in Korean classic novel. A basic premise of this study is that Romanticism is a fundamental inclination of human nature.

Chapter Ⅱ of this study traces the historic transition of the concept of Romanticism. In conclusion Romanticism is a product of attitude that makes a denial of reality, so it should not be underestimated a defect of medieval literature.

Chapter Ⅲ of this study investigates Romanticism how to be represented in Korean classic novel. In conclusion Romanticism uses opportunity to criticize and escape from reality in Korean classic novel.

Finally conclusion of this study emphasizes to observe an both bright and seamy sides of Romanticism.

주요어 : 고전소설, 낭만성, 사씨남정기, 구운몽

전기적 시간의 낭만성 소고

조현설*

1

우리가 낭만주의, 낭만성이라고 부르는 일련의 흐름이 상상력을 중시하는 신화적 사유와 깊은 관계를 가진 것이라는 사실을 먼저 확인해 둘 필요가 있다. 소위 '낭만주의'(Romanticism)의 '원조'라고 할 유럽의 낭만주의 운동은 근대적 합리성, 실증주의가 거대한 세력을 발휘하고 있을 때 일어난 일종의 예술적 저항이었는데 그 저항의 에너지는 객관적 합리성을 거부하는 상상력의 재인식에서 발전(發電)된 것이었다. 따라서 우리가 한국문학, 혹은 고전문학과 낭만성의 관계를 운위할 필요가 있다면, 이 점을 염두에 두어야 할 것이다.

여기서 유럽의 낭만주의 운동을 염두에 둔다는 것은 그런 흐름, 다시 말해 그와 유사한 문예사조를 한국문학사에서 발견하자는 것이 아니라 낭만주의 운동이 지녔던 세계에 대한 태도를 주시하자는 것이다. 낭만주의가 이성의 합리성에 길항하는 하나의 세계관적 태도와 관련이 있다면

---

* 고려대 민족문화연구원 연구교수

그런 태도는 유럽이라는 특정 지역과 낭만주의라는 특정 시기의 문예사
조를 넘어서 있는 것이기 때문이다. 문제를 이렇게 설정해야 우리는 한국
고전문학과 낭만성의 관계에 대해 운위할 수 있게 된다.[1]

　기실 이미 많은 연구자들이 이런 입론 위에서 한국고전문학과 낭만성
에 대해 논의해 왔다. 특히 서사문학과 관련해서는 전기소설이나 국문소
설의 낭만성에 대한 논란이 현실성과의 관련 속에서 한동안 진행된 바
있다.[2] 그런데 이 글의 논구 대상인 전기(傳奇) 양식과 관련해서는 전기
적 인간의 낭만성을 통해 전기소설의 낭만성을 규명하거나[3] 전기적 플롯
을 통해 그 낭만성을 거론하는[4] 등의 논의가 있었지만 앞서 지적한 대로
낭만성의 신화적 사유와의 관련성에 대해서는 특별히 주목된 것 같지
않다. 그리고 전기적 낭만성의 정신적 토대, 그리고 그것의 정신사적 맥
락 등에 대해서도 심도 있게 다뤄지지는 않은 것으로 보인다.

　이 글이 주로 탐구하려고 하는 것은 전기 양식에 '지속'되고 있는 신화
적 사유에 관한 것이다. 낭만성[5]의 한 징후로 보이는 이런 지속의 문제를

---

1) 이런 문제들과 관련하여 필자는 개인적으로는 낭만주의, 낭만성이란 용어에 대해 다소
　저항감을 가지고 있다. 소위 '낭만성'이라는 것을 특정 시기의 사조가 아니라 세계에
　대한 인식론의 일단으로 본다면 거기에 굳이 지극히 근대적인 조어인 '낭만'이라는 어색
　한 말을 붙일 필요가 없기 때문이다. 개인적으로는 오히려 사실성(Reality)에 대응하는
　용어로서 '환상성'(Fantasy)을, 동아시아 고전문학의 용어를 빈다면 '기이성'을 선호한다.
2) 이 문제에 관해서는 정출헌, 「초기 한문소설에서의 현실주의 논의와 그 전망」(『고전소설
　사의 구도와 시각』, 소명출판, 1999)에 논점이 잘 정리되어 있다.
3) 박희병, 「전기적 인간의 미적 특질」, 『민족문학사연구』 7호, 민족문학사연구소, 1995.
4) 윤채근, 「한국한문소설의 낭만성의 구조」, 『우리어문연구 · 18』, 우리어문학회, 2002. 4.
5) 낭만성의 개념을 여하히 규정할 것인가는 긴요한 문제이다. 이에 대해 이 발표문(우리어
　문학회 2002년도 하계학술발표회)의 토론자였던 강상순 선생은 낭만성을 세계(현실)를
　인식하는 하나의 태도로 규정하는 것에 대해 동의하지만 괴력난신의 세계를 실재의 현실
　로 믿는 신비주의자의 현실인식과 그것을 부정적인 현실에 대한 저항이자 일탈로 활용하
　고자 하는 사람의 현실인식을 동일한 낭만적 인식론의 소산이라고 묶어버리는 태도에
　대해서는 동의할 수 없다고 했다. 말하자면 양자 사이에 존재하는 미묘하지만 결코 간과
　할 수 없는 거리에 주목해야 하며 신비주의자의 현실인식은 비현실성이므로 낭만성으로

특히 시간의식을 매개항으로 삼아 논의하려고 한다. 시간의식이야말로 전기적 낭만성의 특징적인 국면을 잘 드러내는 부분이라고 생각하기 때문이다. 나아가 한국문학사에서 전기가 지닌 낭만성이 어떤 정신사적 흐름과 맞물려 있는지, 그것의 의미가 무엇인지도 간단히 언급해 보려고 한다.

2

먼저 한국 전기 양식의 얼굴이라고 할 수 있는 『수이전(殊異傳)』 소재 「최치원」에 드러나 있는 시간 문제를 살펴보자. 주지하다시피 『삼국사기』 역시 최치원의 일생을 '열전(列傳)'에 수습하고 있지만 『수이전』의 그것과는 사뭇 다르다. 사전(史傳)인 「최치원전」은 최치원의 일생을 시간적 흐름에 따라 어린 시절과 당나라 유학과 활동, 귀국 후의 벼슬살이와 은거, 그리고 죽음의 차례로 기술하고 있다. 물론 열전의 기록들은 본기(本紀)처럼 연대기적 기술이 아니라 일화들을 엮어 가는 방식으로 기술되고 있지만 이 기술의 흐름에는 시간의 역전이나 왜곡이 없다. 시간의 자연적인 흐름에 따라 사실로 여겨지는 바를 기록하고 있는 것(記實)이다. 이런 기실주의적 기록을 통해 열전은 당대의 공식적 담론의 얼굴을

포괄하기 힘들다는 것이다. 양자를 섬세하기 분별할 필요가 있으며 고전소설 전반과 관련하여 낭만성의 개념을 좀더 제한적으로 사용하자는 제안에 공감한다. 그러나 필자는 전기 양식과 관련시켜 낭만성의 문제를 다룰 때 낭만성의 외연을 좀더 열어둘 필요가 있다는 생각을 가지고 있다. 괴력난신의 세계를 추인하는 것은 비현실적이지만 그런 추인 자체가 의도하지 않은 가운데 괴력난신을 부정하려는 현실에 대한 일종의 반론이 될 수 있다고 보기 때문이다. 물론 이 추인이 오히려 현실을 은폐하는 반동적 방식으로 작용할 수도 있지만 현실에 대한 의식적 저항은 물론 무의식적 문제제기, 그리고 이런 반동까지를 낭만성의 개념 내에 포괄하자는 것이다. 이런 포괄적인 태도가 오히려 낭만성을 '잘' 사용하는 것이 아닐까 생각한다.

보여준다.6)

  그러나 전기(傳奇) 「최치원」은 다르다. 「최치원」 역시 전(傳)의 원칙에 따라 12세의 당나라 유학으로부터 시작하여 귀국 후의 행적과 죽음으로 이어지는 일생을 서술하는 듯하지만 기(奇)의 원리에 의해 사전(史傳)과는 다른 기술 방식을 선택한다. 기실 전의 원칙은 형식적 장치이고 기의 원리가 실질적인 작품의 의미를 구현하는 구실을 하는 셈이다. 여기서 문제는 전기가 기의 원리를 작동시키면서 시간을 왜곡시키고 있다는 점이다. 「최치원」은 당나라 유학과 등과, 율수현위 제수를 한 줄로 기술한 후 바로 초현관 앞 쌍녀분(雙女墳) 이야기로 육박해 들어간다. 일화들의 구슬꿰기가 아니라 하나의 사건으로, 서사의 핵심으로 바로 들어가는 것인데 바로 이 대목에서 현실의 시간, 사실적 시간이 굴절된다. 연대기적 서사의 시간과는 다른 시간의식이 작동하는 것이다.

  전기 양식이 '기이한 세계와의 조우'를 주요한 서사 방식으로 취택하고 있다는 것은 잘 알려진 사실이다. 그런데 이 글의 관점에서 중요한 것은, 그것이 꿈을 통해 이뤄지는 것이든 최치원의 경우처럼 현실의 실감 속에서 이뤄지는 것이든, 이 '조우'에 의해 경험적이고 자연적인 시간이 굴절된다는 점이다. 최치원은 원혼녀인 팔랑과 구랑을 선녀로 알고 만나 시를 주고받고 "三人同衿 繾綣之情"의 운우를 나누는데 이 시간은 초월적 시간의 관여에 의해 자연적 시공간이 일시적으로 접힌 것이라고 할 수 있다. 이 접힌 시공간 속에서 시(詩)와 성(性)으로 정회를 나누는 주인공들에게 현실적 시간은 어떤 형식으로도 관여하지 못한다. 시간의 일시

---

6) 왕조사의 구성에서 본기가 왕의 통치의 정당성을 변호하고, 그를 통해 왕권의 영속성을 보장하는 이데올로기적 기능을 수행하는 것이라면 열전은 그 이데올로기적 담론 내에 신민을 배치하는 기능을 수행하는 것이 아닌가 한다. 열전이 다루고 있는 인물들이 당대의 이념적 지향을 잘 반영하는 이성적이고 합리적 인물일 뿐만 아니라 아울러 정서적 흥미와 도덕적 교훈을 가진 것도 그런 까닭일 것이다.

적 단절이 일어난 것이다.

이런 시간의 단절, 혹은 왜곡은 전기 양식에서 아주 흔한 것이다. 동아시아 꿈 서사의 한 계보를 형성하고 있는 「침중기(枕中記)」(唐, 沈旣濟)와 유사한 작품으로 지적된 바 있는 『삼국유사』의 「조신전(調信傳)」 역시 그런 사례이다. 김흔공의 딸을 사모한 조신이 낙산의 부처 앞에서 빌다가 잠이 들어 꿈을 꾸는데 꿈속에서 조신은 김씨 낭자와 40여 년을 산다. 말하자면 짧은 시간에 일생의 시간이 압축된 것이다. 이 시간은 불교적 고해인식을 보여줄 정도로 대단히 사실적으로 서술되고 있지만7) 주인공에게 그것은 미래의 시간을 미리 당겨 가상적으로 경험한다는 점에서 자연적 시간 경험이 아니다. 그리고 이 경험은, 「조신전」의 문맥에 따르면 신불(神佛)로부터 왔다는 점에서, 초월적 시간의 관여에 의한 경험이다. 이런 식으로 전기는 시간을 접고 굴절시킴으로써 전기 양식이 기대하는 바의 의미를 생성하고 있는 것이다.

시간의식과 관련하여 「조신전」에는 「최치원」에서는 볼 수 없는 또 다른 부분이 있다. 주인공의 죽음에 대한 상이한 진술이 그것이다. 사실 인간의 시간의식은 원초적으로는 죽음에 대한 인식으로부터 비롯된 것이다. 늙음과 죽음의 경험이 없다면 인간은 시간의 흐름을 인식하기 어렵다. 그래서 한 이야기가 죽음을 말하는 방식은 그 이야기의 시간의식과 모종의 연관이 있는 것으로 볼 수 있다.

주인공의 죽음에 대해 「최치원전」이나 「최치원」은 모두 '종로(終老)'라고 말하고 있지만 「조신전」은 '막지소종(莫知所終)'이라고 말하고 있다. 언술은 소략하지만 둘은 적지 않은 차이를 내포하고 있는 것 같다.

---

7) 꿈의 시간이 사실적 시간의 논리에 따라 전개되면서 전기는 두 시간의 부조화를 보여주는데 이 부조화는 시간적 경험의 총체성을 파괴한다. 허구적인 꿈의 세계 속에서 왜곡된 시간적 순차는 사전의 역사 담론 속에서 정상적으로 기대되는 통일성과 안정성을 깨뜨리는 것이다.

전자에서 죽음의 시간은 왜곡되지 않으며 자연적 시간을 추수한다. 잘 갖추어진 열전들은 대개 이런 방식의 죽음에 대한 진술을 빠뜨리지 않는다. 이렇게 본다면 「최치원」의 이 마지막 부분은 「최치원전」과 그리 먼 거리에 있는 것 같지 않다. 말하자면 서사의 마무리 부분에서 전의 원칙으로 되돌아 간 것이다. 그러나 「조신전」은 죽음에 대해 애매하게 처리함으로써 묘한 여운을 남긴다. 이는 분명 자연적 시간을 추수하기를 거부하는 삶의 태도와 관계가 있다고 생각된다.[8]

이처럼 주인공이 다시 태어났다거나 어떻게 되었는지 알 수 없다거나 산으로 들어갔다거나 신선이 되어 속세를 떠났다거나 죽은 줄 알았는데 다시 나타났다거나 하는 식으로 결말부를 처리하는 것은 전기의 투식적인 마무리 방식의 하나이다. 특히 신선이야기나 도교적 세례를 받은 이야기에서 그런 경향이 강하다. 기실 「침중기」의 도교적 분위기와 달리 불교적 취향이 강한 「조신전」의 경우 삶에 대한 집착의 허망함을 깨달은 조신이 사재를 털어 정토사를 짓고 선업(善業)을 닦았다고 마무리하면 될 것을 사족처럼 '막지소종'을 붙인 것은 전기가 지닌 상투적인 글쓰기 관습의 영향이라고 할 만하다. 그러나 바로 이 상투적 관습 안에 현실적 시간으로부터 벗어나려는, 현실적 시간의 정당성에 의문을 제기하려는 욕망이 누적되어 있다는 사실을 간과할 수 없는 것이다.

「최치원」과 「조신전」을 통해 간략히 살핀 이런 시간의식은 전기적 낭만성의 주요 지표이다. 세계에 대한 낭만적 태도는 '자연 그 자체의 흐름을 벗어나는 대신에 그 흐름의 내부에서 무한한 것을 보고 있다는 망상'(모어)이나 '한정적인 것 속에서 무한정한 것을 찾고 현실적인 것과 비현

---

8) 후대에 재창작된 「최고운전」은 최치원의 진인적인 면모를 보여준 후 아내 나씨를 데리고 가야산으로 들어가는 것으로 마무리되고 있어 막지소종에 가까워진다. 이는 늙어서 죽는다는 「최치원전」이나 「최치원」의 진술과는 다른 것인데 최고운의 진인적 면모가 늙어서 죽는다는 마무리를 용납할 수 없었을 것이다.

실적인 것의 종합을 이루려는 욕구'(페어차일드)[9]와 관련되어 있다. 유한한 자연, 유한한 인생 속에서 무한성을 발견하려고 할 때 자연적 시간은 굴절될 수밖에 없다. 기실 인간이 시간을 인식한다고 할 때 그 시간은 이미 인간의 경험 내에 있는 유한한 시간이고, 헤라클레이토스의 이른 지적처럼 구체적인 경험세계의 실재성을 배경으로 이성(Logos)과 어떤 방식으로든 연접해 있는[10] 것이다. 그러나 세계에 대한 낭만적 태도는 유한한 시간 속에서 무한한 어떤 것을 발견하려는 충동의 소산이다. 따라서 합리적 이성과는 반대쪽으로 달려간다. 낭만성이 질서보다는 무질서, 논리적 사유보다는 상상력, 또는 막연한 동경과 관련되어 있는 것도 그런 까닭이다.

3

그런데 낭만성의 이런 특성은, 우리가 낭만성을 단지 낭만주의와 관련된 특정 시기 유럽의 문예사조의 결과라고 보든 아니면 좀더 넓은 시각에서 세계를 인식하는 하나의 태도라고 보든, 원시적 삶을 점유하고 있던 신화적 사유와 관련되어 있다. '낭만적'이라는 말을 처음 도입한 사람으로 흔히 일컬어지는[11] F. 슐레겔이 고대문학의 중심이었던 신화가 없는 '현대' 문학이 새로운 신화를 만들이내야 한다고[12] 목청을 높였던 것도 이런 맥락에서였을 것이다. 말하자면 세계에 대한 낭만적 인식은 신화적 사유의 유산이라는 것이다. 이제 이 유산관계를 시간에 한정해서 더듬어

---

9) Lilian R. Furst, 이상옥 역, 『낭만주의』, 서울대출판부, 1987, 3쪽.
10) 김영민, 『현상학과 시간』, 까치, 1994.
11) Lilian R. Furst, 앞의 책 9쪽.
12) F. 슐레겔, 「문학에 관한 담화」(지명렬, 『독일낭만주의연구』, 일지사, 1975, 부록) 참조.

볼 필요가 있겠다.

　신화 유형 가운데 우리의 논의 대상인 전기나 사전과 유사한 서술양식을 보여주는 것은 영웅신화이다. 영웅신화 역시 주인공인 영웅의 ‘일생’을 서술한다는 점에서 그렇다는 것이다. 영웅신화는 ‘출발 – 입문 – 귀환’의 코스를 밟으면서 이야기된다.13) 영웅은 한 집단이 안고 있는 문제를 해결하고 위해 길을 떠나고 길 위에서 문제 해결의 열쇠를 얻어 다시 그 사회로 돌아온다. 영웅에 의해 사회는 재생의 힘을 얻게 되는 것이다. 영웅의 이런 삶의 리듬은 순환적이다.

　그런데 우리 영웅신화에서 시간은 두 개의 리듬을 가지고 있는 것 같다. 건국 영웅의 경우, 그는 초월적 존재로서 지상에 국가를 세우는데 이는 초월적 시간이 역사적 시간 속으로 개입하는 것이다. 주몽은 천신과 수신의 종합이라는 점에서 역사적, 물리적 시간을 벗어나 있는 존재지만 역사적 시간 속에서 고구려를 창건한 후 다시 역사적 시간을 벗어난다. 동명성왕 주몽이 지상에 옥 채찍을 남기고 승천하는 사건(「東明王篇」)이 그것을 보여준다. 초역사적 시간이 역사적 시간과 조우했다가 다시 초역사적 시간으로 돌아가는 순환의 코스가 첫 번째 리듬이다.

　본풀이에 등장하는 무속영웅들은 현실적 시간 속에 거주하는 존재들이다. 주지하다시피 바리데기는 왕의 딸이거나 부자의 딸이다. 이런 바리데기에게 주어진 구약(救藥) 여행은 현실의 시간이 접히는 사건이다. 그는 저승이라는 이질적인 시간과 조우해야 하는 것이다. 그리고 다시 현실적 시간 속으로 돌아와 집단의 위기를 해결하고 그 공덕으로 무속신으로 좌정한다. 이 무속신되기는 구약 여행과는 다른 의미에서 시간을 다시 초월하는 것이다. 신은 시간 밖에 있다. 현실적 시간이 초월적 시간과

---

13) 영웅의 행로에 대해 자세한 것은 J. 캠벨의 『세계의 영웅신화』(이윤기 옮김, 대원사, 1989)를 참조할 것.

조우했다가 다시 현실로 귀환하고 또다시 현실을 초월하는 순환의 리듬이 두 번째 리듬이다.

첫 번째든 두 번째든 영웅적 인물의 행로를 따라가는 신화에서 두 개의 시간은 상보적으로 존재한다. 나라를 세우는 역사의 당면 과제든 부(모)를 살리는 현실의 윤리적 과제든 그 해결은 현실의 바깥으로 주인공이 이동함으로써, 이동을 통해 그 외계의 힘을 끌어들임으로써 가능해진다. 엘리아데의 목소리를 빌어 말하면 현실의 부패한 시간이 현실 바깥의 초월적 시간을 체험함으로써 새로운 시간으로 재탄생하는 것이다.[14] 그리고 신화의 주인공은 역사적 시간, 혹은 세속의 시간을 떠나 있으면서도 역사(세속)의 시간에 관여한다. 건국영웅은 국가의 역사적 지속을 통해, 그 지속의 의례적 표현인 국가적 제의를 통해 역사적 시간 안에 현존한다. 무속영웅은 굿거리를 통해 세속의 시간에 반복적으로 출현한다.

그런데 신화는 역사적 시간과 초월적 시간이 관계를 맺으면서 순환하기는 하지만 역사적 시간, 달리 말하면 인간적 시간, 자연적 시간을 부정하지는 않는다. 축제나 제의에서 볼 수 있듯이 역사적 시간은 주기적으로 초월적 시간과 조우하면서 갱신된다고 하는 것이 신화의 사유인데 이런 사유 안에 자연적 시간으로부터의 절단이라는 태도는 있을 자리가 없는 것이다. 역사적 시간과 초월적 시간, 자연적 시간과 초자연적 시간이 통일된 세계가 신화의 인식세계이기 때문이다. 신화 안에서 자연적 시간은 이미 초자연적 시간의 일부이기 때문에 분리나 절단이 있을 수 없다는 것이다.

그러나 전기(傳奇)의 주인공은 시간과 다른 관계를 맺는 것으로 보인다. 최치원은 집단적인 문제가 아니라 개인적인 문제를 지닌 신라 6두품

---

14) 이와 관련된 자세한 논의는 M. 엘리아데의 『종교사개설』(이재실 옮김, 까치, 1993) 제11장을 참조할 것.

출신의 문인지식인이고, 그의 귀녀들과의 만남이라는 일종의 '이계여행'
은 목적의식을 지닌 행로였다기보다는 우연한 것이었다. 쌍녀분의 석문
(石門)에 쓴 제시(題詩)에서 알 수 있듯이 최치원은 쓸쓸한 심회를 원혼들
에 빗대어 풀어본 것일 뿐이다. 하지만 이 제시가 계기가 되어 우연한
만남은 이루어지고, 이 만남을 통해 최치원이 얻은 것은 두 '호녀(狐女)'
로 상징되는 욕망을 추구하는 삶이란 "浮世榮華夢中夢"이라는 자각이었
다. 다른 공간, 다른 시간의 경험이 주인공을 자신이 거주하고 있는 시공
에 대한 반성으로 인도한 것이다. 결국 여행에서 귀환한 최치원은 현실의
자신을 치유하기 위해 역사적, 혹은 자연적 시간에 얽매인 자신을 삶을
탈속(脫俗)의 방식으로 탈주시키는 것이다. 이런 사태는 최치원이 경험한
닭이 울 때까지의 짧은 시간과 달리 40여 년이란 긴 시간을 경험한 조신
의 경우도 다르지 않다. 조신 역시 비현실적, 혹은 초월적 시간과의 조우
를 통해, 다분히 불교적이기는 하지만, 자각과 창사(創寺)와 수업(修業),
그리고 막지소종으로 탈주하고 있는 것이다.

　초기 전기물에 보이는 이런 양상은 현실적 시간과 초월적 시간의 단절
이라는 점에서 신화적 시간관과 일정한 단절의 지점이 있는 것으로 보인
다.15) 그것은 먼저 주인공이 경험한 두 차원의 시간 사이의 단절이다.
신화와 달리 전기에서의 두 시간 사이의 문은 한 번 열리고는 닫혀 버린

---

15) 이와 관련하여 신화의 전기 사이의 연속성보다는 차별성이 오히려 긴요하며 "전기 양식
　　은 지배적인 현실 속에 결코 포섭되지 않는 개인을 발견하는 반-신화가 아닐까" 하는
　　강상순 선생의 토론이 필자가 논지를 좀더 세심하게 전개하는 데 참고가 되었음을 밝힌
　　다. 그러나 필자는 전기가 '반-신화'라는 데에는 동의하지 않는다. 초기 서사문학에서
　　우리가 발견할 수 있는 반신화(反神話)적 서사는 오히려 사전(史傳)이다. 전기는 사전의
　　양식을 계승했음에도 불구하고 시간관을 포함한 세계인식의 태도에 있어서는 신화에
　　가깝다는 것이 필자의 생각이다. 전기는 사전의 반신화적 기술태도에 맞서 신화적 세계
　　인식의 긴요함을 인정하면서 사전이 기대고 있는 유가적 합리주의에 문제를 제기하는
　　양식인 것이다.

다. 최치원은 원혼녀들과, 조신은 꿈 속의 삶과 한 번 만나고는 다시 만나
지 않는다. 신화의 주인공들은 두 세계의 문 사이를 지속적으로 왕래하지
만 전기의 주인공들은 시간의 방 어느 한 쪽에 갇혀 있다. 또 다른 단절의
지점은 다른 시간을 경험한 주인공의 현실과의 단절이다. 신화의 주인공
은 초월적 시간에 거주하면서도 현실적 시간에 관여적이지만 전기의 주
인공은 현실의 시간에 관여하기를 거부한다. 초월적 시간 경험이 선사한
자각은 주인공의 '영원의 시간' 속으로 인도하지만 주인공은 이제 그
시간 속에서 나오기를 거부하는 셈이다.

　이런 단절은 정신사적으로 보면 고대 종교인 도교나 불교의 시간의식
과 일정한 연관이 있는 것 같다. 주지하다시피 이전의 무교(巫敎)를 이으
면서 동아시아 지역에 퍼져 있던 도교와 인도에서 들어온 불교는 그 차이
에도 불구하고 불사(不死)를 추구한다는 점에서는 대단히 동질적이라고
할 수 있다. 이렇게 말할 수 있는 것은 앙리 마스페로가 지적한대로 불교
수용 초기에는 '열반'이 '무위'로 번역되었을 정도로 중국에서 양자는
오랫동안 동일시되었기[16] 때문이고, 최치원이 「난랑비서(鸞郎碑序)」에
서 말했듯이[17] 신라사회에서 유교를 포함하여 불교와 도교는 점차 혼융
되어 갔기 때문이다.[18]

　그런데 도교든 불교든 영생불사를 추구한다는 것은 결국 유한한 인간

---

16) 앙리 마스페로, 신하령·김태완 옮김, 『도교』, 까치, 1999, 7부 참조.

17) 우리 나라에는 현묘한 도가 있어 이를 풍류(風流)라 한다. 그 설교(設敎)의 근원은 선사
　　(仙史)―화랑에 관한 책―에 상세히 실려 있거니와 실로 이는 삼교(三敎)를 포함한 것으
　　로 모든 생령(生靈)을 접화(接化)해 갔다.….

18) 「慶州甘山寺彌勒菩薩造像記」에 소개되어 있는 "성품이 자연과 어울리니 노장의 소요
　　를 그리워하고, 뜻은 진실한 가르침을 중히 여기니 무착(無着)의 현적(玄籍)을 바란다.
　　나이 육십 칠 세에 청조(淸朝)의 왕사(王事)에서 물러나 산야의 조그만 밭뙈기로 돌아와
　　서 오 천 글자 『도덕경(道德經)』을 펴 든다."는 한 신라 불교도의 모습도 도교와 불교가
　　일상생활 속에서 둘이 아니었다는 사실을 잘 증언해 준다.

적 시간, 역사적 시간의 초월을 의미한다. 세속적 시간을 부정하고 그것
으로부터 탈출을 꿈꾼다는 것이다. 도교나 불교가 지배적인 종교가 된
시기에는 이미 초자연적 시간과 자연적 시간의 통일성이, 다시 말해 신화
적 시간의식이 상당 부분 회의에 부쳐져 있었다. 이 훼손된 시간성이
그것을 넘어서려는 욕망을 자극했고, 거기에 해결의 방도를 제공한 것이
불교나 도교였던 셈이다. 전기 양식이 한결같이 기이한 세계, 굴절된 시
간에 대한 체험을 통해 현실을 반성하고, 나아가 부정하게 하고, 상당수
의 전기들이 결국은 서사적 종국을 '막지소종' 유형으로 마무리하는 것
은 도교나 불교라는 세계관적 후광이 있었기 때문에 가능한 것이었다고
생각한다.

그러나 이런 단절의 지점에도 불구하고 필자는 전기적 시간 안에 신화
적 시간이 지속되는 부분이 있다고 생각한다. 그것은 바로 '세속적(역사
적) 시간의 초월적 시간과의 접촉'이라는 문제이다. 하나의 서사 양식은
주인공을 자각에 이르게 하는 다양한 서사 방식을 선택할 수 있다. 기존
의 서사 방식을 활용할 수도 있고 새로운 방식을 창안할 수도 있다고
생각한다. 그런데 여기서 전기는 초월적 시간과의 접촉이라는, 구비 전승
의 전통 안에 있던, 신화적 서사방식을 담론의 방법으로 선택한다. 필자
는 이 선택에 중요한 의미가 있다고 생각한다. 전기가 사전으로부터 전
(傳)이라는 양식적 유산을 상속받았음에도 불구하고 기(奇)를 통해 초월
적 시간과의 접촉이라는 신화적 서사 방식을 더 필요로 했던 필연적 이유
가 있다고 보는 것이다.

4

이제 여기서 이런 질문이 필요하다. 전기 양식은 우리 문학사에서 왜

특정한 시기에 발생했으며 현실성보다는 낭만성을 서사적 방략으로 채용했는가? 다시 말해 왜 전기는 신화적 서사 방식을 필요로 했는가 하는 것이다.

이런 의문에 대해서는 일찍이 나말여초(9~11c)라는 역사의 변혁기에 6두품 출신 이하의 문인들이 그 이전에는 직접적으로 현실을 비판하지 못하고 우언의 형식을 빌리기도 하다가 민간의 설화를 발견한 다음부터는 이 소재를 전기양식으로 소화하여 새로운 예술양식으로 창출한 것[19]이라는 역사주의적 해명이 있었고 이런 견해가 여전히 다수설로 받아들여지고 있다. 최치원을 비롯한 수많은 육두품 출신들의 당나라 유학, 당무후(武后) 시기(7~8c)에 「유선굴(遊仙窟)」이라는 전기를 신라나 일본에서 비싼 값에 사갔을 정도로[20] 신라의 문인들이 전기를 애호했다는 사실, 당나라에 군자국으로 불릴 정도로[21] 신라의 한문학이 상당한 수준에 이르러 있었다는 사실 등을 고려하면 신라 하대, 혹은 나말여초에 전기문학이 발생했고 유행했으리라는 추정은 충분히 타당하다고 생각한다. 그러나 필자는 또 다른 측면을 고려할 필요가 있다고 본다. 그것은 앞에서 언급한 바 있는 신화적 인식론의 연속과 지속이라는 측면이다.

신라 사회에서 한문학이 상당 수준에 이르렀다는 것은 전기 발생의 조건이 되지만 다른 한편으로는 문명권의 중심으로부터 새로이 들어온 전기와 같은 양식들을 부정하는 조건도 될 수 있다고 생각한다. 성숙한 한문학의 기초 위에서 소위 『구삼국사』와 같은 역사서가 저술되었다는 것은 신라를 포함한 삼국사회가 초기에 가지고 있었던 신화적 세계인식

---

19) 임형택, 「나말여초의 전기문학」, 『한국문학사의 시각』, 창작과 비평사, 1984.

20) "新羅日本使至, 必出金寶購其文."(『唐書』)

21) "(孝成王) 二年 春二月, 唐玄宗聞聖德王薨, 悼惜久之, 遣左贊善大夫邢璹 …璹將發, 帝製詩序, 太子已下百寮咸賦詩以送. 帝謂璹曰, '新羅號爲君子之國. 頗知書記, 有類中國.'"(『三國史記』卷9)

에서 어느 정도 탈피하여 기실(記實)의 역사를 향해 움직이고 있었다는 의미이기도 하다. 물론 「동명왕편」(1193)을 참고하면 알 수 있듯이 『구삼국사』가 건국과 관련된 신화를 역사의 일부로 수용하고 있었고, 그런 점은 『구삼국사』에 기초한 『삼국사기』(1145)에도 일부 보이지만, 이 시기의 역사 서술이 이미 '자불어괴력난신(子, 不語怪力亂神)'이라는 유가적 정초 위에서 이뤄지고 있었다는 점은 부정할 수 없다. 『삼국사기』가 천재지변을 수다히 기록하고 있다고 하더라도 그것은 이미 알 수 없는 세계의 기이함이 아니라 왕권의 변동 등 천명과 관련된 것이었다는 식으로 합리적 설명이 가능한 자연 현상이었다. 이런 흐름은 고려 초 최승로(927~989)가 유가적 음양론에 기초하여 세계를 불신(佛神)이 만들었다는 식의 불교적 논리와 그 과보지설(果報之說)의 폐단을 강력히 비판한[22] 것을 통해서도 유추할 수 있다.

그렇다면 여기서 우리는 우리 문학사에서 전기 양식이 발생했으리라고 추정되는 나말여초에는, 역사적 전환기와 맞물리면서 신화적 세계에 대한 긍정과 부정이라는 두 인식론이 대립하고 있었으리라는 잠정적 결론을 얻을 수 있다.[23] 괴력난신을 부정하는 일단의 흐름 속에서 전기는

---

22) 朱紅星 外, 김문용·이홍용 옮김, 『한국철학사상사』, 예문서원, 1994, 104~5쪽.

23) 이런 대립적 양상이 잘 드러나는 시기가 12~3c이다. 나말여초의 인식론적 상황을 알 수 있는 자료는 대단히 빈곤하지만의 이 시기의 자료는 비교적 풍부하기 때문이다. 우리는 이 시기의 자료들을 검토를 통하여 앞 시기의 인식론적 상황을 소급 추정할 수도 있을 것이다. 12세기 이후의 인식론적 상황과 관련하여 일단 두 계열을 상정해 볼 수 있다 ; A계열 - (구삼국사, 수이전) 편년통록, 편년강목, 동명왕편, 해동고승전, 삼국유사 등 / B계열 - 삼국사기, 왕대종족기, 성원록 등. 주지하다시피 김부식이 삼국사기를 완성한 것은 1145년이다. 이 책은 역사의 권계(勸戒)를 목적으로 편찬된 기전체 역사서인데 이규보의 「동명왕편」을 참고하면 『구삼국사』를 간결히 정리한 것이다. 그 정리의 방향이 분명히 규명할 수는 없지만 그것이 유가적 합리주의에 기초했으리라는 점을 지적하기는 어렵지 않다. 열전을 보더라도 인물의 일생을 신이사를 중심으로 진술하는 다른 문헌들과는 차이가 있다. 이런 김부식의 태도는 이미 고려 초기인 10세기에 최승로가 내세운 유가적 세계관에 근거한 불교비판, 즉 세계는 음양과 같은 천지지기(天

오히려 괴력난신의 세계와의 만남을 통해 괴력난신의 부정론에 의문을 제기하고[24] 깨달음을 추구하고 시간적으로 조건지어진 현실 세계 자체로부터 탈주하려고 했던 것이다. 이 탈주의 욕망이 최치원의 원혼녀와의 자연스러운 만남, 조신의 태수의 딸과의 만남이라는 현실적 시간으로부

地之氣)로 이뤄져 있는 것이지 불신(佛神) 따위가 만든 것이 아니라는 생각과 맞닿아 있는 것이다. 그런데 흥미로운 것은 삼국사기를 내 놓은 지 얼마 되지 않은 1162~4년 무렵에 김관의에 의해 「편년통록」과 같은 역사 서술이 이뤄지고 있었다는 점이다. 『고려사』 '세계'에 인용되어 있는 「편년통록」은 고려 왕실의 세계를 신이사(神異事)를 중심으로 기술한 것이다. 말하자면 신화적 역사(건국사)인 셈이다. 이런 사실은 고려 시기를 두고 A, B 두 계열이 끊임없이 세계관적 논쟁, 그와 결부된 역사서술의 논란, 나아가 이야기 이해의 대결을 벌였다는 것을 말해 준다. 기실 유가적이면서 도불의 사유를 겸전하고 있었던 이규보가 1193년 「동명왕편」을 쓰면서 스스로 '귀환(鬼幻)→신성(神聖)'의 전환을 말하지 않으면 안 되었던 이유도 여기 있을 것이다. 「동명왕편」과 같은 맥락에서 90여 년 후 일연은 『삼국유사』를 쓴다. 『삼국유사』가 말 그대로 『삼국사기』가 담지 못한, 혹은 버린 진실의 역사를 수습했다는 것은 기이한 사건이 지닌 역사로서의 가치를 인정한다는 뜻이다. 역사를 기술한다면서 그 첫머리를 '기이(紀異)'로 내세운 것은 『동명왕편』과 같은 생각이다. 그것은 박인량이 이미 '수이(殊異)'라고 내세운 생각에 뿌리를 댄 것이다. 기이하지만 그 안에 세계의 신성한 의미가 숨어 있고, 따라서 기록하여 널리 전파할 가치가 있다고 본 것이다. 그런데 바로 일연이 『삼국유사』를 쓸 무렵에 고려 사회는 일종의 사상적 지각변동이 한 차례 준비되고 있었다. 그것은 주자학의 도래이다. 안향은 1289년 충선왕을 따라 원나라에 들어갔다가 『주자전서(朱子全書)』를 보고 돌아와 태학(太學)에서 성리학을 강의하기 시작했고, 백이정은 1298년 충선왕의 종신으로 연경에 가서 10년 동안 정주학(程朱學)을 공부하고 돌아온다. 김관의이 「편년통록」을 맹렬히 비판했던 이제현은 백이정에게서 정주학을 배운 인물이다. 이들의 생각은 이전의 유가적 생각을 수용하고 있었지만 도교나 불교를 전적으로 부정하지 않던 문인들과 달랐다. 이규보는 신이사 속에서 신성을 발견하려고 했지만 이들은 신이사 자체를 부정한다. 그것은 귀환이고, 귀환을 제치(除治)의 대상이 되는 것이다. 이들의 관심은 기이한 세계에 관여 당하지 않는 '현실 자체'였다. 고려 말까지 이어져 조선으로 이월된 이같이 전개된 인식론적 대립상이 이미 신라 말에 형성되어 있었을 것이다.

24) "환상적인 것의 담론은 역사 담론 속에서 사실적인 것으로 간주되는 세계에 질문을 던지고 그 세계를 부정한다."(루샤오펑, 조미원 외 옮김, 『역사에서 허구로, 중국의 서사학』, 도서출판 길, 2001, 188쪽)

터의 일시적 단절로 형상화되었던 것이다.

　르네상스 이래 계속 발전을 거듭하여 계몽주의를 통하여 전 문화세계를 지배하는 보편성을 획득하게 된 합리주의에 가장 격렬한 타격을 입힌 것이 낭만주의[25]였듯이 차츰 증대되고 있던 기실주의적 유가의 합리성 속에서 그런 흐름에 일정하게 역류하면서 사실성·합리성에 반하는 낭만성을 주요한 서사원리로 운용한 것이 전기 양식이었다. 우리가 문학성의 지표로 생각하기도 하고, 때론 소설과 동일시하기도 하는 허구(Fiction)라는 것도 이런 낭만적 흐름과 깊은 내연의 관계가 있는 것이다. 우리는 왜 신라 하대의 문인 최치원의 삶을 두고 「최치원전」과 「최치원」이라는 두 종류의 서사가 서로 다른 작자(들)에 의해 쓰여졌는지를 새삼 곱씹어 볼 필요가 있다.

---

25) A. 하우저, 염무웅·반성완 공역, 문학과 예술의 사회사(근세편·하), 창작과 비평사, 1974, 195쪽.

ABSTRACT ━━━━━━━━━━━━━━━━━━━━━━━━━━━━━━━━━━━━ ■

A Study on a Romance of HUANQI's Hour

Jo, Hyeun–Soel

This thesis is an attempt for examining into the property of HUANQI(傳奇) through the cognition about the time melting in CHUANQI. Recently the romance connected with the property of CHUANQI has been noticed by scholars but the origin of CHUANQI has been unnoticed.

I tried to find out the origin of romance of CHUANQI in a mythic world cognition through the mediator named time. I examined that the cognition about time in CHUANQI is also different from it in a myth in two phases, which are the cutting between the time of two dimensions which the hero experienced-present time and transcendental time and the cutting with the real life which the hero experienced, but the mythological time continues in CHUANQI as well.

What CHUANQI accepted the mythological time-cognition as a narrative form has an objection to the contemporary Confucian time-cognition represented by a historical biography. CHUANQI is a kind of a supporter against opposite views about 'strangeness-violence-muddle-mystery'(怪力亂神) among epistemological opinions in period of 10~12c.

주요어 : 전기, 사전, 낭만성, 합리성, 괴력난신, 전기적 시간, 신화적 인식론,
인식론적 상황

16세기 강호시조의 낭만적 성격

김용철*

1. 머리말

월드컵이 끝났다. 모두에게 심각한 후유증을 남겨둔 채. 끝난 지 겨우 몇 달밖에 되지 않았지만 우리들 마음 속에는 마치 상고시대 일이었던 것처럼 멀게만 느껴진다. 하지만 이번 월드컵이 가지는 몇 가지 문명사적 메시지는 여전히 우리들 마음 속에서 유효하다.

이번 월드컵의 의의는 두 가지로 요약할 수 있다. 첫째, 개막전 세네갈 과 프랑스전에서 나타났듯이 지난날 식민본국과 식민지 지역의 대결에 서 식민지의 승리가 두드러졌다. 21세기 최초의 월드컵 개막전은 과거 식민지의 승리로 끝났다. 둘째, 축구라는 서유럽과 백인 우월주의의 최고 의 아성이 비유럽계 국가들의 선전에 의해 심각한 타격을 받았다.[1] 이제

---

[1] 19세기 말에서 20세기 초 백인우월주의를 구체적으로 확립하기 위해 기획된 올림픽과 월드컵이었다. 전자에서 백인우월주의는 무너진 지 오래다. 하지만 월드컵에서는 그간 서유럽의 대폭적인 투자의 결과 남미를 제외한 다른 지역이 감히 넘보지 못하는 아성을 구축해 왔다. 서유럽 출신이 아닌 펠레에게 '축구황제'라는 말을 선사한 것은 이 아성을 헝그리 정신으로 무장하고 개인기로 돌파하여 세계축구계를 양분한 남미지역에 보내는

는 누구도 황인종이 신체적 열세 때문에 제공권 장악은 꿈도 못꾼다는 생각은 하지 않는다.[2] 하지만 월드컵에서 축구를 통해 거둔 이러한 성과가 그 이후 다른 부문에까지 광범위하게 적용되는 것 같지는 않다.

필자가 서두에서 이렇게 월드컵 이야기를 꺼내는 것은 월드컵 특히 한국팀의 선전이 가진 문명사적 의의와 관련해 고전시가와 낭만성이라는 주제를 생각해 보자는 것이다. 이 주제에 대해 기존연구가 택할 수 있었던 길은 두가지 뿐이었다.

먼저 서유럽 중심으로 18세기 말에서 19세기 중반에 걸쳐 발달한 역사적 문예사조로서 낭만주의의 관점에서 이 문제를 생각해보는 길이다. 그러기 위해서는 고전주의 내지 신고전주의에서 낭만주의로서의 전환, 이 전환을 뒷받침한 자본제 및 시민계급의 발달과 프랑스 혁명과 나폴레옹 전쟁, 신성동맹과 같은 반동정치 등의 정치적 정세와 비슷한 정황을 찾아내야 했다. 하지만 국문학에서 그런 모습을 찾아낼 수 없다는 데 문제가 있다. 이 경우 방법적 주요방향은 고전주의와 비교에 있다. 즉 문학사적 전환, 이성 대 감성, 고전의 모방 내지 규칙 대 창조성 내지

찬사이다. 이것은 또한 서유럽이 남미쯤은 품에 안아도 좋을 정도로 축구에서 자신들의 우위를 지켜나갈 자신이 있었던 것을 의미하기도 하다. 월드컵은 축구를 통해 인종적으로 백인우월주의와 지역적으로 서유럽의 세계지배의 가장 구체적인 표상이었다. 지배가 단순한 경제적 내지 정치적 힘만 가지고 되는 것은 아니다.

하지만 이제는 그렇게 되지 않을 것이다. 무엇보다도 이번에 전통적인 서유럽 축구 강국인 포르투갈, 이탈리아, 스페인이 줄줄이 한국 때문에 탈락했다. 프랑스도 가볍게 뛰어주리라 생각했던 평가전에서 한국에 진을 다 빼지 않았다면 그 정도로 졸전하지는 않았을 것이다. 이번 경기에서 한국의 선전은 백인우월주의와 서유럽 중심주의의 표상을 깨뜨린 문명사적 의의가 있는 것이다.

2) 이전 축구 해설을 기억하시는 분들은 경기가 잘 안되는 것보다 더 절망적인 이야기가 '우리 선수들은 체형이 작아서' 운운하는 말이었을 것이다. 이것은 황인종이 타인종에 비해 인종적으로 열세에 있으므로 앞으로 절대 축구에서는 타인종을 이기지 못할 것이라는 의미였다. 이번 월드컵에서 이 말을 거의 들을 수 없었던 것을 기억해보면 이번 월드컵이 대체 우리에게 무엇이었는가를 알게 될 것이다.

천재 등의 비교가 그것이다.

이에 대체할 수 있는 개념으로 낭만성을 내세우는 길이 있다. 낭만주의와 같이 까다로운 여러 정세적 상황을 찾아야 하는 것을 면제받으면서 인간 행동 내지 심리의 한 보편적 경향성으로 낭만성을 설정한 후 그에 해당하는 것이 나타나는가 그렇지 않는가를 찾아보는 것이다. 좀 비겁한 방법이긴 하지만 이것이 흔히 사용되는 수법이다. 이 경우 방법적 주요방향은 사실성과의 비교에 있다. 즉 사실성 대 낭만성 내지 환상성, 역사적 진보에 따른 사실성의 승리와 낭만성의 역사적 제한성 및 퇴폐성으로의 쉬운 전화, 낭만적 열정의 긍정 등이 그것이다.

그 어느 쪽 방향을 택하든 고전시가 연구는 가장 적합한 장르일 것처럼 보인다. 낭만주의 운동의 핵심은 시였고[3] 시적 환상이나 전통에 대한 거부 등은 낭만성 내지 낭만주의적 관점에서 파악하기에 적합한 주제일 것이다. 하지만 실제로 이런 주제가 주어졌을 때 가장 당황하는 사람들이 바로 고전시가 연구자들이다.

현대문학은 차치하고라도 몇 년전 고전소설 연구 쪽에서 사실성과 낭만성 내지 환상성에 대한 연구를 통해 많은 성과를 낸 것과 비교하면 고전시가 연구자의 당황은 이해가 되지 않는 측면이 있다. 물론 이것을 고전시가 연구의 후진성이나 연구자들의 게으름으로 치부할 수도 있을 것이다.

그러나 또다른 측면 즉 서유럽적 풍토에서 태어난 낭만수의 내지 낭만성이라는 사고틀 자체를 거부하는 어떤 것이 고전시가에 존재하지 않는가 라는 점도 생각해볼 필요가 있다. 사실 고전소설은 현실을 직접적으로 반영한다고 생각하기 쉬운 소설이라는 장르적 특성상 서양이론의 적용

---

3) 영국(워즈워드, 코울리지), 프랑스(빅토르 위고, 뮈쎄), 독일(노발리스, 아이헨도르프, 브렌타노)의 낭만주의 시인들은 모두 서유럽의 가장 대표적인 시인들로 우리에게 알려져 있다. 낭만주의는 생각보다 우리에게 친숙한 문예사조이다.

이 쉬운 측면이 존재한다. 그러나 고전시가는 형식에서부터 내용에 이르기까지 서양것과 너무도 다르다는 점에서 이러한 어려움이 생긴다.

사실 이점은 너무도 당연한 것인데도 불구하고 우리가 그동안 서양의 지적 지배에 빠져서 전혀 인식하지 못했던 면이기도 하다. 서유럽에서 태어난 모든 것은 서유럽이라는 극히 좁은 지역의 역사적 산물이다. 그것은 전혀 보편적인 것이 아니다. 낭만주의 내지 낭만성도 마찬가지로 인간의 보편적 특성 내지 경향성과는 아무 관련이 없다.4) 동아시아라는 서유럽과는 전혀 다른 문명체계 속에서 역시 전혀 다른 시각과 방향과 방법으로 구획된 문학행위였던 고전시가는 애초에 서유럽에서 탄생한 이론 자체를 거부하고 있었던 것이다.

그렇다면 어떻게 해야 하나? 고전시가와 낭만성의 상관을 찾는 것을 포기해야 하나? 그럴 필요는 없다고 본다. 사실 고전시가와 낭만성의 상관을 찾는 길은 위에서 말했던 두 가지 길 말고 또 하나의 길이 있다. 그것은 낭만주의 내지 낭만성을 하나의 사조 내지 문학행위의 경향성으로 생각하는 것이 아니라 특정한 작품 내지 작품군을 사고하는 사고틀 내지 사고방법의 집합으로 생각하는 것이다.

서유럽 사람들도 낭만성 내지 낭만주의란 개념을 몹시 파악하기 힘든

---

4) 이러한 서유럽 이론의 보편적 측면을 부수는 작업은 그들 스스로의 손에 의해 이루어졌다. 무릇 모든 보편성을 강조하는 이론은 상대성에 입각한 역사적 시각에 의해서 파괴되곤 한다. 우리에게 서유럽 문학의 보편성을 강요했던 시, 소설, 희곡 등이 실은 18세기 중후반경에 성립된 근대적 사회제도에 불과하며 그 이전에는 이러한 장르들이 서유럽에도 전혀 존재하지 않았거나 이때 와서 새로이 재배치되어 나타난다는 것이 그것이다. 그렇다면 이러한 문학적 제도에 입각한 장르체계(서정, 서사, 교술, 희곡)나 미의식체계(숭고, 우아, 비장, 골계) 등도 역시 보편성과는 거리가 멀다고 해야 할 것이다.
특히 장르나 미의식 등은 인간의 문학적 행동을 보편적인 네 가지로 묶어보려는 행위였으니 서유럽의 강고한 세계지배만큼이나 오만한 이론이었다고 할 것이다. 그것은 인간의 모든 측면 내지 모든 다양한 문명을 획일화시키려는 말도 안되는 지적지배의 폭력이었으며 서유럽 근대이성의 폭력의 구체적 현현 이외의 아무것도 아니었다.

것으로 여기고 있다. 그 결과 그들 작품군 내지 경향성을 파악하기 위해 다양한 방법을 사용하고 있다. 이러한 방법에 주목하자는 것이다.

즉 고전주의 내지 신고전주의에서 낭만주의로의 교체 과정에서 일어나는 여러 현상들에 대한 사고는 하나의 역사적 시대에서 다른 역사적 시대로 넘어가면서 고전시가가 겪는 여러 변화양상과 비교할 수 있는 한 예로써 생각한다든지, 자본제의 발전이 낭만주의를 추동한 측면은 사회적 발전과정이 고전시가 내부로 침투해 들어오는 방법적 비교의 한 예로 파악한다든지, 천재, 자연적 유로, 창조성 등 문학적 개념들을 통해 고전시가 작품을 다시 사고해 본다든지 하는 것이 그것이다.

사실 기존의 모든 연구자들이 서유럽 이론의 적용을 통해 작품을 분석할 때 실제로 수행했던 것은 이것이었다. 하지만 연구자들은 서유럽 이론을 적용하는 것이 학문 연구라는 생각에 너무 속박되어 있어서 자유로운 사고가 저해되곤 했다. 하지만 낭만성 내지 낭만주의의 이론을 까다롭게 적용하는 대신에 이러한 방법을 전면에 내세우게 되면 우선 서유럽 이론의 보편성에 대한 부담에서 벗어날 수 있고 보다 자유로운 입장에서 연구자가 해당 주제를 다룰 수 있을 것이다. 아울러 낭만주의 내지 낭만성을 연구하면서 서유럽의 학자들이 사용하는 방법을 보면서 고전시가 연구의 방법도 제고할 수 있을 것이다.

이글은 이러한 입장에서 고전시가 중 16세기에 등장하는 강호시조들을 대상으로 하여 낭만주의 내지 낭만성과의 관련성을 찾아보려는 한 시도이다. 이 시기 시조라는 장르의 출현과 동시에 등장하여 시조의 발전을 추동한 강호시조는 여러 가지 면에서 국문학사상 중요하다. 그러한 모습들을 낭만성과 관련하여 내용 및 형식의 여러 측면을 살펴보는 것이 이글의 목적이다.

하지만 그렇다고 해서 일정한 범위 설정도 없이 무작정 논의를 진행할 수는 없으므로 낭만성에 대한 간단한 소묘 정도는 하고 넘어가기로 한다.

필자가 여기에서 사용하는 낭만성 내지 낭만주의라는 개념은 한무리의 문학작품들을 사회적으로 성립시킨 특정한 역사적 시기의 공통된 욕망을 가리킨다. 물론 여기에는 현실이 아닌 내지 멀리 떠난 세계를 지향 내지 구축하려는 경향을 가진 낭만성을 지향하는 욕망이라는 단서가 붙어야 할 것이다. 이점에서 강호라는 현실과는 다른 세계를 구축하는 강호시조를 낭만적 성격이라고 규정하고 시작하려는 것이다.

하지만 논의과정에서 서유럽의 낭만주의 내지 낭만성의 모습을 번쇄하게 비교하지는 않겠다. 이를테면 워즈워드의 시들이 가지는 범신론적 경향과 강호가 유사하다든지, 1810년대 이후 혁명의 퇴조기에 독일의 낭만주의 시인들이 자연에 퇴거하는 시들을 짓는 것이 16세기 강호시조와 비슷하다는 상황적 유사성이라든지 하는 것을 일일이 적시하지는 않겠다는 것이다. 이것 이외에도 16세기 강호시조와 서유럽의 낭만주의는 여러 가지 유사한 점이 있다.

하지만 서유럽의 낭만주의는 기본적으로 자본제의 발달이라는 동력을 가지고 있었고 그에 따라 천재로 표상되는 자유로운 개인이 탄생하는 과정과 관련이 있다. 또 당시 한창 성립되어 가던 근대적 문학제도에서 낭만주의는 작품이 따라야 할 전범으로서의 고전성(古典性)을 파기하고 작품 자체를 하나의 인간이 창조한 것으로 보는 길을 열어나가는 긴 과정의 출발점이기도 하다.

이것은 현대 문학이론의 중심 중 하나이다. 이렇게 다른 모습을 가진 낭만주의의 낭만성과 16세기 강호시조의 낭만성을 외형적 동이만 가지고 비교하는 것은 무의미하다는 것이 필자의 판단이다. 하지만 낭만주의를 추동한 혁명기의 동력과 16세기 강호시조를 추동한 동력의 유사성과 그로 인한 낭만적 세계를 지향하는 욕망의 동질성에 대해서는 주목할 필요가 있다.

또 하나 지적해야 하는 것이 식민지성에 대한 것이다. 고전주의 자체가 가지고 있었던 고전의 고전성에 대한 숭배를 배격하고 자신의 길을 열어나간 것이 낭만주의 가장 뚜렷한 특징이라고 한다면『악장가사』「어부가」에 집구된 한시들의 강호적 성격을 한글이라는 언어를 통해 조선적으로 변형시켜 나가는 과정이 16세기 강호시조라고 할 수 있다. 이점에서도 낭만주의의 동력과 16세기 강호시조의 동력은 동질적인 셈이다.

2.『악장가사』「어부가」의 낭만적 성격

16세기 강호시조를 살펴보기 위해서는 먼저 강호'시조'가 아닌『악장가사』에 실려있는 「어부사」부터 살펴보아야 한다. 기존연구에서는 이 「어부사」와 강호시조와의 관련을 소홀하게 취급했으나 사실 16세기 강호시조는 이 「어부사」를 어떻게 시조적으로 변형시켜 발전시킬 것인가라는 문제의식이 지배하고 있었고 이 문제의식에 대한 해답을 얻어가는 과정이었다고 해도 과언이 아니다.

이 과정을 지배한 것은 크게 두 가지 조류였다. 하나는 「어부사」의 강고한 형식적 틀을 시조적으로 변형시키려는 것이었고 하나는 「어부사」를 구성하고 있는 개별 한시구들의 형상을 강호적으로 발전시키려는 것이었다. 필자가 보기에 이 두가지 경향을 추동한 것은 16세기 사족들에게 광범위하게 흘리넘치고 있던 낭만적 경향성이었으며 이 낭만적 경향성이 바로 강호시조를 발전시킨 근본적인 욕망이었다. 이러한 관점에서 우선 「어부사」의 기본적인 문학적 존재양태를 살펴보기로 한다.

「어부사」는 총 12장으로 구성되어 있으며 어부의 생활과 관련된 한시의 구절 중 가장 잘된 것들을 모아 만든 집구시 형식을 취하고 있다. 형식은 한시 두구-후렴(배띄여라 배띄여라 등)-한시 한구-후렴(지국총지 국총어사와)-한시 한구로 되어 있다. 아래 예를 하나 보기로 한다.

설빈어옹쥬포간(雪鬢漁翁住浦間)ᄒ니   자언거슈승거산(自言居水勝居
山)을
　비ᄭ여라 비ᄭ여라 조됴자락반됴리(早潮纔落晚潮來)라
　지국총지국총어사와(至菊叢至菊叢於斯臥)ᄒ니   일간명월(一竿明月)이
역군은(亦君恩)이샷다

「어부사」의 첫 작품이다. 이 작품의 형식을 한 마디로 표현하자면 구속
과 자유의 절묘한 결합이다. 그것은 형식과 내용의 두 가지 측면으로
구분해 볼 수 있다. 먼저 형식이다. 이 형식도 두 가지로 구분이 가능하다.

　첫째, 한 수 내에서 중간중간 후렴구를 넣어 전체의 모양을 만드는
것이다. 이 후렴은 반드시 들어가야 하며 빠뜨릴 수 없는 것이다. 이 후렴
을 통해 호흡도 조절하면서 내용이 가지는 자유를 적절하게 제어하는
것이다. 둘째, 전체 12수는 어부가 배를 띄우고 낚시 내지 물놀이 하고
배를 붙이는 데까지 일련의 과정에 따라 배열된다. 전체 12연을 통어하는
이 내적 연결도 또 하나의 형식이라고 할 수 있다.

　다음 내용의 측면이 가지는 자유이다. 사실 수없이 많은 한시구들 중에
서 한 구절만을 뽑아서 적절하게 배치하기 때문에 내용은 한 수 내에서
또는 전체 12구에서 내용의 흐름에 완전히 배치되지 않는다면 어떤 구절
을 사용해도 가하다고   할만큼 그 자유도는 절대적이다.

　물론 현재의 「어부가」는 의미가 비슷한 한시의 여러 구절들을 배치해
보고 나서 그중 의미와 내용면에서 가장 좋다고 생각한 구절들로 결정되
었을 것이다. 이것은 자유롭게 구절들을 선택하는 과정이 끝났음을 의미
하며 동시에 선택된 하나하나의 구절들이 어부형상에 있어서 전형의 모
습을 가지게 되는 것을 의미한다. 이현보가 『악장가사』 「어부가」를 가져
다가 8장으로 고친 것이 조선말까지 이어진 것은 이러한 자유선택과 전
형화의 마지막 행위였다 할 것이다..

　「어부가」의 내용과 형식은 14-15세기라는 역사적 시기의 산물이었다.

「어부가」가 언제 만들어졌는지는 알 수 없다. 다만 14세기 후반에 이미 불리워지고 있는 모습이 확인될 뿐이다. 소멸은 16세기 초였을 것으로 보인다. 이황이 「어부가발」에서 밝힌 바와 같이 16세기 초반에 이미 이 노래를 부를 줄 알고 있는 기생이 거의 없을 정도였다. 「어부가」에 나타난 여러 모습들이 시조로 전이되어 버리면서 「어부가」가 더 이상 사람들의 눈을 끌지 못하게 된 현상이라고 풀이할 수 있을 것이다. 하지만 이현보가 「어부가」를 개작한 「어부장가」 8장에 의해 「어부가」는 다시 살아나 조선말까지 거의 변화하지 않은 채로 불리워지고 있다.

「어부가」의 내용은 봉건시대 사대부계급이 가지고 있던 낭만적 경향을 충족시키기 위한 것이었다. 그것은 또한 문명 내부의 균형의 문제와도 관련되어 있다. 「어부가」 속의 세계는 정치계와 단절된 곳이다. 집구된 한시들의 본래 내용 또한 정치계를 떠나 강호에 은거한 사대부의 모습을 담은 것이다. 따라서 어부형상은 본래부터 세상과의 절연을 기본으로 하고 있으며 이것은 직접 표명하든 표명하지 않든 강호를 표방한 모든 시가에 공통된 것이다.

하지만 집구된 한시들은 중국의 것이었으며 이에 따라 「어부가」의 내용은 이국적인 분위기를 가지고 있었다. 쉽게 말해 「어부가」 속에 나타나는 강과 호수와 산은 전혀 조선적 모습이 아니었던 것이다. 너르디 너른 강이란 애초에 조선과는 거리가 먼 것이었다. 이에 따라 강호와 그 속에 사는 어부를 어떻게 조선적 산수의 맛 속에다 배치시킬 것인가는 그 이후 강호시조의 발전에서 심각하게 고려해야 했던 사항이었다.

이러한 「어부가」의 낭만적 성격은 어부 자체가 '멀리떠남'을 소재로 한데서 비롯된다. 즉 추악 내지 혼란한, 위험한 정치계에서 급류용퇴, 강호에 퇴거하여 자신만의 고고함을 지킨다는 것은 본래 정치계에 입문하여 입신양명하는 한편 보국안민하는 사대부계급의 현실을 추구하는 모습에서 '멀리떠남'을 의미한다. 이러한 어부형상은 매우 광범위하게 나타난다. 이것은 유교의 경들이 현실만을 대상으로 삼고있는 것에 대한 반동으로 문명의 정신적 균형을 맞추기 위해 출현 것이기도 하다. 마치 고전주의에서 낭만주의가 나오듯이 어부나 강호 자체가 문명 내부의 낭만적 성격의 한 축을 의미하고 있었던 것이다.

이러한 '멀리떠남'은 또 하나 이국적 풍경과 굳게 결합되어 있었다. 즉 작품 세계 자체가 조선을 멀리떠나 멀리 있는 이상적이고 환상적인 중국 어딘가의 세계를 지향하고 있었던 것이다. 이 세계는 중국에도 실제로 없는데 왜냐하면 집구시 형태로 조합된 세계이기 때문이다. 엑조틱이야말로 낭만적 환상의 가장 중심축의 하나이다.

이러한 내용이 가지는 낭만성은 형식에 의해 제어된 모습을 가지게 된다. 내용이 멀리떠남과 결부된 여러 가지 자유를 지향함에 따라 형식은 그 반대로 철저하게 고정된 모습을 취하게 되는 것이다. 왜 후렴구가 중간중간에 들어가 있는지, 왜 배를 타고 떠나는 데서 시작해서 돌아와 배를 매는 일련의 과정에 의해 배열되어 있는지 하는 것들을 이러한 측면에서 이해할 필요가 있다. 하지만 이 형식은 몇 가지 주요 거점을 제외하면 집구한시들의 철저한 자유를 보장하고 있는 점도 생각해야 한다.

이러한 어부가의 형식은 기본적으로 당시 국가가 사대부계급을 지배하던 형식과 닮아있다. 몇 가지 거점을 제외하고 지배계급인 사대부계급은 국가내부에서 자유를 보장받고 있었다. 그 자유는 출가, 벼슬거부의 자유까지 포함한 것이었다.[5] 한편 14-15세기는 원간섭기 이후 새로운 국가의 모형을 실험하면서 결국 조선의 형태를 선택하게 되는 과정이라고 할 수 있다. 이러한 국가 형태의 모색의 과정에서 이러한 형식이 등장한 것으로 보인다.

이렇게 형식에 의해 제어된 내용의 낭만성은 또 내용 자체의 전범성에

---

[5] 그럴 수 없는 사회도 많다.

의해서도 제어되고 있다. 어부의 모습은 불교[6]와 당시(唐詩)를 통해 사대부가 추구하는 대표적인 형상 중의 하나로 자리잡는다. 한데 「어부사」에 등장하는 어부와 강호의 모습은 거의 대부분 중국 당시에서 가져온 것으로 쉽게 말해 고전으로서의 전범을 가지고있었다. 이러한 점은 「어부가」 자체가 가지고 있는 과거회귀의 모습을 보여준다는 점에서 주목된다. 이 또한 낭만적 성격이라는 것은 자명하다.

이러한 「어부사」의 모습과 그 이후 계승되는 강호시조의 발전은 15세기에 창제된 한글의 발전과 긴밀한 관련을 가지고 있어 주목된다. 15세기 세종조에 한글이 창제된 후 여러 가지 실험을 거쳤다. 하지만 이 한글을 가장 반긴 것은 불경, 유경, 두시 등의 언해사업이나 국문편지 등 일상생활을 제외하면 시가계라고 할 수 있을 것이다.[7]

16세기 들어 『악장가사』, 『시용향악보』의 연속적인 출현은 이를 단적으로 보여준다. 이제까지 가사를 적을 방법이 없어 구전에 의존했던 국문시가는 이제 자신을 표현할 방법을 찾은 것이다. 쉽게 말해 한글창제 이전이나 그 이후 한참동안 국문시가는 암송 내지 구전에 알맞는 형식을 가지고 있었다. 가장 대표적이 것이 바로 돌림노래 형식이다. 「쌍화점」이

---

6) 자연를 노래한 한시 중 많은 양이 암자를 노래한 것이다. 또 당 중가 선승 대매(大梅)의 일화 중 몇 년을 산에서 살았냐는 질문에 '저 앞산이 몇 번 누래졌다 파래졌다 하는 것을 보았소.'하는 내답이라든지 산에서 내려갈 길을 묻는 질문에 'ㄱ냥 흘러흘러 가시오.'라고 대답한 길잃은 사람과의 선문답은 강호의 정신을 그대로 체현하고 있어 강호와 불교의 관계 또한 주목된다 하겠다.

7) 1930년대 이래 60년대까지 문학사 서술에서 가장 획기적인 일 중의 하나로 한글창제가 반드시 거론되곤 했다. 하지만 70년대를 거치면서 한글 창제의 의미는 문학사에서 부수적인 문제로 취급되었다. 하지만 한글이라는 문자를 의식하고 이를 발전시키려는 노력의 결과로 나온 작품과 구전을 목적으로 한 작품은 확연하게 차이가 나는 것이다. 그 차이는 시조와 고려가요의 차이 중 상당히 많은 부분을 의미한다 할 수 있다. 아울러 시조, 가사로 이어지는 이후의 시가사는 시적 언어로서 한글의 발전과정을 보여준다는 점을 명확하게 의식하고 바라볼 필요가 있다.

나 「어부사」 등이 가지고 있는 자유와 구속의 형식은 바로 표기문자가 없는 상태에서 어떻게 내용을 보존할 것인가를 염두에 두고 고안된 것들이다.

「어부가」 이후 강호시조들에서 「어부가」의 변형과 발전은 바로 한글을 의식하고 이것을 시적언어로 발전시키려는 노력의 한 과정이었다. 또한 이것은 「어부사」에 모아진 중국한시들의 세계를 어떻게 한글로 번역할 것이며 그것을 조선적 현실로 재생산할 것인가의 문제이도 했다.

3. 16세기 강호시조의 두 갈래 전개과정

16세기 강호시조는 『악장가사』 「어부가」를 시조로 변형하는 과정에서 형식의 측면을 계승하려는 계열과 형식을 포기하고 내용적 측면을 확장시켜 계승하려는 계열로 명확하게 구분할 수 있다. 이 두 계열로 각자 나름의 변형과 발전과정을 거쳐 강호시조를 완성하고 있다.

그 과정에서 가장 중요한 것은 「어부가」 속에 구현되어 있는 고려가요적 특징을 계승하는 한편 변형시키면서 자신의 길을 개척해 나가는 것이었다. 물론 변형이라고 이야기했지만 그것은 「어부가」에서 시조로 돌아올 수 없는 다리를 건넌 것이다.

이러한 변형은 형식상에서 「어부가」의 형식을 완전히 시조적으로 개편한 사시가, 구곡가의 형식을 창조하였으며 내용상으로도 「어부가」에 나오는 한시구의 상황을 개편하는 모습을 보이면서도 새로이 시조에 맞는 전형적 강호상황을 발굴하고 있어 단순히 「어부가」의 개작이나 번역의 수준을 넘어 새로운 문학장르를 창조한 것이었다.

문학사에서 새로운 장르의 출현과 발전은 그것을 뒷받침하는 추동력이 있는 법이다. 16세기 강호시조에서 그것은 16세기 새로운 힘을 얻으면서 부상한 사족들의 사회적 동향과 그들의 낭만적 경향성에 있었다. 그들은 자신들의 사회적 존재를 추상화시켜 강호시조를 만들어내는 한편 한글을 새로운 시적무기로 채택하여 높은 경지에 이르는 언어로 발전시켜 놓았다.

이러한 낭만성은 익히 알려져 있듯이 사림파 관료들을 중심으로 재지 사족까지 아우르는 성리학적 실천과 사회개혁에 맞서 일부 훈척 중심의 사족들이 벌인 권력투쟁의 와중에서 피해입은 사족들이 자신들의 이상을 강호에 붙임으로써 가능하게 된다. 곧 정치판에서 군자-소인의 가름에 따라 강호는 군자의 땅으로 부각된다. 이러한 면은 강호에 본래 있었던 부분이지만 16세기 강호에서는 이부분이 강화되어 나타나며 그에 따라 강호의 순일성, 완전성의 부분이 높이 강화되어 나타난다. 「어부가」의 본래 모습이었던 어부의 넉넉한 모습이 부차적으로 보일 정도이다. 16세기 강호시조의 낭만성은 전투적 양상을 띠고 있었다고 해야 할 것이다.

(1) 「어부가」 형식의 두 가지 변주

먼저 형식의 측면을 살펴보기로 한다. 「어부가」의 강고한 형식적 틀에 따라 시를 구성하는 모습을 계승하려는 16세기의 강호시조는 각각 「강호사시가」에서 사시가계열, 「고산구곡가」에서 구곡가계열을 새로 만들어 내었다. 하지만 이 두 계열은 「어부가」에서 채택한 '지국총지국총어사와(至菊叢至菊叢於斯臥) ᄒ니'와 같은 후렴구를 통한 형식적 틀을 포기하고 시조 내부에 형식적 틀을 삽입하는 형식을 취하고 있다. 후렴구를 통한 형식적 제어는 17세기 들어 「어부사시가」 등에서 다시 나타나게 된다.

이때 형식의 완전함의 추구가 가지는 낭만적 성격에 대해 언급할 필요가 있다. 형식의 완전함은 봉건체제 자체를 옹호하는 모습이라고 해석되곤 했지만 사실 강호라는 낭만적 세계와 결합함으로써 오히려 낭만적 형식이 된다는 점을 특기할 필요가 있다. 현실에서 완전한 것이 아니라 현실이 아닌 세계가 완전한 것은 현실에 대한 공격의 수단으로 흔히 선택하는 것이기 때문이다.

그럼 「강호사시가」를 살펴보면서 이 작품이 어떻게 「어부가」의 틀을 변형시켜 시조라는 새로운 장르로 탈바꿈해 내는가에 대해 살펴보기로 한다. 「강호사시가」[8]에서 형식적 틀은 두가지에 의해 구현된다. 하나는 춘하추동이라는 사시에 따라 네 수의 연시조로 구성하면서 각 작품 내부 초중종장에 각각 똑같은 장소에 각 계절에 알맞는 어부적 상황을 제시하는 어구를 배치한 것이 그것이다. 다른 하나는 각 시조 내부에서 '강호에 ~~이 드니'로 시작해 '~희옴도 역군은이샷다'로 끝나는 형식을 취하고 있는 것이 그것이다. 일단 작품을 보면서 설명하기로 한다.

> 江湖에 ᄀ올이 드니 고기마다 술져 잇다. 小艇에 그믈 시러 흘리 띄여
> 더뎌 두고, 이 몸이 消日희옴도 亦君恩이샷다.

이 시조가 「어부가」를 시조로 변형시킨 것이라는 점은 '江湖에 ~~이 드니', 이몸이 ~~희옴도', '亦君恩이샷다.'를 후렴구의 변형으로 볼 수 있다는 데 있다. 그 사이에 있는 '고기마다 술져 잇다', '小艇에 그믈 시러 흘리 띄여 더뎌 두고'를 집구된 한시들의 시조적 변용에 해당한다.

---

8) 「강호사시가」는 『진청』에 아무런 증거없이 맹사성의 작품으로 수록되어 있다. 맹사성은 문집도 남아있지 않아서 이 작품이 과연 그의 작품인가 의심이 가도 상고할 길이 없다. 하지만 이 작품이 『진청』에 실려있는 것으로 보아 18세기 초반까지 가창력을 잃지 않고 있었다는 점을 일단 인정할 수 있다. 또 이 작품이 강고한 형식적 틀을 가지고 있다는 점, 「어부가」의 여러 구절들을 한글로 풀어서 작품 내부로 끌어들이고 있다는 점 등을 볼 때 어느 강호시조보다도 앞선 작품으로 보인다. 따라서 설령 맹사성의 작품이 아니라고 하더라도 16세기 초중반에는 이미 성립되어 있었을 것으로 볼 수 있다.

하지만 한시구가 한글로 변용되면서 얼마나 바뀌었는가를 알 수 있다.

내용 또한 큰 차이로 변용되었다. 같은 어부의 모습이기 때문에 「어부
사」에 나오는 한시구들을 그대로 번역하거나 4자 정도의 한문단구로 사
용되는 예가 있는데 이 작품에서는 번역도 거의 없고 한문단구도 사용되
지 않는다. 대신에 한시구가 가지고 있던 상황설점을 완전히 해석하여
새로운 한글어구로 표현하고 있다.

이 시조의 핵심어구인 '小艇에 그믈 시러 흘리 씌여 더뎌 두고'는 어부
가 고기를 잡으러 그물을 배에 실어놓기만 하고 또는 그물을 쳐놓기만
하고 그냥 가을물살에 따라 배가 가는 대로 놓아둔 그 느낌을 잡은 것이
다. 굳이 이와 비슷한 상황을 설정하라면 「어부가」의 '아심슈쳐즈만긔(我
心隨處自忘機)'나 이현보 「어부장가」의 '유하전탄야부지(流下前灘也不
知)' 정도가 될 것이다.

이때 이 한글어구들은 극히 압축적인 모습을 취할 수 밖에 없다. 형식
적 틀을 계승하느라 후렴구에 해당하는 어구들이 작품속에 들어와 있는
상황에서 그렇지 않아도 좁은 작품공간을 쪼개 표현해야 하기 때문이다.
이에 따라 단번에 계절감과 어부의 상황을 표현할 수 있는 단일한 형상의
어구들이 선택되었다. 이 작품이 형식적으로든 내용적으로든 너무도 정
제되어 있는 것은 바로 이것 때문이다.

한편 이 작품은 「어부가」가 가지고 있던 넓은 강, 강한 바람이나 물살
을 거부하고 고요하고 작은 조선의 시내나 강물을 선택함으로써 어부형
상을 조선적 산수에 배치하는데 성공하고 있다. 그렇지만 그 자연이 실경
이 될 수는 없다. 중국적 산수가 가지던 엑조틱한 모습은 사라졌지만
어부 자체가 현실에서 물로 떠남을 의미하므로 현실이나 실경과 일정한
거리가 있는 의미에서의 또다른 형태의 엑조틱한 모습은 그대로 남아있
게 되는 것이다.

이상으로 맹사성의 「강호사시가」를 살펴보았다. 「어부가」를 사시가라

는 시조형태로 변용시킨 이 시조는 「어부가」의 모습에서 완전히 벗어나 자신만의 어부적 상황들을 창조하는데까지 이르렀고 그것을 짤막한 몇 마디의 한글로 표현함으로써 시적언어로서 한글의 모습을 일층 드높인 것을 알 수 있다.

이 작품은 기존 연구에서 15세기 집권사대부층의 관인적 이상을 보여준 것으로 평가되어 왔다. 하지만 한글작품으로서의 수준이 너무 높아 15세기 맹사성이라는 작가를 반드시 믿을만한 것은 아니라고 보여진다. 다만 완전히 규격화된 「어부가」의 형식을 새롭게 국문시가 속으로 흡수하여 재정립한 모습은 역시 안정된 국가체제의 이상을 형식으로 추상화하여 표현한 것으로 보인다.9) 말 그대로 「강호사시가」는 강호와 국가를 동시에 긍정하는 면을 두드러지게 보여주려는 의도가 보인다.

「강호사시가」에 이어 16세기 후반 이이의 「고산구곡가」에서 구곡가 계열의 형식적 틀이 새롭게 출현하였다. 「고산구곡가」에서 형식적 틀의 계승도 「강호사시가」에서만큼은 아니지만 작품 내부에 미리 선점하는 요소가 있었다. 각 작품이 시작할 때마다 '?曲은 어듸민오 ~에 ~~다'로 시작하고 있어 9곡의 순서에 따라 작품이 구성되어 있다.

또 초장에서는 9곡마다의 경치를 하나씩 제시하고 중장에서 그것을 풀고 종장에서 거두는 형식을 취하고 있다. 1장은 전체 총괄, 나머지 9장

---

9) 김흥규, 「강호자연과 정치현실」, 『욕망과 형식의 시학』(서울: 태학사, 2000)에서 이 작품의 형식적 틀에 대해 세밀한 분석을 행한 바 있다. 그 분석을 바탕으로 하여 이 작품이 15세기 집권사대부층의 낙관적인 세계관을 표현하고 있다고 했는데 이 작품이 현재의 모습으로 정착된 것은 최소한 17세기 들어와서가 아닌가 한다. 그것은 박인로의 강호가사들에 등장하는 모습을 이 작품이 가지고 있는 면이 눈에 띄기 때문이다. 예를 들면 '小艇에 그믈 시러 흘리 쯰여 더뎌 두고'같은 표현은 박인로의 「사제곡」에 나오는데 이현보의 「어부단가」같은 곳에서는 나타나지 않는 것이다. 또 이 작품은 내용상으로나 형식상으로 너무 정제되어 있다. 다만 김천택이 작가를 맹사성이라고 분명하게 못박은 것이라든지 「어부가」의 형식을 변형시키려는 측면에서만 볼 때 「고산구곡가」보다 먼저 성립되었을 것으로 보았다.

은 9곡에 하나씩 배치되어 있는 것이라든지, 봄과 여름이 너무 확장되어 있긴 하지만 춘하추동의 사시의 순서에 따라 작품이 배열되어 있는 형식을 가지고 있는 것 또한 그렇다. 이렇게 「어부가」나 「강호사시가」와도 다르면서도 강고한 형식적 틀을 만든 것에서 현실정치를 지향했던 서인 영수로서의 이이의 모습을 엿볼 수 있다 하겠다.

작품을 하나 보기로 한다.

> 오곡(五曲)은 어듸미오 은병(隱屏)이 보기됴타. 수변정사(水邊精舍)은 소쇄(瀟灑)홈도 ᄀ이업다. 이 중(中)에 강학(講學)도 ᄒ려니와 영월음풍(詠月吟風)ᄒ리라.

내용에서는 「강호사시가」에서 거의 물만 나왔던데 비해 산과 물의 조화가 나타난다는 것도 흥미롭다. 「고'산'구'곡'가」여서 그러기도 하겠지만 조선의 조그마한 시냇가에서는 필연적으로 산과 물을 함께 말해야 하기 때문이기도 할 것이다. 이에 따라 어부를 지칭했던 강호에 본격적으로 '산림'의 모습이 들어왔으며 아예 산림만 말하는 강호시가가 출현하기 시작하게 된다.

또 하나 지적해야 할 것은 「고산구곡가」에서 핵심이 되는 경치는 바로 위 인용작품에서 나온 '은병정사'라는 것이다. 위치도 오곡(五曲)에 있어 고산구곡의 한가운데 있다. 이 정사(精舍)라는 말은 본래 불교에서 나온 말이지만 주희같은 송대 거대지식인들이 자신들이 공부하고 가르치는 강학의 장소에다 무이정사 등의 이름을 붙임으로써 신유학적 성격을 부여받은 장소이다. 하지만 누구나 할 수 할 수 있는 것은 아니며 16세기에 이황, 이이, 성혼 등 몇몇 사람에 국한되었다.

이이는 고산구곡의 중심에 성리학적 강학을 주로 한 은병정사를 놓고 그 주위로 나머지 8곡을 배치함으로써 성리학과 강호의 조화, 전자의

우위에 입각한 강호를 만들어낸다. 위 시조에서 보듯이 '수변정사(水邊精舍)은 소쇄(瀟灑)홈도 フ이업'는 것이다. 여기에 이르러 사대부가 숨어 사는 자연으로서 강호는 이제 성리학적 강호로 전화되고 있다. 강호가 심성수양하는 장소로 바뀐 것이다. 강호의 엑조틱한 낭만적 모습은 또다른 자신의 모습을 개발한 것이다.

하지만 이이는 정사를 표현한 강호를 말하면서도 강호를 전면에 내세우지 성리학을 전면에 내세우지는 않았다. 강학하는 장소와 심성수양하는 장소로서의 강호에서 전자는 뒷면으로 숨고 후자가 앞에 나와있는 형국이다. 이것이 노골적으로 바뀌는 것은 이황의 「도산육곡」에서이고 오직 「도산육곡」뿐이다.

이상으로 「어부가」의 형식적 틀을 적극적으로 변형시켜 사시가와 구곡가라는 새로운 시조의 모습을 창조한 두 작품에 대해 살펴보았다. 이두 작품의 특징은 「어부가」에서 후렴구로 나타났던 형식적 틀을 아예 시조 내부로 끌어들인 데 있다. 하지만 17세기 들어서면 「어부가」의 후렴구를 이용한 형식적 틀을 유지하면서 그 사이사이에 시조의 초중종장을 삽입시키려는 움직임이 나타난다. 대표적인 예가 윤선도의 「어부사시사」이다.[10]

(2) 강호적 상황의 시조적 표출

다음으로 「어부가」에서 형식을 포기하고 한시구들이 가지는 강호적 상황을 시조로 표현하는 쪽으로 가닥을 잡은 시조들에 대해 살펴보기로 한다. 사실 이러한 모습은 충분히 예상되는 것이다. 시조는 3장6구의 단

---

10) 윤선도의 「어부사시사」의 분석에 있어서는 이러한 형식적 틀의 재사용이 갖는 의미가 일차적일 수 있다. 형식적 완전성 내지 공고함예 가지는 세상을 바라보는 눈의 의미의 측면에서 「어부사시사」를 분석하는 것도 필요하다 하겠다.

형시가이며 그에 따라 의미를 표현할 수 있는 작품 내부의 공간이 그다지 넓지 않다. 거기에 형식에 맞춰 선점되는 어구들과의 상관성을 고려하여 표현하려면 시적 역량 뿐만 아니라 너무 한정적이고 단편적인 상황만을 제시할 수 밖에 없다. 아무리 전형화시킨다고 해도 여전히 하고 싶은 말이 많이 남을 수 밖에 없다는 것이다.

이에 따라 「장육당육가」에서 이현보가 개작한 「어부단가」, 이황의 「도산육곡」은 과감하게 형식적 틀을 벗어던지고 강호적 상황을 표현하는 내용의 측면으로 이동해갔다. 이 계열은 형식적 측면을 중시한 계열과는 또다른 측면에서 국문의 시적 언어화에 공헌하고 있다.

이 계열은 집구된 한시의 각 구절들 중 특정한 것들만을 선택하여 하나 또는 두 구 정도의 상황을 복합시켜 시조 한수로 꾸며내어 연시조로 완성하는 길을 선택하였다. 사실 「어부가」는 48구나 되는 많은 한시구 다시 말해 48개나 되는 전형적 상황을 가지고 있기 때문에 보통 4-9수 정도로 구성되는 연시조 여러 개를 창작할 수 있는 다양한 상황들을 그 속에 가지고 있었다. 나중에 강호가사같이 긴 작품에서도 이들은 적절하게 이용되고 있다.

먼저 선편을 끊은 작품은 이현보가 5장으로 개작한 「어부단가」인 것으로 보인다. 이 작품은 본래 9장으로 구성되어 있었으나 이현보가 5장으로 개작한 것만 현재 전해진다. 연도상으로 따지만 개작보다 「장육당육가」가 앞서나 원작품은 「장육당육가」보다 앞선다고 보고 민저 다루기로 한다.

이 작품은 「어부가」의 형식적 틀의 계승을 완전히 포기하고 있다. 첫수에서 '이 중에 시름 업스니 漁父의 生涯로다'로 시작하여 어부의 생애 몇 가지를 말하고 나서 마지막 수에서 임금생각으로 마무리하고 있는 것이 형식이라고 할 수도 있겠으나 연시조의 배치를 위한 내적 질서라고 하는 편이 훨씬 나을 것이다.

대신에 이 작품은 「어부가」에 나오는 어부의 상황을 나타내는 집구한 시 한구 내지 두구의 상황을 조합하여 시조 한수로 나타내는 수법을 쓰고 있다. 물론 「어부가」의 번역의 측면이 아니라 새로운 상황의 발굴도 활발하게 일어나고 있다. 먼저 작품을 보기로 한다.

> 靑荷에 밥을 빠고 綠柳에 고기 뻬여, 蘆荻 花叢에 빈 매야 두고, 一般
> 淸意味를 어니 分이 아르실고.

위 시조 초장과 중장은 「어부가」에 나오는 '일척로어(一尺鱸魚)를 진됴득(新釣得)ㅎ야 호ㅇ취덕화간(呼兒吹火荻花間)호라'의 변형으로 보인다. 하지만 그 상황은 상당히 많이 변해 있는 모습을 알 수 있어 「어부가」의 시조적 변형이 어떻게 창조적 방향으로 진행되었는지를 알 수 있다. 그 방향은 한구 내지 두구의 상황이 시조 한수로 되는 수도 있고 때는 '蘆荻花叢'과 같이 4자 또는 3자의 한자어로 변형되어 단순참여의 형태로 삽입되기도 한다.

> 구버는 千尋綠水 도라보니 萬疊靑山, 十丈 紅塵이 언매나 ᄀ렷는고.
> 江湖에 月白ᄒ거든 더옥 無心 ᄒ애라.

위작품은 현실과 강호의 단절을 강화하는 측면을 보여주고 있어 16세기 강호시조가 가지고 있는 정치권에 대한 전투적 자세를 나타내는데 흔히 인용되는 작품이다. 이때 강호를 현실과 대립된 세계로 표현하기 위해 '月白'이나 '無心' 등 불교 용어로 오인할 수 있을 정도의 말을 사용한 것도 재미있다.

또한 현실에서 '멀리떠난' 강호를 나타내기 위해 중국의 산수를 나타내는데 유용했던, 그래서 조선적 산수에서는 과장법으로 오인받을 수 있는 '千尋綠水', '萬疊靑山' 등의 말을 사용하여 중국적 이국풍경을 오히려 현실과의 거리를 나타내는 방법으로 쓰고 있는 것도 재미있다. 이러한 방식으로 「어부단가」는 「어부가」의 세계를 한글로 된 시조라는 시적 언어로 탈바꿈시키고 있었다고 해야 할 것이다.

다음으로 이별의 「장육당육가」를 살펴보기로 한다. 이 작품은 6수로 된 국문작품은 전해지지 않고 한역된 4수만이 전해지고 있다. 이황은 「도산육곡발」에서 근세에 인구에 회자되지만 '완세불공'한 것이 흠이라고 평하고 있다.

이 작품은 「어부가」에서 세상과 유리된 어부세계가 본래 가지고 있던, 정치계와 어부적 상황의 대결을 극대화시켜 군자-소인의 형태로 만든 것으로 16세기 전투적 강호의 가장 극점에 위치한 작품이라 할 수 있다.

> 붉은 잎 산에 가득 빈 강에 쓸쓸할 때, 가랑비 낚시터에 낚싯대 제 맛이라. 세상에 득 찾는 무리 어찌 알기 바라리.
> (赤葉滿山椒, 空江零落時. 細雨漁磯邊, 一竿眞滋味. 世間求利輩, 何必要相知.)

초장과 중장은 「어부가」의 구절 중 '청고엽상(靑菰葉上)에 냥풍기(凉風起)호고 홍뇨화변(紅蓼花邊)에 빅노환(白鷺閑)을'에서 보이는 색채감 대비를 이용한 어부상황 제시의 시조적 변이에 해당한다.

'붉은 잎'과 '빈 강'의 대조, 낚시터에서 친구는 낚시대만 있는 어부의 모습은 자체로 세상의 허위를 극명하게 설정하기 위해 선택한 것이다. 여기에서 강호세계는 너무도 순선한것이면서 동시에 고독한 것이어서 그만큼 세상과의 대결의식을 나타내고 있다. 특히 산수의 단순색채의 대비를 철저하게 이용하여 완전한 세계를 표출하는 방식은 이현보 개작의 「어부단가」에도 나왔지만 여기서는 '붉은산'의 대조에서 '빈강'을 내세움으로써 고독감을 증폭시키고 있다.

> 옥계산 흐르는 물 못 이뤄 달 가두고, 맑으면 갓을 씻고 흐리면 발을
> 씻네. 어떠한 세상 사람도 청탁을 모르래라.
> (玉溪山水下, 成潭是貯月. 淸斯濯我纓, 濁斯濯我足. 如何世上子, 不知
> 有淸濁.)

『맹자』와 「어부사」에 나오는 동요를 이용한 이 작품은 화자의 고독감
과 그만큼의 순선함을 절대화하여 표현하고 있다. 특히 종장에서 세상
그 누구도 지금 세상이 청한지 탁한지 모르는데 자신만이 아는 고독과
그만큼의 비극적 상황을 나타내고 있다. 옥계산 물로 만든 맑은 못에
가둔 하얀 달빛은 이 고독과 어우러져 맑음이 오히려 비극이 되는 상황으
로 바뀌고 있다.

「장육당육가」의 '완세불공'함은 이러한 고독감과 그로 인한 비극적
상황에 기인하는 것이었다. 현실에서 절망한 시적화자가 현실에 굴복하
는 것이 아니라 자신만의 고독한 독자적 세계를 창출한 이 낭만적 세계는
그 이후 강호시조의 흐름에서 전면으로 부각되지는 않는다. 하지만 강호
는 그 자체로 비극적인 현실인식과 강호 안에서 자락(自樂)하는 두가지
극 사이에서 항상 부유하고 있어서 「장육당육가」의 이 세계는 강호가
존재하는 한 많든적든 그 뒷면에 언제나 포진하고 있는 것이라 할 수
있다. 그런 점에 「장육당육가」의 시조사적 의의가 있다. 곧 국문으로 된
시가발전의 초창기에 국문 내부로 비극적 강호의 세계를 끌어들여 극단
까지 밀고나간 공은 이별에게 있다 할 것이다.

다음으로 이황의 「도산육곡」을 살펴보기로 한다. 「도산육곡」에 오면
「어부가」의 모습은 거의 사라져 흔적조차 제대로 보이지 않는다. 대신
그동안 국문 내부로 침투한 「어부가」 속의 상황들이나 시조에서 새로

개발한 어부적 상황들이 「도산육곡」에 와서 완전히 성리학적 세계로 탈바꿈하여 나타나고 있다. 이황은 「장육당육가」를 비판하면서 '온유돈후'한 맛이 적다고 했는데 그가 생각한 '온유돈후'란 바로 이러한 성리학적 세계를 가리킨 것으로 보인다.

幽蘭이 在谷ᄒ니 自然이 듯디 죠희. 白雪이 在山ᄒ니 自然이 보디 죠해. 이 즁에 彼美一人을 더옥 닛디 못ᄒ애.

山前에 有臺ᄒ고 臺下에 有水ㅣ로다. ᄠᅦ 만흔 굴며기ᄂᆫ 오명 가명 ᄒ거든, 엇더타 皎皎白駒ᄂᆫ 멀리 ᄆᆞᄋᆞᆷ ᄒᄂᆞᆫ고.

첫째수는 유란과 백설이라는 가장 단순화된 사물이 곡과 산에 있는 모습을 보여주고 있다. 이렇게 가장 단순화된 따라서 대표가 될 수 있는 상황의 제시가 바로 「도산육곡」에서 강호를 나타내기 위해 채택한 전략이다. 「어부단가」나 「장육당육가」에서는 상당히 풍부한 어부적 상황을 제시하려고 했으나 「도산육곡」에서는 오히려 그 반대의 길을 가는 것이다.

이것은 단순화한 그만큼의 순일성을 확보하기 위한 전략이다. 다시 말해 유란이나 백설과 같은 강호의 구성요소는 세계를 이와 기로 간단하게 나누고 세계의 대표형상으로 이기만을 가지고 논의를 하던 성리학적 사유체계와 닮아있다. '온유돈후'의 세계는 단순화의 세계인 것이다.

아래 시조에서도 산, 대, 수, 갈매기 순으로 이어진 수묵화같은 단순한 모습을 제시하고 있다. 사실 이 세계를 다시 그려보면 색채가 매우 풍부한 세계임에도 불구하고 이 구절만을 보면 너무도 간단하여 색채와 구체적 형상이 잘 떠오르지 않는 모습이라고 할 것이다. 「도산육곡」이 자신의 내용 속으로 성리학적 사유체계를 끌어들여 시조를 풍부하게 만드는 현장이라 할 수 있을 것이다.

「도산육곡」의 세계는 또한 「장육당육가」에서 가지고 있던 고독감이나 그로 인한 비극적 정서를 일체 배제하고 강호 속에서 자락(自樂)하는 모습을 그려내고 있다. 하지만 이 자락은 그 속에 존재하는 것조차 잊고 있는 자락이다. 「어부가」에서는 분명히 어부인 자신을 의식하고 하지만 「도산육곡」의 화자는 그저 존재하고 싶어하는 측면이 두드러진다. '온유돈후'의 모습은 이러한 측면을 지칭하는 것으로 보인다.

> 烟霞로 집을 삼고 風月로 벗을 사마, 太平 聖代에 病으로 늘거 가뇌.
> 이 중에 ㅂ라는 일은 허물이나 업고쟈.

연하와 풍월이라는 강호로 둘러싸인 속에서 이 화자는 이 상황을 태평성대로 인식하고 그 속에서 늙어가고 있다. 자신이 굳이 이 상황을 애써 만들려고 하고 있지 않고 자연스럽게 거기에 참여하는 형식이라 할 것이다. 하지만 그 속에서 하고 있는 일은 '허물이나 없고쟈'하는 대단한 일이다. 말내기는 쉽지만 모든 일에 허물이 없는 것은 불가능한 일이다. 그 불가능의 일상적 실천이라는 『논어』에 자주 등장하는 이 무서운 실천을 스스럼없이 말하고 있는 것이 이 강호 속 늙은이인 것이다.

「도산육곡」의 강호속 화자는 따라서 여타의 강호와는 판이하게 다르다. 우선 성리학적 세계가 강호 속에 깊이 들어와 있으며 화자의 행위 또한 성리학적 실천이 강호 속에 자연스럽게 들어와 있다. 어느 사이에 강호는 성리학적 세계가 되어 있는 것이다.

이것은 「도산육곡」 전체의 구성과도 관련된다. 사실 '言志' 6수, '言學' 6수로 이루어진 「도산육곡」 전체를 강호라고 말할 수는 없다. 오히려 강호가 아닌 배움이나 성리학적 실천에 대한 의지의 표명이 훨씬 우위에 있다.

이것은 「고산구곡가」에서 잠깐 나왔던 강학하는 도산서원이라는 정사를 구성하는 한 요소로서 강호가 들어가 있는 형태이기 때문에 나온 것이다. 「고산구곡가」에서는 강호의 정사에 대한 강호의 우위를 지키고 있지만 「도산육곡」은 정사가 우위가 되어 강호를 포섭하는 형태로 되어 있는 것이다. 따라서 강학의 실천이 강호 속에 아무 부담없이 삽입되어 있는 것이다. 위의 시조가 강호 속의 성리학적 실천으로 귀결되는 것은 바로 이런 때문이다.

이러한 「도산육곡」의 시조는 17세기 이후 강호시조에서 채택되는 일은 있었지만 주류가 되지는 못한다. 성리학적 실천은 따로 독립하여 강호와는 다른 시조의 한 계열을 이루고 있다. 하지만 전체적, 종합적 세계상을 구축하는 강호가사에서는 강호의 우위에서 성리학적 실천형태가 무시로 출입하는 모습이 일반적이라고 할만큼 자주 등장한다. 이황의 「도산육곡」은 비록 강호와 성리학적 실천의 우위는 바뀌지만 강호가사에서 자신의 후계자를 찾았다고 할 것이다.

4. 마무리

이상으로 16세기 강호시조의 전개를 추동했던 낭만적 열정에 대해 이야기했다. 『악장가사』 「어부가」의 내용과 형식의 두 측면을 서로 나누어 가지고 발선시킨 두 계열이 그것이다. 이 과정은 또한 한글이라는 새로운 시의 무기를 손에 넣은 사족들이 한글을 시적언어로 발전시켜 나간 과정이기도 하다.

이글을 시작하면서 이번 월드컵이 가지는 문명사적 메시지에 대해서 이야기했었다. 여기에 이번에 서유럽과 남미 이외 지역에서 서유럽을 이긴 국가들(세네갈, 투르크, 한국 등)은 모두 서유럽의 축구를 배워 그 기술로 서유럽을 이겼다는 사실을 추가할 수 있을 것이다.

하지만 이글은 이번 월드컵에 뛴 축구선수들에게 너무 부끄럽다는 고백을 할 수 밖에 없을 것 같다. 과연 배운 것을 제대로 익혔는가 부터 부끄러울 뿐만 아니라 자립이 가능할 수 있다는 실마리라도 엿볼 수 있는가 라는 물음에 대해 특히 그러하다. 이런 경우에 문득 "제비 한 마리가 왔다고 해서 봄이 온 것은 아니다"라는 저들의 속담이 저절로 떠오르면서 안위하는 것도 더 부끄러울 뿐이다.

앞으로 길은 두가지가 있을 것이다. 첫째, 이제까지 100년 동안 한국의 지적 풍토는 서유럽의 것을 배워 한국에 적용한다고 생객해 왔으나 실은 서유럽의 지적언어로 한국의 것을 번역해왔다고 표현하는 편이 더 적합할 것이다. 낭만성과 낭만주의라는 언어로 한국의 문학을 번역해 보았다는 것이다. 이제는 번역을 지양하고 좀더 의해(義解)를 지향해야 하지 않나 하는 것이 필자의 생각이다. 마치 「어부사」에서 강호시조가 자립적인 형태로 나타나듯이.

번쇄한, 그들 자신도 합의를 보지 못한 이론들을 열심히 배워 나름대로 통합해보는 것은 지리할 뿐만 아니라 그렇게 생산적으로 보이지 않는다. 그렇게 해서 무언가가 나온다고 해도 결국 모범이나 보편의 덫에 걸리는 것이 아닐까? 그냥 마음 편하게 저들의 언어를 이용한다고 생각하는 것이 훨씬 더 필요한 때가 아닌가 한다. 이것은 어쩌면 서로운 동도서기론을 의미할 수도 있을 것이다. 하지만 이것은 혹시 100년 전에 비극적으로 끝났던 것이 이제 희극으로 되돌아오는 것일 수도 있을 것이다. 그러지 않기를 바라지만.

둘째로 서유럽의 것을 돌아보지 않고 그냥 우리의 것을 이론의 단계로 끌어올리는 것은 어떨까? 낭만성이니 낭만주의니 하는 것도 사실 저들의 문학사조 중 하나를 이론화시킨 것이다.

왜 「도산육곡발」에 나오는 '矜豪放蕩', '溫柔敦厚'는 하나의 문학이론이 되지 못하는가? 왜 그 유명한 '沖澹消散'은 아직도 갈 길을 몰라 헤매고 있는가? '直旨人心 見性成佛'이라는 혁명적 선언은 어떤까? 이런 것을 적극적으로 받아들이는 풍토가 마련되어야 할 것으로 보인다.

결국 문명은 융합의 길을 가고 있다. 이때는 누가 융합을 염두에 두고 의식적으로 준비하고 있는가가 중요한 문제이다. 우리는 중국이 그일을 할 것이라고 믿었지만 이번 월드컵을 통해 그들의 서유럽 해바라기가 얼마나 지독한가를 깨달았다.[11] 개혁개방 이후 중국은 독자노선을 걸어온 것이 아니라 어떻게 하면 서유럽을 모범으로 삼을 것인가로 온나라 사람들의 마음이 기울어져 있었던 것이다.

어쩌면 한국의 학자들이 가장 자유로운 눈으로 서유럽을 바라볼 수 있지 않는가 라는 생각이 드는 대목이다. 오늘 낭만성과 낭만주의라는 주제를 다루면서 우리가 확인해볼 가장 중요한 것은 바로 이것이 아닌가 한다.

---

11) 심지어 CCTV-5의 여진행자는 한국이 이기니까 실망하고 서러워서 울기까지 했다고 한다.

ABSTRACT ───■

A Study on Romantic Style of Rustic Korean Odes(강호시조) in 16th century

Kim, Yong-Chul

The purpose of this article is to clarify the romanticism of Korean classical literature, freeing itself from Europocentric ways of thought about Romanticism. For this purpose, the article doesn't consider romanticism as the trend or inclination of literature, but as the frame of thought or set of way of thought about specific work or group of works. Also this article applies these to actual works.

In this respect, this article analyses romanticism or relationships with romanticism in the rustic Korean odes(강호시조) which are created in 16th century. The article studies romanticism in respect of forms and contents, focusing the 'Auhbuga'(어부가) in 'Akjanggasa'(악장가사). Also, this article analyses romanticism in 'Auhbusasiga'(어부사시가) and 'Gosangukokga'(고산구곡가).

주요어 : 강호시조. 낭만성. 어부가. 어부사시가. 고산구곡가.

'주변인들'의 미적 의미

- 1920년대 초기 동인지를 중심으로 -

김행숙*

1. 서론

1920년대 초기는 '문학적인' 매체가 본격적으로 등장하기 시작한 시기다. 『創造』(1919. 2~1921. 6), 『廢墟』(1920. 7~1921. 10), 『白潮』(1922. 1~1923. 6) 등의 동인지들은 문학영역을 특성화한 최초의 정기간행물들이었다고 할 수 있다. 동인지의 기획은 근대적인 분화와 전문화의 논리에 기반하여 '신문학 운동'을 전개하려는 데 있었다.

동인지 문학이 근대적인 분화의 구도에서 점유했던 예술적인 근대성은 다른 층위의 사회적인(자본주의적인) 근대성과 이중적인 관계를 맺고 있었다. 동인지 문학인들은 분화를 진화론적인 관점에 서서 긍정적인 발전의 계기로 이해했다. 즉, 예술적인 근대성은 사회적인 근대성과 동시에 진행되어야 하는 근대적 프로젝트의 일부였던 것이다. 사회적인 근대화 프로그램과 동인지 문학인들의 미학적인 기획은 전근대에 대한 수정

---

* 고려대

과 변혁의 비전을 공유하고 있었기 때문에 두 가지 근대성 사이에는 시대적인 연대감이 흐르고 있기도 했다. 그러나 한편으로 근대적인 분화의 기획은 각 영역간의 소외와 대립을 내장하고 있는 것이었다. 근대적인 분화의 구도에서 자율적인 영역을 획득해 낸다는 것은 각 영역간의 '차이'를 뚜렷하게 한다는 것을 의미한다. 동인지 문학인들은 이 차이를 적극적으로 부각시키면서 근대를 반성하는 위치에 자신들의 담론을 배치하기도 했다.

'주변인'이라는 표상에는 이미 근대의 제도적이고 규율적인 시스템이 작동하는 범위와 그 중심이 전제되어 있다. 그 범위 내부의 논리로 볼 때, 주변인은 시대의 부적응자며 낙오자다. 경계에 배치되어 있는 주변인은 내부의 동일성을 확인시켜주는 타자라고 할 수 있다. 주변인은 경계의 물질적인 표지다. 어떤 존재를 주변인으로 밀어내고 타자화하는 것은 경계 안쪽이 어떠한 논리와 규율로 구성되어 있는지를 드러내는 일이기도 하다. 그러나 주변인은 끊임없이 이 경계 안쪽의 가치에 대해 의심하게 만들고 경계에 균열을 일으키는 존재이기도 하다. 이 글에서는 1920년대 초기 동인지를 중심으로 이러한 경계의 지점에서 미적 실천들이 발휘한 기능과 효과를 살펴보려고 한다. 이를 통해 미적 근대성 기획에 내장되어 있는 '反근대적 대항'의 에너지와 미학적 비전을 구체적으로 확인할 수도 있을 것이다.

2. 광인

1920년대 초기에 새롭게 부각된 문학적 감수성은 예술가들을 '잠재적인 광인'으로 규정할 만한 요소를 갖고 있었다. 김우창은 염상섭의 초기 소설을 말하는 자리에서 1920년대 초 동인지 작가들이 처해 있었던 내면적 위기를 "過上昇(Verstiegenheit)"으로 진단했는데, '過上昇'이란 "주관적 에너지의 확대 속에 세계를 한꺼번에 취하려" 할 때 일어날 수 있는 실존적 증상이다.[1] 동인지 문학인들은 "過度는 가장 優美한 예술에 生氣잇는 精神이다. 우리는 恒常 過度함을 맨들고, 또 더욱 豊富한 過度를 차저야한다"[2]와 같은 주장에 대개 공감하고 있었다. '지나침'이 예술가적인 기질로 받아들여졌고, 예술가는 '신경과민형'의 인물로 표상되었다. 당시 예술가들이 의식적으로 가장 많이 앓았던 병은 '신경쇠약'이라고 할 수 있다. 그러므로 예술가는 오히려 '정상인'보다 '광인'에 더 근접한 인물로 생각되었다. 이런 생각은 "天才는 무서운 疾病이다"라는 말에 단적으로 드러난다.[3]

---

1) "페르슈티겐하이트 Verstiegenheit"는 "오르는 것 Stiegen"이 "잘못되거나 지나치게 되는 것 Ver"이다. 이것은 상황의 상대성을 인정하지 않고 어떤 결정이나 믿음을 절대화할 때 일어난다.(김우창, 「리얼리즘의 길」, 『염상섭전집』 9권, 민음사, 1987, pp. 424~428 참조.) 이 過上昇의 증후는 동인지 문학에 빈번하게 등장하는 '무한' '절대' '영원'과 같은 어휘에 내재되어 있다. 다음의 문장은 김우창이 지적한 過上昇의 욕망을 잘 보여준다. "우리는 우리 以上의 것 卽 永遠한 生命을 愛하기 째문에, 그리고 그곳에, 가장 自由와 情熱이 充滿한 生活의 永遠味에 透徹하려 願하는 故로 時代속에, 時代를 爲하여, 우리를 惱케 하는 것이 안인가." (오상순, 「時代苦와 그犧牲」, 『폐허』 2호, p. 62)

2) 懷月, 「生의 悲哀」, 『백조』 3호, p. 182. 이 글에서 박영희는 "無限의 慾望과 不凋의 美와 眞理잇는 知識"에 대한 요구가 "現代人의 弱한 神經을" 피곤하게 한다고 말한다. 이와 같은 "意識이 强하야지면 强할스록 우리의 滿足치 못하는 苦痛은 더욱더욱 神經을 破滅케 한다."(p. 177) 즉 過度한 요구는 신경쇠약에 이르게 하고, 이 과정에서 生의 悲哀가 발생한다는 것이다.

3) 이 말은 김억이 번역한 「프로쎄르論」의 첫머리에 나온다. 그것은 발자크의 소설 중의 일절이라고 하는데, 그 부분을 옮겨보면 다음과 같다. "天才는 무서운 疾病이다. 天才的 作家는 누구든지 그 맘 가운데 感情이 니러나면 곳 먹어바리는 Monster를 撫育한다. 어느 것이 勝利者가 될가? 疾病이 사람을 이기겟는가 또는 사람이 疾病을 이기겟는가? 人格과 天才와의 새에 完全한 平衡을 建設할 수 잇는 사람은 偉大한 사람일 것이다. 詩人이 巨人이 아닐진댄, 헤큐리쓰의 兩肩을 가지지 못할진댄 그는 엇지할 수 업시, 맘을 쌔앗기우든가, 또는 才能을 쌔앗기우든가 하게 되지 안을 수가 업다." (『폐허』 2호, p. 72)

동인지 문학에서 광기는 무엇에 대한 결핍으로 규정되지 않고 과잉으로 사유된다. 즉 광인은 '정신이 (빠져)나간' 존재가 아니라 어떤 특권적인 경험을 누리고 있는 존재로 표상된다. 광인은 "알아서는 아니될 그 무슨 秘密을 억지로 알랴고 한 까닭에 그 罪로 罰을 밧"은 존재인 것이다.[4] 홍사용은 "精神病이 들엇다하는 四寸동생"을 예수, 석가, 공자도 도달하지 못한 절대진리를 깨달은 자로 평가한다.[5]

> 그는 눈을 감고 생각에 잠기어 잇섯다. 그리다가 그가 눈을 뜰 때에 불빗가티 充血되어 붉은 눈방울이 번적어리며, 입으로 「解決이다」 한 마듸를 소리처 질럿다. 어쩌케 解決을 하얏는지 그것은 몰라도, 엇더튼 無條件으로 解決은 한 것이다. 그래서 사람들이 그를 보고 미첫나 하는 것이 그에게는 解決을 한 것이다. (p. 203)

사촌동생의 '해결'은 세상 사람들에 의해 '광기'로 받아들여지며 '병'으로 규정된다. 광기를 정신병으로 규정한 근대인은 더 이상 광인과 교통할 수 없다. 푸꼬의 논리로 말하면, 광기가 '질병'으로 규정되는 지점에서 작용하고 있는 것은 이성과 이성 아닌 것을 분리시키는 "이성의 독백"이다.[6] 광기의 언어는 이성의 언어로 환원되지 않기 때문에 광인은 치료받아야 하는 존재로 취급되는 것이다. 그러나 광기를 이성의 결여가 아니라

---

4) 露雀, 「그리움의 한묵금」, 『백조』 3호, p. 201.

5) 위의 글, pp. 199~203. ; 「標本室의 靑게고리」(『염상섭 전집』 9권, p. 39)에서 광인 김창억은 "人間에게 許諾된 以外의 感覺을 하나 더 가지고, 人間의 侵入을 許諾치 안는 幽邃美麗한 神話의 世界에 들어갈 招待狀을 가진 하누님의 寵兒"로 소개되기도 한다.

6) 미셸 푸꼬, 『광기의 역사』, 김부용 역, 인간사랑, 1991, pp. 12~13. 그의 말을 조금 더 옮겨 보자. "18세기 말 광기를 정신병으로 규정함으로써 대화는 명백히 단절되었고, 양자(이성의 인간과 광기의 인간)의 분리는 이미 이루어진 것으로 추정되었으며, 그럼으로써 광기와 이성 사이의 교통을 가능하게 하는 구체적인 구문론도, 더듬거리는 불완전한 단어들도 침묵 속으로 사라져 갔다. 광기에 대한 이성의 독백에 불과한 정신분석학의 언어는 그와 같은 침묵에 근거해 있다."

超이성적인 현상으로 사유한 동인지 문학인들에게 광기는 자기 범위—
인간적인 범위를 넘어서는 꿈꾸기의 위태로움을 보여주는 것이었다. 홍
사용은 사촌동생이 성했을 때보다 "힘도 세이고 말도 잘 하고 性格과
行動이 성하게 타는 불길과 같이 不屈的, 勇進的, 開放的, 熱情的"이고
"達觀이 잇는 듯"한데, "그것이 병이 아니고 참말로 그런 사람이 되엇스
면 조켓다"(p. 204)고 말한다. 홍사용이 사촌동생에게 갖는 연민은 세상사
람들의 동정과 다른 층위에 놓여 있다. 왜냐하면 그는 광기로부터 긍정적
인 자질들 — 不屈的, 勇進的, 開放的, 熱情的인 성질을 발견하고 있기
때문이다.7) 이 자질들은 모두 '흘러넘침'의 이미지를 갖고 있다. 그의
연민은 다만 이렇게 흘러넘치는 동생의 언어가 세상에서 철저하게 묵살
당하고 모욕당할 것이라는 애틋한 염려에서 비롯한다.
　동인지 문학에서 광기의 원인은 종종 '연약함' '섬세함' '민감함' 등의
여성적인 감수성과 결부된다.

　　① 아, 도적놈의 죽일 숨, 쉬듯한, 微風에 부듸쳐도,
　　　설음의 실패꾸리를, 풀기 쉬운, 나의 마음은,
　　　하늘꼿과 地平線이, 어둔 秘密室에서, 입마추다.
　　　죽은 듯한 그 벌판을, 지내려 할 째, 누가 알랴,
　　　어여쁜 계집의, 씹는 말과 가티,
　　　제혼자, 지즐대며, 어둠에 끌는 여울은, 다시 고요히,
　　　濃霧에 휩사여, 脈풀린 내 눈에시, 썰덕이다.

　　② 바람결을, 안으려 나붓기는, 거믜줄가티,
　　　헛웃음 웃는, 미친 계집의 머리털로 묵근 —

---

7) 박영희의 소설 「生」의 한 대목에서도 이와 흡사한 인식을 찾아 볼 수 있다. "미첫다는
　것은 미친 사람은 알 수도 업시 다르고 이상한 나라를, 가지고 잇는 것을 알앗다. 不屈,
　自由, 哲理…… 이 여러 가지를, 미치지 안흔 사람보다 더욱 자유롭게 가진 것을 알앗다."
　(『백조』 3호, p. 119)

아, 이내 신령의 낡은 거문고 줄은,
靑鐵의 녯 城門으로 다친 듯한, 얼싸즌 내 귀를 뚤코,
울어들다 — 울어들다 — 울다는, 다시 웃다 —
惡魔가, 野虎가티, 춤추는 김흔 밤에,
물방아ㅅ 간의 風車가, 미친 듯, 돌며,
곰팡스런 聲帶로 목메인 노래를 하듯……

③ 저녁 바다의, 씃도업시 朦朧한 먼 길을,
運命의 악지바른 손에 쯔을려, 나는 彷徨해 가는도다,
嵐風에, 돛대 썩긴 木船과 가티, 나는 彷徨해 가는도다.

④ 아, 人生의 쓴 饗宴에, 불림바든 나는, 젊은 幻夢의 속에서,
靑孀의 마음 우와 가티, 寂寞한 빗의 陰地에서,
柩車를 쌀흐며 葬式의 哀曲을 듯는 護喪客처럼 —
털쌔지고 힘업는 개의 목을 나도 드리고,
나는, 넘어지다 — 나는, 걱굴어지다!

⑤ 죽음일다!
부들업게 쒸노든, 나의 가슴이,
줄인 牝狼의 미친 발톱에, 찌저지고,
아우성치는 거친 어금니에, 깨물려 죽음일다!

- 이상화, 「二重의 死亡」 부분 (『백조』 3호, pp. 15~16)

이상화는 이 「二重의 死亡」이란 시가 친구 朴泰元의 사망에 붙이는 獻詩임을 그 제목 밑에 밝히고 있다. 이 시는 친구의 "柩車를 쌀흐며 葬式의 哀曲을 듯는 護喪客"이 된 시의 화자가 친구의 죽음을 추체험하는 구도로 이루어져 있다. 「二重의 死亡」이라는 제목은 '나'의 가상 죽음 체험에 친구의 실제 죽음이 겹쳐져 있음을 시사해준다. 이상화는 친구의 죽음이 육체적인 손상에 의한 것이 아니라 정신적인 상처에 의한 것이라

고 판단하고 있다. 그는 이 시에서 친구의 죽음을 통해 자신의 정신에도 끊임없이 가해지는 유형 무형의 폭력과 그 상처에 대해 말하고자 한다.

'나'는(또한 죽은 친구는) 연약한 영혼의 소유자다. 상처에 민감하다는 것은 내면을 향해 있는 자의 표징일 수 있다. ①과 ②는 '나'의 내면을 공간화하여 보여준다. 정체를 숨겨야 하는 도둑의 입에서 나올 법한 숨소리란 보통의 청각이나 촉각으론 감지할 수 없다. 그러나 이와 같이 극히 미세한 자극에도 "나의 마음"은 "설음의 실패꾸리를 풀"게 된다.8) ①에서 실패꾸리에 비유되었던 나의 영혼은 ②에 오면 "낡은 거문고 줄"이라는 새로운 비유를 얻는다. 이 비유는 마음의 표현이 그대로 악기의 연주와 같이 예술적인 표현이 된다는 생각을 깔고 있다. '나'의 "거문고 줄"은 "나붓기는 거믜줄"이나 "미친 계집의 머리털"에 다시 비유되는데, 이것은 요동하는 내면의 상태를 잘 보여준다. 그러나 "나의 마음"에서 울리는 소리는 "내 귀를 뚤고" 흘러 들어갈 뿐이다. 세상의 소리에 대해 방어태세를 갖추고 있는 내 귀가 듣는 것은 내 마음속에 "惡魔"며 광기다. '나'의 거문고 줄은 세상을 향해 퍼지지 않고 자폐적인 독백의 형식에 갇혀 있다. 이 형식 속에서 상처와 고통은 자기 증식을 한다. ⑤에서 "나의 가슴"을 찢고 물어뜯는 "牝狼의 미친 발톱"이나 "거친 어금니"는 내면에서 증폭된 어떤 폭력이라고 할 수 있다. 결국 '나'를 죽음의 가상체험으로까지 몰고가게 되는 이 야수적인 폭력성은 민감한 영혼이 펼치는 모노드라마의 위험성을 보여주는 것이다.

미첫다함은 「生」을 긴장시키어서 그 열도를 최고에 달하게할 째에 비

---

8) 이 "微風"은 ③의 "嵐風"의 기미일 수도 있다. 박영희의 시 「月光으로 짠 病室」의 다음 시행은 '미풍'과 '광풍'의 역학을 단적으로 보여준다. "어둠 속에, 낫츨가린, 微風의 한숨은 / 갈 바를 몰라서, 애쑤진 사람의 마음만 / 부지럽시도, 미치게 흔들어 노토다."

롯오 터저나오는 超理的放散임을 생각하얏다. 그런고로 열도 이상에 열을 가진 미친 사람은 사람을 죽이기까지한다는 말도 들엇다. 이가티 생각을 하다가 나 안즌 방으로 들어오는 옥순이를 다시 보앗다. 그는 방안에 무슨 큰 공포를 보는 것처럼 조심성스럽게 한발 한발, 佛像을 안츤 殿閣으로 들어가는 승녀와 가티 그윽하게, 엄숙하게, 들어오면서 방안을 둘러보기 시작한다. 구석구석을 가장 주의를 다하야 가면서 들어온다. 미친 사람도 두려움이 잇는 것 가탓다. 아니다. 그것보다도 성한사람의 행동이, 미친 사람에게는 미들 수 업는 공포를 가진 것 가탓다. 마치 국경을 다르게 한 적군과 가티 보는 것 가탓다.

— 懷月, 「生」(『백조』 3호, p. 119)

위의 인용문에서 우리는 광인과 정상인이 맞닥뜨린 장면을 볼 수 있다. 여기서 박영희는 광인을 '生의 긴장'이 최고조에 달한 자로 규정한다. 이 극도의 긴장으로 말미암아 광인은 사람을 죽일 수도 있는 난폭함을 내장한 인물로 생각된다.[9] 때문에 광인은 정상인에게 공포의 대상이 된다. 그러나 이 인용문이 인상적인 것은 정상인이 광인에게 느끼는 두려움이 아니라 반대로 광인이 정상인에게 느끼는 공포심을 묘사하고 있다는 점이다. 미친 여자인 옥순이는 정상인인 '내'가 앉아 있는 방을 아주 조심스럽게 들어온다. 그녀의 난폭한 발작을 상상하면서 두려워했던 '나'의 예상은 완전히 빗나갔다. 그녀는 오히려 정상인인 '내'게서 지독한 공포를 느끼고 있는 것처럼 보인다. 박영희는 '광인'과 '정상인'의 경계를

---

9) 이 난폭함은 때로 예술가의 창작행위에 수반되는 종류의 것으로 긍정된다. 김동인의 「광염소나타」는 방화를 저지르고 그 흥분 속에서 천재적인 예술성을 발휘하는 음악가를 주인공으로 삼고 있다. 이러한 광폭한 예술행위는, 염상섭의 「標本室의 靑게고리」에 나오는 광인 김창억이 三圓五十錢으로 손수 지은 삼층집을 불태운 뒤 느꼈을 감흥을 상상하는 다음 문장과 오버랩될 수 있다. "아―그 偉大한 建物이 紅焰의 狂亂 속에서, 구름 탄 仙人가티 燦爛히 쩌오를 際, 그의 歡喜는 어쩌하얏슬가. 그의 입에서는 반듯이 「할레누야!」가 連發하얏슬 것이요. 그리고 一篇의 詩가 흘러나왓슬 것이요. ― 마치 「네로」가 紅焰 가운대의 羅馬大都를 바라보며, 하―모니에 마처서 詩를 을프듯이." (p. 46)

"국경"이라는 지리적이고 군사적인 용어로 표현한다. "국경"은 한 쪽에 아군을 반대쪽에 적군을 배치하고 있고, 이 명확한 경계가 어지러워지는 일은 곧 전쟁의 발발을 의미한다. 이 글은 '광인'의 관점을 취함으로써 '아군'과 '적군'의 자리를 역전시킨다. 옥순이가 느끼는 공포는 통상적인 '정상인―아군 / 광인―적군'의 배치를 뒤집어 정상인이 적군의 자리에 놓일 수 있다는 것을 보여준다.

3. 아편중독자

20년대 초기 문인들은 술이나 아편 따위에 취해 비틀대는 명정(酩酊)의 상태에 대해 특별한 의미를 부여했다. 『백조』 동인들이 '순례'로 명명한 것은 명월관이나 국일관 같은 요정 출입이었다.10) 이 같은 낭만적인 어휘가 이들 사이에서 진지하게 통용되는 자리에 박종화의 시극(詩劇) 「'죽음'보다 압흐다」(『백조』 3호)가 놓여 있다. 막이 열리면 무대는 "어느 料理집의 한 房"이다.

> 場 : 어느 料理집의 한 房, 힌 褓로 덥힌 食卓을 가운대로 하고 젊은 男女 대여섯 사람이 둘러안젓다. <u>强한 술냄새 자욱한 담배 연긔 붉고 鈍濁한 불빗은 倦怠와 「데카단」의 기분을 무르녹게 멘든다.</u> 半쯤 열려진 들창으로는 푸르고 힌 달빗이 고요히 쏘아내린다.

여기서의 "倦怠와 「데카단」의 기분"이란 이광수가 "데카단쓰의 亡國 情調"11)라고 했던 예술가 집단의 풍조에 가까운 것이다. 이것은 1920년

---

10) 박영희, 「草創期의 文壇側面史」 3회, 『현대문학』, 1959. 11. ; 박종화, 『역사는 흐르는데 청산은 말이 없네』, 삼경출판사, 1979, p. 443.
11) 이광수, 「文士와 修養」, 『창조』 8호, p. 15.

대 초기에 유행한 '예술적인 정서'의 한 유형이었다. "强한 술냄새 자욱한 담배 연긔 붉고 鈍濁한 불빗"은 "倦怠와 「데카단」의 기분"을 연출해낼 수 있는 무대장치였다.

    달님이 춤춥되다
    달님이 춤춥되다
    아편째는 사람보고 달님이 춤춥되다
    昏絶과 麻痺로 흐르는 달빗
    가슴이 출렁 달고도 슯흐다

　박종화는 화가 方台翰(방태한)과 기생 金珠의 '죽음보다 아픈' 사랑의 서사를 본격적으로 극화하기 전에 위와 같은 내용의 코러스를 통해 "倦怠와 「데카단」의 기분"을 한껏 고조시킨다. 여기서 그는 "아편째는 사람"의 감각을 달빛에 전이하여 드러낸다. '달'은 밤의 눈(目)이다. 달빛은 이성의 빛(낮의 눈)이 관장하지 않는 영역 — 비합리적이고 주관적인 세계를 비춰준다. 20년대 초기 일군의 예술가 그룹에게 "昏絶(혼절)과 麻痺(마비)"는 현실을 지우는 망각의 경험이면서 동시에 새로운 감각이 열리는 경험으로, 즉 초월의 기제로 받아들여졌다. 그것은 "忘却의 리씀(리듬) 우에서" "惡魔는 神다려 結婚을 請"하고 "罪惡과 善美는 和意"하는 장면을 보여준다.[12] 이들은 현실의 논리와 구속을 벗어난 도취상태를 통해 절대 자유의 감각을 향유할 수 있으며, 神의 영역에 가까이 갈 수 있다고 생각했다. 이들에게 있어서 환각은 이성적인 관찰력의 결여 상태라기보다는 인간적인 능력 이상으로 감각이 확장된 상태를 의미했다. 변영로는 "우리의 소위 바루 본다는 것은 흔히 물건의 압이나 모퉁이 밧게 보지 못하나, 착각상태(錯覺狀態)에서는 의례는 못된다도 갓금 모든 것의 진

---

12) 抱耿, 「<懊惱의 舞蹈>의 出生된 날 —岸曙君의 詩集을 닑고」, 『창조』 9호, p. 767.

수(眞髓)와 핵심(核心)을 본다."고 말한다.[13] 그러나 이 경험이 일상처럼 반복되어 일탈의 신선함과 자극성을 잃어버리면, 그것은 더 이상 영웅적인 경험으로 예찬될 수 없다. 다음 시는 초월의 에너지가 고갈되어 버린 환락적인 생활의 피곤함과 권태를 전형적으로 드러내고 있다.

「주금」은 깨끗한 그림자
샘물 가튼 눈ㅅ 동자
淸雅한 목소리로
길게 困한 나를 부른다,
그러나 鴉片의 꿈가티,
담배의 푸른 내,
단 술, 쓴 쑥송이 香氣가티
「삶」이 나를 매고, 나를 에워
내 눈을 감기고
내 렴통을 쥐어
내 가슴에 비췬
거룩한 「주금」의 빛을
흐려 버린다.

아름다움의 씃인
「주금」이어
너를 바라기 오래다,
淫蕩한 「生」의 꿈에 쌈 배어
말근 달빛에 홀로 째면
거긔서 긔두린지 오랜
오오 나의 「주금」이어,
내 노래는 多情스럽고
네 얼골은 그리 어엽버,
간결히 願하기는

---

13) 樹州, 「芥子 몃 알」, 『폐허이후』, p. 82.

그 보드러운 품속에
平安히 안기기를
그러나 엇더한 魔醉藥이
다시 生의 핏빗 꿈 속에
무덧는가? 이몸을.

-「生과死」 부분 (주요한, 『창조』 7호)

이 시에서 아편은 "生의 핏빗 꿈" 속에 '나'를 파묻히게 하는 "痲醉藥(마취약)"이다. 이것은 "담배의 푸른 내, 단 술, 쓴 쑬송이 香氣"와 어울려 지극히 권태롭고 퇴폐적인 분위기를 만들어 내는 시적 장치라고 할 수 있다. 여기서 '나'는 어떤 창조적인 정열도 드러내지 못한다. '나'는 환락적인 생활의 환멸과 염증에 시달리고 있다. 그리고 단지 죽음을 아름다움의 완성으로 미학화하고 찬미할 뿐이다. 죽음은 완전하고 영원한 마비 상태라고 할 수 있다. 그러나 퇴폐적인 삶을 환멸로 드러내면서도 그것을 거부할 수 없는 유혹으로 혹은 예술적인 삶이나 미학적인 태도로 역전시키는 데카당스의 전략을 위의 시는 내장하고 있다. '환멸'과 '황홀'의 거리는 그다지 멀지 않다. 그것은 "달고도 슯흐다"는 모순 형용과 같이 나란히 놓일 수도 있는 것이다.

술, 담배, 아편 등에 대한 동인지 문학인들의 태도는 형이상학적이었다고 할 수 있다. 김동인의 소설 「목숨」에 나오는 표현을 빌리자면, 술, 담배, 아편은 "生理學上의 衛生"에는 해로운지 모르지만 "精神的 衛生"에는 좋은 것이라는 생각을 이들은 대체로 공유하고 있었다.14) 「목숨」이라는 소설의 골격은 병원 입원실의 금연 규칙을 비웃으며 감춰둔 담배를 꺼내 무는 시인 M의 병상일기다. 그는 담배를 맛있게 피우면서 "醫師들은 바보다"고 말한다. 실제로 M에게 적용된 근대적인 의학지식의 권위는

---

14) 김동인, 「목숨」, 『창조』 8호, p. 609.

죽음을 선고받았던 그가 멀쩡히 살아있다는 사실에 의해 크게 실추된다.

그러나 이러한 생각을 의식적이고 극단적으로 개진했던 20년대 초기 일군의 예술가들 중에 실제로 알콜중독자나 아편중독자였던 예를 찾기란 어렵다. 이들에게 '술병'은, 예술가의 헤어스타일로서의 長髮이 그랬던 것처럼, 예술가의 의상이며 표징이었던 셈이다.15) 하지만 '술병'이 예술적인 장식으로 통용될 수 있었던 이들의 논리와 감수성에 의해 아편중독자의 현실은 문학적인 관심 영역에 포섭된다.

『창조』 5호에 실린 「살기 爲하여」(松生)라는 희곡 작품에는 아편중독자들의 공동체가 등장한다. 이 공동체의 일원들은 모두 청년이다. 시대는 현대로 설정되어 있고 장소는 경성이다. 20년대 초기 서울의 청년이라면 시대의 전위로 호명될 만한 지리적 조건과 연령적 조건을 갖추고 있다고 할 수 있다. 그러나 이들은 하나같이 "蓬頭垢面(봉두구면)"에 "襤褸한 衣服"(p. 79)을 하고 있으며 자립 능력과 의사가 전혀 없는 존재들이다. 아편으로 인하여 "敗家"한 이들은 현재 추위와 굶주림이라는 생존의 한계 상황에 처해 있다. 이런 이들에게 있어서 아편은 이미 위의 시와 같은 퇴폐적이고 예술적인 분위기를 연출해 줄 수 없다. 이들이 "注射 時期(주사시대)"(p. 80)라고 부르는 때는 아편을 주입해 주어야 할 시간을 말함인데, 시간에 맞춰 아편주사를 맞을 수 없는 이들은 이때가 되면 "(아이구! 소래를 지르고 압흐로 펄석 누으면서) 아이배야〳"라고 외치면서 육체적인 고통을 호소하게 된다. 어떤 정신직인 고싱힘도 개입할 틈이 없어 보이는 처지에 이들은 놓여 있는 것이다. 이 작품은 한 청년에게 집에

---

15) 「標本室의 靑게고리」의 다음 대화를 보자. "그런데 瓢簞이란 무엇이야" "홍홍홍, 한마듸로 쉽게 說明하면 爲先 X君 自身인 同時에, X君의 人生觀을 씸볼한 X君의 술瓶이랄싸……" "응? X氏의 人生觀……인 同時에, X氏 自身의 ……무엇이야? 어때, 나가튼 놈은 알아들을 수가 잇나" "아니랍니다. 내가 일전에 서울서, 어쩐 商店에 갓던 길에 瓢簞 貌樣으로 맨든 琉璃正宗瓶이 마음에 들기에 사가지고 왓더니 여럿이 놀린답니다"(pp. 18~19)

들어가 돈을 구해오라고 여러 청년들이 강권하는 장면으로부터 시작한다. "우리들도 집써러먹고 살님써러먹고, 父母妻子까지 다잡아먹어도 배곱흔 쩨에는 할 수 없더라! 너는 무엇이라고 廉恥찻고 코치찻니?"(p. 80)와 같은 대사는 이들의 비참한 형편을 잘 보여준다.

그런데 이 장면에서 우리는 계몽적이고 낭만적인 비전을 생경하게 개진하는 한 청년의 목소리를 듣게 된다.

> ① 우리들은 父母의게 累를 아니씨치는 同時에 制裁와 拘束을 안이
> 밧을 것을 生覺하여야 할 것이 안인가? 말하쟈면 惡이든, 善이든, 우리들
> 의 生活은 우리가 스사로 意識하여야 한다는 말일세.
> ② 더구나 우리들은 人間世界에 잇스면서 超人間 世界의 絶對樂園에
> 道遙할 特權과 自由를 가젓다고 나는 생각하네!
> ③ 世上에 우리들쳐럼 情義가 깁고 共産的 生活을 하는 者는 다시 없는
> 줄 아네! 世界同胞主義니! 四海兄弟니! 하지만 다 거줏말이데! 그러나
> 우리들은 잇스면 갓치 쓰고 없으면 갓치 굼고, 안이 하여왓나! (pp. 81~
> 83)

靑年 第五人으로 표기되고 있는 이 인물은 자신에게서 사랑의 자유와 신앙의 자유를 몰수해 간 부모와 의절했다고 밝히고 있다. 그리고 자신의 오늘날의 처지는 "나의 意識대로 生活하는 所願"에 따른 결과라고 말한다. ①의 대사가 그의 이러한 사연과 의지를 요약해주고 있다. 그는 세상의 기준으로 볼 때 자신의 행동이 타락으로 표상된다는 것을 알고 있지만, 결코 세상사람들과 비교해서 자신이 도덕적으로 열등하다고 생각하지 않는다. 스스로 선택하는 자발성이야말로 개인의 가치를 선포하고 신장하는 근대적인 행위의 바탕이기 때문이다. 이러한 자부심은 ②, ③과 같이 과대망상적인 수준으로 나아가게 된다. 그에 의하면 아편중독자 몇몇이 모여있는 여기는 유토피아적인 비전이 성취되는 장소다. 그러나

유토피아("超人間 世界의 絶對樂園")를 설명하는 그의 언어는 이 "友人"
들(p. 79) 사이에서 이해되지 않는다. 이들의 반응은 "우리는 그런 어려운
말은 몰나!"(p. 82)에 집약되어 있다. 여기서 주목할 것은 유토피아를 꿈
꾸는 언어가 광인의 것이 아니라 지식인의 것으로 설정되어 있다는 것이
다. 그의 언어는 현실로부터 완전히 유리되어 있는 황당한 것이었음에도
불구하고, 지식의 권위에 의존하고 있기 때문에 어느 누구도 쉽게 그의
말을 비웃거나 조롱하지 못한다.

　　그러나 현실에서 이들은 모두 문제적인 부랑자일 뿐이다.[16]

> 巡査: 이놈 잘못한 것이 무엇이야? 왜 이놈 四肢가 멀쩡한 녀석이 편々
> 이 놀면서 (捕繩을 내여 두 손을 묵그며) 남의 밥을 도적질하느냐? 이녀
> 석, 아편쟁이로구나, 보쟈, 네 일홈이 무엇이냐? (귀를 잡아 얼골을 불빗
> 츠로 대이면서) 응, 이놈, 너 鄭가지? (房안에 잇든 靑年들이 이 소래를
> 듯고는 불을 확 끄고 散之四方하여 간다) (p. 84)

　　이들은 巡査의 취조 소리를 듣고는 모두 도망간다. 순사에게 붙들린
한 청년은 여러 차례 전례가 있는 인물이다. 순사가 그의 얼굴에 불빛을
비추는 장면은 방안에 있던 청년들이 불을 확 끄는 장면과 선명한 대비를
이루고 있다. 이들은 모두 순사에게 얼굴을 가려야 하는 존재들인 것이다.

---

16) 식민지 권력은 직업이나 거주지가 분명하지 않으면서 술에 취해 휘청대며 거리를 돌아
　　다니는 자를 浮浪者로 지목했으며 격리해야 할 존재로 여겼다. 「만세전」의 다음 대화는
　　이러한 정황을 잘 보여준다. "金議官이 留置場에 드러갓다가 그적게야 나왓다우……'모
　　닝코 - 트'를 입구, 하々々" "응? 하々々. 무슨 일루?" "누가 아우. 밤中에 料理ㅅ 집에서
　　浮浪者取締로 붓들려 드러갓다가 二週日만에 나왓다우. 하々々" "아, 참 너두 밤出入하
　　지마라. 요새는 浮浪者取締로 퍽 甚한 모양인데……" (『염상섭 전집』 1권, pp. 87~88)

4. 거지

거지는 '구걸'을 해서 먹고 사는 존재다. 거지는 통상적으로 사회의 자선사업이나 구제사업의 대상일 뿐이며 성실하고 근면한 사람들의 금전적인 지출에 기생하고 있는 존재로 규정된다. 달리 말해 거지는 '무능력'과 '나태'의 표상이며 진화론적 법칙에 의해 도태된 인물이라고 할 수 있다. 즉 거지는 개인적인 결함에 의해 낙오한 존재인 것이다. 이광수는 사람의 생명은 "일(職業)"에 있다고 보았다. 그는 일을 하지 않는 자는 "國家나 社會의 罪人"이라고까지 말한다.[17]

그러나 국가나 사회의 정당성을 의심하고 그 결함을 문제시하게 되면, '거지'는 개인적인 층위에서의 무능력이 아니라 국가나 사회적인 층위에서의 불합리를 드러내는 표지가 된다. 또한 '돈'과 '사람'의 가치가 전도되는 자본의 논리를 비판하는 관점에 서게 되면, 거지는 본연의 인간성을 간직한 인물로 낭만화되기도 한다. 더욱이 '예술적인 작업'이 자본의 논리로부터 배제되어 있다는 예술가의 소외감은, '금전'이 개인의 능력이나 가치의 척도로서 기능하지 못하고 오히려 가치의 왜곡을 심화시킨다는 인식에 대한 경험적이고 심정적인 근거가 된다.[18] 1920년대 동인지 문학

---

17) 이광수, 「민족개조론」, 『이광수 전집』 17권, 삼중당, 1964, p. 205.

18) 이광수는 문학인이 상인과 같이 이익을 위해 물품을 판매하는 자는 아니라고 말한다. 그러나 문명국에서는 문학인에게 "精神的 報酬"로서 존경과 칭호를 주고 "精神的 報酬"로서 금전으로 작품을 구독하고 상금을 수여하여 문학의 가치에 보답한다고 그는 생각했다. 그는 "文學者와 貧窮은 古來로 配偶"라 하지만 문명에 비례하여 문학자의 보수는 높아질 것이라는 낙관적인 견해를 피력한다.(「文學이란 何오」, 『이광수 전집』 1권, p. 517) '문명'에 대한 이러한 기대는 1920년대 동인지에게서도 발견할 수 있지만 '문학인'에게 '가난'의 표상이 강력하게 결부된 것은 '문학인'이 하나의 '직업인'으로 분화된 근대에 들어서면서부터다. 김동인의 「마음이 여튼 者여」에 나오는 다음의 발언은 상업적인 유통망 속에서 '문학'이 다루어지는 방식을 보여준다. "나는 서울 잇슬 동안에 論文하나와 創作하나을 썻다. 나는 아직것 무엇을 쓰던지 벗들의 發行하는 雜誌에만 發表하엿지만, 이 모든 物價 빗 싼 째에 그리만 할 수가 업서서 論文을 어느 新聞社

에서 거지는 대체로 이와 같은 인식 지평에서 새로운 의미를 부여받게
된다.

> ①動物 中에서 가장 劣等이라는(人間이 專斷으로 그러한 價値的 評定
> 을 붓친) 개의 앞헤 돈을 더저 보라. 百圓자리 紙錢이나 一錢자리 銅錢이
> 나 그의 눈에는 다가티 한푼엇치의 價値도 업다. 그는 어늬 째든지 傲然
> 히 無關心이다. 우리는 개의 이러한 超然한 태도를 볼 째에 果然 얼마나
> 自己의 生活이 不自然한가를 째닷지 안을 수 업다.
> ②그러나 나는 엇더한 길모퉁이를 지낼 째에 이러한 可憐한 부르지즘
> 을 들엇다. 甲「제기를할써. 돈업는 놈의 나라로나 점 갓스면」乙「나는
> 돈 잇는 놈의 世上에나 가보앗스면」이 두가지의 哀願을 들을 째에 나는
> 적지 아니한 째다름을 어덧다. 甲은 업기를 바란다. 쏘 乙은 잇기를 願한
> 다. 이와 가튼 두 가지의 부르지즘이 果然 얼마나 우리 生活의 徹底한
> 苦悶을 말함인가?
>
> － 雲汀, 「同人記」(『폐허이후』, p. 133)

①문단은 물질적인 욕망이 인간을 부자연스럽게 만든다는 것을 보여
준다. '돈' 앞에서 인간은 "개"처럼 오연한 무관심을 보일 수 없다. '돈'
앞에서 인간은 품위를 유지하기 매우 어려운 유혹을 느끼는 것이다. 위의
장면에서, '던져진 돈'은 인간과 개의 서열을 전도시키는 계기로 작용하
고 있다.

그러나 자본주의 사회에서 '돈(자본)'은 엄연히 능력을 측정하는 잣대
로서 작용하며 새로운 신분을 창출하고 더불어 사람들 사이에 위화감을
조성한다. ②에서 甲과 乙은 서로 상반되는 소망을 피력하고 있는 것처럼

에 가지고 가니싼 죠케 許諾하더니 原稿料 問題가 니려남애 그것은 뜻도 안하엿든
바라고 물니친다. 그 뒤에 創作을 엇던 書店으로 가지고 가서 사라고 하닛싼, 原稿
八百쟝이나 되는 것을 百圓만 주겟다는 고로 도로 가지고 도라와 버렷다."(『창조』3호,
p. 42)

보이지만, 실제로는 두 인물의 말 모두 자본의 불평등한 분배에서 비롯한 소외감의 다른 표현에 지나지 않는다. 위의 글은 편집후기에 해당하는 「同人記」에 雲汀이 쓴 것인데, 같은 책에 실은 「汽笛불 때」라는 희곡작품에서 그는 자본으로부터 철저하게 소외된 노동자의 절망을 비극적으로 그려내기도 했다. "이 놈의 世上을 웃지하면 조흔가! 쎠가 쌔지도록 버러도 버러도 살 수 업는=자식을 죽이고 아비를 죽여가면서도 살 수 없는 이런 웬쉬의 놈의 世上을 언제나 쌧쑤드려 부시나……"라는 한 노동자의 절규는[19] 甲과 乙이라는 익명의 인물이 놓여 있는 불합리한 현실을 대변해 준다. 이런 현실에서 가난은 단순히 게으름의 표지일 수는 없는 것이다.

1920년대 동인지에서 상당히 비중 있게 다뤄진 외국 작가에 속하는 투르게네프의 작품 중 「거지」는 『학지광』, 『태서문예신보』, 『창조』, 「백조』 등에서 번역되었다.[20] 이처럼 거듭해서 번역된 경우는 매우 드문 예라고 할 수 있는데, 이것은 그만큼 이 작품에서 형상화한 '거지'의 표상에 대해 당시 작가들이 공감을 느꼈다는 것을 말해준다.

> 나는 거리를 걸엇다…… 늙고 힘업는 비렁방이가 나의 소매를 잇끈다.
> 벌핫고 눈물고인 눈 프른 입살 襤樓혼 옷 검웃ᄉ혼 죵처쑤리…… 아ᄉ 엇더케 밉살스럽게도 가난이라는 놈이 이 불샹혼 生物을 파먹어들엇노!
> 그는 붉고 부엇든 더러운 손을 나의 압헤 내여민다. 무엇이라 탄식ᄒ며 울면서 積善ᄒ라고 혼다.
> 나는 폭켓트 안을 차자보앗다…… 만은 돈지갑도 업고 時計도 업고 적은 手巾죳차 업섯다…… 나는 가진 것이라고는 아모것도 업섯다.

---

19) 雲汀, 「汽笛불 때」, 『폐허이후』, p. 50.
20) 『학지광』 4호(1915. 2. p. 50)에서는 夢夢이 「乞食」이라는 제목으로 번역했고, 『태서문예신보』 5호(1918. 11. 2)에서는 김억이 「비렁방이」라는 제목으로 번역했다. 김억은 또한 이 번역시를 『창조』 8호(p. 110)에 약간의 수정을 가해 재수록했다. 『백조』 1호(p. 91)에는 羅彬 번역의 「거지(乞食者)」가 실려 있다.

그래도 비령방이는 아직 기달린다…… 그가 내여밀고 잇는 손은 힘업
시 썬다.
엇더케 홀지를 몰으고 나는 이 더럽고 써는 손을 힘잇게 잡앗다……
「용서ᄒ여 주게 兄弟여 나는 아모 것도 가진 것이라고는 업네 兄弟여」
비령방이는 그 벌흔 눈을 내게 向ᄒ고 고 프른 입살에는 웃음을 씌우며
나의 찬 손가락을 꽉잡앗다 ᄒ고 주저리는 말이
「고맙습니다 이것도 積善이지요」
나도 나의 兄弟에게서 積善밧은 것을 나는 理解ᄒ엿다.

– 쯔르쎄네앱, 「비령방이」(김억 역, 『창조』8호)

이 시의 화자가 구걸하는 거지에게 처음에 느낀 감정은 단순한 동정심
이었다. '나'는 걸인의 늙고 더러운 육체에서 가난의 비참함을 목도하면
서 그에게 적선하기로 마음먹는다. 그 순간까지의 '나'는 걸인보다 우월
한 존재일 수 있었다. 그러나 '나'의 주머니 속에는 적선을 베풀만한 그
어떤 것도 없다. 이것을 확인한 '나'는 이제 '거지'와 동등한 위치에 놓이
게 된다. 내가 할 수 있는 일은 걸인의 손에 동전을 떨어뜨리는 것이
아니라, 그의 손을 잡고서 "용서ᄒ여 주게 兄弟여 나는 아모 것도 가진
것이라고는 업네 兄弟여"라고 말하는 것으로 바뀐다. 이 시에서 나와
걸인 사이의 관계의 반전은 여기에 그치지 않는다. 이 시의 묘미는 나의
이런 태도에 대한 걸인의 반응에 있다. 내게 구걸하던 거지는 나의 손을
삽아주는 존재로 격상한다. 내 손을 잡고 "고맙습니다 이것도 積善이지
요"라고 말하는 걸인에게서 나는 도리어 적선을 받았다고 느끼게 되는
것이다. 이제 나는 걸인에게서 진정한 형제애를 느끼고 있다고 할 수
있다.

一年열두달 열어보는 일이 업시 꼭 다튼 普通門 밧게, 보금자리 가튼
집덤이 속에서 우물우물하기도 하고, 或은 그 압 普通江가에로 돌아단이

광인 김창억은 그가 예언한 "하우님이 天使를 보내시어 쑤며노흐신
(금강산의)玉座"(p. 45)를 마지막 거처로 삼고 있지 않다. 그는 걸인이
되어 평양 주변을 배회한다. 그는 사람들에게 걸인 以上으로 여겨지지
않는다. 다만 사람들은 "大洞江가의 長髮客과 兄弟"일지도 모른다고 추
측할 뿐이다. 그런데 사람들이 보이는 이 심상한 추측을 통해 염상섭은
광인 김창억에게 여전히 '일상인 以上'의 의미를 부여하고자 한다. 이
"大洞江가의 長髮客"은 소설의 화자 '내'가 여행 중에 우연히 본 적이
있는 인물이다. 그때 나는 그에게서 "東京 近處에서 보던 美術家"를 떠
올린다. 그는 신경질적인 하얀 얼굴을 가졌으며 등에까지 장발을 드리우
고 있었는데, 이 외모는 1920년대 초기 예술가의 표상이었다. 내게는
이러한 그가 단순한 부랑자가 아니라 "眞正한 幸福"을 누리고 있는 자유
인으로 느껴진다. 걸인과 이러한 장발객을 형제로서 연관짓는 것은, 평양
의 보통 생활인의 경우에는 주변인의 무리로 뭉뚱그린 것에 불과하겠지
만 동인지 문학인의 경우에는 좀더 각별한 의미가 있다. 1920년대 초기의
문학적인 표상 공간 속에서 '거지'는 예술가적인 삶을 살아내고 있는
인물이기도 했다. 우리는 1920년대 동인지 문학 속에서 다음과 같이 부르
짖는 예술가 지망생을 만날 수 있다.

이러한 발언은 세상물정 모르는 젊은이의 한 순간의 객기로 치부될 수 있다. 그러나 중요한 것은 거지에 대한 이와 같은 예찬이 동인지 문학 공간에서 진지하게 받아들여졌다는 점이다.[21] 여기에서 동경의 대상이 되는 거지는 "그리운 放浪의 生活"을 향유하는 보헤미안이다.

이러한 거지는 때로 "才華爛發한 詩人의 읖는 哀曲"을 넘어서는 短笛 소리의 주인일 수도 있다.[22] 이러할 때에 구걸 행위는 참으로 예술적으로 표현된다고 할 수 있을 것이다.

> 窮巷無名의 눈먼이의 도움을 비는 한 曲調— (……) 거문고의 맑고도 원망ᄒ는 듯한, 피아노의 雄儼ᄒ면서도 그윽한 哀音, 끼타의 졸리는 듯한, 챵자를 끈는 듯한 哀願의 만도린……이것들은 形容할 슈가 잇스나 이 短笛 一曲은 形容할 말좃차 잡기 어려운 눈먼이의 갸륵한 傷心의 暗愁을 알외는 어두운 찬 밤의 空氣를 울니는 한 曲調—나는 엇지할 줄을 몰랏다.

여기서 눈먼 거지의 내면은 예술가의 내면과 오버랩된다. 그의 "傷心" "暗愁"는 예술적인 표현의 원천이며 또한 감동의 원천으로 기능하고 있다. 그것은 예술의 재료인 것이다.

---

21) 東園 이일의 「乞食의 禮讚」이라는 시는 이 점을 분명하게 보여주는 예다. 일부를 인용해 보면 다음과 같다. "君王의 사는 집이나 먹는 밥은/ 피와 눈물로 생긴 것이지만/ 그의 生活은 해뜰 때부터 질 때까지/ 平和의 그것이다// 大地를 쌀개 삼아/ 돌로 베게 베고/ 靑天을 이불 삼아/ 별로 燈불 달고/ 罪 업는 잠을 자니/ 그이는 平和의 君王이다."(『조선 문단』 3호, 1924. 12. p. 40)

22) 流浪兒, 「夜笛」, 『태서문예신보』 13호, 1919. 1. 1.

5. 방랑인

1920년대 초기 동인지 문학에서 '방랑인'은 대체로 자유인의 표상으로 나타난다. 방랑인은 외부적인 구속이나 간섭을 벗어던지고 '내부 생명'의 흐름에 따라 사는 존재로 형상화된다. 그의 발걸음을 인도하는 것은 현실적인 필요가 아니라 내면의 욕구다. 동인지 문학인들은 방랑인의 표상을 통해 현실과 내면의 배타성을 일상공간과 여행공간의 차별성으로 옮겨 놓는다. 이러한 사유구조에서 여행은 '자아발견'의 목적을 갖는 행위로 인식된다.

> 사흘 후에 英淳이 어데갓다 오후에 드러와서 아조 沈着한 목소래로
> 「여보 나는 아모래도 써나야겟소. 내 問題는 解決된 것 갓해도 아직 안되엇소. 사람이 된다고 햇스니 무어시 解決이 되엿소? 이 地境에서 버서나야겟소. 무어시나 하나 되어야 하겟소. 이러케 지나가지고는 안되 겟소. 세상에 낫든 보람을 하야겟소. 참 不安하지만 나는 내일 곳 써나겟 소이다.」 감정이 극해서 이러케 말햇다.
> 「괜치 아너요. 써나시지요」
> 英善은 얼는 대답을 하엿다. 그리고 써날 준비를 급히급히 하엿다. 그러 나 그날 밤에 잘 째에는 말도 아니하고 눈물노 베개를 펑々 적셧다.
>
> — 전영택, 「生命의 봄」(『창조』 7호, p. 20)

주인공 영순이는 종교와 문학 사이에서 번민을 거듭하다가 여행을 결심한다. 영순이가 감정이 고조되어 "나는 내일 곳 써나겟소"라고 할 때, 그는 분명한 목적지를 아내 영선이에게 말해 줄 수 없다. 왜냐하면 그가 이곳을 출발해서 경유하게 될 장소나 도착할 장소에 대해서는 그 스스로 도 모르고 있기 때문이다. 그의 여행은 즉흥적이고 충동적이다. 또한 그가 여행을 통해 발견하고자 하는 "세상에 낫든 보람"이란 대단히 추상적

이고 주관적인 문제다. 다만 그가 여행을 통해 그것을 찾을 수 있다고 믿는다는 것, 이 점이 20년대 초기 동인지에서 '여행' 모티브나 기행문이 새롭게 부각되는 맥락이다. 주인공 영순이는 "끗바이 마이씌어"라는 이 국적이고 文語的인 인사를 남기고 이튿날 어딘가로 떠난다. 소설 「生命의 봄」의 결말에 해당하는 이 '여행'의 착상 또한 당시에는 "끗바이 마이씌어" 같은 인사말이 풍겼을 법한 낯설음과 모던함을 지니고 있었을 것이다. 물론 진지하게 "끗바이 마이씌어"라고 말하는 것이 금세 경박하고 유치한 포즈로 생각되어 사라진 반면, '자아발견의 계기로서의 여행'이라는 모티브는 근대문학사를 통해 오늘날까지 계속해서 변주되어 왔다.

客이여! 너는 放浪者로다 너는 漂泊者로다 苦痛과 悲哀와 哀愁가 네 입에서 석기여 나오도다 쌔이오린 悲曲의 피안노 伴奏갓튼 靜快하고 柔軟하고 그윽한 만흔 旋律이 썰어여 나오는 것 가치 너는 노래 부르도다
客이여! 너는 어듸로 가랴는가?
그대의 故鄕은 어느 곳인가? 客이여 웨 그더는 슬푼 노래를 부르나?
「客」 나는 아름다운 꼿츨 차지려 단임니다 그러나 나는 꼿치 어듸서 피는지는 몰나요 그리하야 나는 그 꼿피는 곳을 차지려 단임니다 그곳에 나의 故鄕이 잇다고 해요 내가 눈물을 홀릴 쩌마다 그 눈물이 쩌러지는 곳에는 그 꼿치 핌니다 그러나 손으로 싸려고 하면 업서짐니다 그리면서 그 꼿치 하는 말이
「꼿」 그대의 故鄕에 가서 나를 차지라
「客」 나는 저구름과 갓치 흐르렴니다. 그 구름빗치 붉음니다 아마 그 꼿의 빗치 비치는 것인 것 갓해요 나의 故鄕은 모름니다 그러나 나는 그리로 가려고 나섯슴니다……
客! 客! 너의 머리 우에 그대가 찻든 꼿치 핀 것을 모르나! 바람에 불려 花瓣이 날이도다
客! 客! 그대의 고향을 찻거든 일으라!
— 懷月, 「客」(『백조』, 1호, p. 104)

위 시에서 "客"이라는 어휘는 "放浪者", "漂泊者"로 풀이된다. 1920년 대 동인지에 '방랑', '표박' 은 문학적인 어휘로 등록되어 있었다고 할 수 있는데, 이 시의 나그네가 보여주는 방랑은 특별히 미학적이다. 나그 네는 "슬픈 노래"를 부르면서 "아름다운 꽃"을 찾아다닌다. 바이올린이 나 피아노 같은 이국적인 악기의 음색에 비유되는 나그네의 노래는 그의 방랑을 더욱 시적으로 만들어 준다.23) 또한 나그네가 찾아 헤매는 '꽃'은 그가 추구하는 가치가 지고한 아름다움과 관련되어 있음을 드러낸다. 그 꽃은 그의 "눈물"이 떨어질 때—"苦痛과 悲哀와 哀愁"가 어떤 절정에 다다를 때 피어나며 잡으려고 하면 홀연히 사라지는 존재다. 즉 꽃은 실제 공간에 물질적인 형태로 존재하는 것이 아니다. 꽃은 사라지면서 "그대의 故鄕에 가서 나를 차지라"고 말한다. 꽃이 목소리를 내고 있는 이 장면을 단순히 의인화 기법에 의한 표현이라고 할 수는 없다. 꽃은 나그네의 외부에 놓여 있는 객관적인 존재라기보다는 나그네의 "눈물" 속에서 현현하며 목소리를 내는 내적인 부분이며 주관적인 가치라고 할 수 있다. 따라서 나그네의 행로는 '보이지 않는 꽃'과 처음부터 함께 하고 있었다. 나그네는 "저구름과 갓치" 흐르겠다고 말하는데, 그 구름빛은 꽃의 빛이 비쳐 붉게 물들어 있다. 구름의 길로 비유되고 있는 나그네의 길은 꽃빛인 것이다. 꽃은 궁극적인 목표이면서 과정 자체에 내포되어 있다. 여기서 꽃이 자신의 확실한 소재지로 스스로 밝힌 "그대의 고향"을 나그네는 모른다고 말한다. 그곳은 나그네의 육체적인 고향이 아니라 정신적인 고향이기 때문이다. 그는 훼손되지 않은 '본연의 자아'를 찾고 있는 것이다. "客! 客! 너의 머리 우에 그대가 찻든 꽃치 핀 것을 모르나!" 라고 외치는 이 시의 화자는 나그네의 고향이 나그네의 내면임을 말해주

---

23) 김동인의 「배짜락이」(『창조』 9호)에서 "운명의 힘"(p. 6)에 밀려 떠돌아다니는 인물로
   설정되어 있는 사내가 "애처러운 그리움"(p. 13)에 젖어 부르는 영유배따라기의 선율도
   사내의 방랑을 낭만적이고 미학적인 것으로 만드는 데 중요한 기능을 한다.

고 있다.

그 길손은 自己의 집에 오기까지 흔집흔집 異邦사람의 門을 두다리서
이다. 그리고 흔사람은 마그막에 가쟝 그윽흔 神殿에 니르기 위흐야 온갓
地球外의 世界까지도 헤매이고 잇서이다.
　나의 눈은 내가 눈을 감고 「神은 여긔에 계시다!」이러케 말흐는 압흘
밀니 닓히 彷徨흐고 잇서이다.
　「오오 어나곳에?」이러흔 疑問과 부르지즘은 一千의 시내의 눈물로 녹
아버리서이다. 그리고 「自己!」(I am)하고 흐는 確信의 汎濫이 世界를 洪
水로흐서이다.
　　　　　　　－타쿠르, 「끼탄자리」부분 (天園역, 『창조』8호, pp. 106~107)

"너 自身에게로 가쟝 갓가히 오는 바가 가쟝 멀은 航路"라고 말하는
이 시에서 "길손", 나그네가 마지막에 다다른 "가쟝 그윽흔 神殿"은 "自
己(I am)"다. 이 시의 길손이 찾으려 했던 "神"은 앞에서 보았던 "곳"에
대응시킬 수 있으며 "自己의 집"은 "고향"에 대응시킬 수 있는데, 이들
시의 방랑은 결국 '自己'에 대한 확신을 획득하는 것으로 귀결된다. 이러
한 성격의 방랑은 실제 지도 위에 그려질 수 없는 "地球外의 世界"까지
그 여정 안에 담고 있다.

『백조』1, 2호에 걸쳐 「漂泊」이라는 제목의 소설을 연재했던 노자영
(春城)은 같은 책 2호에 「나의 恒常思慕하는 漂泊의 길우에 계신 牛涎愛
兄에게」라는 편지글을 실었다. 그의 이 편지는 牛涎愛라는 인물에게 닿
을 수 없는데, 왜냐하면 그는 수신자의 주소를 알 수 없기 때문이다. 그의
이 편지는 牛涎愛라는 특정 인물을 향해 있다기보다는 『백조』의 독자인
불특정 다수를 향해 있다고 할 수 있다. 실제로 그의 편지에는 방랑 중에
牛涎愛가 노자영에게 보낸 몇 통의 편지가 그대로 삽입되어 있다. 편지
속에 편지의 형식으로 牛涎愛라는 인물은 노자영 자신이 동경하는 漂泊

의 삶의 한 전형으로 다수의 독자에게 소개되고 있는 것이다.

　①아즉까지, 一定한 住所가 업시, 물 우에 흐르는 浮萍과 갓치, 물결과
바람을 쪼차, 이리저리 漂迫하고 잇다. 아!! 이 漂泊의 生涯! 나는 이 속에
서「無限美」와「無限苦」와「無限愛」를 맛보고 잇다. 마음대로, 그리고,
생각대로, 살아간다는 것이,「靑春의 快樂」을 遺憾업시 發揮한 것이라고
생각한다. 그러나, 古國을 생각하니, 눈물매치는 鄕愁의 熱火가, 가슴
우에 타오른다. 언제나 歸國할는지? (pp. 35~36)

　②다못 형님을, 永遠의 客으로만 생각하든 나는, 이 年賀狀 하나로,
다시 새 勇氣를 얻고, 다시 새 期待를 어덧나이다. (……)「봐이갈」湖水
를 지나고,「우랄」山을 넘어, 數萬里를 跋涉하신, 그 苦鬪의 歷史를 알고
십소이다.「시베리아」一幅에 싸인 눈과,「모스코」帶에 부는 바람을 目
擊하시고, 느끼신 눈물의 生涯를 듯고 십소이다. 그동안 싸우고, 헤매신
總決算의 報告를 알고 십소이다.
　아!! 兄님? 漢陽을 생각하실 째, 이 아우를 잇지 아니하시겟지오? 그와
同時에, 나의 苦悶生涯를 생각하여 주시겟지오? 나의 內的戰鬪는, 아즉
까지, 解決이 업나이다. 나는 다못 最後의 批判만 기다리고 잇소이다.
울음은 마르고, 웃음은 슬어져, 기름업고, 生氣업고, 潤澤업는「生」을
持續하고 잇소이다. (pp. 38~39)

　①은 牛涎愛라는 인물이 보내온 편지의 한 부분이다. ②는 노자영이
牛涎愛의 방랑을 생각하고 자신의 생활을 돌아보고 있는 글이다. "「靑春
의 快樂」을 遺憾업시 發揮"하고 있는 牛涎愛의 능동적인 삶과 대비되어
노자영 자신의 생활은 "웨 사는지도 모르면서, 그저 살아가는" 수동적인
것으로 그려지고 있다. 그러나 노자영이 스스로의 삶을 요약하고 있는
"苦悶生涯", "內的戰鬪"라는 어휘는 자신에게 국제적인 지리공간 속에
펼쳐지는 牛涎愛의 방랑에 견줄 수 있는 내면의 드라마가 있음을 은근히
드러낸다. 실제로 그의 소설「漂泊」에는 표박에 상응하는 실질적인 행위

가 등장하지 않는다. 이 소설에서 노자영은 사랑에 빠진 한 청년의 내면에 '漂泊'의 표상을 부여하고 있을 뿐이다.[24] 즉 노자영의 "內的 戰鬪"와 牛涎愛의 "苦鬪의 歷史"는 스케일의 차이에도 불구하고 같은 층위에서 비견될 수 있는 것이다. 그렇지만 "內的 戰鬪"가 답보상태에 빠져있다고 느껴질 때, "어대든지 가야하겟다"는 충동적인 외침이 터져나오게 되고,[25] "「봐이갈」 湖水를 지나고, 「우랄」 山을 넘어, 數萬里를 跋涉"한 방랑인의 존재는 동경의 대상이 된다.

'방랑'에 대한 동경은 "不自由하고, 不公平하고, 滋味업는 社會"(p. 33)라는 현실인식을 배경으로 삼고 있다. 불합리한 현실은 "內的 戰鬪"의 의욕과 활기를 앗아가는 거대한 힘이다. 牛涎愛의 방랑은 사회에 대한 반항의 형태를 띠고 있다. 그는 다음과 같이 말한다. "이 社會의 모든 道德이나 法律은, 모다 資本家를 위하야 만들어 노앗다. 돈잇는 자에게는, 그 法律과 道德이, 모다 金科玉條이나, 돈업는 자에게는 그 法律과 道德이 모다 원수요, 障碍物이다." 노자영은 그의 생각에 공감을 표시하면서 "斷然히 펜을 던지고 人力車를 쩌는" 한 친우의 소식을 전한다. 그 친우에게서 노자영은 "現代社會의 모든 不平을 咀呪하는 反抗의 부

---

24) 이 소설의 주인공이 "석달 동안 한 일은 혜선의 幻影을 가슴에 그리고 懊惱를 느끼고 憂鬱을 싸핫스며 寂寞을 感覺한 쓰리고 애닯은 눈물과 피가 잠긴 感傷의 歷史 쑨이다."(2호 p. 132) 주인공 英淳이란 칭년이 첫시랑의 감정을 고백하지도 못하고 스스로 주체하지도 못한 석달 동안 그의 "生活은 每日 이러하엿다. 아츰에는 新聞社에 가고 저녁에는 旅舘에 도라와서 혼자 각급히 惠善을 생각하다가 那終 컬컬징이 나서 견딀 수가 업스면 南山이나 北岳山이나 되는대로 散步를 가는 것이다. 이것이 그의 하로도 쌔아노치 아니하고 每日繼續하는 日課이다."(2호, p. 124) 노자영은 英淳의 '공상'과 '산책'에 '漂泊'의 표상을 부여했다고 할 수 있다.

25) 이것은 「標本室의 靑게고리」에서 우울과 권태에 눌린 '나'의 내면으로부터 울리는 외침이다. "如何間 이 房을 면하여야겟다" "어대던지 가야하겟다. 世界의 꿋까지. 無限에. 永遠히. 발끗자라는 데까지. ……無人島! 西伯利亞의 荒凉한 벌판! 몸에서 기름이 부지직 타는 南洋! ……아 — 아"(p. 13)

르지즘을” 분명히 들었다고 하면서 편지를 맺고 있다. 여기서 방랑길에 오른 지식인과 인력거를 끄는 지식인은 부자유하고 불공평한 현대사회의 반항아로서의 면모를 공유하고 있다. 그러나 식민지 조선의 현실을 “現代社會”의 현실로 추상화하고 있어서 그 특수성은 제대로 드러나지 못한다. 牛涎愛가 현실 비판적인 시각을 드러내는 대목에는 검열에 의해 지워진 글자들이 많이 보이는데, 이 지워져야만 하는 글자의 존재야말로 현실의 구체적인 부자유를 말없이 대변해준다고 할 수 있을 것이다.

동인지 문학에서 ‘방랑인’은 현실 바깥으로 밀려난 시대의 낙오자가 아니라 현실 바깥을 스스로 선택한 적극적인 인물로 표상된다. 그는 구도자이거나 자유인이며 반항아다. 즉 그는 평범한 일상인보다 정신적으로 우월한 자이다. 1920년대 초기 일군의 예술가들은 이러한 ‘방랑인’의 표상에 자신을 투영함으로써 현실 以上을 살고자 했다.

6. 결론

지금까지 ‘광인’ ‘아편중독자’ ‘거지’ ‘방랑인’이 1920년대 초기 문학의 장(場)에서 드러내는 의미를 살펴보았다. 여기에서 이들은 대체로 평균에 한참 미달한 존재가 아니라 오히려 평균을 훌쩍 뛰어넘는 존재로 표상된다. 이들의 정신 세계에는 속악한 욕망과 안일한 현실주의에 타협하지 않는 순수함이 새겨져 있었다. 또한 이들 주변인이 배치되어 있는 현실 바깥은 현실에서 밀려난 자의 낭떠러지가 아니라 초월적 비전이 성취될 수 있는 자유의 영역으로 사유되었다.

1920년대 초기 일군의 작가들은 현실의 중심으로부터 가장 원거리에 배치되어 있는 주변인들에게 자신의 미학적인 욕망과 비전을 투영했다고 할 수 있다. 동인지 작가들은 현실의 중심에서가 아니라 주변부에서 나아가 그 바깥에서 예술가적인 삶의 형식을 발견해냈던 것이다. 주변이나 외부라는 자리는 떠밀린 혹은 현실로부터 도피한 장소가 아니라, 현실적인 권위를 의심하고 현실 以上을 꿈꾸는 미학적인 수정과 혁신의 욕망이 움트는 장소일 수 있다.

『학지광』.『태서문예신보』.『창조』.『폐허』.『백조』.『폐허이후』.『장미촌』.
『금성』.『개벽』.『조선문단』.
　『이광수 전집』, 삼중당, 1964.
　『염상섭 전집』, 민음사, 1987.

　김진균·정근식 편,『근대주체와 식민지 규율권력』, 문화과학사, 1997.
　김진수,『우리는 왜 지금 낭만주의를 이야기하는가』, 책세상, 2001.
　김행숙,「『太西文藝新報』에 나타난 근대성의 두 가지 층위」,『국어문학』36
　　　집, 2001. 11.
　김흥규,「1920년대 초기시의 낭만적 상상력과 그 역사적 성격」,『문학과 역사
　　　적 인간』, 창작과 비평사, 1980.
　박영희,「草創期의 文壇側面史」,『현대문학』, 1959.11.
　박종화,『歷史는 흐르는데 靑山은 말이 없네』, 삼경출판사, 1979.
　박찬승,『한국근대정치사상사 연구』, 역사비평사, 1992.
　상허학회,『1920년대 동인지 문학과 근대성 연구』(상허학보 2집), 깊은샘,
　　　2000. 8.
　＿＿＿＿,『1920년대 문학의 재인식』(상허학보 7집), 깊은샘, 2001. 8.
　서동욱,『차이와 타자』, 문학과지성사, 2000.
　서울사회과학연구소,『근대성의 경계를 찾아서』, 새길, 1997.
　윤병로,『박종화의 삶과 문학 -미공개 월탄일기 평설』, 서울신문사, 1992.
　조영복,「동인지 시대의 담론과 '내면-예술'의 계단」,『한국현대시와 언어의
　　　풍경』, 태학사, 1999.
　지명렬,『독일 낭만주의 총설』, 서울대학교 출판부, 2000.
　황종연,「낭만적 주체성의 소설 -한국근대소설에서 김동인의 위치」,『김동인
　　　문학의 재조명』(문학사와 비평학회), 새미, 2001.

柄谷行人, 『일본근대문학의 기원』, 박유하 역, 민음사, 1997.

李孝德, 『표상 공간의 근대』, 박성관 역, 소명출판, 2002.

Matei Calinescu, 『모더니티의 다섯 얼굴』, 이영욱·백한울·오무석·백지숙 역, 시각과 언어, 1993.

Michel Foucault, 『광기의 역사』, 김부용 역, 인간사랑, 1991.

___________, 『비정상인들』, 박정자 역, 동문선, 2001.

ABSTRACT

An aesthetic meaning of the 'outsiders'
－Mainly the early 1920s' Donginji(同人誌)－

Kim, Haeng-Sook

The literature media positively appeared at the early 1920s. The Donginji(同人誌) of Changjo(『創造』, 1919. 2~1921. 6), Peyheo(『廢墟』, 1920. 7~1921. 10) and Baekjo(『白潮』, 1922 1~1923. 6) and so on were the first periodical publications to specialize a literary field. This writing found out function and effect that the aesthetic representation of the 'outsiders' made a display of, centering around the early 1920s' Donginji.

In the representation of the 'outsiders', the range and center that a modern system operates became a precondition. When viewing as a theory of the inside of the system, the 'outsiders' are the unqualified persons or stragglers in the day. The 'outsiders' located in a boundary could be called others capable of confirmation of an inside identity. The 'outsiders' is a material mark of the boundary. To make others of the 'outsiders' answers to a question, that is, what theory and regulation consisted of in the inside of a boundary. But the 'outsiders' always make us continually doubt the inside worth of a boundary as well as the cause of a crack in boundary.

In the early 1920s' literature, 'The mad man' 'The opium Addict' 'The Begger' 'The Wanderer' became a representation as a existence excess of an average rather than a greenhorn less than it. Their mind was carved pureness without compromise with a desire of vulgarity. Also, it has been thought that a real outside in which the 'outsiders' located is not a cliff to persons who pushed out from life but a free area to establish a transcendental vision.

We could say that a group of authors at the early 1920s projected an aesthetic desire and vision of themselves to the 'outsiders' located in the remotest distance from a real center. The authors of Donginji found out the living form of artist not in a systematic center but in the outside. We could say that the position to be called the outside is not a place of escapism from life but a place of generation an aesthetic adjustment and innovation to doubt a systematic authority.

주요어 : 표상, 근대성, 주변인, 광인, 아편 중독자, 거지, 방랑인

낭만적 주체성의 형성과 전개

- 나도향의 경우 -

오양진*

1. 서론

『배제학보』제2호에 발표된 나도향의 처녀작 「출학(黜學)」(1921)은 형식적으로 미숙할지 모르지만 일종의 문학사적 조숙성이라 부를 만한 내용을 담고 있다. 말하자면 「출학」은 한국근대문학사가 궤적을 그리기 시작한 그 역사적 원점에 해당되는 장면을 의미심장하게 보여준다. 그것은 무엇보다도 소설 전반부에 나오는, 영숙이 창가에서 바깥을 바라보는 장면이다. 애인 정윤모의 농간으로 몸을 더럽혔을 뿐만 아니라 성적으로 헤픈 여자라는 소문 때문에 학교에서 쫓겨나기까지 한 영숙은 절망과 실의에 빠져 방에 틀어박힌다. 그리고 영숙은 서양식 커튼이 달린 "방창(房窓)을 의지하여" 창 밖을 물끄러미 바라본다. 창이 있는 자기만의 방은 누군가 그 자리에 있었더라면 불가능했을 자연에 대한 기묘한 경험을 제공한다. 그녀의 시선 속에 포착된 자연은 어느 순간 그녀 자신의 기분

---

* 고려대

과 무관하게 그 자체로 충족되어 있는 자연으로 변화된다. 다시 말해
'풍경'으로 바뀌는 것이다.1) 영숙의 눈앞에서 전개되는 풍경들 중에는
"갓 뿌린 물김이 화초밭 공기를 적시고 그윽한 향내가 가는 바람과 함께"
하는 모습을 비롯해 "저 건너 연돌(煙突)에서 가는 연기가 공중으로 올라
가 슬그머니 사라지는" 정경, 막연하지만 "저쪽 공중"으로 표현된 광경
등이 있다. 자연이 풍경으로 바뀌는 그와 같은 변화에 수반하여 영숙의
마음에도 이상한 변화가 나타난다. 그녀는 풍경이라는 인간적 요소가
원칙적으로 제거된 자연에 대하여 주체적인 지각의 자리에 위치함으로

---

1) 가라타니 고진에 의하면, 풍경이 일단 눈에 보이게 되면 그것이 원래 외부에 존재했던
   것처럼 보이지만 사실 그것은 '낭만파적인 전도'에서 비롯된다. 즉 기원으로서의 풍경은
   사실주의적 모사의 대상이 아니라 극도의 내면화와 외부 세계의 대립이라는 역사적 사건
   이 빚어낸 것이다. 따라서 낭만주의와 사실주의를 기능적으로 대립시키는 일은 무의미하
   다. 중요한 것은 그 대립 자체를 파생시킨 역사적 사태(기원)에 대한 직시라고 할 수
   있다.(가라타니 고진,『일본 근대문학의 기원』, 박유하 옮김, 민음사, 1997, pp.26-56 참조.)
   이처럼 낭만주의와 사실주의는 기능적인 대립항이 아니라 내적인 연관성을 지닌 개념들
   임을 감안할 때, 나도향 소설에 대해 낭만주의에서 사실주의로의 급격한 사조적 변화를
   전제하고 그의 작품이 미숙성에서 성숙성으로 진전된다고 판단하는 백철 이래의 거의
   대부분의 관행적 평가는 마땅히 제고되어야 한다. 거기에는 무엇보다도 사실주의는 현실
   적이어서 좋고 낭만주의는 비현실적이어서 나쁘다는 기원을 망각한 오래된 편견이 개입
   되어 있다. 그와 더불어 작품성을 따지는 형식주의적 접근도 근대소설 양식의 개화를
   위해 필연적으로 거칠 수밖에 없고 또 그것의 중요한 계기를 이루는 나도향 소설을 제대
   로 평가하기에는 부적합한 태도로 보인다. 고진이 지적하고 있듯이, 서양의 문학을 기준
   으로 하면 나도향 소설은 단기간에 서양 문학을 수용한 한국근대문학의 혼란스런 모습에
   지나지 않는다. 그러나 서양에서 장기간에 걸쳐 일어났기 때문에 선적인 순서 속에 은폐
   된 낭만파적 전도, 즉 기원으로서의 풍경을 해명하는 열쇠가 사실 그의 소설 속에 있다.
   결론적으로 나도향 소설을 이해하기 위해서는 사실주의니 낭만주의니 하는 사조적 개념
   을 포기해야 하고 아울러 서구 편향적인 형식주의적 관점도 지양해야 한다. 최근의 연구
   성과들은 바로 그러한 시각 전환의 소산들이다; 장수익, 「나도향 소설과 낭만적 사랑의
   문제」,『한국 근대소설사의 탐색』(월인, 1999); 황경, 「나도향 소설의 사랑에 대한 고찰」,
   『작가연구』 제9호(새미, 2000); 박헌호, 「나도향과 욕망의 문제」,『1920년대 동인지 문학
   과 근대성 연구』(깊은샘, 2000).

써 외부 세계로부터 소원화된 자신을 발견한다. 이 고독한 자아에 대한 의식은 불현듯 눈물과 더불어 출현해 슬픔과 원한의 표정을 만든다. "조금 있다가 그(녀)의 두 눈에는 구슬 같은 눈물이 떨어지며 그(녀)의 입술은 떨린다."[2] 마침내 저쪽에서는 그녀의 기분이나 마음에 무관심한 순수한 풍경이 자라나고 이쪽에서는 자신 이외에는 누구도 믿을 수 없다고 생각하는 내적인 인간이 태어난다.[3] 영숙이 기대고 있던 창가 부근에서 일어난 일은 바로 주체(자아)/객체(세계)라는 인식론적 공간의 개방, 즉 근대적인 삶과 현실의 시초가 되는 근본적인 사건이다.[4]

「출학」에 나오는 창이 있는 방의 상징적 의미는 무엇보다도 자아와 그를 둘러싼 세계 사이의 분열이다. 이것은 물론 1920년대 초기 문학에서 『백조』파를 중심으로 제기된 '분열된 개인'이라는 근대적인 문학적 형상 가운데 하나임은 말할 것도 없다.[5] 그러나 「출학」의 방에서 포착된 근대적 삶의 가능성은 그와 유사한 예를 찾기 어려운 근대성에 대한 예각적인 이해의 단초를 포함하고 있다. 그것은 유교적 윤리와 규범에 의해 지배되고 통제된 전통적인 인간관에 대항하기 위해 정육론(情育論)이라는 감정

---

2) 주종연 외 편, 『나도향 전집』(上)(집문당, 1988), p.22. 앞으로 본문과 각주에서 이 전집(上)을 인용할 경우에는 괄호 안에 해당 페이지만을 밝힌다. 이 글에서는 나도향의 작품 가운데 미완의 작품과 장편, 그리고 수필, 시 등은 효과적인 논의를 위해 배제된다.

3) 「자기를 찾기 전」(1924. 3)이라는 작품에서 '내적인 인간의 탄생'은 설명과 해석이 구차할 정도로 명백하게 세시된다.

4) 나도향의 「출학」에 대한 분석은 황종연이 그의 글 「낭만적 주체성의 소설-한국근대소설에서 김동인의 위치」(문학사와비평학회 편, 『김동인 문학의 재조명』, 새미, 2001)에서 보여준 김동인의 초기작 「마음이 옅은 자여」에 대한 분석에서 시사받은 바가 크다.

5) 자신을 사회로부터 격리되어 있다고 느끼고 고통스러워했던 '분열된 개인'들의 예와 그 문학적 표현은 1920년대 초에 들어와서야 비로소 나타난 현상은 아니다. 그 이전의 문학 작품들 속에서도 낭만적 주체성의 소설들은 쉽게 목격된다.(한기형, 「1910년대 단편소설과 낭만성」, 『민족문학사연구』 제12호, 소명출판사, 1998 참조.) 다만 20년대에 들어섰을 때 자신을 고립된 개체로 파악하는 일은 본격화되고 집단화됨으로써 문학사에서 비교적 큰 흐름을 형성했다는 것이 지적될 필요는 있다.

의 근대성을 근대적 제도에 대한 무한한 신뢰에 바탕한 이성의 근대성에 일치시킨 이광수 류의 '낙관적 계몽주의'[6]와는 그 차원을 달리 한다. 나도향은 일단 영숙을 통해 자아와 개성의 가치를 토대로 한 "정염(情炎)"(p.25)의 인간을 강하게 주장함으로써 이광수처럼 전통적 윤리와 규범에 종속된 메마른 전근대적인 인간을 부정하고 있는 것으로 보인다. 이를테면 정윤모에게 배신당하고 옛 애인 이병철에게 사죄의 의미로 쓴 회상기에서, 영숙은 학교 생활 중에 정윤모와 처음 사랑에 빠지던 때의 그 가슴벅참을 떠올리고 그것이 "가정"에는 "비밀"(p.25)이었음을 밝힌다. 추론의 근거가 미약한 대로, 여기서 전통적인 가정과 근대적인 학교의 대비를 엿보는 것이 충분히 가능하다.[7] 근대성의 요람이라 부를 만한 학교에서 전통적인 가정에 의해 제약된 감정의 자유로운 발현이 가능했다는 것은 그 당시 학교가 자유연애의 온상이자 포교자였다는 것을 생각하면 그다지 의아해 할 일은 아니다.[8] 그러나 결국 영숙이 사랑의 느낌과 연애 감정에 탐닉하고 열중했다는 이유로 "자기 학교에서 출학(黜學)의 명령을 받"(p.22)고 방에 틀어박힌 것은 나도향의 내적 인간의 정체가 이광수의 근대적 인간과 다르다는 것을 보여준다. 영숙의 존재는 바로

---

6) 김우창, 「감각, 이성, 정신-현대 문학의 변증법」(이문열 외 편, 『한국문학이란 무엇인가』, 민음사, 1995), pp.18-23 참조.

7) 나도향 소설에서 '가정'은 대개 유교적 가부장의 원리가 지배하는 전통적인 윤리와 규범의 공간으로 등장한다. 가령 「젊은이의 시절」(1922. 1)에서 아버지의 반대 때문에 참다운 삶에 대한 예술적 이상을 구현하지 못해 애태우는 조철하의 억압적인 가정은 가장 비근한 예일 뿐이다.

8) 근대 형성기의 학교는 근대적인 지식 습득을 위해 사랑과 연애와 결혼 등을 지연시키고 탈성화된de-sexualized 존재로 학생의 주체를 정립했던 곳인 동시에, 인간과 인간 사이를 연결하는 의사소통의 충분한 네트워크가 갖추어지지 못한 상황에서 '새로운 중매쟁이들' 가운데 하나로 근대적 지식 계층이 자신들의 정당화를 위해 정염의 표현을 공식화한 문화적 근거지이기도 했다. 즉 탈성화의 영역이었던 학교는 역설적이게도 스타일과 섹슈얼리티가 교환되는 장이기도 했던 것이다. 김동식, 「낭만적 사랑의 의미론」(『문학과 사회』 2001년 봄호), pp.147-154 참조.

감정의 근대성과 이성의 근대성이 일치하는 것이라기보다는 모순적인 것임을 나도향이 의식적이든 무의식적이든 자각하고 있었다는 증거임이 명백하다. 물신의 학교로 대변되는 이성의 근대성은 감정의 근대성이 풀어놓은 낭비적인 정염의 혼돈을 규율하여 질서 있게 만들지 않으면 생산의 진보에 필요한 일꾼을 키워낼 수 없다는 점에서 영숙이라는 정염의 인간을 쫓아내야만 했던 것이다. 이와 같이 고독한 주체의 자발적 정염을 억압하는 전통적인 가정에 대한 근대적 거부와 저항이 다시금 모든 것을 균질화시키는 물신주의적 근대의 이성적 규율과 질서에 봉착하게 되었을 때, 나도향의 「출학」은 바로 '사랑'에서 출구를 찾는다. 영숙은 출학 이후 "방 한귀퉁이"(p.22)의 고독 속에서 옛 애인 이병철과의 행복하고 조화로웠던 사랑에 대한 기억으로 빠져든다. "우리는 그때에 천당에서 살고 낙원에서 지내었지요."(p.23) 그녀가 슬픔과 외로움의 눈물 속에서 발견한 그 사랑의 천당 혹은 사랑의 낙원은 분명 그녀를 구원할 어떤 새로운 삶의 약속임이 틀림없다. 그것은 앞으로 나도향 소설에서 낭만적 동경의 대상이 되는 저쪽 세계의 현상적 표지가 된다.[9] 그리고

---

9) 나도향이 낭만적 사랑의 이상(理想)에 대한 소설적 표현을 통해 감정의 근대성과 이성의 근대성을 대립항으로 설정하고 감정의 인간으로 하여금 좁은 의미의 이성적 인간에 대한 반대 명제의 저항적 담지자로 지목할 때, 그는 사실 낭만적 감정이 계몽주의적 합리성을 대체하기보다는 그것을 지향하고 풍부하게 하는 또 다른 역할의 담당자라는 점은 도외시한 셈이다. 김우창의 말처럼, 낭만적 표현은 좁은 의미의 합리성은 아니더라도 어떤 형성적 원리, 즉 정합성Anpassung의 원리로서의 형성적 규제의 원리를 완전히 벗어날 수 없는 것이다. 물론 그럼에도 불구하고 낭만적 주체성은 그 이성적 질서의 독주를 견제하기 위해 끊임없이 저항한다는 사실에는 변함이 없다.(김우창, 앞의 글, pp.28-30 참조.) 이것을 찰스 테일러는 표현적 낭만주의에서 일어난 주관화란 형식manner의 주관화일 뿐 내용matter의 주관화일 수 없다는 말로 표현한다. 말하자면 우리들은 자신들에게 필요한 보다 높은 삶의 이상, 곧 낭만적 이상을 구현하기 위하여 여전히 주관성 혹은 주체성을 보다 넓은 질서의 한 부분으로 바라볼 필요가 있다는 것이다.(찰스 테일러, 『불안한 현대 사회』, 송영배 옮김, 이학사, 2001, pp.106-119 참조.) 결국 나도향은 이광수가 감정의 근대성과 이성의 근대성이 일체라는 것을 알았지만 그것이 모순적인 것임을 몰랐던 것과

나도향은 사랑을 결국 자아 양육의 진정한 형식이자 "참 생"(p.66)의 조건
으로까지 승격시킨다.

2. 사랑의 예술과 동경의 삶

나도향의 소설에서는 사랑을 절대적이고 이상적인 진리로 신봉하는
인물들이 허다하게 목격된다. 나도향은 사실 진정한 사랑의 의미에 도달
하기 위하여 "유교의 전통을 받아 오는 교육"이 있는 "구식 가정"(p.74)을
통한 주체적 정염의 통제나 억압과 "가르치기 위함보다도 그 보수를 바
라고" 가는 물신주의적 이성의 "학교"(p.110)에 의한 자발적 감정의 축출
이나 구속을 희미하게나마 경험적으로 경유(經由)하고 있었다. 나도향에
게서 사랑의 절대화와 이상화는 무엇보다도 가정과 학교로 대변되는 그
러한 현실적인 삶에 대한 낭만적 부정과 저항이라는 맥락에서 제안된
것이었다.[10] 그런 만큼 나도향 소설의 등장인물들이 보여주는 사랑에

달리, 그 두 개의 근대성이 모순적인 것은 알았지만 일체라는 것을 몰랐다고 할 수
있다.

10) 낭만적 부정과 저항이 수반하는 근대성의 특징은 복합적이다. 우선 전통적 가치 체계에
대한 부정과 저항이라는 관점에서 낭만성은 근대적이다. 왜냐하면 낭만성은 진선미(眞
善美)의 가치 분화에 따라 미적 감정을 윤리와 규범으로부터 분리해 그 자율성을 확립시
켰기 때문이다. 반면에 진선미의 가치 분화를 통합하여 더 높은 삶의 통일성으로 합리화
시키고자 하는 이성적 근대성에 대한 부정과 저항이라는 관점에서 낭만성은 전근대적
이거나 탈근대적이다. 왜냐하면 낭만성은 삶과 현실을 이성의 빛으로 통일하고 균질화
하는 데 반대하기 때문이다.(김진수, 『우리는 왜 지금 낭만주의를 이야기하는가』, 책세
상, 2001, pp.111-120 참조.) 그러나 낭만성의 전근대성과 탈근대성은 이성적 근대성을
견제함으로써 그것의 지양과 풍부화를 겨냥한다는 점에서 이성적 근대성의 자기 반성
과 자기 성찰이라는 반근대적(半近代的) 의미를 지닌다는 사실을 간과해서는 안 된다.
이와 같은 맥락에서 나도향은 낭만성의 전근대성이나 탈근대성은 어느 정도 의식하고
있었을지 모르지만 그것이 자기모순적 원리로서 근대성의 일부가 된다는 사실은 몰랐

대한 낭만적 추구는 단순히 미숙한 젊은이들이 갖기 쉬운 도피적 의식의 충동적 발현이라 무조건적으로 폄하될 수 있는 것이 아니다.[11] 그것은 이상적인 의미에서 삶과 현실의 결핍과 부정성을 극복하고 초월하는 정신적 거점으로서의 낭만적 감정에 훨씬 가깝다. 예를 들어 「젊은이의 시절」에는 사랑을 초월적인 경험으로 간주하는 경애라는 인물이 나온다. 그녀에게 "사랑은 이 세상 모든 것에서 떠나고 뛰어넘은 것이고, 벗어난 것이다."(p.32) 그런가 하면 「별을 안거든 울지나 말걸」(1922. 5)의 DH는 "사람이 사랑으로 나고 사랑으로 죽고 사랑으로 살기만 하면 그 사람의 생은 참 생이 되겠지요"(p.66)라고 해서 사랑을 진정한 삶의 절대적 요소로 다룬다. 나도향 소설에서는 이처럼 사랑을 초월적인 경험이자 이상적인 감정으로서 인식하는 인물들을 빈번히 만나볼 수 있다. 그런데 「젊은이의 시절」은 나도향의 단편 가운데 절대화되고 이상화된 사랑의 독특한 성격을 비교적 선명하게 보여준다는 점에서 조금 더 주목이 필요하다. 이 소설은 우선 "자연의 미묘한 소리"라는 다분히 낯선 소재를 포함한다. 작중 주인공 조철하는 어려서부터 자연의 소리에 감화 받으며 "음악회에도 가고 음악에 대한 서적도 많이 보"면서 음악에 대한 헌신적 열정을 불태운다. 그리하여 그는 "형적도 없고 보이지도 않는 그 소리 속에 섞이고 또 섞이어 내가 나도 아니요 소리가 소리도 아니요, 내가 소리도 아니

던 것으로 보인다.

11) 낭만성이 자기 탐닉이나 그로 인한 자기 기만의 이념이 됨으로써 '낭만적 허위'가 된다는 지적(김흥규, 「1920년대 초기시의 역사적 성격」, 『문학과 역사적 인간』, 창작과비평사, 1980, pp.242-254)은 현실주의적 관점에서는 타당할지 몰라도 문학이라는 내면적 근대성의 형성이라는 관점에서는 너무 성급한 단정이 될 수도 있다. 낭만성은 진정한 삶에 대한 열정과 그것에 대한 강조 덕택에 현실의 허위와 악이라는 결핍과 부정성을 보다 엄격하게 적발하고 거부하는 깊이 있는 정신적 경험이 된다는 점을 특별히 기억해야 한다. 이러한 관점의 균형을 취한 대표적인 예로 이남호의 논의(이남호, 「시에 있어서의 낭만과 부정」, 『한심한 영혼아』, 민음사, 1986, pp.55-60)가 있다.

요 소리가 나도 아니게 화(化)하고 녹아서 괴로움 많고 거짓 많고 부질없는 것이 많은 이 세상을 꿈꾸는 듯 취한 듯한 가운데 영원히 흐르기를 바란다."(p.29) 조철하의 이러한 내면적 경험의 정체(正體)는 한마디로 음악, 보다 일반적으로는 예술로 인해 가능해지는, 현실에서는 충족 불가능한 어떤 특별한 조화의 경험이다. 그러나 그는 실업가 아버지의 반대에 부딪쳐 그러한 예술적 경험에 대한 소망을 실현하지 못해 연일 우수와 감상과 눈물에 젖어 있다가 마침내 가정에 대한 원망과 분노의 감정을 토로하는 데 이른다. "아, 가정이란 다 무엇이냐? 깨뜨려 버려야지. 가정이란 사랑의 형식이다. 사랑 없는 가정은 생명 없는 시체이다. 아아, 이 세상에는 목숨 없는 송장 같은 가정이 얼마나 될까."(p.30) 이것은 예술의 질곡이 되어 있는 아버지의 가정이 사랑의 형식, 즉 사랑의 질곡이 되어 있다는 논리를 포함함으로써 예술적 자아의 내용이 사랑에 빠진 자아의 내용과 일치한다는 사실을 알려준다.12) 나도향 소설에서 사랑은 결국 삶과 현실의 모든 제약과 속박으로부터의 해방을 계시하는 "숭엄하고도 순결한" "예술"(p.33)의 상태라는 성격을 띤다.13)

나도향을 이른바 낭만적 사랑에 대한 열망으로 이끈 것은 분명 자유연애가 쉽사리 허락되는 서양의 문명화된 생활을 조급하게 추종하려는 천박한 유행에의 욕구가 아니다. 당시의 젊은이들에게 "참 진리와 인생

---

12) 「젊은이의 시절」에 나오는 또 다른 인물 영빈의 발언은 직접적으로 그 사실을 증거한다. "그렇지요, 예술을 맛보려 하는 사람은, 더구나 예술의 맛을 본 사람은 처녀가 사랑을 맛보려는 것이나 맛을 안 것과 같습니다."(p.32)

13) 나도향 소설에서 일반적으로 사랑의 감정이 교환되는 관계가 남녀라는 이성(異性) 관계에 국한되지 않고 형제나 남매 또는 친구 사이에서도 교환되고 소통된다는 것은 나도향이 말하는 사랑이 현실적 사랑을 넘어서는 절대화되고 이상화된 낭만적 사랑이라는 사실을 가리킨다. 이 사실을 좀 다른 맥락에서이긴 하지만 처음으로 지적한 논자는 송하춘 교수이다. 송하춘, 『1920년대 한국소설 연구』(고대 민족문화연구소, 1985), p.89 참조.

의 극치"(p.30)로 여겨지던 예술적 조화로 인해 비로소 가능하게 되는, 현실에서는 가능하지 않은 "참다운 생(生)"(p.301)에 대한 절대적 소망이야말로 나도향이 낭만적 사랑에 열중한 진짜 이유다. 그러나 낭만적 사랑이 하나의 예술적 주체성의 이상(理想), 즉 현실에서는 충족 불가능한 순수 관념인 만큼, 나도향 소설에서 등장인물들이 그것을 완전히 성취하는 경우는 거의 없다.[14] 이들 등장인물들이 처한 현실은 나도향 소설에서는 무엇보다도 낭만적 사랑이라는 개인적 자유의 경험에 대한 억압과 구속이 관철되는 공간으로 나타난다. 「젊은이의 시절」에 나오는 아버지

14) 나도향이 그리는 사랑의 절대화와 이상화는 그 순도가 높은 만큼 관념화와 추상화의 위험을 아울러 간직한 것이다. 실제로 「젊은이의 시절」과 「옛날 꿈은 창백하더이다」에서 각각 조철하와 '나'는 이미 "어렸을 때부터"(p.29) 낭만적 우수와 비애의 분위기를 풍기는 조숙한 인물로 개연성 없이 등장한다. 이것은 나도향이 사랑이라는 낭만적 감정을 경험 이전의 선험적인 이념이나 관념으로 순도 높게 상정해 놓고 그의 소설의 등장인물들을 그러한 감정의 일방적인 투사체(投射體)로 만들고 있음을 가리킨다. 구체적인 현실과의 근원적인 연관성이 망각된 사랑은 이제 현실 안에서 진실과 거짓을 구별하는 무소불위의 이상적 척도로서 나도향 소설에 나오는 인물들의 느낌과 생각을 절대적으로 좌우하게 된다. 그러나 나도향의 사랑은 관념적이고 추상적인 것만큼 낭만성의 순수한 표상으로 나타나기도 하는 것이어서 그의 소설의 인물들이 현실의 허위와 악을 보다 엄격하게 적발하고 거부하는 데 중요한 정신적 원천이 된다. 황경은 이와 유사한 맥락에서 사랑의 의미를 현실과 관련지어 다음과 같이 말한다. "전통적인 보수성에 순종하거나 근대적 진취성에 적극적으로 편입될 수도 없는 갈등과 회의의 중간 지대에서 나도향이 주목한 것이 바로 사랑이었다."(황경, 앞의 글, p.224) 황경이 나도향 소설에서 확인한 것은 한마디로 현실의 부정을 통한 사랑의 발견이다. 그러나 현실의 부정을 통해 사랑에 주목하게 되었다는 지적에는 약간의 이견(異見)이 있을 수 있다. 나도향은 현실의 부정을 경유하여 사랑에 대한 발견과 깨달음에 이르렀다기보다는 자신이 이미 지니고 있는 절대화되고 이상화된 사랑의 이념을 통해서 현실 부정성의 발견과 깨달음에 이르렀다고 말할 수 있다. 이 점은 나도향 소설 속의 사랑이 머리 속에 갇힌 추상적 관념으로서의 사랑이라는 사실과 밀접히 관련된다. 나도향 소설의 출발부터 그러했다는 것은 물론 아니다. 낭만적 사랑의 발견은 분명 현실의 부정성으로부터 추동된 것이기는 하지만 곧 그 기원이 잊혀지면서 추상화되고 관념화된 것이라고 볼 수 있다. 그러나 그럼에도 불구하고 나도향 소설에 나타난 사랑의 추상성과 관념성이 미약하나마 여전히 현실 탐사의 정신적 거점으로 작용한다는 사실에는 변함이 없다.

의 '가정'은 말할 것도 없고 「옛날 꿈은 창백하더이다」(1922. 11)에서
용리 할머니의 '교회'라든지 '나'가 다니는 '예수교 학교'는 모두 낭만적
사랑의 획득과 향유를 불가능하게 하고 좌절하도록 만드는 부정적 삶과
현실의 상징물들이다.15) 나도향은 바로 사랑을 통해 실현되어야 할 주체
성의 비전을 어떤 식으로든 가로막고 방해하는 그러한 현실의 근본적인
양상을 "형식"(p.30)이라는 말로 요약하고 있는 것 같다. 비근한 예로 「별
을 안거든 울지나 말걸」에서 주인공 DH는 누님이 형제처럼 여기는 MP
양에게 사랑의 감정을 품지만 그녀가 누님의 형제라면 자신도 "형제라는
형식의 줄"(p.56)에 얽혀 그녀를 사랑할 수 없게 된다고 생각하고 불안과
낙망 사이에서 헤매인다. 단적으로 말해서 낭만적 "취몽중에 헤매이는
젊은이의 가슴을 못살게 구는 그 무엇"(p.56)이란 형제와 같은 형식, 즉
사랑이라는 낭만적 자유에 대한 현실적 외압과 질곡임이 틀림없다. 한편
나도향 소설에서 그러한 현실적 외압과 질곡은 곧잘 "이지"(p.66)라는
내면적 질곡과 그로 인한 분열성의 경험으로 전환되어 나타나기도 한다.
나도향 소설의 등장인물들의 내면에 항상 잠복해 있는 낭만적 열정과
현실적 이지 사이의 싸움과 갈등은 그들에게서 실제로 "모든 불행의 근
원"이라는 표현을 얻고 있다. 말하자면 부정한 삶과 결핍의 현실은 무엇
보다도 "열정과 이지가 서로 용납하지 않는 곳"(p.66)으로 드러난다. 「벙
어리 삼룡이」(1925. 7)에서 작중 주인공 삼룡이가 주인 오 생원에 대한
형식적 관계에 의해 차단되고 또한 "이지(理智)"에 의해 작동되는 "자제

---

15) 나도향 소설에서 낭만적 저항과 부정의 대상이 되는 현실은 '가정'으로 상징되는 전근
대적 현실과 '학교'로 상징되는 근대적 현실을 두루 포괄하는 중층적인 것이다. 그 중층
성은 또 다른 현실의 상징물인 '교회'를 통해 다시 한번 입증된다. 특이하게도 교회는
"사후의 영생"을 위해 살아서의 "자아의 희생"(p.75)을 역설하는 전근대적인 공간이면
서 아울러 "돈"(p.76)에 의한 자본주의적 균질화에 의해 점령된 근대적 공간이기도 하다.
나도향 소설의 낭만성은 결국 전근대와 근대에 대한 동시적 부정이라는 복합성을 띤다
고 할 수 있다.

력(自制力)"(p.224) 때문에 줄곧 교착되어 온 주인 아씨에 대한 사랑의 감정을 죽음을 통해서 성취할 수밖에 없었던 것은 그 때문이다.[16] 어쨌든 나도향 소설의 등장인물들은 삶 안에서는 가능하지 않은 낭만적 이상의 완전한 충족을 동경한다는 점에서 대개 일치한다. 나도향 소설에서 사랑이라는 예술적 경험을 담고 있는 유일하게 현상적인 것이 있다면 그것은 '동경'의 태도 이외에 다른 아무것도 아니다.[17]

---

16) 죽음을 통한 사랑의 성취라는 주제는 가장 중요한 낭만적 형상 가운데 하나이다. 이것은 흔히 낭만적 사랑의 초월성을 구성하는 증거물로 채택된다. 나도향 소설에서 특히 후기작은 죽음과의 관련성 속에서 낭만적 사랑을 이해하려는 노력을 자주 보여준다. 「벙어리 삼룡이」는 말할 것도 없고 「꿈」(1925. 11)과 「피묻은 편지 몇 쪽」(1926) 등의 작품들이 거기에 해당한다. 여기서 다시 한번 낭만주의에서 사실주의에로라는 백철 이래의 관행적 규정이 반박된다. 나도향은 후기작에 이르러서도 낭만적 사랑에 대한 지향을 포기하지 않는다. 다만 후기작에서 그 낭만적 사랑은 어느 정도 현실적 국면을 갖게 된다고 말할 수는 있다. 그런데 낭만적 주체성의 이상인 사랑의 초월성과 관련해서 반드시 짚고 넘어가야 할 사실이 있다. 이미 낭만적 주체성이라는 말 속에 암시되어 있는 것이지만, 사랑의 초월성은 "유대 식" "천당" 혹은 "에덴"과 같은 외재적 표상으로 찬미된다기보다 일종의 "자아심상의 낙토"(p.75)와 같은 내재적 표상으로 신봉된다. 이 점은 아무리 강조해도 지나치지 않은데, 가령 삼룡이가 죽음을 통해 사랑을 성취했다는 것은 정확히 이해될 필요가 있다. 죽음은 사랑을 성취하는 데 한 계기가 되는 것은 분명하지만 죽음 그 자체는 사랑의 성취와 전적으로 무관하다. 나도향의 사랑은 '사후'의 문제가 아니라 '생'의 문제이기 때문이다. 「별을 안거든 울지나 말걸」에서 DH라는 인물은 삶의 최상의 가치로서만 사랑을 말한다. "사람이 사랑으로 나고 사랑으로 죽고 사랑으로 살기만 하면 그 사람의 생은 참 생이 되겠지요."(p.66) 그러니까 삼룡이의 주검 위에 나타난 "평화롭고 행복스런 웃음"은 죽음이 낭만적 낙토라는 것을 보여주는 증거가 아니라 연모하던 주인 아씨의 "무릎에 누워 있"(p.232)을 수 있었다는, 살아서의 낭만적 낙토의 경험이 반영된 증거다.

17) 「피묻은 편지 몇 쪽」이란 단편은 동경의 삶이라는 낭만적 사랑의 현상태를 아주 직접적으로 드러내는 소설이어서 구구한 설명이 필요 없을 정도다.

3. 낭만적 아이러니와 욕망의 현실

사랑으로 충만한 이상적인 삶에 대한 동경은 일단 한 예술적 자아의
의식 속에서는 장애와 훼방 없이 성립한다. 이를테면 낭만적 사랑에 대한
기대는 자율적 개인의 주체성 속에 이념화됨에 따라 가장 순수한 경험이
자 숭엄한 삶의 형태로 갈등 없이 정립되는 것이다. 그러나 사랑에 대한
낭만적 동경과 기대는 한 주체적 개인이 사회적 관계 아래에 있다는 현실
적 삶에 대한 이해나 감각과 양립하기 어렵다. 낭만적 사랑의 주체는
예술적 주체가 자아를 절대화하려는 노력 속에서 탄생시킨 '개인주의'
형성의 또 다른 조력자라고 할 수 있는데, 그러한 낭만적 예술적 주체성
의 유아론적 개인주의가 사람들이 더불어 사는 사회와 일체가 되는 보편
적인 삶과 현실의 공신력 있는 근거가 되기는 사실상 힘들다. 그런 의미
에서 나도향 소설의 등장인물들이 종종 타인들로 인해 곤란함에 처하게
되고 그에 따라 난감함을 경험하게 되는 장면은 무엇보다도 그러한 낭만
적 개인주의가 항용 수반하는 딜레마와 난관을 보여주는 것으로 해석될
수 있다.[18] 나도향의 인물들이 타인들로 인해 겪는 곤란과 난감은 몇

---

18) 낭만적 이상을 향한 예술적 주체의 자기규정성이 갖게 되는 딜레마와 난관은 그러한
자기규정적 주체들 사이에 사회적 관계를 정립하는 문제와 관련된다. 그것은 바로 원자
화된 부분들을 공동체적인 전체에로 결집시키는 문제이다. 그러나 그러한 문제에 대한
해답은 원칙적으로 낭만적 개인주의 안에서 찾기 어렵다. 개인의 주체적 자유가 또
다른 개인의 주체적 자유와 충돌할 때, 낭만적 개인주의는 그와 같은 주체적 자유들의
조정과 화해에 사실상 어떤 힘을 발휘하기 힘들다. 하나의 자유가 다른 자유를 인정하고
허용하는 순간 그 자유는 자유라는 이름에 값하지 못하게 되기 때문이다. 결론적으로
사회적 관계 속에서 낭만적 개인주의는 그 이름을 얻자마자 그 이름의 부정에 이르게
되는 역설적 개인주의임이 드러난다.(찰스 테일러, 『헤겔 철학과 현대의 위기』, 박찬국
옮김, 서광사, 1988, pp.182-191 참조.) 물론 김우창의 말처럼 보다 깊은 의미에서 그것은
자유들 사이의 충돌과 갈등을 기율하는 형식적 규제의 원리가 되기는 할지 모른다.
그러나 나도향은 낭만적 주체성의 개인주의를 조정과 화해, 즉 질서와 규제의 원리로
보는 데까지 나아가지 못하고, 다만 그 개인주의가 갖는 역설과 딜레마를 인식하는

가지 사례를 검토하는 것으로 충분하다. 종로의 페이브먼트 위에서 마주친 주정꾼을 동사(凍死)할까 염려하여 파출소로 데려갔다가 오히려 그를 순사에게 봉변당하도록 만든 「당착(撞着)」의 두 친구, 누구보다도 빈곤한 아라사 사람이 만년필을 사기 싫은 핑계로 이십전 이십전 하며 달아나는 것을 그것을 값싸게 사고 싶다는 의사로 간주하고 그 아라사 사람을 끝까지 쫓는 「속 모르는 만년필 장사」의 장사꾼, 옷을 저당잡혀 마련한 돈으로 이발을 하다가 예쁜 여이발사의 웃음을 자신에 대한 호감으로 받아들여 거스름돈을 몽땅 주고 나왔으나 그 웃음이 결국 자신의 머릿속 흉터에 대한 조소였다는 것을 안 「여이발사」의 백수, 시골에서 갓 올라온 초라한 행색의 순진한 여승객이 어느 순간 화려한 탕녀(蕩女)로 변화되었음을 목격한 「전차 차장의 일기 몇 절」의 여차장.[19] 나도향 소설의 등장인물들은 이처럼 이상과 현실, 즉 자아와 타자 사이의 심각한 괴리에 의해 야기된 당혹스러운 상황의 한 가운데 서 있는 경우가 많다. 그러니까 나도향은 내면적으로 조화롭게 통일된 절대적 자아에 대한 추구와 동경이 바로 그것을 지향하는 주체적 개인의 삶과 현실을 끝내 허망하게 만든다는 사회적 관계 속의 '당착'을 날카롭게 포착하는 셈이다. 그 당착이 곧 '낭만적 아이러니'에 해당한다는 것은 두말할 나위도 없다.[20] 특이한 것은 나도향 소설이 그 낭만적 아이러니에 의한 허무를 경험하면 할수록, 이상과 거리가 먼 현실에 대한 거부를 보다 강화하고 참다운 세계에의 상승 의지를 좀더 다지는 여타의 낭만성 흐름의 소설들과는 다른 유별난 면모를 보여준다는 사실이다. 나도향은 불완전한 현실 속에서 이상적인 가치

선에서 멈추는 것으로 보인다.

19) 「J의사의 고백」(1925. 3)은 미완이긴 하지만 주체적 개인들인 자아와 타자들 사이의 충돌과 갈등, 그리고 욕망의 경합 등을 J의사와 S라는 여성과 O라는 간호부 사이의 삼각 관계를 통해 보다 극적으로 드러낸다.

20) '낭만적 아이러니' 개념에 대한 일반적 이해를 위해서는 최문규, 「독일 낭만주의와 "아이러니" 개념」, 『문학이론과 현실인식』(문학동네, 2000)를 참조.

를 추구하던 그의 낭만적 열정이 허망하고 허무한 결과에 이르렀을 때, 지속적으로 순수한 이념이 자리잡은 상상의 세계로 나아가는 대신 그 이념이 부재하는 비루한 욕망의 현실 앞에 선다. 나도향에게서 사랑이라는 정신의 이념적 문제는 이제 욕망이라는 육체의 현실적 문제로 대체된다.21)

나도향 소설에서 욕망이라는 육체의 현실을 가장 드라마틱하게 보여주는 것은 「물레방아」(1925. 8)라고 할 수 있다. 이 소설은 우선 늙은 재력가 신치규의 집에서 막실(幕室) 살이를 하던 이방원의 아내를 그 신치규가 돈과 재물로 유혹하는 데서부터 시작된다. 결국 신치규는 이방원의 아내와 공모하여 이방원을 내쫓고, 자신의 아내를 놓고 신치규와 싸움을 벌인 이방원은 상해죄로 감옥 살이를 하게 되며, 신치규의 첩실이 된 이방원의 아내는 만기 출옥한 남편의 회유와 설득을 거절하였다가 결국 살해당하고 만다. 물론 남편 이방원도 자결한다. 「물레방아」는 분명 "무섭게 이지적(理智的)인 동시에 또는 창부형(娼婦型)으로 생긴"(p.234) 매력적인 한 여자를 가운데 두고 벌인 두 남자의 애정 다툼이자 그 다툼에 돈과 재물이 개입한 일종의 치정극으로 보인다.22) 그러나 이 소설에서

---

21) 나도향 소설의 후기작들이 현실성(現實性)을 갖추게 된 것을 두고, 나도향이 비록 자발적으로 참여한 것은 아니지만 그 시기 민족주의 문학이 어떤 식으로든 프로 문학의 영향권 안에 있었다는 점을 감안하여, 나도향 소설의 현실성의 흔적을 빈궁과 계급의식을 중대한 문학적 이슈로 인정한 프로 문학의 투쟁적 이념과 관련시키는 것은 충분히 추론 가능한 하나의 관점임이 명백하다.(송하춘, 앞의 책, pp.113-114 참조.) 그러나 막연히 영향 관계를 논하는 일은 그러한 문학사적 지형 안에서 충분히 가능한 일이기는 하지만 그것은 사실 논리가 되기 어려운 추론일 뿐이다. 나도향 소설에 좀더 밀착하여 그 변화의 논리를 찾는 내재적 관점의 구축이 이제 중요하고도 시급한 일이다.

22) 「물레방아」에서 두 남자의 애정 다툼을 흔히 계급적 이해 관계 속에서 해소해버리고 가난의 문제에 치중해 왔던 것은 기존 연구의 잘못된 관행 중 하나였다. 물론 그런 독서가 전혀 불가능한 것은 아니지만 작품에 대한 전체적인 이해를 무시하고 감행되는 부분들의 확대 해석은 지양해야 할 오류가 아닐 수 없다. 계급 혹은 사회적 위치를 따지기 이전에 이방원과 신치규의 다툼은 기본적으로 남자 대 남자의 애정 갈등으로

중요한 것은 애정의 삼각 관계 그 자체가 아니라 그 관계의 상징성 속에 들어 있는 낭만적 주체성이 봉착한 난관과 그에 따른 비극이다. 신치규의 음욕으로 상징되는 욕망이라는 육체의 현실 속에서 이방원과 그의 아내가 보여주는 충돌과 갈등은 바로 그러한 난관과 비극을 집약해서 보여준다. 돈에 대한 열망과 집착을 보여주는 아내는 얼핏 신치규로 표상되는 욕망의 현실의 일부를 이루는 것처럼 보이지만 그녀의 열망과 집착은 현실적 탐욕이 아니라 이른바 낭만적 정열에 가깝다. 그녀는 실제로 돈 그 자체가 아니라 돈이 약속하고 보장하는 부유하고 고귀한 삶에 대한 도도한 정열에 사로잡혀 있다. "구차하고 천한 생활"(p.247)을 그녀는 죽어도 하기 싫은 것이다.23) 이방원의 공격과 폭력적 위협 앞에 "형세가 위험하니까 슬금슬금 꽁무니를 빼"(p.242)는 신치규의 자기보존적 음욕

보아야 한다. 이방원은 실제로 주인 신치규와 자기 아내의 치정 장면을 발각(發覺)하고도 약간의 망설임은 있었지만 결국 "상전이라는 관념"에 매이지 않는다. 신치규가 이방원을 해고하는 순간 두 사람 사이의 계급적 이해 관계는 사실상 무의미해져버린 것이다. "눈깔을 우라리었다. 방원은 한참이나 쳐다보고서 말이 없었다. 생각대로 하면 한 주먹에 때려눕힐 것이지마는 그러나 그의 머리속에는 아까까지의 상전이라는 관념이 남아 있었다./ 번갯불같이 그 관념이 그의 입과 팔을 얽어 놓았다. 어려서부터 오늘날까지 남을 섬겨 보기만 한 그의 마음은 상전이라면 모두 두려워하는 성질이 깊이깊이 뿌리를 박아 놓았다. 그러나 오늘부터는 신치규가 자기의 상전이 아니요, 자기가 신치규의 종도 아니다. 다만 똑같은 사람으로 마주섰을 뿐이다. 아니다, 지금부터는 치규도 방원의 원수였다. 그의 간을 씹어먹어도 오히려 나머지 한이 있는 원수다."(pp.241-242)

23) 이방원의 아내는 그 동안의 연구에서 낭만적 주체성과 무관하며 '돈'에 대한 탐욕과 '정욕'으로 뭉쳐진 여자라는 판단이 지배적이었다. 그래서 그녀는 자연스럽게 신치규와 한통속으로 간주되었다. 예를 들어 "이방원의 아내는 '돈'과 '정욕'이 결합된 성격으로 창출되었다고 할 것인데, 이는 이 작품의 또 다른 안타고니스트인 신치규의 성격과 상통한다. 그 역시 돈과 정욕이 결합되어 생겨난 성격이기 때문이다"(장수익, 앞의 글, p.195)라든지 "자신의 전존재를 걸고 '찌르려거든 찔러' 보라고 외치는 방원의 처에게서 우리는 돈에 의해 좌우될 수밖에 없는 욕망의 사회적 현상형식을 파악할 수 있다"(박헌호, 앞의 글, p.316)라는 견해들이 그것이다. 바로 이 글은 그러한 판단과 규정에 이의를 제기함으로써 「물레방아」에 나오는 이방원의 아내를 주체적 정열을 지닌 낭만성 지향의 인물로 보고 그녀를 신치규와는 질적으로 다른 인물로 간주한다.

과 이방원의 회유와 살해의 위협 앞에 "싫어요. 나는 죽으면 죽었지 가기는 싫어요"(p.247)라고 뻗대고 죽음을 불사하는 아내의 주체적인 정열과는 엄연히 다르다.[24] 고향으로부터 사랑의 도피행을 감행해 신치규의 집에 이르렀지만 가난했던 이방원의 낭만적 정열은 신치규와 같은 인간을 통해서라도 도달하고 싶었던 부유하고 고귀한 삶에 대한 아내의 또 다른 낭만적 정열과 충돌하고 갈등을 일으키다 마침내 죽음을 부른다. 이것은 낭만적 개인주의가 수반하는 비극적 말로(末路) 이외에 다른 아무것도 아니다. 그런 의미에서 「물레방아」의 죽음은 「벙어리 삼룡이」의 죽음과는 큰 차이를 갖는 것이다. 삼룡이의 죽음은 낭만적 정열의 성취와 완성에 관계되는 것이지만, 이방원과 그 아내의 죽음은 그러한 낭만적 정열들이 욕망이라는 육체의 현실 속에서 서로 충돌하고 갈등을 일으키다 끝내 좌절하고 마는 낭만적 주체성의 딜레마와 난관의 비극적 증거에 해당된다.[25] 그리고 나도향 소설은 결국 그러한 주체적 개인의 딜레마와

---

24) 주체적인 정열이라는 관점에서 사실 「뽕」(1925. 12)에 나오는 안협집도 이방원의 아내와 유사한 인물이다. 따라서 그녀를 단순히 돈과 정욕에 매달리는 속악한 인물로 보아서는 안 된다. 안협집 또한 자신의 "맘에 드는 서방질은 부정한 일이 아니요, 죄가 아니요, 묘욕이 아니나, 맘에 없는 놈에게 그런 소리를 듣고 당하는 것은 무서운 모욕"(p.278)으로 아는 주체적인 정열을 보여준다.

25) 다른 맥락에서이긴 하지만, 김동식의 다음과 같은 지적은 우리의 논의와 만날 가능성을 지닌다. "1920년대의 자유 연애는 부모의 강권에 의한 결혼이 아니라 당사자의 자발적 의지와 열정에 의해 부부와 자녀 중심의 가족을 형성하는 진보적 이념이었다. 하지만 자유 연애에 의해 형성된 결혼은 또 다른 자유 연애에 의해 위협받을 수 있다는 것이다. 명령에 의한 결혼/자유연애에 의한 결혼이라는 도식은 이제 낡은 것이 되었고 안정된 가정/관능적인 사랑이라는 대립이 표면화된다. 대립의 중심에 섹슈얼리티가 놓여져 있다는 사실이 의미심장하다."(김동식, 앞의 글, p.165) 그런데 여기에는 약간 이견이 있을 수 있다. 섹슈얼리티 혹은 관능적인 성(性)이 대립의 중심에 서기 이전에 이미 자유 연애가 결혼이라는 사회 체제로의 편입에 결부되는 순간 또 다른 자유 연애와 충돌하고 갈등을 일으킬 소지를 안고 있다. 개인의 감정이 공동체의 감정과 결합되어야 하는 문제를 결혼이라는 사회적 관계의 한 형식은 그 자체로 품고 있기 때문이다. 이것은 바로 낭만적 개인주의의 현실적 난관으로 누누이 지적되어 온 것이다.

난관을 극복하려는 움직임을 보여주는 데까지 나아가지는 못하고 만다. 나도향은 짧게 생(生)을 마감해야 했던 것이다.

4. 결론

나도향은 진정하고 참다운 삶의 정신적 근원인 낭만적 사랑의 이상(理想)을 가지고 있었다. 전통적인 가정에 대한 거부와 물신주의적 근대의 이성적 구속에 대한 저항이라는 목표가 사실 그러한 주체적 개인의 자유로운 정염의 이상 속에 들어 있었다. 그것은 현실이 증여하고 보장하지 못하는 것으로 무엇보다도 어떤 새로운 삶의 약속이자 자아 양육의 진정한 형식, 즉 '참 생'의 조건이었다. 나도향 소설에서 낭만적 사랑은 결국 삶의 모든 현실적 제약과 속박으로부터 해방된 상태를 계시하는 숭고한 예술로서 동경의 대상이 된다. 그러나 낭만적 사랑이 하나의 예술적 주체성의 이상, 즉 현실에서는 충족 불가능한 순수 관념인 만큼, 나도향 소설에서 등장인물들이 그것을 완전히 성취하는 경우란 거의 없다. 이들 인물들이 처한 현실은 나도향에게서는 낭만적 사랑이라는 개인의 자유로운 감정 경험에 대한 억압과 구속이 관철되는 공간으로 나타난다. 그런 만큼 나도향 소설이 보여주는 사랑에 대한 낭만적 동경과 기대는 한 주체적 개인이 사회적 관계 아래에 있다는 현실적 삶에 대한 이해와 감각에 양립하기 어려웠다. 사실 낭만적 사랑의 주체는 예술적 주체가 자아를 절대화하려는 노력 속에서 탄생시킨 '개인주의' 형성의 또 다른 조력자다. 그런데 낭만적 예술적 주체의 그러한 유아론적 개인주의가 사람들이 사는 사회와 일체가 되는 보편적 삶의 토대가 될 수는 없었던 것이다. 나도향 소설에서 종종 등장인물들이 타인들로 인해 곤란함을 느끼고 또 난감함을 경험하게 되는 장면이 자주 발견되는 이유는 바로 거기에서 온다.

나도향의 작품들은 결국 내면적으로 조화롭게 통일된 절대적 자아에 대한 추구와 동경이 그것을 지향하는 주체적 개인의 삶을 끝내 허망하고 허무하게 만든다는 사회적 관계 속의 '당착(撞着)'을 날카롭게 포착한 것으로 해석된다. 한편 나도향은 불완전한 현실 속에서 그처럼 이상적인 가치를 추구하던 그의 낭만적 열정이 보람 없는 결과에 도달했을 때, 지속적으로 순수한 이념이 자리잡은 상상의 세계로 나아가는 대신 그 이념이 부재하는 비루한 욕망의 현실 앞에 선다. 나도향은 마침내 그러한 욕망의 현실을 낭만적 정열들이 충돌하고 갈등을 빚는 사회적 관계로 추상하고 그만 생을 마감한다.

　나도향은 예술적 삶의 정신적 근원인 낭만적 사랑의 이상을 가지고 있었음에도 불구하고 그것을 추상적으로 이해함으로써 현실의 깊은 내막을 발견한 데까지 이르지는 못했다. 낭만적 주체성에 의해 표방된 감정의 근대성이 그로 하여금 한편으로 전통적인 윤리와 규범의 억압적 전근대성과 모든 것을 균질화시키는 물신주의적 근대의 폭력적인 이성적 근대성을 적발하도록 만들기는 했지만, 또 다른 한편으로 그 감정의 근대성이 실제로는 사회적 관계를 추동하는 이성적 근대성을 보다 풍부하게 할 수 있다는 낭만적 개인주의의 심오한 의미를 깨닫도록 만들기는 어려웠던 것 같다. 다시 말해 나도향은 그 감정의 근대성이 엄격한 의미에서의 합리성은 아니더라도 질서와 기율에 관련해서 형성적 원리가 될 수 있다는 사실을 이해하는 지점에까지 도달할 수 없었다. 그렇다면 감정의 근대성과 이성의 근대성이 일치한다는 것은 알았지만 그것이 모순적인 것임은 몰랐던 이광수와 달리, 나도향은 그 두 개의 근대성이 모순적인 것임은 알았지만 서로 일치할 수도 있다는 것을 몰랐다고 할 수 있을지도 모른다. 나도향은 낭만적 주체들의 충돌과 갈등을 통해 언제나 예술적 이상이 좌절될 수밖에 없는 현실의 불완전성과 불충분성을 테마화하는 데 몰두한 반면, 사회적 관계의 현실적 구축 속에서 그 낭만적 주체들의 열정적 자유를 실현하는 데는 사실상 무관심했다. 그러나 아무리 그렇더라도 나도향의 낭만적 지향은 분별 없는 청년 심상(心象)인 충동적인 유아론(唯我論)과는 반드시 구별되어야 한다. 왜냐하면 그가 낭만적 주체성에 대해 보여주는 의식적 무의식적 이해와 감각은 무조건적인 탐닉과 향유의 대상이 되는 자아 도취의 상상을 일정하게 되돌아보게 만들고 어느 정도는 현실에 대한 질문을 촉발하도록 하는 데 있었기 때문이다. 어쨌든 한국근대문학에서 처음으로 '정육론'과 같은 낭만적 사고의 의미를 각성하고 그것을 계몽의 대상으로 삼으려 하다 끝까지 감정과 이성 사이의 그 근대성의 자기 모순을 감득하지 못했던 이광수의 계몽적 주체성과 달리, 나도향은 낭만적 주체성의 옹립을 통해 이광수와는 다른 계보를 이루며 감정과 이성의 모순을 탐구해 들어갔다는 데 그 나름대로의 의의가 있다.26)

---

26) 감정과 이성 사이의 그 근대성의 자기 모순을 감득하지 못하고 그것을 무조건 일치시키려고 했던 이광수는 자연스러운 것이지만 파시즘적 제국주의에 휩쓸려 예술적 파탄에 이르고 말았다. 이것은 무엇보다도 식민지 근대화라는 한국적 근대의 특수성과 관련되는데, 이광수가 감정의 근대성을 일치시키게 되는 이성의 근대성이란 사실 식민지 체제 하에서의 근대화와 친연성을 맺고 있는 것이어서 불가피하게 그는 제국주의에 무반성적으로 합류하지 않을 수 없었다. 이에 비해 나도향은 이광수의 예술적 파탄의 원인을 분명하게 삼시한 것으로 보이지는 않지만 감정과 이성 그 근대성의 자기 모순에 대한 탐구에 집중함으로써 이광수와 반대로 파시즘적 제국주의에 휩쓸려 들어가지 않을 수 있었다. 나도향이 감정의 근대성과 이성의 근대성이 모순적인 것이라는 사실에만 매달렸다는 것은 그에게 분명 다행한 일이었다. 왜냐하면 식민지 근대화라는 한국적 근대의 특수성 속에서 감정의 근대성을 이성의 근대성에 일치시켰더라면, 나도향도 역시 파시즘적 제국주의로부터 자유롭지 못했을 것이기 때문이다. 물론 나도향이 근대성의 자기 모순에 대해서만 주목했고 또 그 모순이 궁극적으로는 일치한다는 깊은 내막에 무감각했다는 사실은 일종의 한계임이 명백하지만, 식민지 근대성 속에서 그 한계는 오히려 그의 예술적 출구가 되어주었던 것이 명백하다. 그러나 나도향의 짧은 생애는 그의 예술적 개화(開花)에 결정적 장애가 되고 말았다.

1. 가라타니 고진.『일본 근대문학의 기원』. 박유하 옮김. 민음사. 1997.

2. 김동식.「낭만적 사랑의 의미론」.『문학과사회』. 2001년 봄호.

3. 김진수.『우리는 왜 지금 낭만주의를 이야기하는가』. 책세상. 2001.

4. 김흥규.『문학과 역사적 인간』. 찬작과비평사. 1980.

5. 문학사와비평학회 편.『김동인 문학의 재조명』. 새미. 2001.

6. 상허문학회 편.『1920년대 동인지 문학과 근대성 연구』. 깊은샘. 2000.

7. 송하춘.『1920년대 한국소설 연구』. 고대민족문화연구소. 1985.

8. 이남호.『한심한 영혼아』. 민음사. 1986.

9. 이문열 외 편.『한국문학이란 무엇인가』. 민음사. 1995.

10. 장수익.『한국 근대소설사의 탐색. 월인. 1999.

11. 찰스 테일러.『불안한 현대사회』. 송영배 옮김. 이학사. 2001.

12. 찰스 테일러.『헤겔 철학과 현대의 위기』. 박찬국 옮김. 서광사. 1988.

13. 최문규.『문학이론과 현실인식』. 문학동네. 2000.

14. 한기형.「1910년대 단편소설과 낭만성」.『민족문학사연구』제12호. 소명
　　　출판사. 1998.

15. 황 경.「나도향 소설의 사랑에 대한 고찰」.『작가연구』제9호. 새미. 2000.

ABSTRACT

The Formation and Development of Romantic Subjectivity-In case of La Do-hyang

Oh, Yang-Jin

This paper intends to examine an appearance of Korean modern literature in the early 1920's through the concept of 'Romantic subjectivity' in La Do-hyang's novels, rather than to understand La Do-hyang's novels. The romantic subjectivity in La Do-hyang's novels is most of all one of modern literary forms of 'divided individual' raised around the group of 『Beakjo』 in Korean literature in early 1920's. The romantic subjectivity in La Do-hyang's novels is, however, a test case which tell us both the limitation and significance of Korean modern literature by showing the historical situation that the general form of 'divided individual' has hidden.

First of all, La Do-hyang's novels haven't approached to discover the deep inside facts of reality in spite of the ideal of romantic love of the mental origin of an artistic life. This is because of the abstract understanding of the ideal of romantic love. The emotional modernity advocated by romantic subjectivity made him, on the one hand, expose the violent rational modernity of fetishistic modern times. On the other hand, the emotional modernity failed to understand the deep meaning of romantic individualism that it can actually enrich rational modernity to form social relationship. That is to say, La Do-hyang couldn't achieve to the point to understand the fact that the emotional modernity could be an formative principle related to public order and discipline, if not a rationality in a strict meaning. Then, La Do-hyang knew that the emotional modernity was inconsistent with the rational modernity, but he didn't know that they could be conformable each other, while Lee Gwang-su knew they could be conformable each other, but he didn't know they were contradictory. La Do-hyang was actually indifferent to the realization of romantic subjects' fervent freedom in the reality of social relationship, while focused on dealing with real imperfectness and insufficiency that the artistic ideal could not but be baffled by romantic subjects' conflict and trouble.

Nevertheless, La Do-hyang's romantic inclination is desperately different with the impulsive solipsism of a reckless youth image. This is because his conscious, unconscious understanding and sense on romantic subjectivity makes us review narcissism imagination of the object of an absolute indulgence and enjoyment, at the least has us to be excited with the question on the reality. Anyway, La Do-hyang has a meaning of entering into research the inconsistency of emotion and ration in his own way through romantic subjectivity differently with Lee Gwang-su's subjectivity of enlightenment, while Lee Gwang-su firstly intended to awaken the meaning of romantic thought like 'Jeong-yuk-lon', then make it an object of enlightenment, but finally failed to catch the contradiction between the emotional modernity and the rational modernity.

주요어 : 풍경, 내적 인간, 분열된 개인, 감정(의 근대성), 이성(의 근대성), 낭만적 사랑, 예술적 주체성, 유아론적 개인주의, 낭만적 개인주의, 낭만적 아이러니, 계몽적 주체성, 낭만적 주체성

최재서의 개성론 연구

전용호*

1. 머리말

1930년대 한국 문학비평사에서 최재서는 영미문학의 경향과 이론에 대해 체계적으로 소개하고 비평함으로써 반향을 일으켰다. 1938년 간행된 평론집『문학과 지성』은 그 제목에서 드러나는 것처럼 최재서의 비평 세계를 '지성'과 관련짓고 있다. 최재서는 김기림과 함께 한국 근대문학 비평에 전문성과 학문성을 부여한 비평가라고 할 수 있다. 근대비평은 문학예술의 자율적 영역을 자각하고 확립한 것에서 전시대의 비평과 대비된다. 최재서와 김기림은 문학을 하나의 독립된 학문 분야로 인식하고 거기에 의식적인 비평작업을 수행한 비평가였다. 김기림이 시론 분야에서 다양한 모색기를 거쳐 최종적으로 '과학적 시학'을 추구했다면, 최재서는 문학의 본질과 형식에 대한 탐구 등에 관해 꾸준하게 이론적으로 탐색했고 나름의 종합적 문학관을 설계했다. 1957년 발간된『문학원론』은 최재서 비평이 걸어온 학문적 모색과 이론적 탐사의 결과이다. 최재서

---

* 순천향대

는 문학에 관한 서구의 이론과 비평적 성과를 최대한 수용하고 자기 안에서 종합하려고 하였다. 서로 상이한 비평 관점과 개념들을 종합하는 과정에서 최재서의 비평은 다소 복합적인 성격을 지니게 된다. 최재서 비평에 대한 연구가 그의 문학적 경향에 대해 약간의 논란을 보이는 것은 이런 연유에서이다. 연구자들은 최재서 비평에 대해 낭만주의, 고전주의, 리얼리즘, 모더니즘 등 서로 대립되는 듯이 보이는 문학관으로 규정하고 있는 것이다.

김흥규는 최재서가 1930년대 식민지 현실에 대응하는 문학관으로 리얼리즘과 모랄론을 전개했다고 하였다.[1] 최재서 연구자들은 대체로 최재서가 대학시절 수용했던 낭만주의 문학관의 한계를 인식하고 고전주의적 문학관으로 선회해 간 것으로 최재서 비평의 전개과정을 정리한다. 그러나 전체 논지와는 달리 '최재서는 그가 정성을 들여 소개한 주지주의 문학론과는 상반되는 낭만주의적 시관을 신봉하고 있었다'[2]는 단서를 붙여 최재서 비평세계의 모호함을 드러내는 경우도 적지 않다. 김윤식은 최재서가 경성제대 재학시절 수용한 낭만주의 문학관을 1950년대 다시 펼침으로써 낭만주의로 원점 회귀했다는 견해를 보인다.[3] 최재서에게 본질적인 문학관은 낭만주의로서, 1930년대 모더니즘 이론에 근거한 평론활동은 한갓 잡문이거나 낭만주의에 어떤 균형감을 주기 위한 노력의 일종에 불과하다는 것이다. 문체 연구를 통해 최재서 비평의 성격을 규명한 이병헌은, 최재서 비평이 총론적이거나 원론적인 문제를 다룰 때에는 고전주의적 태도를 견지하다가 개별적인 작품 분석과 같은 각론적인 글에서는 낭만주의적 성향을 드러내는 방식으로 두 문학관의 공존 상태를

---

1) 김흥규, 「최재서 연구」, 『문학과 역사적 인간』, 창작과비평사, 1980.
2) 김훈, 「1930년대의 시론 형성과 그 전개」, 『한국현대시론사』(한국현대문학연구회), 모음사, 1992, 200쪽.
3) 김윤식, 「개성과 성격」, 『한국근대문학사상연구1』, 일지사, 1984.

보인다고 하였다.[4]

최재서 비평에서 특별히 주목해야 할 것은 그의 비평 활동이 '1930년대 비평사에서 사회적 비평과 심미적 비평 사이의 통합적 위치를 차지하고 있다'[5]고 하는 점이다. 1930년대로부터 1957년의 『문학원론』에 이르기까지 최재서 비평이 모색해나간 통합적 전망은 '질서적 문학관'이라는 이름으로 수렴되었다.[6] 질서적 문학관은 낭만주의, 주지주의 혹은 모더니즘, 리얼리즘, 고전주의 등 최재서의 비평적 이력 전체를 종합한 문학관이다. 이 글은 최재서 비평에서 '개성'에 관한 논의를 살펴보고자 하는데, 최재서의 종합적 문학관에서 개성에 관한 논의가 특별한 의의를 지니고 있다고 보기 때문이다. 개성론은 최재서가 1930년대 비평활동을 시작할 무렵부터 매우 중요하게 다룬 주제이다. 개성론을 통해 최재서는 19세기 낭만주의 비평 개념을 재검토하고 20세기에 걸맞는 문학관 내지 비평관의 수립이라는 과제를 설정하였다. 최재서 비평이 심미적 비평과 사회적 비평의 종합을 지향했다고 할 때, 개성론에서 우리는 그 뚜렷한 자취를 확인하게 된다.

2. '낭만주의 초극'의 논리

최재서가 한국 비평사에 본격적으로 등장한 것은 1934년 8월에 발표한 「현대주지주의 문학이론의 건설 – 영국평단의 주류」와 「비평과 과학

---

4) 이병헌, 「한국 현대비평의 유형과 그 문체에 관한 연구」, 고려대학교 박사학위논문, 1996, 60쪽.

5) 김홍규, 앞의 책, 353쪽.

6) 최재서는 1957년 『문학원론』을 간행하면서 '문학은 체험의 조직화이며 감정의 질서화이며 가치의 실현'이라는 '질서적 문학관'을 자신의 '30년 문학생활의 요약'이라고 표현하였다. 최재서, 『문학원론』, 춘조사, 1957, 서문.

- 현대주지주의 문학이론의 건설(속편)」을 통해서이다. 이 두 편의 글은 영문학 전공자로서의 지식을 기초로 해 서구의 문학이론을 '주지주의'라는 경향으로 묶어 소개한 것이다. 최재서의 비평문은 서구 문학이론에 대해 나름의 일관된 관점과 체계적 계통도를 제시한 것으로 당대 평단에 끼친 영향이 만만치 않았다. 「현대 주지주의문학이론의 건설」과 「비평과 과학」은 카프의 퇴조로 문단이 침체기로 접어드는 지점에 놓인 것으로 비평계의 이론적 활력소를 제시하는 역할을 하였다.[7] 이 두 편의 글에서 최재서가 제시한 '현대비평의 주지적 경향'이란 19세기의 낭만주의적 문학 이해에서 벗어나 심리학을 비롯한 현대 과학에 기초한 문학 이해를 추구하는 경향을 의미한다. 최재서는 주지주의 비평가로 리처즈(I.A. Richards), 엘리어트(T.S.Eliot), 리드(H.Read), 루이스(W.Lewis) 네 사람을 들고 있지만, 이들의 이론적 선구자로 흄(T.E.Hulme)을 가장 먼저 논의하지 않을 수 없다고 하였다. 실제 비평문에서 최재서는 루이스에 대해서는 언급하지 않고 흄, 엘리어트, 리드, 리처즈에 대해 소개하고 있는데, 흄의 사상이 전체 논지의 기반이 되고 있다. 최재서는 흄의 사상을 다음과 같이 간명하게 제시한다.

> 그가 타도코자하는 전통은 인생관에 있어 인간주의이며, 예술에 있어 자연주의이며, 문학에 있어 낭만주의이다. 그가 이제부터 수립하려고 하는 새 전통은 각기 과학적 절대적 태도와 기하학적 예술과 및 고전주의적 문학이다.[8]

흄은 르네상스 이래의 인본주의와 그에 기초한 문학예술에서 유행한 낭만주의를 반대했다. 흄의 반인본주의 철학과 반낭만주의 비평관은 20

---

7) 김윤식, 『한국근대문예비평사연구』, 일지사, 1976, 238-239쪽.
8) 최재서, 「현대 주지주의 문학이론」, 『최재서평론집』, 청운출판사, 1961, 55쪽.

세기 비평사에서 독특한 위상을 갖는다. 흄의 사상은 최재서에게 늘 깊은 관심과 이해의 대상이었다. 1934년 12월 최재서는 일본 암파서점(岩波書店)에서 발행하는 잡지『사상』에「T.E.흄의 비평적 사상」이란 논문을 일문으로 발표한다.[9] 1956년 6월『사상계』에 발표된「낭만주의의 초극 - 흄의 예술사상」이란 글은「T.E.흄의 비평적 사상」과 거의 동일하지만 내용이 좀더 늘어났고 발표 시점에 맞추어 수정된 원고이다. 1961년 발간된『최재서평론집』에 수록된「네오 클라씨시즘 - 흄의 비평적 사상」역시 1936년도의 일문 원고를 제자 김활이 번역한 것으로 되어 있는데, 김윤식의 조사에 의하면 세 편의 글은 동일한 원고를 기초로 하면서 부분적인 문장 표현과 분량이 조금씩 다르다.[10] 최재서는 자신의 비평적 생애의 중요한 논문들을 흄에 대한 소개로 시작하고 있다고 하겠다. 최재서 문학론과 낭만주의와의 관계는 최재서 스스로 제목을 단 '낭만주의의 초극'이라는 관점으로 접근해야할 것이다. '초극'이란 말은 단순한 거부·부정이나 긍정이 아니라 변증법적 지양의 의미를 지닌다. 이제 최재서가 흄의 사상을 빌려 마련하고 있는 낭만주의 초극의 논리를 살펴보자.

「낭만주의의 초극」은 크게 다섯 부분으로 나뉘어, 흄의 약력, 메타피직, 인생론, 예술론, 문학론의 순서로 구성돼 있다. 최재서는 흄의 삶은 짧았지만 그 사상은 매우 건강한 것이어서 미래에 속한 것이라는 말로 그 현대적 의의를 밝혔다. '메타피직'에서는 흄의 '불연속적 실재관'을 통해, 서로 분리되어 있어야 할 '수학과 물리학의 무기세계'와 '생물학과 심리학과 역사학의 생명세계'와 '윤리적 가치와 종교적 가치의 절대세계'라는 세 동심원에서 중간지대인 생명세계가 절대세계를 넘보게 되면서 혼돈에 빠지게 되었다고 하였다. 이 혼돈의 원인은 '인생론'에서 해명

---

9) 김윤식,『한국근대문학사상연구1』, 일지사, 1984, 387쪽. 김윤식은 이 논문이 최재서가 일본 학계에 처음 등장하는 논문이라는 의미가 있다고 보았다.

10) 김윤식, 앞의 책, 387-389쪽.

되는데 그것은 인간이 자신을 무한한 가능성의 그릇으로 여기고 무한한 진보가 가능하다고 본 르네상스 이래의 인본주의적 인생관 때문이다. 흄은 완전성이란 종교세계에만 속하는 개념인데 그것을 상대적인 생명 세계에 끌어들인 것에서 의식의 혼란이 생겨났다고 보았다. 흄의 '예술론'은 생명적 예술과 기하학적 예술의 대립으로 전개된다. 흄은 르네상스 이후의 인간주의적 예술이 '강화된 생명성의 감정표현'과 '감정이입'의 예술인 데 반해, 현대인의 예술은 과학적 절대성의 탐구와 기하학적 표현을 추구한다고 하였다. 외부 현상의 혼돈으로부터 현대인은 기하학적 질서에서 안정을 찾는다고 본 것이다. 최재서는 흄의 '문학론'이 '낭만주의 백년 후 고전주의의 부활'이라는 간명한 명제로 요약된다고 말한다. 인본주의의 결과로 무한을 동경하고 영원을 추구하는 낭만주의문학이 등장하는데 무한과 영원에 이르지 못하는 비애로부터 낭만주의자의 센티멘탈리즘은 불가피하다. 무한을 향한 비상이 낭만주의 전기를 표상한다면, 무한에 이르지 못한 좌절의 비애는 낭만주의 후기를 대표하는 특징이다. 흄이 낭만주의의 종언과 고전주의의 재현을 선언하는 이유는 두 가지이다. 하나는 '낭만주의 시대'가 끝났다는 점. 문학상의 어떤 관습과 전통도 일정한 생명기가 있어 사멸하는 시점이 있는데, 낭만적 전통은 이제 고갈되었다고 보는 것이다. 다른 하나의 이유는 '정확한 묘사' 때문이다. '시의 대목적은 정확, 직재(直裁), 명확한 묘사에 있다'라고 하고 '간결하고 견고한 고전적 시의 시대가 도래한다'라고 본 것이다.

> 낭만적인 시와 고전적인 시가 결별되는 곳은 바로 이 예술적 동기다. 낭만주의자들에 있어서는 무한과 유한의 충돌에서 오는 멜랑콜리가 없이는 시가 존재하지 않는다. 그들은 시 속에서 자초부터 충족되지 못한 감정의 영탄을 구하기 때문이다. 장래할 고전적인 시에 있어 이러한 영탄은 예술의 유일한 동기는 아니다. 그들에 있어 시의 동기는 관조(觀照)에 있다.[11]

흄은 '관조'를 '분리된 흥미(a detached interest)'라고 정의하고, 사물을 있는 그대로 관조하고 그렇게 얻는 상상을 정확하게 표현하기 위해서는 강렬한 예술적 성실성과 열의가 필요하다고 하였다. 예술적 성실성은 언어와의 투쟁을 의미한다. 흄은 시의 언어를 시각적이고 구상적인 언어라고 보고, 시에서 산문 언어의 추상화를 극력 배제해야 한다고 하였다. 이러할 때 시에서의 이미지는 시인의 감정을 타인에게 전달하려는 직관적 언어의 본질이 되는 것이다. 최재서가 주로 참조하고 인용하고 있는 흄의 「낭만주의와 고전주의」가 현대 비평사에서 '이미지즘 선언서'로 이해되는 것은 이러한 직관적 언어의 구상성에 대한 언급과 연관된다.

「낭만주의의 초극」에서 우리는 최재서가 낭만주의를 19세기의 문학사조 개념으로 생각하고 있음을 알 수 있다. 사조 개념으로 낭만주의를 생각할 때 낭만주의는 새로운 문명의 단계로 접어들었다고 여겨지는 '현대'에는 낡은 것이며 맞지 않는 것이 된다. 그럼에도 불구하고 최재서는 낭만주의가 무한과 영원에의 동경 의식과 인간의 진보에 대한 믿음 등으로 인해 여전히 비평적 위세를 떨치고 있다고 보고 이를 비판한다. 이런 점에서 최재서는 흄의 논리를 따라 낭만주의 시대가 가고 고전주의가 부활하리라는 생각에 동의를 표한다. 그러나, 최재서는 부활하는 고전주의가 과거의 완고한 형식주의로서의 고전주의와는 달라야 한다고 생각했다. 최재서는 흄의 사상에 기초해 일어났던 서구 이미지즘 운동이 '기교의 흥미에 압도되어 주제의 중요성을 무시'함으로써 단명할 수밖에 없었다고 비판한다.[12] 흄의 논리와 거리를 둔 지점에서, 즉 흄의 메마른 형식주의와 반인본주의와는 거리를 둔 지점에서 최재서는 자신의 문학관을 설계하고 있다. 최재서는 문학작품을 미적 구조의 독립된 완결체로

---

11) 최재서, 「낭만주의의 초극」, 『사상계』, 1956. 6, 29쪽.
12) 최재서, 「네오 클라씨시즘」, 『최재서평론집』, 청운출판사, 1961, 105쪽.

보기보다는 '특정 시대의 사회적 삶 속에 열려 있는 체계'로 보았다.[13] 풍자문학론과 리얼리즘론, 소설 장르에 대한 각별한 관심과 모랄에 대한 고민 등은 최재서 문학관이 현실과 열려 있는 관계에 있음을 보여주는 비평 작업들이다. 최재서가 1930년대 비평사에서 사회적 비평과 심미적 비평의 통합적 관점을 모색하고자 했다는 점에서 낭만주의에서 고전주의로의 이행이라는 흄의 관점은 최재서에게 단순하게 수용될 수 없는 문제였다. 최재서가 현대 비평에서 개성의 문제를 제기한 것은 이런 맥락에서 필연적인 과정이라고 하겠다.

3. '창작원리로서의 개성'론

최재서는 영미문학과 비평 이론에 대한 지식을 자신의 문학비평의 원천으로 삼고 있다. 때때로 최재서의 비평 개념들은 매우 혼란스런 양태를 보이기도 하는데, 서로 다른 서구 비평가들의 주장을 자신의 맥락으로 수용하는 과정에서 빚어지는 현상의 하나라고 할 수 있다. 최재서의 문학론과 비평에 대해 낭만주의, 고전주의, 리얼리즘, 모더니즘 등의 언뜻 상반되는 문학관이 동시에 언급되는 것은, 최재서 연구자들의 주관적 평가 이상으로 최재서 비평이 보이는 모호성 혹은 다면성을 반영하는 것이다. '모랄, 지성, 도그마, 취미, 교양, 리얼리즘, 개성, 성격, 종교, 휴매니즘' 등과 같은 중요 비평 용어들이 최재서 비평에서는 서로 다른 의미로 여러 비평문에 쓰이는가 하면 심지어 한 텍스트 안에서도 모순되는 언급으로 나타나기도 한다.[14] 최재서 비평에서 개성이란 용어도 개념의 모호성과 다의성을 지니고 있다. 최재서는 현대 비평에서 개성의 문제가

---

13) 김홍규, 앞의 책, 291쪽.
14) 이병헌, 앞의 논문, 87쪽.

매우 중요한 것이라고 전제하고 있는데, 1936년 4월 일본 영어영문학회회보에 일문으로 발표한 「현대비평에 있어서의 개성의 문제」는 이에 대한 본격적인 글이다. 최재서는 이 글을 1956년 4월 『사상계』에 같은 제목으로 발표하는 한편, 『최재서평론집』에도 수록한다. 또한 이 글은 『문학원론』 제4장 「문학의 속성」에 변형되어 재수록되어 있다.

> 현대의 문학정신이 낭만주의에서 고전주의로 전환됨에 따라 개성이 비평의 중심문제로서 중요시되어 온 것은 말할 것도 없다. 전시대의 낭만주의문학이 그 본질에 있어서 개성주의 내지 개성표현의 문학이었다고 하는 점을 생각한다면 이것은 당연한 귀결인 것이며, 따라서 이 문제는 또한 현대문학의 방향을 제시할 하나의 도표가 되리라고 믿는다.
> 이 문제에 관해서 오늘날의 새로운 비평가들 사이에는 비교적 공통된 경향이 있음을 인정할 수 있다. 그것은 개성탈각의 경향이다. 개성탈각이란 개성을 전연 부정하는 것은 아니고, 개성의 개념에서 종래와 같은 낭만적 요소를 배제하는 것이다.[15]

낭만주의 문학관은 문학을 개성 표현이라 보았다는 점에서 개성주의 문학관이라고 고쳐 부를 수도 있다. 현대가 낭만주의로부터 벗어나는 문학사의 전환기라고 한다면, 현대 비평가에게 개성의 문제는 어떻게 될 것인가가 관심사이다. 최재서는 현대 비평가들이 개성 탈각이라는 경향에서 일치한다고 하였다. 그러나 최재서는 문학에서 개성은 완전히 부정될 수 없다고 보았다. 최재서는 개성을 '문학의 본질이며 생명'[16]이라고 했다. 현대 비평에서 개성의 문제는 개성의 부정이 아니라 개성 개념의 재정립이라고 할 수 있다. 이 개성 재정립의 과제를 최재서는 '낭만적 개성' 개념을 벗어나 '창작원리로서의 개성' 개념을 세워나가는

---

15) 최재서, 「현대비평에 있어서의 개성의 문제」, 앞의 책, 41쪽.
16) 최재서, 「문학의 속성」, 『문학원론』, 춘조사, 1957, 63쪽.

것이라고 말한다.

「현대비평에 있어서의 개성의 문제」에서 최재서는 개성 개념의 재정립을 위해 배비트(I.Babbitt)와 엘리어트, 리드, 포스터(E.M.Forster) 등의 논의를 검토한다. 우선 최재서는 배비트의 견해를 따라서 개성 개념에서 배제해야할 것은 낭만적 개성이라고 하였다. 낭만적 개성은 개인적 차이에서 드러나는 것으로 '기질적 개성'이라고도 부를 수 있다. 개인의 기질에 따라서 무한히 다른 개성이 낭만적 개성 개념인데, 근대 초기 계몽적 역할을 했던 개성 존중은 19세기에 와서 기교성(奇矯性)의 찬미가 되었다고 비판된다. 최재서는 배비트가 개성 자체를 부정한 것이 아니라 개인적 차이의 표현을 버리고 생활과 행위의 통제원리로서의 개성을 옹호하는 견해를 갖고 있었음에 주목한다. 최재서는 배비트의 논의가 '창작원리로서의 개성' 개념과는 아직 거리가 있다고 하면서도, 개인의 주관성과 기발성을 벗어나 보편성의 맥락으로 개성 개념을 이해하고자 하는 변화의 인식의 싹을 틔웠다고 보았다.

개성 문제와 관련된 엘리어트의 비평론은 '몰개성론'이라고 불린다. 엘리어트는 「전통과 개인의 재능」에서 '시인은 현재의 자기 자신을 보다 가치 있는 어떤 것에 끊임없이 내맡겨야 한다. 예술가의 진보는 끊임없는 자기 희생이며, 끊임없는 개성의 소멸이다'라고 말했다. 시의 가치는 전통이라는 큰 질서 안에서의 가치이다. 시인은 전통, 즉 역사의식을 갖지 않으면 안되는데 이 역사의식은 본질상 일반의식이며, 개성과는 배치되는 것으로 인식된다. 그러므로 시인은 자신의 개성에서 벗어나 일반의식인 역사의식을 가져야 한다는 것이다. 엘리어트는 시인의 개성을 접촉매체로 비유한다. 엘리어트에게 창작이란 일종의 화합이다. 시인은 생활에서 얻은 고유한 '정서와 감정'을 시적 개성으로 화합함으로써 비고유적인 시, 즉 전통적 통일체 가운데 조직화되는 시를 쓰게 된다는 것이다. 엘리어트의 몰개성론은 개성의 완전한 배제가 아니라 창작 순간의 극도로 집중화된 기능적 개성을 인정하는 것이다. 화합 매체이자 생활감정의 조직 기능으로서의 개성이라는 엘리어트의 개념으로부터 최재서는 창작 원리로서의 개성을 논의할 수 있게 된다고 보았다. 그러나 다른 한편 최재서는 엘리어트가 시와 시인을 분리함으로써 도출해낸 개성 개념을 '아슬아슬한 비평의 줄타기'이며 모순 개념이라고 비판한다. 시인으로부터 분리된 시란 불가능하다고 보는 최재서는 엘리어트가 시와 시인의 분리를 전제로 전개한 개성론을 그대로 수용할 수 없었던 것이다.

새로운 개성 개념을 정립하고자 하는 최재서에게 리드의 개성 개념은 많은 암시를 준 것으로 보인다. 리드는 정신분석학의 도움을 받아 개성 개념을 '심적 과정의 통일적 조직'이라고 정의한다. 리드는 시적 창조행위가 시인의 심리적 긴장이 승화되는 치유과정의 일종이라고 봄으로써 시 창조의 근원에 대한 하나의 가설을 제시하였다. 무의식 또는 전의식을 창작과정과 관련지은 리드는 개성을 감각의 종합이자 경험에 의해 증대되거나 끊임없이 움직이고 있는 통일적 조직체라고 규정한다. 성격은 개성이 '어떤 외부적 이상에 맞도록 제한되고 고정된 것'으로 개성의 비개성적 양상이다. 개성과 성격이라는 리드의 대립쌍에서 성격은 현실 원칙에 따르는 것이라고 할 수 있다. 배비트는 성격에서 억제되어 무의식 속에 유폐된 것이 상상 속에 돌연 나타나는 '인스피레이션'의 순간에 창작이 일어난다고 보았는데, 최재서는 이 순간에서의 개성의 움직임에서 창작원리로서의 개성을 발견할 수 있다고 하였다. 리드는 '현대 생활은 대부분 기계화되어 인간의 성격적 무장이 더욱 치밀하고 견고해져서 개성을 유지하기가 어렵다'고 하고 그에 따라 '개성으로부터 비롯되는 시의 위기가 온다'고 하였다. 개성은 '감수성'으로, 성격은 '도그마'로 대치되기도 하는데,[17] 리드는 시의 창작은 '편협하고 완고한 성격'을 떠

---

17) 최재서, 「비평과 모랄의 문제」, 『최재서평론집』, 청운출판사, 1961, 22쪽.

나 '무변무애한 개성'에 도달해야 한다고 하였다. 리드의 논의에서 개성 개념은 개인이 자신의 좁은 자아, 완고한 성격에 갇혀 있지 않도록 작동하고 움직이는 내적인 힘이다. 최재서는 리드의 생각이 포스터가 「무명론(無名論)」에서 표면적 개성 밑에 더욱 깊은 '보편적 개성'을 갖춘 작품을 위대한 문학이라고 한 논지와도 연관된다고 보았다. 최재서 개성론의 주된 관심사는 개인의 닫힌 주관성 혹은 내면성으로서의 개성 개념에서 객관과 보편을 향해 열린 개방적 개념으로 개성 개념을 재정립하고자 하는 데 있었다.

> 이상과 같이 개성의 개념은 현대비평에 있어 로맨틱한 내용을 배제하면서 더욱 깊어지고 넓어져간다고 생각한다. 그러나 돌이켜 생각하면 종래에 셰익스피어 작품에 대해서 자주 말되는 비개인성(非個人性)이라든가, 키이츠가 말한 소극적(消極的) 능력이라든가, 또 코올릿지가 말한 신념의 자발적인 정지와 같은 개념도 결국 동일한 범주에 속하는 것이라 그들도 동일한 것을 추구하고 있었다고 말할 수밖에 없다. 그러니까 낭만주의시대에 있어 개성의 개념은 이미 고차(高次)한 것과 저차(低次)한 것으로 갈려져 있었다는 것을 알 수 있다. 현대의 비평가들이 생각하고 있는 창작원리로서의 개성이라는 개념도 이미 전시대에 있었던 것이지만, 그것이 현대에 와서 더욱 순화(純化)되고 심화되고 확대되어 가는 과정이라고 나는 생각한다.[18)]

세익스피어 작품의 '비개인성', 키이츠가 말한 '소극적 능력', 코올릿지의 '신념의 자발적인 정지'는 작품이 작가의 주관성을 벗어나 객관성 혹은 보편성을 얻게 되는 현상을 설명하기 위한 비평 용어들이다. 최재서는 낭만주의 시대의 이 비평 용어들이 개성에 관한 고차원의 개념이며, 현대에서 더욱 심화되고 확대되어 가야할 것이라고 하였다. 최재서에게

---

18) 최재서, 「현대비평에 있어서의 개성의 문제」, 앞의 책, 52쪽.

개성은 개인의 편협한 주관성에 갇혀있는 마음의 상태가 아니라 보편성
의 넓은 바다를 향해 수로를 열어두고 있는 호수나 강이라 하겠다. 인용
한 글의 다른 부분에서 최재서는 '사람의 마음은 샘과 같다고 했지만,
그것은 마땅히 호수와 같고 바다와 같아야했다'고 한 리처즈의 말을 인용
하면서, 호수나 바다와 같이 양양(洋洋)한 정신을 갖기 위해 개성의 양성,
즉 교양의 문제가 대두하게 된다고 하였다.

　최재서는 '개성을 문학의 생명이라고 하면 보편성은 그 육체이며 그
생명과 육체가 결합하여 문학으로서의 기능을 발휘하는 항구성은 그 생
리'라고 하고 '개성과 보편성과 항구성을 삼위일체'라고 하였다.[19] 창작
원리로서의 개성 개념의 정립을 위해 최재서는 엘리어트의 '몰개성론'을
비판적으로 검토했고, 리드의 '심적 과정의 통일적 조직'이라는 개성 개
념을 수용했고, 낭만주의 시와 비평을 대표하는 키이츠와 코올릿지의
생각을 새롭게 주목하고 받아들였다. 최재서는 '시인은 자아를 갖지 않는
다'라는 키이츠의 생각을 따라서 '소극적(消極的) 능력'[20]을 추구하는
시인의 마음 상태를 '항상 작은 자아를 버리고 넓고도 왕양(汪洋)해서
융통무애(融通無礙)한 대자아(大自我)에 도달하고자 열망'[21]하는 것이라
하였다. 키이츠의 '소극적 능력'(Negative Capability)를 '마음비우는 능력'
이라고 번역한 한 영문학자는 불교의 '무아' 혹은 '망아' 개념을 빌려와
키이츠의 자아해체적 인식론을 강조하고 있다.[22] 인식의 주체로서의 단
단한 자아가 없어짐으로써 사물은 있는 그대로 드러나고 서로에게 아무
런 제약과 구속을 하지 않게 된다는 것이다. 키이츠가 반대한 것은 논리

---

19) 최재서, 「문학의 속성」, 『문학원론』, 춘조사, 1957, 63-64쪽.
20) 최재서는 「현대비평에서의 개성의 문제」에서는 '소극적 능력', 「문학의 속성」에서는
　　'부정적 능력'이라고 번역하고 있다. 여기선 '소극적 능력'으로 통일해 사용한다.
21) 최재서, 같은 글, 78쪽.
22) 이정호, 「용어해설 : 마음비우는 능력」, 『현대비평과 이론』(제5호), 1993. 봄·여름, 355쪽.

적이고 상상의 비약이 없는 이성이다. 이성은 사물을 있는 그대로 있게 하는 것이 아니라 자신의 법칙에 따라 등급과 우선순위를 정하기 때문이다. 최재서가 낭만적 개성 개념을 반대하고 보편적 개성 개념을 추구하는 이유는 시인 개인의 좁은 내면성과 자아에 갇힌 주관성을 반대하기 때문이다. 최재서의 개성 개념은 주관과 객관의 이분법을 넘어서려는 시도이다. 그리고 그것은 '주객 분리 전의 나 바깥의 나, 즉 세계와 융합된 전체성 속에서의 자아'로서의 '미적 주관성' 혹은 '절대적 주관성'23)과도 맥락이 닿아있는 것이라 하겠다.

비개인성으로서의 개성, 정서와 감정의 화합적 촉매로서의 개성, 성격으로 고착되지 않는 심적 과정의 통일체로서의 개성, 자아를 벗어나고 자기 마음을 배워냄으로써 세계와 사물을 편견없이 인식하는 능력으로서의 개성, 그래서 주객 분리를 넘어서 세계와 소통하고 융합하는 절대적 주관서으로서의 개성, 이러한 것들이 최재서 개성론에 함유된 의미들이다. 이러한 개성론은 1920년대 초기 한국의 낭만시가 보여주었던 자아와 개성의 가치에 대한 절대화, 개성과 적대적인 위치에 설정된 사회 현실에 대한 극단적인 부정24) 등과는 현격한 거리가 있다. 최재서의 개성론은 1920년대 한국시에서 극명하게 나타난 낭만적 개성을 비판하는 데서 출발한다고 볼 수 있다. 최재서는 개인 안에 밀폐된 개성이 아니라 타자와 소통하고 보편 세계와 열려 있는 개성이야말로 문학을 가능하게 하는 참된 개성이라고 보았다. 이러한 개성에 의해 창작된 문학작품은 개별적이면서도 보편적인 세계를 담아낼 수 있게 된다. 문학이 구체적 보편성

---

23) 김진수, 『우리는 왜 지금 낭만주의를 이야기하는가』, 책세상, 2001, 16쪽. 김진수는 낭만주의의 주관성이 근대 계몽주의가 내면화한 주객 이분법에서의 주관성과 대립되는 개념이라 하면서 이 용어들을 쓰고 있다.
24) 김흥규, 「1920년대 초기시의 낭만적 상상력과 그 역사적 성격」, 앞의 책, 222-227쪽 참조.

혹은 주관적 보편성의 세계가 되는 것은 최재서의 개성론에 따르면 개성과 보편성이 서로 교섭하고 변증법적으로 작용하는 과정에서 이루어지는 것이라고 하겠다.

최재서는 개성과 보편성의 만남의 통로를 '상상'을 통해 마련한다. 최재서는 코올릿지의 말을 인용해 상상을 '타협시키고 중개시키는 능력'[25]이라고 정의한다. 문학을 '가치 있는 체험의 기록'이라고 보는 질서적 문학관에서 상상 역시 체험의 한 양식이다. 체험의 여러 양식 중에서 상상은 감각, 정서, 의미 등 다른 능력들을 조직화하는 특수한 양식이다. 최재서는 '현재의 지각과 과거의 체험이 결합하는 것은 오직 상상에 의해 가능'하다고 하는 듀이의 철학을 수용한다. 상상을 풍부하게 하는 원리는 흥미인데, '시인의 상상이 풍부한 이유는 개인적 관심과 욕망에서 해방된 보편적이고 자유로운 흥미를 갖고 있기 때문'[26]이다. 자유로운 흥미와 상상력은 낭만주의 문학의 정신 작용을 설명하기 위한 중요한 비평 개념들이다. 개인적 관심에서 벗어난 흥미와 체험의 결합능력으로서의 상상의 작용에 의해 시인은 닫힌 자아 혹은 밀폐된 개성의 표현이 아니라 열린 객관과 보편의 세계를 발견해내는 것이다. 최재서의 질서적 문학관은 낭만주의적 열정과 고전주의적 질서를 결합해 창작의 원리와 가치의 표준을 설정한 문학관이라고 할 수 있다. 질서적 문학관이라는 일관된 기준으로 제출된 셰익스피어 연구서에서 최재서는 '로맨티시즘의 질서화는 인간을 이상적으로 만드는 원리지만, 그것은 또 작품을 예술적으로 위대하게 만드는 원리'[27]라고 말한다. 최재서는 19세기의 한 문학사조로서의 낭만주의는 거부하지만, 문학의 본질적 일면으로서의 낭만정신은 긍정한다.

---

25) 최재서, 「상상(1)」, 앞의 책, 319쪽.
26) 같은 글, 316쪽.
27) 최재서, 『셰익스피어예술론』, 을유문화사, 1963, 54쪽.

　　나는 낭만정신을 문학에 있어서 감동적 지각과 창조적 표현이라고 규
　　정한다. 우리는 감동이 없이도 사물을 관찰할 수 있다. 그러나 감동이
　　없이는 사람을 움직일 수 없다. 사람을 움직일 필요가 없다면 물론 문학
　　을 할 필요도 없고 따라서 문제는 없다. 하여튼 어느 방향으로나 사람을
　　움직일 목적으로 문학을 하는 이상 우리는 감동을 무시할 수 없다.28)

　낭만정신은 '감동적 지각'과 '창조적 표현'으로 문학을 문학으로 살아
있게 만든다. 최재서는 문자 기록물 가운데 문학과 비문학을 구분하기
위해 '힘의 문학과 지식의 문학'이라는 기준을 제시하고 '공감하는 정신'
이 바로 문학의 힘이라고 설명하기도 했다.29) 작품에 나타난 감동적 지
각, 창조적 표현, 공감하는 정신, 이런 것들은 낭만정신의 작용이다. 열정
의 개입을 두려워했던 에드가 알란 포의 소설은 기하학적 형식미를 갖췄
지만 최재서가 보기에 '문학으로서 당연히 갖추어야할 중대한 요인을
희생했다.'30)라고 할 수 있다. 즉, 포는 창작에서 이지력을 적극 활용할
수 있었지만 감정을 적대시함으로써 탐정소설밖에 산출해낼 수 없었다
는 것이다. 최재서는 임화의 시집『현해탄』가운데「야행차 속」을 가장
좋아한다고 하면서, 그 이유로 '공감성'을 들고 있다.31) 임화의 시에서
느끼는 공감성에 대해 최재서는 '공상적인 것이 아니라 리얼리즘의 열화
(烈火) 가운데서 작열하고 단련된 낭만주의' 때문이라고 설명하고 있다.
낭만주의, 고전주의, 리얼리즘은 최재서 문학론 안에서 서로를 배제하지
않고 공존하고 있는 문학 개념이다.
　최재서 비평에서 개성과 보편성이 만나는 또 하나의 통로는 '교양'이
다. '교양은 궁극에 있어서 개성에 관계되는 문제'32)라는 명제로부터 시

---

28) 최재서,「낭만주의 부활인가」, 조선일보, 1936.4.25.
29) 최재서,「문학의 이념」,『문학원론』, 춘조사, 1957, 5-6쪽.
30) 최재서,「단편소설론」,『최재서평론집』, 청운출판사, 1961, 354쪽.
31) 최재서,「시단전망」, 앞의 책, 438쪽.

작되는 「교양의 정신」에서 최재서는 개성은 처녀지와 같은 것이고 이것을 개간해 꽃피게 하는 것이 교양이라고 하였다.

> 교양에 있어서 씨가 되고 거름이 되는 것은 문화와 사회적 자극이다. 개성이 문화를 호흡하여 자기의 숨은 여러 능력을 개발하고 발달시키는 데에서 교양은 형성된다. 그렇기 때문에 교양의 정신은 우선 고독의 정신이다. 왜 그러냐 하면 교양의 결실이요 또 종자인 문화는 사회적일는지 모르나, 그것을 개성 내부에서 개발시키고 배양하는 데에는 착실히 오랜 동안의 고독의 시기가 필요하다.
> 괴테는 일찍이
> 개성은 고독 속에서 길러지고
> 성격은 세류(世流) 속에서 형성된다.
> 고 하였는데 이 시에서 개성의 양성이란 두 말할 것도 없이 교양이다.[33]

문화와 사회적 자극을 씨와 거름으로 삼아 교양이 형성된다고 하는 관점은 개성을 무의식 혹은 전의식과 연관짓고 성격과 대비해 논의했던 리드의 견해와 맥락이 닿는다. 개성이 보편적이고 계속 움직이는 정신의 상태라면, 성격은 이미 사회화되고 고정된 정신의 상태를 의미할 것이다. 최재서는 괴테의 시를 인용해 개성의 양성, 즉 교양을 고독과 연관짓는다. 집단적 생활로부터 벗어나 있는 사색과 관조의 시간 속에서 개성의 양성은 가능해진다는 것이다. 이럴 때 교양의 정신은 현실생활로부터 초연한 '초월의 정신'이기도 하다. 교양의 정신은 사회적 유용성의 구속을 벗어나 있다. 최재서는 교양은 '인간 기계화에 대하여 엄숙한 거부의 태도를 취한다.'고 하였다. 또한 이질적 문화의 충돌로 개성이 통일되지 못할 때 교양은 이것을 잘 조정함으로써 조화 상태에 이르게 한다. 교양

---

32) 최재서, 「교양의 정신」, 앞의 책, 166쪽.
33) 같은 글, 같은 곳.

은 '관용의 정신'이기도 한 것이다. 최재서에게 교양은 고독의 정신, 초월의 정신, 관용의 정신인데, 궁극의 목적은 개성과 보편성의 만남에 있다. '교양의 본질은 자아로부터의 초월'이며, '편협하고 왜소하고 불완전한 자아를 굉활(宏闊)하고 위대하고 완전한 자아로 끌어올리려는 정신적인 노력'[34]이다. 최재서는 개성과 보편성 사이에 '상상력과 교양'이라는 통로를 마련함으로써 낭만적 개성 개념에서 벗어나 절대적 주관성 혹은 미적 주관성이라는 개성 개념을 재정립할 수 있었다.

4. 맺음말

최재서는 교훈 대 쾌락, 문학 대 과학, 고전주의 대 낭만주의 등을 대립되는 것으로 보는 견해들이 문학의 발전을 가로막아 왔다고 하였다. 최재서가 보기에 이 대립 개념들은 문학 안에서 서로를 배제하지 않고 포괄되어야 할 요소들이다. 그런 점에서 최재서 문학론을 고전주의냐 낭만주의냐 하는 식으로 규정하는 것은 타당하지 않다. 더욱이 최재서 문학론이 두 문학관의 통합적 전망을 모색한 자취가 뚜렷하다면, 최재서 문학론 안에서 두 문학관이 어떻게 관계맺고 있는지를 고찰할 필요가 있다. 이 글은 최재서가 낭만주의 문학관을 어떻게 넘어서고 또 자신의 통합적 문학관인 질서적 문학관으로 수용했는지를 '개성' 개념을 통해 검토해 본 것이다. 지금까지의 논의에서 얻은 생각들을 정리하는 것으로 마무리하자.

첫째, 최재서는 낭만주의를 19세기의 문학사조 개념으로 이해한다. 최재서는 19세기 낭만주의를 과도한 주관성과 감상성으로 인해 현대의 과

---

34) 최재서, 「교양에 대하여」, 『교양론』(최재서 편), 박영사, 1963, 59쪽.

학적 질서의 세계와는 맞지 않는 것이라고 비판한다. 그러나 낭만정신 자체는 문학에 감동과 공감의 힘으로 작용해 문학을 문학답게 만드는 것으로 옹호된다.

둘째, 최재서는 낭만주의를 경과해 온 현대 비평에서 가장 중요한 쟁점은 개성의 문제라고 보았다. 낭만주의에서 옹호된 개성 개념을 현대 비평은 새롭게 정립해야 하는 과제를 안고 있다고 본 것이다. 이 과제를 최재서는 '낭만적 개성'에서 '창작 원리로서의 개성' 개념으로의 전환이라는 절차로 풀어나갔다.

셋째, 최재서의 창작 원리로서의 개성 개념에서 핵심은 개성의 보편성이다. 개인의 편협한 주관성으로 세계를 보지 않고 구체적 사실들을 왜곡됨 없이 바라보는 정신으로서의 개성 개념을 최재서는 고전주의 이론가와 낭만주의 시인의 생각들로부터 결합하고 있다. 최재서에게 개성은 주관과 객관의 이분법 안에 작동하고 있는 이성적 주체로서의 주관성을 넘어서는 미적 주관성의 의미를 담고 있다.

넷째, 최재서 비평에서 강조되는 상상력과 교양은 개성과 보편성을 만나게 하는 통로로서의 개념 장치이다. 상상력은 잡다한 경험 현상인 감각과 이성, 정서와 감정을 개성 안에 통합하는 능력이며, 교양은 자아와 환경의 관계에서 성찰과 초월의 정신으로 개성이 자아의 한계에 갇히지 않도록 개방해준다.

ABSTRACT

A Study on Choi Jae-Seo's Theory of Personality

Chun, Yong-Ho

This thesis is an attempt to elucidate the concept of personality in Choi Jae-Seo's criticism. In the literary criticism of the 1930s, Choi Jae-Seo looked for a synthetic view between a social criticism and aesthetic criticism. Instruction and pleasure, science and literature, classicism and romanticism are oppositional ideas in the tradition of literary discussion, but they are treated as compatible notions in Choi Jae-Seo's criticism. The theory of personality in Choi Jae-Seo's criticism is in accord with his synthetic critical view.

Choi Jae-Seo regards the dispute on personality as one of the most important issues in modern criticism. Because Choi Jae-Seo considered that modern criticism would have to redefine the concept of personality which had been emphasized by Romanticism of the 19th century. Choi Jae-Seo insisted that the personality, in modern criticism, was not 'romantic personality' but 'personality as the principle of creation'.

The core of Choi's concept of 'personality as the principle of creation' is the universality of personality. Choi Jae-Seo criticized romantic personality seriously, because it was confined to the individual intolerant subjectivity. The genuine personality in Choi Jae-Seo's criticism is the eye to see the world without a distorted view beyond the narrow-minded subjectivity of the self, and it is the mind to perceive concrete facts without prejudice. The concept of personality in Choi Jae-Seo's criticism means the absolute subjectivity or the aesthetic subjectivity that is beyond the subjectivity of rational subject operating in the dichotomy of subject and object.

The imagination and the culture which were very stressed in Choi Jae-Seo's criticism are the conceptual apparatus to unite the personality with the universality. The imagination is the ability to unite the various empirical phenomena – sense, reason, emotion, feeling, etc – to personality, and the culture opens the personality to the mind of introspection and transcendence, not to be limited to the self.

주요어 : 개성, 낭만주의, 고전주의, 낭만적 개성, 창작원리로서의 개성, 미적 주관성, 상상력, 교양

일반논문

무가 전승의 변화
- 문서와 연행의 차이 -

홍태한*

1. 머리말

무가는 구비문학으로 전승과정에서 상당한 변화 양상을 보인다. 같은 유형의 무가를 동일한 무당이 구송하더라도 장소, 시간, 굿판의 분위기, 청중의 구성에 따라 변화를 가져오는데, 대를 달리한 전승에서의 변화는 당연하다고 할 수 있다. 이런 변화 양상에서 주목할 것이 필사본 무가인 '문서'의 존재이다. 무당들은 '문서'라고 하여 윗대에서 받아온 무가 사설을 매우 중요하게 여기고 있으며, 이러한 문서를 바탕으로 자신만의 무가 사설을 형성, 굿판에서 연행한다. 문서가 존재한다는 것은 무가가 전승과정에서도 고정된 틀을 유지할 수 있다는 의미이다. 신제자가 신부모로부터 무업의 여러 가지를 배운 다음에 이를 자신의 개성과 굿판의 전승 환경에 따라 변화시켜 자신만의 무속 세계를 확립하고 있지만, 문서의 존재로 인해 그 변화는 문서가 제한하는 일정한 범위 안에서만 이루어진다.

---

* 경희대

　이런 점에서 문서의 존재는 상당한 의미가 있다. 대부분이 필사본 내지
는 전사본 형태로 전해지는 이 문서는 무당 사회에서 매우 중요한 존재로
대접받아 함부로 남에게 보여주지 않을 뿐 아니라, 사승관계를 맺고 있어
도 그 스승은 제자에게 쉽게 넘겨주지 않는다. 그래서 굿판에서 문서를
확인하고 그 실상을 파악하기가 쉽지 않다. 하지만 문서와 그 문서를
보고 무업을 배운 무당이 실제 굿판에서 행한 무가 사설을 비교한다면
무가 전승 과정에서, 또는 연행 과정에서 일어난 변화 양상을 추적할
수 있다. 문서가 있음으로 해서 무가의 전승은 일정한 범위를 가질 수밖
에 없고, 무당은 무가 연행에서 완벽하게 자유로울 수는 없다. 따라서
연행본과 문서를 비교한다면 무가 전승 과정에 일어난 변화 과정을 추론
할 수 있다고　여겨진다.

　이런 점에 착안하여 이 글에서는 전사본으로 존재하는 문서와 굿판에
서 연행된 구송본을 비교해 보기로 하는 것이다. 두 종의 자료를 비교함
으로 인해, 무가가 연행, 전승되는 과정에서 어떤 변화상을 보이는가를
확인할 수 있을 것이라는 것이 이 글의 목적인 셈이다. 이런 양상은 다양
한 무당들을 대상으로 하여 그들의 무가 습득 환경과 전승과정, 연행
양상의 고찰을 통해 이루어져야 설득력을 얻을 수 있다. 하지만 앞에서
말한 것처럼 실상은 그렇지가 않다. 문서를 얻기가 힘들고, 문서의 공개
를 꺼리고, 문서의 존재 자체를 부인하는 무당 세계의 속성이 우선 장애
로 작용한다. 또한 문서를 구한다 하더라도 그 문서가 지금 현재 어떤
무당에게 전승되었고, 어떤 굿판에서 누가 어떻게 연행하는지 관련성을
추적하기가 쉽지 않기 때문이다.

　다행히 글쓴이가 이번에 확인한 문서는 현재 무당이 이를 바탕으로
연행하는 것이 분명하고, 실제 굿판에서 무당이 연행한 자료를 얻어 문서
와의 대비가 가능하게 되어 이런 문제점을 어느 정도는 극복할 수 있게
되었다. 한 사람의 무당을 대상으로 했다는 한계를 가지고 있지만 전사본

문서와 연행본을 비교할 수 있는 혼치 않은 자료라고 여겨져 이를 대상으로 비교 고찰을 하는 것이다.

　그 동안 한국 무가 연구는 괄목할만한 성과를 이루었다. 자료적으로 볼 때 전국적인 무가 전승양상을 확인할 수 있는 조사 사업도 진행되었고[1], 특정 지역의 특정 굿에서 연행된 자료가 정밀하게 채록되어 주석작업도 이루어졌다.[2] 서사무가 각편에 대한 연구성과도 상당량 이루어졌을 뿐 아니라[3] 무가 전승의 배경이 되는 굿판에 대한 연구도 이루어졌고[4], 그동안 관심이 없었던 악사에 대한 연구도 이루어지고 있다.[5] 이와 함께 필사본, 전사본 무가인 문서에 대한 자료적인 집적도 몇 차례 이루어졌다.[6] 하지만 필사본 무가와 연행본 무가 사설을 비교한 연구 성과는 아직 없다. 다만 <바리공주>,<당금애기>와 같은 전국적인 전승 양상을 보이는 서사무가를 연구하면서 필사본, 전사본 무가와 연행본 무가를 함께 묶어서 변이 양상은 고찰한 성과가 있다.[7] 따라서 이 글에서 다루는 전사본과 연행본의 비교는 나름대로 일정한 의미가 있다고 여겨진다.

　이글에서는 먼저 전사본인 문서와 연행본 무가의 실상을 제시한다. 많은 무가 중에서 비교 검토가 용이한 서사무가를 대상으로 했는데, 이영희씨가 소장한 전사본에 실려 있는 서사무가는 <바리공주>가 유일하

---

1) 한국정신문화연구원에서 간행한 한국구비문학대계가 그것이다.
2) 박경신이 동해안별신굿을 대상으로 두 빈 행한 지료적인 성과를 말한다 박경신은 모두 17권이라는 방대한 작업을 통해 무가 채록의 전범을 보인 바 있다.
3) 창세무가에 대한 박종성의 연구, 전라도무가와 씻김굿 무가에 대한 이경엽의 연구, 동해안 무극에 대한 이균옥의 연구 등이 주목된다.
4) 한국무속학회에서 총서로 간행한 한국의 굿이 가장 대표적인 저작물이다.
5) 서울굿을 대상으로 악사를 고찰한 김기형의 연구성과가 있어 앞으로의 연구가 기대된다.
6) 김선풍이 남해안별신굿에서 전승되는 필사본 무가를 영인하여 발표한 바 있고, 몇 차례에 걸쳐 필사본 무가가 활자화된 경우가 있다.
7) 홍태한은 <바리공주>,<당금애기>를 대상으로 변이 양상을 고찰하면서 필사본도 함께 다루었다.

다. 글쓴이가 굿판에서 조사한 굿도 진오기굿이었고 이때 <바리공주>를 채록할 수 있어서 이를 대상자료로 삼는다. 문서와 연행본의 특성을 제시한 후 이를 바탕으로 두 이본을 비교하면서 전승과정에 일어난 변화양상을 고찰하기로 한다.

2. 전사본 문서와 연행본 <바리공주>의 내용 분석

이 글에서 대상으로 삼은 <바리공주>는 제목이 적혀 있지 않는 전사본 무가 사설집에 실려 있다. 여기에서 전사본이라고 구태여 말하는 것은 필사본과는 구별되기 때문이다. 문서라고 할 때는 이 자료가 틀림없이 문서에 포함되지만 엄밀한 의미에서는 필사본으로 존재하는 다른 문서와는 구별된다8). 붓글씨로 단정하게 쓴 것을 인쇄가 아닌 전사하여 만든 이 책은 경기도 퇴계원에 거주하는 이영희 무당이 소장하고 있다.

이영희 씨는 강신무로 퇴계원 총각만신으로 이름을 날리면서 무업에 종사해온 사람으로 서울의 정통굿인 새남굿을 전수받기도 했고, 굿판에서 사용하는 무화 제작에 남다른 능력을 가지고 있다. 또한 무속이 이 사회에서 해야 할 일이 무엇인지를 심각하게 고민하는 학구적인 무당으로, 신복과 무화 전시회를 자비로 몇 차례 개최한 바 있다. 도령사라는 개인 굿당을 가지고 있어 주로 이 굿당에서 굿판이 열리기도 하지만, 국립민속박물관 등의 공공기관에서 무속발표회를 개최하기도 하여 무속의 저변확대에 애쓰는 무당이다. 이영희 씨에 의하면 이 문서는 30년전부터 받아온 문서로 자신이 이 문서를 참고로 하여 굿판 연행에 활용하기도 했다 한다.

---

8) 필사는 붓으로 옮겨 쓴 것을 전사는 다시 이 것을 복사나 인쇄 기술을 이용하여 소량 제작한 것을 의미한다.

이영희씨가 소장하고 있는 이 문서는 한지에 단정하게 붓글씨로 쓴 것을 다시 전사한 것이다. 모든 면에 페이지가 붙어 있지 않고 왼쪽 면만 페이지가 있는데 모두 48면으로 되어 있고 그 이후는 낙장되었다. 각면 11행으로 되어 있고 각행 23자 내외로 되어 있으며 띄어쓰기가 되어 있다. 중간 중간에 볼펜글씨로 바로잡은 부분이 있어 이 전사본을 가지고 무당이 스스로 공부했다는 것이 확인된다. 아마도 누군가가 서울굿의 전범이 될 여러 무가 사설을 붓으로 말끔하게 정리한 것을 필요에 따라 몇 부 전사하여 나누어 가진 것으로 추측된다. 가망청배, 가망굿 부정거리, 상산노래가락, 번영노래가락, 불사거리, 별상거리, 제석거리, 창부대신거리, 제면거리 등의 무가 사설이 실려 있는데 가장 마지막 부분에 실려 있는 것이 <바리공주>이다. 바리공주가 부모님을 구한 후에 신으로 좌정하는 부분까지 나오고 있고 그 이후 부분은 떨어져 나가 한두장 정도가 낙장된 것으로 보인다. 비록 낙장은 되어 완결된 것은 아니지만, 바리공주가 신으로 좌정하는 장면이 있음으로 해서 완결된 이본으로 보아도 무방하다. 제목은 <발이공주>라고 되어 있으며, 전체적인 내용으로 보아 전형적인 서울지역의 이본으로 보인다. 서울 지역 <바리공주> 이본이 그러하듯 사설의 엄정함과 정확성이 발견된다. 여기서 말하는 엄정함과 정확성은 모든 단락을 생략없이 수록한다는 의미로 일곱명의 딸들이 태어나는 과정이 지루할 정도로 반복되는 데에서 확인된다.

문서 <바리공주>의 서사단락은 다음과 같다.

1) 바리공주 부모가 혼인을 하기 위해 점을 치나 점의 결과를 무시한다.
2) 바리공주 부모가 혼인을 한다.
3) 바리공주 부모가 연이어 딸을 낳는다.
4) 일곱번째도 공주를 낳는다.
5) 바리공주가 버림을 받는다.
6) 석가여래가 함에서 바리공주를 구원해낸다.

7) 비럭 할아비 할미가 바리공주를 키워준다.

8) 바리공주가 성장하여 부모를 찾자 겨우 둘러댄다.

9) 바리공주 부모가 병에 걸린다.

10) 병에 필요한 약이 약수임을 알게 된다.

11) 점을 쳐서 바리공주를 찾아야 함을 알게 된다.

12) 바리공주는 자신을 찾아온 사람들과 부모임을 확인하는 시험을 한다.

13) 바리공주가 부모를 만난다.

14) 여섯 딸에게 부탁하나 모두 핑계를 대고 거절한다.

15) 바리공주가 약수물을 가지러 길을 떠난다.

16) 바리공주는 원조자를 만나 유용한 물건을 받는다.

17) 바리공주는 도중에 지옥에서 죄인들을 구제한다.

18) 바리공주는 무장생을 만난다.

19) 바리공주는 약수를 얻기 위해 일정한 대가를 행한다.

20) 바리공주가 꿈을 꾸어 부모의 위독함을 알게 된다.

21) 바리공주가 돌아오는 도중에 저승 가는 배들의 행렬을 구경한다.

22) 바리공주가 시간이 늦어서 벌써 상여가 나온다는 말을 목동아이에게서 듣는다.

23) 바리공주가 부모를 살려낸다.

24) 바리공주의 남편인 무장생이 대궐을 헐고 입시를 한다.

25) 키를 재어보고 바리공주와 남편이 천생 연분임을 안다.

26) 바리공주가 부모 살린 공을 인정받는다.

27) 바리공주 외 다른 사람들도 공덕을 인정받는다.

이러한 서사단락은 다른 서울지역의 <바리공주>와 비교할 때 큰 차이가 있는 것은 아니어서, 전형적인 서울 지역 <바리공주>의 모습을 보여준다. 석가세존을 등장시켜서 불교와의 관련성을 보여준다던가. 비럭할미, 할아비가 석가세존을 만났을 때 공덕을 강조하여 살아있을 때의 선행을 내세우는 것은 서울 지역 <바리공주>의 일반적인 모습과 상통한다. 약수를 구하러 가는 도중에 석가여래를 만나 낙화를 얻고 그 낙화로 무사히 약수가 있는 곳까지 가는 것도 같다. 도중에 지옥에 떨어진 바리공주가 낙화를 흔들어 지옥에 갇힌 죄인들을 구제하고 자신도 탈출하는 것도 역시 서울 지역 이본과 동일하다. 주목할 만한 것은 바리공주가 도중에 만난 석가여래가 호랑이 모습으로 나온다는 것이다.

> 집채같은 범이 앉아 애기를 잡아먹을려고
> 아가리를 있는대로 벌리고 앉았으니
> 애기가 눈물을 흘리면서
> 내가 부모에 정성이 적어서 이러한가
> 내가 너한테 잡아 먹히는 것은 싫지 안으나
> 부모소양 늦어서 어찌 하나
> 그 말을 들은 범은 재주를 훌떡훌떡 삼 세 번을 넘더니만은
> 석아열에 시주님이 되옵시고
> 디리숙배 나숙배 삼세번을 들은 후
> 니가 귀신이냐 사람이냐
> 귀신이 아니오라 나라에 스자로서 부모소양 가나이다
> 오냐 나라에 칠공주 있단 말은 들었찌만
> 스자 있단 말은 못 들었거든
> 내가 범이 아니오라 이 산에 실영이다

이 부분은 다른 이본에도 많이 보이는 부분이지만 석가여래가 호랑이로 등장하는 이본은 없다. 산신이 등장하거나 곧장 석가여래가 등장하는 것이 일반적이다. 석가여래가 호랑이 모습으로 등장하는 한국 무속에서 있었다고 주장되는 '제'의 존재와 밀접한 관련이 있기 때문에 이 부분에 주목할 필요가 있다. 몇 몇 무당은 서울 지역의 <바리공주>와 경기도 북부 지역 <바리공주>가 거의 내용상 구별이 없지만, 호랑이가 등장하는 데에서 구별된다고 증언한다.9) 이 말이 사실이라면 이 문서는 서울지

---

9) 2002년 9월 2일 조사, 북한산 상곡사에서 재수굿을 할 때 경기도 출신이면서 서울에서

역의 서사단락을 모두 가지고 있어 전형성을 보여주면서, 경기도 지역의 특징을 가지고 있다는 의미이고, 이영희씨가 주로 서울보다는 경기 지역에서 활동하고 있는 것과 상통하는 점이 있는 것이다.

또 이 문서에서는 서울 지역의 <바리공주>가 가지고 있는 관용구들이 그대로 발견된다. 몇 몇 부분을 옮기면 다음과 같다.

> 은돈 닷돈 금돈 닷돈 칠푼을 들으시고
> 명도수건 일곱자 일곱치를 후이 끈어 들이시고
> 문복을 가려낼 제
> 대합대석 진지석입 재불재천 삼불재석님
> 천하론 천하대신 지하론 지하대신 각국나라 열두대신 울에줄에 줄악대
> 신10)

> 백꽃같이 고운 얼굴 새알거미 쓸놓고
> 동창에 부는 바람 동창 서창 서창 동창 다 싫다 하옵시고
> 금강수 채소에는 풋내 난다 하옵시고
> 은방조 놋밥에는 미내 난다 하옵시고11)

> 두숙달에 피를 모아 다섯달 오색을 모으시고
> 여섯달 육색을 갖추어서 일곱달에 칠샥을 모으시고
> 여덜달에 팔색을 갖추어서
> 아홉달에 구색을 고히 채워 십사일 되였는데12)

이러한 관용구는 무가 전승 과정에서 기억의 용이함을 돕는 역할을 한다. 무당은 관용구를 암기함으로 인해 세부적인 묘사를 일일이 기억할

무업을 하는 현주씨 등의 무당이 이런 증언을 했다.
10) 문복을 갈 때 복채를 준비하는 과정과 점을 치는 과정으로 다른 이본에서도 이와 같은 내용이 발견된다.
11) 중전마마가 회임을 하여 입덧을 하는 장면에 대한 묘사로 역시 다른 이본에도 보인다.
12) 중전마마가 회임하여 아이의 형상을 만들어 가는 과정으로 다른 이본과 동일하다.

필요가 없을 뿐 아니라, 굿판에서 <바리공주>를 구송할 때도 일정한 틀과 격식을 유지할 수 있는 것이다. 이는 무당 개인의 특성이 무가 사설 연행에 개입할 소지를 약화시키는 것으로 굿판의 환경에 따라 무가 사설의 편차가 심하지 않게 하는 역할을 하기도 한다.

요약하면 전사본 문서 <바리공주>무가는 석가여래가 호랑이로 등장하는 장면에서 특이성을 보이기는 하지만 서울 지역 <바리공주>의 전형을 보인다고 할 수 있다. 이영희 씨가 비록 서울 지역의 새남굿을 전수받았지만, 새남굿에서 불리는 <바리공주>와 문서 <바리공주>가 큰 차이가 없었기 때문에 이 문서는 이영희 씨의 무업에 상당한 도움을 준 것으로 판단된다.

다음으로는 실제 굿판에서 연행된 <바리공주>의 특징과 내용을 고찰하기로 한다. 글쓴이는 몇 차례에 걸쳐 이영희 씨의 진오기굿을 볼 기회가 있었는데 이 글에서 대상으로 삼은 것은 묵은진오기굿에서 연행된 <바리공주>이다. 이영희씨는 진오기굿을 진진오기, 묵은진오기, 얼새남, 쌍개새남 등으로 구분한다. 이러한 구분의 망자가 죽은 지 얼마나 되었는가와 관련이 있으며, 굿의 규모나 재가집의 특성과도 관련이 있다. 그런데 이영희씨가 제시한 진오기굿의 종류 중 새남이라는 말에 서울굿의 몇 몇 무당이나 악사들이 상당한 거부감을 보이기도 하여, 이러한 구분에 대해서는 좀 더 세심하게 고찰해야 할 필요가 있다.

이 날 열린 묵은 진오기는 재가집에서 오래 전에 작고한 이머니를 위하여 벌인 굿판이다. 자신들이 하는 일도 잘 되기를 바라는 의미에서 했기 때문에 일종의 재수를 위한다는 재수굿의 의미도 함께 가지고 있다. 진오기굿의 절차에 따라 진행된 이 날 굿에서 말미 거리가 있었고 큰머리를 얹은 이영희 씨가 장구를 세워놓고 치면서 구송한 것이 연행본 <바리공주>이다. <바리공주> 구송 후 곧장 말미상의 쌀에 새겨진 무늬를 보아가면서 망자의 극락왕생을 점치기도 했고, 재가집이 많은 관심을 가지고 있었기 때문에 이날 <바리공주>는 시종 엄숙한 분위기에서 구송되었다.

　　연행본 <바리공주>의 기본적인 서사 단락은 앞에 제시한 문서 <바리공주>와 동일하다. 다만 바리공주에게 낙화를 주는 존재가 뚜렷하지 않으며, 아버지의 죽음을 알려주는 존재로 목동이 등장하지 않는 등 몇몇 중요하지 않은 단락의 일탈이 보인다. 비록 몇 몇 단락의 차이는 있지만 기본 서사단락과 전체적인 내용을 고려할 때, 이 연행본도 서울 지역의 <바리공주>의 격식에 일치하는 전형이라 할만하다. 문서에 보이는 호랑이에 대한 것이 연행본에는 전혀 보이지 않아서 서울 지역의 <바리공주>에 전사본보다 더 가깝다는 것을 알 수 있다. 또한 연행의 편리를 위해 문서에서는 지루할정도로 반복되던 일곱 공주의 탄생에 대한 이야기가 연행본에서는 많이 줄어들어 서너 차례에 그치고 있는 것도 이 본의 특징이라 하겠다.

　　관용구도 다수 발견된다. 그 중 몇가지를 제시한다.

생미 서 되 서 홉 금돈 닷 돈 은돈 닷 돈
명주 수건 일곱 자 일곱 치 후이 끊어 사송하시고
천하궁 다리박사 지하궁 모란각시 제석궁에 강림도령[13]

중전마마 한두 달에 피를 모고
석 달에 뼈를 앉치어
넉 달에는 살색을 모으시고
다섯 달에 오색을 모아
여섯 달에 육신을 갖추어
일곱 달에는 칠색을 모아
열덟 달에 사주팔자 문복을 점지하고
아홉 달에 이목구비 단목을 지니시고[14]

---

13) 문복을 가는 장면에 대한 묘사이다.

　이런 관용구가 있음으로 해서 역시 무당이 굿판에서 무가를 연행할 때 일정한 제약이 되고 그로 인해 고정체계에서 변화가 일어나는 것은 아니다.

　연행본의 가장 두드러진 차이는 중간 중간에 보이는 망자에 대한 축원 부분이다. 말미거리에서 <바리공주>를 구송할 때 무당은 구송 중간 중간에 망자의 성씨를 불러주면서 망자가 극락왕생하기를 기원한다. 전사본에서는 상당히 약화되어 한 두 마디 언급에 그치는 것이 연행본에서는 제법 상당한 양을 가지고 있으며, 망자를 축원하는 부분이 전사본보다는 잦은 빈도를 보인다.

　　이렁성
　　해우년은 임인년이요 달로로는 칠월은
　　날로로 초닷새날 장수황씨 열두혼신 남망제
　　하옥분신 여망제
　　안당에 우벌인지 성주에 진벌인지
　　시황영검 없는 길을 가셨사와 바리공주 청배하고
　　극락세계 연하대로 산하여
　　슬프시다
　　우여 아
　　슬프시다
　　반년을 말하여라
　　방에도
　　천금전이 단전이다
　　해동은 소한국이요
　　해우년 날에 청배 날에 들고 달에 들고
　　날에 시에 들어 안당에 물구지 벗으시고
　　성주에 조비짐 벗으시고 단전에 시황짐 벗으셔
　　극락세계 연화대로 가시는 날이로서니다

---

14) 중전마마가 아기를 회임해 열 달이 가는 과정이다.

이러한 구송이 중간 중간에 들어감으로 인해 <바리공주> 구송이 망자의 왕생극락 기원과 저승 천도에 있음이 확인된다. 그런 점에서 문서보다는 연행본이 굿판의 목적에 부합한다고 하겠다.

연행본은 실제 굿판에서 불려지면서 재가집을 의식할 수밖에 없고, 긴 시간 동안 지속되는 진오기굿의 전과정을 고려할 때 굿판의 본래 목적에는 부합하면서, 편리함을 도모하는 모습을 보인다. 서사단락은 전사본과 일치하고 있지만 그래서 세부적인 상당한 차이가 발생한 것이다.

3. 문서와 연행본의 비교 분석

그러면 문서와 연행본에 어떤 차이가 발생했는지를 고찰하기로 한다. 앞에서 살펴본 것처럼 서사단락은 동일하다. 관용구의 빈번한 사용과 엄숙성을 유지하는 것도 양 본에서 공통되게 발견되는 양상이다. 그러나 세부적인 차이는 상당히 발견되는 바 그 차이를 표로 보이면 다음과 같다.

부분	전사본 문서	연행본
대왕마마의 혼인	언급이 있다	생략, 곧장 잉태장면으로
일곱 공주 탄생 과정	일곱 공주 모두에 대한 설명이 있으며 같은 내용 반복	둘째 공주에 대한 언급이 있은 후 곧장 일곱 번째 공주에 대한 구송이 이어짐
바리공주 이름	칠공주	홍대공주, 버리데기
바리공주 구원자	비럭할미 할아비	이름이 명확하지 않으면서 할미 할아비로 제시
서천 서역국 약수를 일러주는 존재	석가여래 찾아와 알려줌	무녀가 점을 쳐서 알려줌
바리공주와 부모 상봉 장면	부모 그리운 것에 대한 어려움 토로	그리움에 대한 토로 없이 먹는 것, 입는 것 어려움 토로
도중의 구원자	석가여래 - 낙화를 준다	없음
저승가는 배를 보는 장면	상세한 설명과 함께 있음	없음
승하소식을 알려준 사람	목동 아이	없음
바리공주의 직분	저승가는 영혼 천도	무당 첩지를 받음
망자 축원 사설	짧은 형식으로 주로 초반부에 집중되며 8회 반복	다양한 형식으로 모든 부분에 고루 발견되며 9회 반복
후반부의 축원 사설	미확인 - 낙장	망자의 천도를 비는 부분 있음

　이상의 차리을 보면 문서와 연행본의 차이는 다음 세가지로 정리된다. 첫째, 전사본에는 있으나 연행본에는 생략된 부분이다. 대부분의 이본에서 발견되는 대왕마마와 중전마마의 혼인 부분이 연행본에는 빠져 있다. 이는 연행자 이영희씨가 의도적으로 생략한 것이라기 보다는 잊어버리고 구송하지 않은 것으로 보인다. 가장 두드러진 변화상으로는 전사본에서 지루할 정도로 반복되는 일곱 공주의 탄생 장면이 연행본에서는 간략화되어 3번만 나온다는 것이다. 또 바리공주가 무장승과 함께 돌아올 때 저승가는 배를 보는 물구경 장면이 전사본에는 있지만 연행본에는 없다. 바리공주가 지옥에 떨어졌을 때 지옥문을 열고 나오는 낙화에 대한 설명이 전사본에는 명확하나 연행본에는 나타나지 않는다. 목동이 국왕이 죽었음을 알려주는 장면도 연행본에 없으며 석가여래에 대한 설명도 연행본이 전사본보다 부족하다. 이처럼 상당 부분이 빠져 있는 연행본이지만, 그로 인해 내용의 전달이나 굿판의 목적 달성에 실패하는 것은 아니다. 즉 무당이 연행을 하면서 뺀 것은 전체적인 단락 흐름을 고려할 때 중요하지 않은 부분이다. 바리공주의 일대기를 구송하는 과정에서 없어도 무방한 단락이나 삽화를 연행의 과정에서 무당은 빼버린 셈이다.

　둘째는 연행본에는 있으나 전사본에는 없는 부분이다. 서사단락은 연행본이 전사본보다 훨씬 적으므로 연행본에 있으면서 전사본에 없는 것은 보이지 않는다. 다만 망자 축원 사설만은 연행본이 훨씬 다양하다. 전사본에서는 '슬프시다'라는 말이 반복되면서 망자가 지승 기기를 축원하지만 연행본은 앞에 제시한 자료처럼 상당히 길게 망자의 천도를 빌어준다. 그리고 이러한 망자 축원이 연행본에서는 비교적 고른 분포를 보여, <바리공주>의 전반부에 집중된 전사본과는 다른 양상이다.

　셋째는 전사본과 연행본이 서로 다른 양상을 보이는 부분이다. 전사본에서는 바리공주의 구원자로 비력할미 할아비라는 이름이 명확하게 제시되나 연행본은 그렇지가 않다. 전사본에는 뚜렷하지 않은 바리공주의 이름이 연행본에는 홍대공주라는 이름과 함께 명확하게 제시된다. 결말 부분에서 전사본은 바리공주가 저승 가는 영혼을 천도하는 직분을 갖지만 연행본에서는 무당 직첩을 받는 것으로 되어 있다. 이러한 차이는 두 각편이 각편으로 존재할 수 있게 하는 세부적인 변이에 불과하다.

이러한 세 가지 양상을 비교해 볼 때 전사본과 연행본의 성격은 다음과 같이 정리된다. 전사본은 기본 틀을 유지하고, <바리공주>의 전체적인 내용을 나타내려고 한다. 일곱 공주의 탄생과정을 상세하게 보여주고, 낙화를 얻는 과정, 저승 가는 배에 대한 묘사 등, <바리공주>의 전형에 아주 가깝다. 다른 <바리공주> 이본들과 비교할 때도 전사본의 이러한 특징은 두드러져서, 서울 경기 충청도 지역[15]에서 조사된 <바리공주> 이본들과 비교할 때 전사본은 공통 요소를 거의 대부분 가지고 있다. 반면 연행본은 글자 그대로 연행된 것이어서, 굿판의 분위기나 재가집의 특성에 따라 변화될 수밖에 없어, 많은 부분의 일탈이 있고, 중요하지 않은 부분은 생략이 된 것이다. 전사본이 구비문학의 기반이 되는 기록문학의 성격을 가지고 있다면 연행본은 구비문학이다. 기록문학이 틀을 가지고 있으며 고정된 것인 데 비하여 연행본은 구비문학으로 유동적이며, 연행자의 능력이나 기억에 따라 축약되는 면을 보여주는 것이다.

4. 무가 전승 변화의 요인

그렇다면 이러한 변화상의 기저에는 어떤 요인이 자리잡고 있을까. 일단 여기에서 전제되어야 할 것은 전사본의 연행본의 모본이 되었다는 것이다. 이영희씨가 여러 곳의 굿판에 참가하면서 다양한 무가 사설을 접한 경험이 있음을 본다면, 그러한 경험이 무가 사설 형성에 영향을

---

15) 서울 경기 충청도 지역은 동일한 무가권에 속한다. 이를 중서부지역 무가권이라 한다.

주었으리라고 판단된다. 하지만 이런 양상은 무당의 개인사와 함께 그가 속한 굿판의 위치, 굿판에서의 역할 등도 고려되어야 정밀한 결과를 도출할 수 있을 것이다. 하지만 서사무가라는 것이 기본 골격을 가지고 있는 점을 고려하여, 전사본이 연행본의 모본이 되었다고 전제하는 것이다. 또한 연행본은 현장에서 연행된 것을 대상으로 한다는 것이다. 이영희씨에게 일어난 전승의 변화상을 살피기 위해서라면 그가 연행한 모든 <바리공주>를 대상으로 하여 공통 단락을 도출하고 그 결과를 전사본과 비교해야 한다. 그렇지 않다면 이는 연행 양상에서 일어난 결과를 단순하게 전사본과 비교한 결과에 그칠 뿐이다. 그런데 글쓴이가 현장에서 이영희씨의 <바리공주>를 몇 번 채록하여 비교한 결과 지금 살펴보고 있는 연행본과 동일한 모습을 보인다는 것을 확인할 수 있었다. 그러므로 연행본은 현장에서 1회성으로 연행된 이본이면서, 이영희씨가 알고 있는, 전승받은 <바리공주>로 보아도 무방하다고 여겨진다. 그리고 무가가 연행문학임을 고려하면 실제 굿판에서 <바리공주>를 연행하는 것도 사실은 전승의 한 과정이고, 자신이 습득하고 가지고 있는 전승 환경이 영향을 주었으리라고 판단하는 것이다.

이런 몇 가지를 전제로 하면서 연행본에 일어난 전승 변화의 원인을 도출하기고 한다. 먼저 확인되는 것은 연행자가 굿판에 철저하게 적응하고 있다는 것이다. 진오기굿의 전 절차를 고려할 때, 재가집이나 청중의 입장에서 가장 지루한 것이 말미거리이다. 악사들은 이 밀미를 악사들의 휴식시간이라고 부르면서 굿판을 떠난 다른 장소에서 휴식을 취하기도 한다. <바리공주> 연행에 상당한 시간이 소요되고, 그 상당한 시간이 지루함으로 작용할 수도 있다는 의미이다. 이것은 말미와 다른 굿거리의 성격을 비교해 보면 알 수 있다. 진오기굿에서 망자천도와 직접 관련이 있는 거리는 영실, 사자, 말미, 도령, 베가르기, 뒷영실이다. 이들 거리의 성격을 연행 양상과 관련하여 정리하면 다음과 같다.

거리	연행 요건 - 춤, 동작	연행 요건 - 말, 노래
영실	+	+
사자	+	−
말미	−	+
도령	+	−
베가르기	+	+
뒷영실	−	+

말미 거리는 다른 거리에 비해 춤이나 동작이 없는 거리이다. 무당이 앉아서 1시간 이상 <바리공주>만 구송한다. 따라서 무당은 지루함을 덜기 위해 필요 없는 서사단락을 빼거나 줄일 수밖에 없으며, 이러한 과정 속에서 연행본은 전사본에 비해 많은 축약이 이루어진다.

이것은 굿 전승 환경의 변화와 관련이 있다. 진오기굿을 제대로 하려면 1박 2일 이상의 시간이 걸리는 것이 원칙이었다. 밤을 새워 망자의 혼이 극락으로 가기를 바라는 의식은 그만큼 정성이 필요한 것이고, 그에 상응하여 무당들도 자신의 능력과 기량을 온전하게 다 발휘해야 했다. 하지만 지금은 그렇지가 않다. 대부분의 진오기굿이 낮에 시작되어 밤이 되기 전에 끝을 낸다. 많은 굿거리가 간략하게 진행되며, 말미 거리에서 <바리공주> 구송이 생략되는 경우도 있다. 도령 돌기에서도 부채 도령, 한삼 도령 등 온전한 도령이 이루어지지 않고 시늉만 내는 경우도 있다. 그러면서 재가집은 굿이 어서 끝나기를 바라고, 그런 입장에서 <바리공주> 거리는 참으로 지루한 거리이다. 이처럼 굿 전승 환경이 변화함에 따라 말미 거리에서 불려지는 <바리공주>는 약화될 수 밖에 없어서 꼭 필요한 내용이 아니라면 생략해 버리는 것이다.

그러나 진오기굿판의 본래 목적은 살려야 한다. 재가집의 입장에서 볼 때 가장 관심이 가는 것은 망자의 천도이다. 진오기굿에서 벌어지고 있는 여러 거리들은 실상 망자의 천도를 연극적으로 보여주는 것이다. 영실거리에서 망자의 혼이 굿판에 왔다. 사자거리에서 망자의 혼을 저승으로 인도할 저승사자들이 굿판으로 왔다. 이제는 망자가 사자를 따라 저승으로 가는 것을 확인하고 새 세상에서 해탈한 존재로 태어났는지를 확인하면 된다. 도령상 돌기에서 망자가 바리공주를 따라 저승으로 가는 과정이 보이고, 베를 가르며 망자가 모든 장애물을 넘어 극락왕생했음이 확인된다. 말미 거리가 끝난 후 쌀에 새겨진 무늬를 통해 망자가 새나 나비로 전생했음이 확인된다. 이렇게 진오기굿의 모든 절차는 재가집을 대상으로 하여 망자의 천도 과정을 보여주는 한 편의 연극이다. 이러한 연극 중 가장 지루한 것이 <바리공주>의 구송이고, 그런 점에서 전사본에 비해 연행본의 간략화가 일어난 요인이 되는 것이다. 하지만 비록 서사단락은 축약되지만, 망자의 천도를 나타내는 구절은 줄일 수 없다. 전사본에 비해 망자의 극락 왕생을 비는 축원 부분이 훨씬 다양한 표현으로 여러번에 걸쳐 반복되는 것은 그런 의미 때문이다. 청중에게 지루함을 주는 사설은 빼버리는 대신, 재가집의 입장에서 볼 때 관심을 가질 수 있는 망자 극락 왕생 기원 부분은 빈도를 잦게 하는 것이다.

이런 맥락으로 볼 때 전사본과 다른 양상들이 연행본에 보이는 것은 무당의 능동적인 대처라고 할 수 있다. 굿판의 변화 양상을 민감하게 받아들이면서, 굿판 본래의 목적만큼은 유지하려고 하는 무당의 대응이 전사본과는 다른 연행본의 특징을 보여준 것이다. 결국 구비문학인 무가 연행의 과정에서 다양한 변화 양상을 보이면서, 전승 담당층의 능동적인 대처가 전사본과 다른 양상을 연행본에 보여준 것이다.

5. 맺음말

이상에서 전사본 문서 <바리공주>와 연행본 <바리공주>의 변화 양상과 그 원인을 고찰하였다. 전사본이 엄격하게 기본 틀을 유지하려고 하는 반면에 연행본은 굿판의 영향을 받아 상당한 차이를 보인다. 전사본에 비해 생략된 단락이 있으며, 전사본과 비교할 때 설명이 되지 않아 합리성이 떨어지는 부분도 있다. 그러나 망자의 왕생극락을 기원하는 축원부분만큼은 연행본이 전사본보다 훨씬 많은 비중을 차지한다.

이는 전승 환경의 변화와 밀접한 관련이 있다. 요즘 들어 진오기굿 자체가 많이 간략화되고, 다른 거리에 비해 언어행위가 중심이 되는 <바리공주>는 청중들의 흥미를 얻기가 쉽지 않다. 빠른 시간에 모든 재차를 마쳐야 할 무당의 입장에서는 <바리공주>를 구송하면서 내용 전개에 지장이 없는 서사단락을 생략하는 것이다. 그러나 망자를 천도한다는 굿판 본래의 목적만큼은 잊지 않아서 망자의 왕생극락을 기원하는 부분만큼은 연행본이 전사본보다 상세하고 빈도가 잦다. 이러한 변화 양상의 밑바탕에는 굿판의 변화와 함께 변화된 굿판에 적응하는 무당의 자세가 깔려있다. 전사본과 연행본이 상당한 차이를 보이고 있지만, 결국은 무가의 전승 환경인 굿판의 변화와 이러한 변화를 무당이 신속하게 수용한다는 측면이 작용한 것이다. 즉 무가는 굿판이라는 살아있는 민속현장에서 연행되는 연행문학이기 때문에 전사본에 비해 연행본이 다양한 모습을 보인다.

이러한 변화 양상은 좀 더 많은 굿판의 관찰을 필요로 한다. 그리고 굿판에서 연행된 무가 사설을 기록으로 남아 있는 문서와의 대비가 있어야 한다. 그런 점에서 앞으로 더 많은 문서자료를 발굴함과 동시에 그 문서를 습득한 무당이 연행한 무가 사설에 대한 검토도 필요하다고 여겨진다. 앞으로 굿판 현장을 보다 정밀하게 고찰하면서 무가 사설과 어떤 관련이 있는지 좀 더 세밀하게 연구할 것을 다짐하며 후고를 기약한다.

ABSTRACT

The Study of Change on Shamanic-epic Tradition

Hong, Tae-Han

The purpose of this study is to investigate the change on Shamanic-epic tradition. The following are the detailed problems and the finding of the study.

There are "Performance Papers" and "Copy Papers" in Shamanic songs and Shamanic songs are handed down through these papers. While Copy Papers are precise and include the entire contents, Performance Papers are concise because the needless parts are shortened from the effect of Gut-pan. Performance Papers also need many reasonable explanation. Although Performance Papers are more shortened than Copy Papers, Performance Papers have more parts which pray "a gentle and easy death" than Copy Papers. This change results from the change of Gut-pan's circumstance. People feel tired of Gut-pan. So, Shamans omit the needless parts and then emphasize the purpose of Gut, "a gentle and easy death". Like this, Shamans accept the change of circumstance and control Shamanic songs in their own way.

주요어 : 전승과정, 서사무가, 바리공주, 전사본, 연행본

현대소설에 나타난 분단콤플렉스의 고착 양상 연구

안남일*

1. 서론

본고의 연구목적은 현대소설의 인물들을 통해서 드러나고 있는 분단 콤플렉스가 어떠한 양상으로 고착되고 있는가를 살펴보는 데 있다. 우리에서 있어서 분단이란 상황은 매우 특수한 성격을 가지고 있다. 그것은 단순히 일회적 사건에 그치는 것이 아니라 오늘날까지도 지속되고 있는 민족의 비극적 현실이라는 점이다. 따라서 분단의 문제적 성격을 역사적 현실이나 정치적 상황에 국한시키는 것은 바람직하지 않으며 해방 이후 우리 민족사회의 근본모순으로 자리잡고 있음을 인식하는 것이 중요하다.

분난 현실이란 측면에서 살펴볼 때, 우리 문학은 연대기적 흐름과는 별도로 세 단계의 양상으로 구분 지어 볼 수 있다. 첫째, 6.25전쟁이 발발했던 1950년대 전후이다. 이 시기는 6.25전쟁을 전후로 한 이른바 전쟁기 문학이 표출되는 시기인데, 정신적 외상기(外傷期)로서 향후 여러 가지 신경증의 원인이 되는 콤플렉스 형성의 중요한 요소로 작용한다. 그러므

---

* 안양대

로 이 시기의 소설은 충격적인 전쟁과 분단이라는 상처의 근본적인 원인과 양상을 인지할 수 있는 여유보다는 현실 상황에 대한 외상의 충격과 고통에 대한 '비명의 문학'[1], 곧 일반적인 전쟁의 성향에 이끌리고 있음을 알 수 있다. 하지만 이 시기의 정신적 외상은 인물들에게 있어서 향후 분단콤플렉스를 형성하는 중요한 요인이 된다는 점에서 주목할 필요가 있다. 둘째, 6.25전쟁이 종전되고 난 후 일정한 시간이 경과한 기간인 1960~70년대 전후이다. 이 시기는 어느 정도 전쟁으로 야기된 정신적·물리적 충격에서 나름대로 일정한 거리를 확보할 수 있는 시간을 확보했다고 할 수 있다. 이를 김병익은 "경악에서 성찰로, 체험에서 언어로, 실존주의에서 시민의식으로 문학적 방향"[2]을 돌렸다고 언급하고 있다. 다시 말해서 이 시기 소설에 오면서 6.25전쟁이 직접적인 전쟁으로서의 의미보다 그것이 내포하고 있는 전쟁요인이나 체제 모순성 또는 개인 및 민족의 갈등문제 등의 특수성이 점진적으로 다루어지고 있는 것이다. 그러나 이 시기의 성찰이 보여주는 것은 아직까지 보편적이고 객관적이지 않으며 따라서 현실에 대한 인식 능력의 저하와 함께 대안 모색의 부재를 드러내고 있기도 하다. 그럼에도 불구하고 앞선 시대에서 드러나고 있는 분단콤플렉스를 형성하는 요인들이 이 시기에 와서 이행되고 있다는 사실, 그리고 그것이 콤플렉스의 특성상 직접적이고 즉자적인 고통의 호소가 아니라 외상의 치환된 증상으로 드러난다는 점은 주목할 필요가 있을 것이다. 셋째, 1980년대 이후의 시기로, 이 시기에 들어서면 본격적으로 '분단문학'[3]에 대한 개인적 성찰 및 실천의지가 작용하고 있음을 확인할

---

1) 하정일, 「주체의 복원과 성찰의 서사」, 『1960년대 문학연구』, 깊은샘, 1998.
2) 김병익, 「60년대문학의 가능성」, 『현대한국문학의 이론』, 민음사, 1978.
3) 분단문학이란 용어가 구체적인 내포를 갖고 문학사에 정착된 것은 1970년대 이후이다. 그 이전까지는 6·25 이후의 문학은 전쟁문학, 전후문학, 이산문학, 분단시대의 문학 등 다양한 이름으로 불리어 왔는데 이 때를 기점으로 분단문학이라는 말이 내실을 갖춘 용어로 널리 통용되기 시작했다.

수 있다. 이를 분단콤플렉스 극복을 모색하기 시작한 시기라고 할 수 있을 것이다.

본고에서 사용하고 있는 '분단콤플렉스'라는 개념[4]은 분단과 관련해서 기존의 논의들이 시도하고 있는 '분단 의식'이나 '분단 인식'과는 변별력을 가지고 있다. '분단 의식'이라는 개념은 분단 현실의 부정성에 대한 비판적인 태도나 극복의 당위적 과제를 염두에 두고 있다.[5] 이는 정치적이고 윤리적인 자세로 인해 작품 분석에 있어서 견고한 틀을 우선적으로 제공함으로써 일정 부분 결정론적인 해석을 유도하게 되는 약점을 가진다. '분단 인식'이라는 개념은 "10년 단위의 설명 방식이나 세대론적 도식, 이념 편향적 해석을 가능한 한 지양하고, 분단 문제에 대한 소설의 인식을 보다 객관적으로 조감"[6]하기 위한 목적으로 사용되고 있다. 이는 그 동안 분단을 주제로 한 기존의 논의들이 가진 산발적이고 부분적인 한계를 벗어나고자 하는 노력의 부산물로서 분단을 주제로 한 문학적 성과의 전체상을 조망하기 위해서 도입된 개념이라는 측면에서 일정부분 의미를 가지고 있다. 그러나 여기에서 구분 짓고 있는 의식

강진호, 『탈분단 시대의 문학논리』, 새미, 2001.
4) 본고에서 사용하고 있는 콤플렉스에 대한 개념은 욜란드 야코비의 『콤플렉스·원형·상징』 (유기룡·양선규 공역, 경북대학교 출판부, 1986)과 이부영의 『분석심리학』(일조각, 1978)을 준거하여 참조하였다.
5) 분단의식과 관련된 주요논의들은 다음을 참조할 것.
  황광수, 『삶과 역사적 진실』, 창작과비평사, 1996.
  임헌영, 『분단시대의 문학』, 태학사, 1992.
  권영민, 『소설과 운명의 언어』, 현대소설사, 1992.
  김종회, 『국어국문학』 100, 1988.
  김승환·신범순 공편, 『분단문학비평』, 청하, 1987.
  이동하, 「분단소설의 세 단계」, 『광장』, 1987.4.
  김윤식, 『우리 소설과의 만남』, 민음사, 1986.
  김병익, 『상황과 상상력』, 문학과지성사, 1979.
6) 유임하, 『현대 한국소설의 분단인식 연구』, 동국대학교 대학원 박사학위논문, 1996.

(consciousness)과 인식(cognition)의 변별점은 매우 모호하다. 일반적으로 의식이라 함은 현재 직접 경험하고 있는 심적 현상의 총체[7]를 말하고, 인식이라 함은 감각기관을 통해 사물을 인지·식별하고 기억·사고하는 작용 및 그 결과를 뜻한다. 이러한 맥락에서 본다면 의식과 인식의 관련성은 의식을 통해 인식작용이 이루어진다고 보는 것이 타당하다. 따라서 이 두 가지 개념은 넓은 의미에서 현실에서 체험하는 모든 정신작용과 그 내용을 포함하는 일체의 경험 또는 현상을 뜻하고, 좁은 의미에서는 현실에서 체험하는 자각이라는 측면으로 이해할 수 있는데, 이는 상이한 개념으로서의 구분이 아니라 상호관련성에 따른 개념인 것이다. 그러므로 상호 연관을 가지고 있는 이 두 가지 개념과 변별력을 가질 수 있는 개념은 의식과 무의식의 측면에서 찾을 수 있는데, 그것이 바로 분단콤플렉스이다.

분단콤플렉스라는 개념은 6.25전쟁 이후의 분단 상황에 대한 소설적 인식이 1960년대 이후를 거쳐오면서 일정한 전환적 계기를 거쳐 지금 현재까지 당대적인 여러 소설의 양상으로 확산되고 있다고 전제하고, 의식이나 인식에서 자각하고 있지 못한 전의식(前意識)·무의식(無意識)[8]의 드러냄에 대한 소설적 성과를 살피기 위한 개념이다. 기존의 논의에서 드러난 의식이나 인식의 측면으로서가 아닌 다른 측면인 무의식적 발현 양태로서의 콤플렉스를 통해 분단을 주제로 한 문학적 성과의 전체상을 조망하기 위해서 의도적이고 제한적으로 분단콤플렉스라는 개념이 사용될 것이다. 따라서 분단콤플렉스는 분단에 따른 갈등과 문제의식의 측면에 보다 천착되어 있음을 알 수 있다. 분단콤플렉스를 이념적이고 사회적인 '분단의식'이나 '분단인식'과 구분하여 심리적 혹은 병리적 현상으로

---

7) 지그문트 프로이트, 임홍빈·홍혜경 옮김, 『정신분석강의』, 열린책들, 1997.
8) 하의식(下意識) 또는 잠재의식(潛在意識)이라고도 한다.

보고 "두 동강 난, 쪼개진, 남과 북의, 이쪽과 저쪽의, 혹은 분리되어진(소외된) 상황에 대한 망상, 피해의식, 적대감, 열등감, 상실감 같은 정서의 복합체"라고 정의해 볼 때, 연구대상 작품은 전후소설 이후의 오늘의 작품에까지 확장시켜서 선택할 수 있다. 그렇기 때문에 6.25전쟁이 분단을 고착화하는데 일조를 했고, 이러한 정치적 상황이 여러 가지 의식 — 가령 분단콤플렉스 — 형성에 작용했으므로 분단을 초래하는 과정 그 자체의 주변상황은 고찰의 대상이 되지 않는다. 요컨대 전쟁의 피해(자)로서 형성된 분단콤플렉스라는 심리적 사회병리적 현상이 낳은 인물이나 서사구조의 변화에 논의의 초점이 맞추어질 것이다. 분단상황 그 자체보다는 그것이 마침내 초래하게 된 가치관(세계관)이나 사회의식 등의 변화가 어떻게 소설에 나타났는가 하는, 매우 광범위한 주제로 확대되는 것이다. 그러므로 본고에서 다루고자 하는 분단콤플렉스는 우리에게 있어서 분단이 가져온 특수한 성격, 즉 역사·정치·사회 등 제반 각 분야[9]와 관련된 문학의 현실 지향에서 결코 간과할 수 없는 주제라 할 수 있다. 그것은 식민지 지배가 한국근대소설(개화기 – 해방) 논의의 전제조건이었듯이 분단상황이야말로 해방 이후 현대소설의 주요 모티프라는 점에서 의미 있는 주제이기 때문이다.

　이상과 같은 문제제기를 갖고 본론에서는 실향과 이산이라는 개인의 구체적 상처를 드러내고 있는 이호철의 「무너 앉는 소리」와 박완서의 「부처님 근처」를 통해서 분단콤플렉스의 고착 양상을 살펴보고자 한다.

---

9) 대표적 논의들은 다음과 같다.
　강만길, 『분단시대의 역사인식』, 창작과비평사, 1978.
　김홍명 외, 『국가 이론과 분단 한국』, 사계절, 1985.
　이효재, 『분단시대의 사회학』, 한길사, 1985.
　김대환 외, 『한국 현대사를 어떻게 볼 것인가』, 열음사, 1987.
　한국사회과학연구협의회 편, 『한국사회의 인식 논쟁』, 법문사, 1990.

2. 본론

「무너 앉는 소리」[10]는 세 개의 단편, 곧 제1부 「닳아지는 살들」(『사상계』, 1962.7), 제2부 「무너앉는 소리」(『현대문학』, 1963.7), 제3부 「마지막 향연」(『사상계』, 1963.11)으로 구성된 연작 중편이다. 표면적으로 이 소설은 매일밤 자정이면 20년전 이북으로 시집을 간 맏딸이 돌아올 것이라 기다리는 가족이 삶의 터전을 상실하고 해체되고 만다는 것을 그 내용으로 삼고 있다. 이 가족은 딸을 이북으로 시집보낸 이후 분단의 고착화로 인해 생사조차 알 수 없게 된 맏딸의 빈자리로 인한 정신적인 외상을 가지고 있다. 맏딸의 빈자리는 그녀가 이북으로 시집을 갔다 라는 측면에서 이산(離散)의 외적 표현으로 볼 수 있는데, 점증적으로 고착화되어 가는 분단현실 속에서 무기력하게 기다리고 있는 가족의 비정상적인 모습은 통해 분단현실이 우리 삶에 가져다주는 깊은 상처의 한 단면을 보여주고 있다. 소설에 등장하고 있는 주요 인물들 대부분이 신체적 혹은 정신적으로 정상적이지 못한 상태에 놓여 있다는 점과 가족임에도 불구하고 인물들 상호간의 관계가 가족구성원으로서 긴밀하게 연관되어 있지 않고 각각 고립되어 있다는 점을 통해서 이를 부각시키고 있다.

우선 등장인물들의 면면을 살펴보자. '은행장으로 있다가 현역에서 은퇴하고 명예역으로 이름만 걸어놓고 있는 일흔이 넘은 늙은 주인'(386쪽)인 아버지는 귀가 멀고 반백치이다. 사회 일선에서 퇴역했음에도 집안 살림은 아직도 거뜬히 책임질 수 있는 아버지였지만 귀가 멀어서 정상적 생활이 어려운 신체적 결함을 가지고 있다. 또한 정신지체 중에서 가장 심한 상태를 백치(白痴)라고 하는데 아버지는 반백치 상태라는 점에서 정신적으로도 큰 결함도 가지고 있다고 하겠다. 아버지는 소설의 주된

---

10) 이호철, 『소시민 외』(한국소설문학대계 39), 동아출판사, 1995.
   이하 작품의 인용은 괄호 안에 해당 쪽수만을 기록하기로 한다.

공간인 응접실에서 맏딸을 기다리는 것으로 일상적이지 않는 분위기를 만들고 있는데, 이것은 비정상적 상황의 가운데 아버지가 자리하고 있음을 의미한다. 그는 현실적 상황으로 인해 맏딸과 만날 수 있는 기회를 상실한 채, 항상 맏딸을 기다리고 있는 모습으로 과거의 시간에 머물러 있다. 하지만 뚜렷이 인식하는 상태를 보이는 것은 아니고 다만 그럴 것이라는 분위기만을 연출할 뿐이다.

> 맏딸이 세일러복을 입고 있다, 세일러복을 입고 애들을 주렁주렁 달고 있다, 새하얀 깃에서 바닷물 냄새가 난다, 손에는 정구 라켓을 들고 있다, "이겼어요, 이겼어요, 아버지"하며 매달린다, "어떻게 이겼니?" "이렇게 이겼죠 뭐," 맏딸은 라켓을 휘두른다, 집안은 맏딸이 있어서 웅성웅성하다.(403쪽)

인용문에서처럼 아버지는 적어도 맏딸이 집에 함께 있을 때에는 성식이는 번쩍이게 칼을 갈고, 영희는 자주 웃으며 아내는 자신 있게 이야기하는 등 집안이 웅성웅성하여 좋았다고 생각한다. 이러한 분위기는 밝고 활동적이지만 현재 아버지가 앉아있는 상황으로 돌아와서 보면 아버지의 이러한 백치상태는 반대로 음습하고 정체되어 있음을 알 수 있다. 이것은 정신적 외상이란 것이 어떠한 사건으로 인해 즉자적으로 발현되는 것이 아니라 일정 기간 의식하지 못하는 가운데 내재된다는 측면에서 피폐해져 가는 삶의 또 다른 모습을 드러낸 것이라 하겠다.

늙은 주인의 아들인 성식(成植)은 막연하게 작곡가나 꿈꾸며 낮에도 '파자마 바람으로 혼자 코카콜라 트림이나 하면서 트럼프 패만 떼고 앉아 있'(434쪽)는 인물이다. 그는 자신만의 세계에 칩거하여 항상 침묵으로 일관하는 자폐적인 성향을 드러내면서 그날 그날을 살아가는 무능력자의 모습을 보여주고 있다. 막내딸 영희(英姬)는 29살의 노처녀로 스스로 팔자가 드센 여자, 시집을 안 가야 할 여자라는 생각을 막연하게 가지고 있는 인물이다. 성격 역시 다소 충동적이어서 자신의 일정한 홍분이 가시기 전에 일을 치르고 싶어서 선재와 성적 관계를 가져 임신에까지 이른다. 선재에 대해서 가족 모두는 결혼대상자로 생각하고는 있지만 정상적 단계를 거쳐 관계를 가진 것이 아닌데, 그녀는 '이왕 그렇게 될걸 뭐. 어차피 이젠 이런 형식으루 될밖에 없'(405쪽)다는 다소 히스테리컬한 반응을 드러낸다. 성식의 아내 정애(貞愛)는 시아버지와 시누이와의 관계는 정상적으로 나타나고 있지만 남편과의 관계에서는 결함을 보이고 있다. 결혼 이후 아직 아이가 없는 그녀는 남편과의 소통이 전혀 이루어지지 않을 때면 혼자 이상하게 울곤 한다. 이럴 때의 그녀의 모습은 말초신경 정도의 감각만을 유지한 채 아무런 의사도 보이지 못하는 반백치 상태의 시아버지와 닮아있지만 시아버지와는 다른 성격으로 백치가 되어 있다. 그녀의 이러한 상태는 남편과의 대화 부재에서 오는 것인데, 그녀는 '대화란 피차 신경을 긁어 놓기 위해서, 밤낮 할 짓이 없이 이렇게 앉아 있는 사람들끼리 잊어버렸던 일을 되불러일으켜 피차 골치를 앓게 하기 위해서, 쓸모 없는 사변을 위해서 태어난 것은 아니라고'(389쪽) 믿고 있다. 따라서 그녀의 대화는 일방향성으로 흐르고 만다.

이상의 네 인물 — 아버지(늙은 주인), 성식, 영희, 정애 — 들은 일상적 생활이라는 현실성을 획득하지 못한 채 과거의 시간에 머물러 있는데, 이는 소설 속에서 맏딸을 기다리는 것으로 상징화되고 있다. 이처럼 아버지를 중심으로 해서 둘러앉아 있는 성식과 정애 그리고 영희는 무기력하고 불안정한 자세로 기다림의 일상을 지키고 있지만 이들의 기다림은 다만 막연하게 기다리는 것 그 이상도 이하도 아니다.

결국 이렇게 그들은 누구인가를 기다리고 있는 셈이었다. 늙은 주인은 맏딸을, 정애는 아직 한 번도 본 일이 없는 맏시누이를, 영희는 언니를, 성식은 누님을 기다리고 있는 셈이었다. 그러나 사실은 그 누구도 분명하게 기다리고 있다는 의식은 없었다. 도대체 그건 말도 안 되는 소리였다. 그저 모두가 막연하게 기다리고 있다고 생각하고 있을 뿐이었다. 그런 것이라도 없으면 한집안에서 한가족이라고 살 명분조차 없게 되는 셈이었다. 이젠 이런 일에 적당히 익숙해진 터였다.(395쪽)

이들은 현실적으로 돌아올 수 없는 맏딸을 기다림으로 해서 무기력하고 불안정한 것이다. 특히 성식과 정애 그리고 영희가 이같은 현실적 상황을 알고 있으면서도 아버지와 함께 기다리고 있다는 사실에 주목할 필요가 있다. 맏딸을 기다리는 행위는 자신들에게 있어서 '한집안에서 한가족이라고 살 명분'을 만들어준다는 점에서 문제적이다. 따라서 표면적으로 한 평범한 가족의 일상을 배경으로 하고 있지만, 그 이면에는 분단 상황에서 야기되는 일상적이지 않은 현실을 그 이면에 내재되어 있음을 미루어 짐작할 수 있다. 이들은 가능하지 않은 기다림으로 말미암아 가족 구성원들의 삶이 점차로 훼손되어가고 있다. 집안이라는 한정된 공간 안에서 외부와 단절되어 있으며, 외부뿐만이 아니라 같은 공간 속에서마저 서로 고립된 채, 의사소통의 부재에 맞닥뜨려져 있다. 그럼에도 불구하고 가족 구성원의 틀을 유지시켜 주는 것은 다름 아닌 맏딸을 기다린다는 것이다. 그러므로 맏딸의 부재는 이들 가족의 근원적인 삶의 원리의 부재인 동시에 정상적이지 않는 관계를 억지로 묶어두는 명분에 불과하다. 문제는 표면적으로 드러나고 있는 가족 구성원들의 이러한 일그러짐이라든지 성식과 정애의 소통단절이 남북의 분단으로 야기된 것은 아니지만, 그 이면에는 현실적으로 만나기 어려운 이북으로 간 누이의 기다림 곧 분단 상황에 따른 욕구의 억압이 있다는 사실이다. 따라서 이같은 욕구의 억압은 분단현실이라는 정신적 외상이 콤플렉스로 발현되게 만든다. 인물 각자가 맏딸, 누님, 언니, 시누이를 기다리지만 현실에서는 불가능하다는 사실로 인해서 개개인의 상처로 남게 됨을 의미한다. 곧

가족으로서의 만남을 성취하지 못하는 이산과 관련된 양상으로 드러나는 것이다. 여기에서 정신적 외상이라 함은 심적 자극을 정상적으로 처리하고 극복할 수 없어 그 결과로 장애가 연속적으로 드러나는 것을 말한다. 이 외상적 현상은 첫 자극이 해소되지 않은 채로 이어져 올 때 인식하지 못하는 가운데 지속적으로 남게 되므로, 맏딸의 부재 역시 분단상황의 고착화로 인해 아직까지도 해결되지 않은 현재적 상황으로 이들 가족에게 남아 있게 되는 것이다. 그러므로 이들 인물이 보여주는 정신적 결함들은 정신적 외상의 결과물인 콤플렉스의 형태를 띨 수밖에 없다.

그렇다면 위 인물들과 상대적으로 비교되는 콤플렉스에서 자유로운 인물들, 곧 선재와 순자를 살펴보기로 하자. 선재(善哉)는 이북으로 시집간 언니의 시사촌동생으로 1·4후퇴 때 월남을 했는데, 3년 전에 세상을 떠난 늙은 어머니로부터 전폭적인 사랑을 받아 이 집에서 함께 살고 있는 인물이다. 그는 영희에게 '우리 나가자. 당장 나가자. 이 집을 나가자'(396쪽)며 이 집으로부터 이탈을 강요한다. 그렇지만 그가 이 집을 벗어나고자 하는 이유에 대해서는 구체적으로 드러나지는 않는다. 그는 맏딸을 기다리는 다른 인물들과는 달리 자주 외출을 하고 영희와의 관계 속에서 속취(俗臭)를 느끼며, 영희 이외의 여인을 임신시키기는 등 사뭇 다른 행태를 보여주고 있다. 특히 "꽝 당 꽝 당" 쇠붙이 소리에 민감해하는 영희와는 달리 어리둥절하게 귀를 기울이다가 단순히 소리만이 들린다고 말하는 그의 모습에서 기다림에 대한 인식이 없음을 확인할 수 있다. 기다림에 대한 인식이 없다는 것은 정신적 외상이 없음을 의미하는 것이고, 그렇기 때문에 끊임없이 이탈을 원하게 되는 것으로 볼 수 있다. 즉 그는 폐쇄적 공간, 과거의 시간에 머물러 있는 공간 속의 인물이 아니라 개방적 공간, 현재 시간에 머무르고자 하는 인물이다. 따라서 소리에 대한 선재의 반응은 정신적 상흔과는 무관하기 때문에 무의미한 소리일 뿐, 다른 심적 영향력을 발휘하지 못하는 것이다. 반면에 영희의 소리에 대한 인식은 선재와는 달리 이 소리가 영희의 심리적 현상을 청각적으로 형상화한 것이기 때문에 매우 중요한 상징성을 띤다. 이 소리는 맏딸의 부재와 함께 몰락해 가는 한 가족을 상징적으로 나타내면서 점차 현실적인 상황이 되어 가고 있음을 보여주고 있다. 그것을 소리에 대한 영희의 인식을 통해 보여주는 것이다.

처음 영희에게 이 소리는 '꽝 당 꽝 당. 먼 어느 곳에서는 이따금 여운이 긴 쇠붙이 뚜드리는 소리'(387쪽)로 들려왔다. 그 소리는 단조로웠고, 간헐적으로 들렸으며 '굉장히 굉장히 먼 곳'(387쪽)에서 들려오기 시작했다. 그러다가 어느 순간에 이 소리는 '기어이 이 집을 주저앉게 하고야 말'(388쪽) 소리로 인식하기 시작하면서 '육중하게 지축을 흔들듯이 달려'(392쪽)드는 소리로 점차 그 강도가 증대되었다. 그런데 이 소리는 어느 순간 '온 집채가 울듯이 쿵쿵 하고 속 깊이 울리는 소리'(411쪽)로 변해서 집안에서 울리기 시작한다. 그리고는 '집 속의 깊은 어느 진수에서 울려 나오는, 흡사 식물질로 몇백 년 묵은 나무뿌리 같은 것이 맞부딪치는 것 같은 소리'(428쪽)로 화한다. 이처럼 "꽝 당 꽝 당"이나 "쿵 쿵"하고 울리는 소리는 폐쇄적 공간 속 이들 가족이 점차로 파괴되어 간다는 것을 인식의 강도를 점증함으로 상징화시키는 동시에 인물의 심적 불안을 가중시키는 작용을 하고 있다. 또한 이 소리는 현실을 낯선 분위기로 이끌어 인물들이 일상적인 분위기에서 벗어나도록 하는 역할을 하고 있는데 이를 자정이라는 시간적 지점와 겹쳐서 날짜 분기점의 징짐에서 무너져 내리는 현상을 보여주고자 한 것으로 볼 수 있다. 이것은 인물이 가지고 있는 불안의 드러냄이면서 동시에 그 불안을 야기 시키고 있는 것이 '갈라짐'에 있다는 것을 청각적으로 보여주는 것에 다름 아니다.

다음으로 순자는 이 집의 식모인데, 가족과는 사뭇 대조적인 측면을 지니고 있다. 그것은 가족들이 무기력하게 집안의 폐쇄적 공간에서 벗어나지 못하는 반면에 순자는 짙은 화장을 하고 활발하게 외출을 하면서

'넓은 터전의 냄새를 거칠게 풍'(392쪽)기고 다녔다. 특히 아버지가 귀가 멀고 차츰 반백치가 되어감으로 인해 집안 전체를 통제해 나가지 못하게 되자 식모라는 위치를 망각하고 버릇없는 행동을 보여준다. '어이구 대관절 이 집안은 어떻게 되어먹은 집안이 이 모양인지 몰라. 등신 병신들만 모여 살구 있어.'(430쪽)라는 순자의 대담한 푸념에도 가족 중에서 어느 누구도 대꾸하지 못하는 지경에 이르는데, 이러한 순자의 모습은 가족 구성원의 영향력이 쇠락해가고 있음을 의미하는 것이다.

그런데 선재와 순자가 아버지, 성식, 영희, 정애와 상대적으로 비교되는 것은 이들의 공간적 성향과 밀접한 관계를 가지고 있다. 곧 선재와 순자는 외부로의 활동이 가능한 인물인 반면에 다른 인물들은 집안의 폐쇄적 공간에서 벗어나지를 못하고 있다는 점이다. 이는 특히 텔레비전에 대한 히스테리적인 반응을 보이는 것에서 극명하게 드러난다. 한번은 수도관 공사를 위해 인부를 불렀는데, 그가 잘못 건드리는 바람에 텔레비전을 켠 일이 있었다. 이때 아버지는 갑자기 자리에서 벌떡 일어서고, 2층에 있던 성식이는 파자마 바람으로 달려 내려와 수선을 피운 적이 있었다. 이처럼 가족이 텔레비전에 대해 보이고 있는 강박증은 정적인 공간의 파괴에서 비롯되는 인물들의 불안에서 기인한다고 볼 수 있다. 이러한 파괴는 갈라짐을 의미하고 갈라짐은 끊임없이 틈새로 새어나오는 소리로부터 인지되고 있었기 때문에 콤플렉스의 한 양상으로 나타나지만, 동시에 콤플렉스의 단계에서 벗어나지 못하는 원인이 되고 있다. 다시 말해서 소설 속 인물들이 자신의 무기력함과 정체된 공간을 의식하고는 있지만, '어쩌다가 우리가 모두 이렇게 됐을까'(405쪽)라는 영희의 언술에서 짐작할 수 있듯이 그 핵심까지는 인식하지 못하고 있는 것이다. 이는 의식하지 못하는 상태에서는 단순히 콤플렉스의 발현에 그치게 되고 따라서 분단이라는 현실적 상황의 주시만이 있을 뿐 보다 천착된 상황 인식에까지 이르지 못하고 있음을 보여주는 것이다.

따라서 「무너앉는 소리」에서는 분단이라는 현실적 상황 아래에서 이산의 상처를 가지고 있는 한 가족의 일상을 통해서 분단현실을 인식하는 선에 머무르고 만 한 가족의 일상을 드러내고 있음을 알 수 있다. 이는 인물들 속에 내재된 분단콤플렉스가 고착화되고 있음을 의미하는 것이다. 고착되고 있다는 것은 그것이 내부적인 문제이든 외부적인 문제이든 간에 분단상황의 인식에서 더 나아가 근원적인 극복방법을 찾지 못했음을 의미한다. 따라서 인물들의 무기력한 대응은 소설의 말미에서 시니컬한 방법으로 지적되고 있는데, 이는 현실을 직시하지 못했음을 간접적으로 드러내 보여주는 것이다.

> "저, 어디서 오셨어요?"
> "쓰레기 치러 왔소. 쓰레기 치는 사람이오."
> 하고 인부 가운데 한 사람이 익살로 말하였다. 그러자 문이 열리고 식모가 내다보고 반색을 하며 웃었다.
> "이삿집 나를 사람이에요?"
> 하고 물었다.
> "쓰레기 치러 왔다니까."
> 인부들은 문앞에 선 채 모두 건강하게 웃고 있었다.
> 10월의 하얀 볕이 뜰에 내리붓고 있었고, 집안은 고요했다. 모두 아직 잠이 들어 있는 것이었다.
> 어느새 인부들은 바짓가랑이들을 걷어올리고 집안으로 들어가고 있었다.(452-3쪽)

위의 인용에서 보듯이, 가족의 무력한 모습이 순자와 인부들을 통해 풍자되고 있다. 이를 통해서 드러나고 있는 것은 무기력한 인물에 대한 비판이 아니라 분단현실이라는 상황적 전달에 주력하고 있다는 점이다. 그렇기 때문에 분단과 관련해서 어떠한 정신적 외상도 드러내고 있지 않는 순자의 시선을 통해서 무너앉는 한 가족의 모습을 바라보게 만든 것이다. 이는 가족 구성원의 틀이 훼손되어 가는 문제가 일상적 상호관계에서 야기된 것이 아니라 그 내면에는 분단현실이 내재되어 있다는 사실을 보여주는 것이기도 하다. 하지만 정신적 상흔이 없는 순자로서는 콤플렉스의 고착화를 확인하는데 머무를 뿐, 그것에 대한 극복 방안이 마련되지 못하고 마는 한계를 지닌다.

「부처님 근처」[11](1973)는 전쟁이 남긴 참혹한 기억을 안고 상처투성이의 삶을 살아가는 어머니와 '나'(딸)의 모습을 담고 있는 작품이다. 소설의 전개는 '나'가 어머니가 다니시는 'B 사'에 동행하여 전쟁의 와중에 비참하게 죽음을 맞이한 오빠와 아버지의 제사를 위해 불공을 드리는 것으로부터 이야기가 시작된다. 어머니는 매년 음력 정초에 날을 받아 행하는 재수 불공을 드리기 위해 B 사를 찾았는데, 이 날은 아버지의 기일이기도 하였다. 그런데 어머니와 '나'는 지금까지 한번도 아버지와 오빠의 제사를 지내지 않았는데, 그것은 아버지와 오빠의 죽음과 관련되어 있다. 이들의 죽음은 '반동으로서의 죽음'(87쪽)이자 '빨갱이로서 매맞아 죽은'(88쪽) 죽음으로써 당시의 상황으로는 떳떳하지 못하고 욕되고 수치스런 죽음이었기 때문이었다. 어머니와 '나'는 이들의 죽음을 어느 누구에게도 알리지 않고 '앙큼하게도 두 죽음을, 두 무서운 사상을 눈썹 하나 까딱 안 하고 꼴깍 삼켜버'(88쪽)림으로써 이들이 죽은 지 22년이 지난 지금까지 한번도 제사를 지내지 못했던 것이다.

하지만 이들의 죽음은 '이십여 년이란 세월이 흐른 후에도 거의 피부적인 촉감으로 나에게 밀착돼 있어 도저히 관조할 수 있는 거리로 뿌리쳐내리지 못'(93쪽)할 정도의 정신적 상흔으로 자리매김 되어 '내 내부의

---

11) 박완서, 『어떤 나들이』(박완서 단편소설 전집 1), 문학동네, 1999.
　　이하 작품의 인용은 괄호 안에 해당 쪽수만을 기록하기로 한다.

한가운데 가로걸려 체증처럼 신경통처럼 내 일상을 훼방놓았다.'(92쪽)
어머니 역시 이들의 죽음에서 자유로울 수 없었는데, 다른 점이 있다면
'나'와는 다르게 불도에의 신심이 한층 더해졌다는 것이다. 다시 말하자
면 '나'는 아버지와 오빠를 내부로부터 토해내려고 몸부림쳤는데 반해서
어머니는 이들을 극락으로 천도하려고 열심히 불공을 드렸다는 점이다.

> 그러나 나는 어머니의 조용하지만 절실한 몸짓을 통해 이 두 죽음이
> 얼마나 오래, 얼마나 심하게 우리의 일상을 훼방놓았던가를, 그 훼방으로
> 부터 놓여나려는 갈망이 얼마나 간절한 것인가를 아프게 느꼈다. 그것은
> 소리 없는 통곡이요, 몸짓 없는 몸부림이었다.(86쪽)

이들 모녀의 '절실한 몸짓'은 이들의 죽음이 근 이십여년 동안 어머니
와 '나'를 사로잡아 왔음을 증명하는 것으로 그 죽음으로부터 벗어나려
고 했던 어머니와 '나'의 갈망이 얼마나 간절한 것이었는지를 선명하게
드러내고 있다. 이들의 절실한 몸짓은 죽은 사람을 제사의식을 통해 이들
로부터 자유로워지지 못한 채, 오히려 이들의 욕되고 수치스러운 죽음을
속이고자 공모함으로써 죽은 사람을 털어내지 못했다는 것에서 그 원인
을 찾을 수 있다. 즉 '나'와 어머니는 은밀하고 음험하게 '사자(死者)를
삼'(88쪽)킴으로써 이들의 비참한 죽음의 기억은 '나'뿐만 아니라 어머니
의 삶까지 관여하면서 정신적 상흔으로 남게 된 것이다.

> 우리는 마치 새끼를 낳고는 탯덩이를 집어삼키고 구정물까지 싹싹 핥
> 아먹는 짐승처럼 앙큼하고 태연하게 한 죽음을 꼴깍 삼킨 것이었다.(중
> 략) 그것은 오빠의 죽음보다 더 끔찍한, 차마 눈뜨곤 볼 수 없는 죽음의
> 모습이었다. 우리는 아버지의 죽음도 감쪽같이 처리했다. 아아, 우리는
> 이미 그런 일에 능숙해져 있었다.(87쪽)

인용문에서처럼 '나'와 어머니의 삶을 지배하고 있는 것은 아버지와 오빠의 죽음으로 인한 상처인데, 그것은 이들의 죽음을 가슴속에 묻어두었기 때문에 더욱 큰 상처로 작용하고 있다. 그것이 '망령'이 되어 '나'와 어머니의 의식을 지배하게 되었는데, 문제는 망령을 '나' 스스로 자신의 내부에 가둔 것이 아니라 오히려 망령에게 갇혀버렸다는 데 있다. 이로 인해서 '나'는 '온갖 사는 즐거움, 세상 아름다움으로부터 완전히 격리당하고'(90쪽)만다. 이것은 어떠한 상황에 대한 인상의 망각과 의도의 망각의 차이라고 볼 수 있다.

일반적으로 망각은 자발적인 과정이면서 동시에 일정한 시간적 진행의 성격을 가지고 있다. 이것은 제공되는 인상들에 대한 일정한 선택이 망각에서 이루어지는 것으로, 모든 인상이나 체험의 세부 사항들에 대한 선택도 이루어짐을 의미한다. 하지만 일상 생활의 많은 계기들을 통해 이러한 인식이 매우 불완전하며 불만족스러움을 깨닫게 되기 때문에 선택을 규정하는 계기들은 인식 범위를 벗어나 있음을 알 수 있다.[12]

아버지와 오빠의 죽음에 대해 '나'와 어머니는 세월의 흐름 속에서 자연스러운 죽음으로 인지하지 않고 의식적인 배제를 통해서 '행방불명'(88쪽)으로 인지하려고 하였다. 이들은 오빠와 아버지의 죽음을 죽음 그 자체로 받아들이지 못하고 생과 사 반반의 확률의 가능성을 의식적으로 열어놓음으로써 자유로운 선택에 의한 망각을 차단하고 있는 것이다. 곧 오빠와 아버지의 죽음이라는 인상의 망각이 아니라 의도된 망각이 되어 오히려 그것에 갇히고 마는 것이다. 따라서 시간의 흐름 속에서 자연스럽게 망각되는 기억이 되지 못한 채, 이십여년 동안의 남성 부재로 인해 야기되었던 결핍된 삶으로 기억되어 현실에서부터 격리된 삶이라

---

12) 지그문트 프로이트, 이한우 옮김, 『일상 생활의 정신병리학』(프로이트 전집 7), 열린책들, 1999. 193-226쪽.

는 인식을 가져오게 한다. 이러한 불완전한 삶을 '나'는 결혼을 통해 정상적인 삶으로 바꾸고자 한다.

> 처자식만 아는 착실한 남자라는 말이 내 마음에 쏙 들었다. 처자식의 먹이를 벌어들이는 것 외에는 자기가 속한 사회에 섣불리 참여하지도 저항하지도 않는 남자. 그런 뜻이 아니겠는가. 그런 남자가 좋고말고. 그리고 나는 왠지 그런 남자와 결혼함으로써 오빠와 아버지에게 복수라도 하는 기분이었고, 무엇보다도 사는 일에 지쳐 있기도 하였다.(89쪽)

인용문에서 드러나고 있는 결혼과 관련된 '나'의 의식은 오빠와 아버지의 죽음으로 인한 상처의 역설이다. 결혼은 대립물의 화해와 상호작용을 의미함으로, 결혼을 통해 그 동안 남자의 부재로 인한 결핍을 채워보려 하고 이는 다시 '나'의 계속되는 출산으로 이어진다. 하지만 새 생명을 탄생시키는 출산은 '나'의 내부에 존재하고 있는 공포의 다른 얼굴이다. '나'의 인생의 가장 빛나는 시절을 지긋지긋한 공포 속에서 지내온 것이 오빠와 아버지의 죽음 때문이었기 때문에 출산은 또 다른 죽음의 모습으로 인지되는 것이다. 그렇기 때문에 '나'는 결혼을 하고, 애를 낳고 또 낳아도 욕심이 채워지질 않는 것이다. 처자식만 아는 남편과 많은 아이들이 있음에도 불구하고 '나'는 '사는 게 매가리가 없고 시들시들하고 구질구질하고 답답하고 넌더리'(89쪽)를 친다. 그것은 '나'의 삶은 여전히 오빠와 아버지의 죽음이라는 망령에 얽매여 있기 때문으로 '나'의 정신적 외상의 강도를 엿볼 수 있는 부분이다.

> 나는 늘 두 죽음을 억울하고 원통한 것으로 생각해 왔는데 그 생각조차 바뀌어 갔다. 정말로 억울한 것은 그들이 아니라 그 죽음을 목도해야 했던 나일지도 모른다 싶었다. 그 나이에, 내 인생의 가장 빛나는 시기에, 가장 반짝거리고 향기로운 시기에 그런 것을, 그 끔찍한 것을 보았다니,

그리고 그것을 소리도 없이 삼켜야 했다니! 정말이지 정말이지 억울한 것은 그들이 아니라 나인 것이다.

　나는 그들로부터 자유로워지고 싶었다. 삼킨 죽음을 토해내고 싶었다.(90쪽)

　'나'는 죽은 사람이 억울하고 원통한 것이 아니라 그것을 목도한 살아남은 사람이 진정 억울하고 원통하다고 생각하면서 이제 개인의 구체적인 상처로부터 자유로워지고 싶어한다. 위에서 언급한 것처럼 '나'와 어머니는 사자(死者)의 죽음을 삼킴으로써 정신적 상흔으로 남은 만큼 이제 그것으로부터 자유로워지는 방법은 모녀가 삼킨 죽음을 밖으로 토해내는 일뿐이다. 그래야만 지금까지 망령에 갇혀 가해진 정신적 외상으로부터 벗어날 수가 있는 것이다.

　전쟁 중에 비참하게 죽은 오빠와 아버지의 망령으로부터 그리고 이들 부자의 죽음이 남긴 상처로부터 자유로워지려는 움직임은 각각 다른 방식으로 '나'와 어머니에게 나타난다. '나'는 처자식만 아는 착실한 남자를 만나서 아이들을 낳고 기르는 정상적인 가정을 가꾸어나가고 어머니는 불교에 몰두하는 것이 그것이다. 그러나 무엇보다 우선적인 것은 '나'와 어머니가 삼킨 죽음을 토해내는 일이었다.

　나는 그들로부터 자유로워지고 싶었다. 삼킨 죽음을 토해내고 싶었다. 그무렵 나는 낯선 길모퉁이 초상집에서 들리는 곡성에도 황홀해져 그곳을 떠나지 못하고 오래 서성대기가 일쑤였다. 저들은 목이 쉬도록 곡을 함으로써, 엄살을 떪으로써, 그들이 겪은 죽음으로부터 놓여나리라. 나에겐 곡성이 마치 자유의 노래였다. (중략)

　나는 이때다, 이때를 놓치지 말고 나도 곡을 하리라, 나도 자유로워지리라 마음먹었다. 나의 곡의 방법이란 우선 숨겼던 것을 털어놓는 일이었다. 이렇게 해서 나는 어머니의 허락도 없이 어머니와의 공모에서 이탈했다.(90-91쪽)

'나'는 어머니와의 공모에서 이탈하여 나름대로 삼킨 죽음을 털어놓기 위한 방법을 찾아냈다. 그것은 바로 오빠와 아버지의 죽음에 대해 哭을 하는 것이다. 그것은 가슴속에 숨겨 두었던 상처를 끄집어내어 치유할 수 있는 '자유의 노래'였다. 그래서 나는 곡성을 통해서 막힌 것을 풀어내고 그것으로부터 자유로워지려고 한다.

그러나 '내 지각한 곡성'(92쪽)은 맞받아주는 문상객을 만나지 못해 단 한번도 시원히 뽑아보지 못한 채 싱겁게 끝나고 만다. 그것은 이미 '나'가 놓여진 현실에서는 '나'의 상처는 다른 사람들에게 있어서 공감할 수 있는 것이 아니기 때문이다. 전쟁으로 야기된 많은 상처들이 한 개인의 특수한 상처로 남아 더 이상 의미를 가지지 못한 채 그만큼 무심해진 것이다. 그렇기 때문에 '나'의 곡성은 무의미한 곡성이 되고, 상처의 치유는 막론하고 '나'가 삼킨 죽음은 여전히 '나'의 내부에서 체증처럼 신경통처럼 일상을 훼방하고 있는 것이다. '나'의 이러한 좌절은 소설 쓰기라는 새로운 상처 치유방법을 찾지만, 이것 역시 '나의 능력 부족의 탓도 있었고 내 이야기를 들어줄 사람과 내가 사는 시대의 비위를 지나치게 의식한 탓도 있었겠지만 가장 큰 이유는 두 죽음이 내가 작품화할 수 있을 만큼, 즉 여유 있게 전모를 파악할 수 있을 만큼의 거리로 물러나 주지 않고 너무 나에게 바싹 다붙어'(93쪽)있음으로 해서 실패로 끝나고 만다. 이후 '나'는 어머니에게 엄살떨기와 끔찍한 그 일을 이야기하는 것으로 '나'의 고통을 위로받고자 하는데, 이것은 '별 불만 없이 떳떳하고 건강한 생활인의 자세를 유지하고 있는'(93쪽) 어머니에 대한 불만이면서 동시에 함께 삼켰던 죽음을 토해냄으로써 망령에 갇힌 삶으로부터 자유로워지고자 하는 의식의 발로인 것이다.

그런데 '나'가 끔찍한 그 일을 꺼내고 나서 알게 된 것은 그 일이 늘상 어머니를 지속적으로 괴롭혀오던 문제였다는 사실이다. '나'는 어머니의 삶이 별 불만 없이 떳떳하고 건강한 생활인의 자세를 유지하고 있다고 보았는데, 사실은 어머니 역시도 오빠와 아버지의 죽음을 삼킨 순간 생긴 망령으로부터 '나'와 똑같이 자유로워지고자 몸부림치고 있었음을 깨닫게 되었다.

> 나는 늘 조마조마했더랬느니라. 하루도 마음 편한 날이 있더랜 줄 안니. 그렇게 끔찍하게 죽은 이들을 지노귀굿이라도 해줘봤니, 일 년에 한 번 제사라도 지내봤니. 천도(薦度) 못 받은 원귀가 갈 데가 어디 있겠니.(94쪽)

망령은 '나'뿐만이 아니라 어머니에게도 간섭하고 있었는데, 어머니는 '나'와 전연 다른 방법으로 그 망령으로부터 벗어나고자 한 것이다. 어머니는 오빠와 아버지를 극락으로 천도하려고 열심히 절에 다니고, 때로는 용한 박수무당을 찾아 무꾸리나 지노귀굿으로 두 죽음을 달래면서 자신의 상처를 다스린 것이다. 불명까지 받은 어엿한 보살님이신 어머니가 절과 무당집을 동시에 다니는 것에 대해 '나'는 경멸과 측은함을 동시에 느낀다. 이것은 주술적인 방법으로 자신의 상처를 치유하고자 하는 어머니의 모습에서 '나'의 모습이 확인된다는 점에서 '나'에게 가해지는 경멸이며, 고통받았던 상처의 드러냄에 대한 측은함이다. 이처럼 '나'와 어머니는 서로 다른 방식으로 오빠와 아버지의 죽음이 남긴 정신적 외상을 치유하고자 하였다.

그러나 망령으로부터 자유로워지고자 했던 '나'와 어머니는 서로 다른 방법으로 인해 완전한 이해와 화해로운 관계를 보여주지 못한 채 개별적 상혼으로 자리매김되고 있음을 알 수 있다. 어머니가 철석같이 믿고 있는 것에 대해 '나'가 '절 속에 있는 산신당이니 칠성각에 대한 반발, 종교적인 것과 무당적인 것과의 뒤죽박죽에 대한 냉소'(96쪽)를 보이는 것이 바로 이들 모녀의 불완전한 관계를 드러내는 것이다. 하지만 처음으로 제사를 지내고 돌아오는 택시 안에서 '나'는 잠든 어머니의 고운 얼굴을 보면서 어머니의 삶과 상처 치유 방식을 이해하고 긍정하려는 모습을 보여준다. 이것은 어머니의 행위를 통해 자신의 상처를 객관화시킬 수 있음과 같은 상처를 공유하고 있는 어머니에 대한 연민에서 비롯된 것이다. '나'가 삼킨 죽음에 대한 못 다한 곡성을 하는 것이나 지노귀굿을 하는 과정에서 박수무당이 아버지의 혼백을 접하고 이승과 저승을 떠돌 아다니며 설움 받은 넋두리를 하는 것은 그 동안 '나'와 어머니가 삼켰던 죽음을 드러내는 것이다. 이십여년 동안 한번도 밖으로 드러내지 않고 간직하고 있던 내밀한 상처의 드러냄은 '나'와 어머니가 겪었던 고통과 상처로부터 벗어나고자 하는 의지이며, 이를 통해서 전쟁이라는 시대적 비극 상황이 가져온 폭력과 상처에 대한 살아남은 자들의 뒤틀린 삶에 대한 증언에 다름 아니다. 또한 이들 모녀의 상처는 각각의 상처로 남아 치유될 수 있는 것이 아니라 서로 상처를 감싸안아야 한다는 사실을 보여 준다. 이것은 제사를 마치고 돌아오는 택시 안에서 깊이 잠든 어머니의 모습을 보면서 '나'가 깨닫게 되는 부분에서 명확하게 드러난다.

> 오오, 죽은 사람, 참 이렇게 고운 사상(死相)도 있겠구나! 이 평화로움, 이 천진함, 나는 별안간 세차게 가슴이 두근거렸다. 언젠가는 그래, 언젠 가는 어머니는 지금 잠드신 것 같은 고운 사상을 내게 보여줄 게 아닌가. 나는 그것을 볼 수 있을 것이다. 고운 죽음이 얼마나 큰 축복이 될 것인지 를 나는 알고 있다. 흉한 죽음이 얼마나 집요한 저주인가를 알기 때문에. 아아, 이제 이제 다신 어머니에게 엄살이랑 떨지 말아야겠다. 어머니의 고운 죽음을 위해서. 나는 내 어머니의 죽음으로 내 오랜 얽매임을 풀고 자유로워질 실마리를 삼아볼 작정이다.(98쪽)

'나'는 '흉한 죽음이 얼마나 집요한 저주인가를 알기 때문에' 고운 죽 음이 얼마나 큰 축복이 될 것인지를 깨닫고 되었다. 따라서 어머니의 고운 죽음을 기대함으로써 '내 오랜 얽매임을 풀고 자유로워질 실마리를 삼'을 것임을 작정하는 '나'의 인식은 오빠와 아버지의 죽음이라는 공동의 상처에 대해서 개별적인 치유 방식으로 인해 미완의 해결로 남아 있던 상처가 언젠가는 공동의 상처를 경험한 '나'와 어머니가 완전한 형태로 치유될 가능성을 열어주고 있다고 할 수 있다. 이처럼 「부처님 근처」는 개인의 구체적인 상처가 해소될 수 있는 방향을 보여줌으로 인해 향후 콤플렉스의 해소과정에 대한 단초를 제공하고 있다는 점에서 의의를 가지는 것이다.

3. 결론

이상에서 살펴본 것을 정리하면 다음과 같다. 「무너 앉는 소리」에서는 분단이라는 현실적 상황 아래에서 이산의 상처를 가지고 있는 한 가족의 일상을 통해서 분단현실을 인식하는 선에 머무르고 만 한 가족의 일상을 드러내고 있음을 알 수 있다. 이는 인물들 속에 내재된 분단콤플렉스가 고착화되고 있음을 의미하는 것이다. 고착되고 있다는 것은 그것이 내부적인 문제이든 외부적인 문제이든 간에 분단상황의 인식에서 더 나아가 근원적인 극복방법을 찾지 못했음을 의미한다. 따라서 인물들의 무기력한 대응은 소설의 말미에서 시니컬한 방법으로 지적되고 있는데, 이는 현실을 직시하지 못했음을 간접적으로 드러내 보여주는 것이다.

「부처님 근처」에서는 전쟁이 남긴 참혹한 기억을 안고 상처투성이의 삶을 살아가는 어머니와 '나'(딸)의 모습에서 고통스러운 상처의 드러냄을 확인할 수 있다. '나'뿐만이 아니라 어머니까지도 간섭하고 있는 상처의 기억은 망령으로 나타나고 이를 주술적인 방법으로 치유하고자 하는 어머니의 모습에서 '나'의 모습이 확인된다는 점에서 '나'에게 가해지는 경멸이며, 고통받았던 상처의 드러냄에 대한 측은함이라 할 수 있을 것이다. 그러나 망령으로부터 자유로워지고자 했던 '나'와 어머니는 서로 다른 방법으로 인해 완전한 이해와 화해로운 관계를 보여주지 못한 채 개별적 상흔으로 자리매김되고 있는데, 이는 인물들 속에 고착화 된 분단콤플렉스의 표출로 볼 수 있다.

이처럼 분단과 관련된 소설에서 드러나고 있는 직접성을 배제하고 내면적 상징화나 간접성을 통한 분석방법은 기존의 분단문학과 관련된 논의와 일정부분 차별성을 가지고 있다고 하겠다. 그러나 분단콤플렉스의 고착 양상을 일반화하기 위해서는 보다 광범위한 자료의 분석이 필요할 것이며, 이는 지속적인 연구를 통해 보완해 나갈 것이다.

1. 기본자료

이호철, 『소시민 외』(한국소설문학대계 39), 동아출판사, 1995.
박완서, 『어떤 나들이』(박완서 단편소설 전집 1), 문학동네, 1999.

2. 논문 및 저서

강만길, 『분단시대의 역사인식』, 창작과비평사, 1978.
강진호, 『탈분단 시대의 문학논리』, 새미, 2001.
권영민, 『소설과 운명의 언어』, 현대소설사, 1992.
김대환 외, 『한국 현대사를 어떻게 볼 것인가』, 열음사, 1987.
김병익, 『상황과 상상력』, 문학과지성사, 1979.
김병익, 『현대한국문학의 이론』, 민음사, 1978.
김승환·신범순 공편, 『분단문학비평』, 청하, 1987.
김윤식, 『우리 소설과의 만남』, 민음사, 1986.
김종회, 『국어국문학』 100, 1988.
김홍명 외, 『국가 이론과 분단 한국』, 사계절, 1985.
유임하, 『현대 한국소설의 분단인식 연구』, 동국대학교 대학원 박사학위논문,
        1996.
이동하, 「분단소설의 세 단계」, 『광장』, 1987.4.
이부영, 『분석심리학』, 일조각, 1978.
이효재, 『분단시대의 사회학』, 한길사, 1985.
임헌영, 『분단시대의 문학』, 태학사, 1992.
하정일, 『1960년대 문학연구』, 깊은샘, 1998.
한국사회과학연구협의회 편, 『한국사회의 인식 논쟁』, 법문사, 1990.
황광수, 『삶과 역사적 진실』, 창작과비평사, 1996.

지그문트 프로이트, 임홍빈·홍혜경 옮김,『정신분석강의』, 열린책들, 1997.

지그문트 프로이트, 이한우 옮김,『일상 생활의 정신병리학』(프로이트 전집 7), 열린책들, 1999.

욜란드 야코비, 유기룡·양선규 공역,『콤플렉스·원형·상징』, 경북대학교 출판부, 1986.

ABSTRACT ─────────────────────────────────

A Study of a Phase of Adherence of National Division Complex in the Korean Fiction

AN NAM IL

The purpose of this study is to examine how the 'National Division Complex' revealed through characters of Korean fiction is represented and what it implies. To us Koreans, the particularity entailed by the circumstances of the division is not a one-time-event but a tragic reality of the nation that is still lasting up to present. Therefore, the problematic nature of the division should not be confined only to historic realities or political affairs. Instead, it should be recognized as a basic conflict in our nations society after the Liberation. Such recognition would increase concerns about the specific aspects the reality of division is revealing on literature. From the viewpoint that literature at least has its basis on reality for either practical conquest or transcendence, it is difficult to deny that the nations historic reality of division has an immense influence on the development of Korean literature.

In the body, I analyzed Ho-Chul Lee's "Tearing Down Sound" and Wan Seo Park's "Vicinity of Buddha" centering on the phase of adherence of

National division complex.

"Tearing Down Sound" showed daily life of a family who had been dispersed under the real circumstances of the division, but did not do more than recognizing the reality of the division. This indicates that the national division complex inherent in the characters is being adhered.

In "Vicinity of Buddha", we are able to see the exposure of the painful wound from the mother and "I(daughter)" that live a life covered with wounds, carrying the miserable memories of war. The memory of wound that intervenes appears as a ghost not only to "I" but even to the mother as well. From the mother who tries to cure this through spells, the figure of "I" is confirmed. From this point, we can say that this is contempt that is inflicted on "I" and is pity toward the exposed painful wound. However, the mother of "I" who tries to be freed from the ghost ends up having individual scars without managing to show a harmonious relationship or a complete understanding through their own different ways. This means that the national division complex that is latent within the persons is being adhered.

주요어 : 콤플렉스, 분단콤플렉스, 정신적 외상, 분단문학, 고착화, 실향, 이산, 「부처님 근저」, 「무너 앉는 소리」

1930년대 후반의 한설야 소설 연구

나명순*

1. 서론

일반적으로 1930년대 후반은 다양한 문학적 실험과 모색이 진행되었던 시기로 평가되어 왔다. 특히 카프 해산 이후 카프 진영의 작가들이 보여주는 문학적 변모는 신세대 작가들의 출현과 함께 이 시기의 문학적 지형을 새롭게 구성하는 중요한 요소라 할 수 있다. 카프 해산은 카프 진영의 작가들뿐만 아니라 카프에 대타적 의식을 지녔던 민족문학 진영의 작가들에게도 한 시대를 지배했던 문학적 담론이 상실되었음을 의미한다. 카프 해산이 다양한 문학적 경향의 탐색을 촉발하는 계기라는 점에서 카프 신영 작가들의 변모는 '전형기'[1]라 일컬어지는 이 시기의 문학적 경향을 파악함에 있어 가장 중요한 고찰 대상이 된다.

그러나 이들 작가들이 보이는 문학적 변모를 이념과의 거리 재기를 통해 '전향 소설' 혹은 '후일담 소설'로 파악하는 것은, 30년대 후반의 문학적 성과에 온전히 접근하는 효율적인 태도는 아니라고 할 수 있다.

---

* 경원대
1) 尹圭涉, 「現代小說 讀者論」, 『문장』, 1939.8, p.138.

카프 이념과의 관계는 이들 작가들의 작품 세계를 규명하는 데에 있어 결코 소홀히 다룰 수 없는 문제이기는 하지만, 이들이 이념이 소거된 현실 상황에 어떤 문학적 대응을 보이느냐하는 문제 역시 비중있게 다뤄져야 할 것으로 판단된다.

이런 관점에서 본고는 1930년대 후반의 한설야 소설에 나타난 생활의 양상과 그 의미를 분석해 보고자 한다. 작가 스스로 밝혔듯이[2], 이 시기 한설야 소설은 이전 시기의 '경향 문학'과 구별되는 특성을 지닌다. 사회주의 이념의 구현이라는 카프 해소 이전의 완강한 소설 의식과는 달리, 이 시기 한설야 소설은 생활 세계를 배경으로 주인공들이 겪는 생활과의 갈등을 주로 다루고 있다. 본고는 한설야 소설에서 생활이 등장하는 과정과 그 양상을 분석하고 이를 통해 이념을 상실한 한설야 소설의 인물들이 자본주의 일상 세계에 어떻게 대응하는가를 살펴 보고자 한다.

2. '귀향'과 생활로의 진입

1934년 카프 총검거로 전주 감옥에 투옥되었던 한설야는 1935년 12월 석방된다. 출옥후 함흥으로 내려간 한설야는 1936년 2월 「太陽」을 발표하며 작품 활동을 재개한다. 「太陽」에 이어 같은 해 장편 소설 「황혼」과 단편 「林檎」, 「딸」 그리고 「洪水」(「탁류」 제 1부), 「林檎」의 속편인 「鐵路 交叉點」 등을 발표한다. 이후 1938년까지 「부역」(「탁류」 제 2부), 「청춘기」, 「강아지」, 「山村」(「탁류」 제 3부) 등을 발표한다. 이 시기 그의 작품들은, 출옥 후의 심경과 주변사에 관련된 작품들(「太陽」, 「딸」)과 카프 활동 시기의 작품들의 연장선상에 놓인 작품들(「황혼」, 「탁류」 삼부작, 「청춘

---

2) 한설야는 자신의 작품 세계를 '자연주의', '경향문학', '최근의 경향'으로 구분한다.(한설
   야, 「나의 生命의 燃燒」, 『문장』, 1940.2, p.13.)

기」)로 구분될 수 있다.

특히 「林檎」과 그 속편인 「鐵路交叉點」은 과거 한설야 소설이 지녔던 성격과 이후 전개될 새로운 소설 세계의 성격이 혼재되어 있다는 점에서 주목을 요한다. 두 소설은 주인공, 소설의 제재 그리고 공간이 유사하다는 점에서 연작의 성격을 지닌다. 주인공 '경수'는 과거 사회 운동에 몸담았던 경력의 소유자이며 그로 인해 감옥을 다녀온 인물이다. 출옥 이후 룸펜 생활을 하고는 있지만 사회적 의식은 여전히 살아 있는 인물이다. 「林檎」은 그런 '경수'가 룸펜 생활을 청산하고 노동 현장으로 들어갈 것을 다짐하는 것으로, 「鐵路交叉點」은 노동 현장에 복귀한 '경수'가 주민 대표들과 함께 철도회사와 대결하는 것으로 끝을 맺는다. 두 편의 소설은 생활 환경에서 비롯된 문제('후미끼리방' 설치)에 대해 집단적 대응 방식을 취하며, 이를 통해 사회적 의식의 각성을 유도한다는 점에서 카프 해소 이전 한설야 소설의 기본 문법과 유사하다고 할 수 있다. 그러나 「林檎」에서 가족의 빈한한 삶을 대하는 '경수'의 태도는 이전 소설들의 인물들과는 사뭇 구별되는 면모를 보인다. 표면적으로 가족의 가난은 사회적 빈곤을 재발견하는 계기이자 룸펜 생활을 청산하고 건강한 삶과 의식을 회복하는 과정의 매개이다. 그러나 이 소설에서 가족의 가난은 이전 소설들과는 다른 충위의 성격을 내포한다.

> 안악은 보이지 않았으나 취중에도 실로 무서운 광경이었다. 정주 가마 맡에 모여 앉은 올망졸망한 다섯 어린것들이 열어논 되창문안에 얼른 뵈였던 것이다. 개중에도 맨귀해 하는 웅석바지 막내딸이 고작 울고 있었던 것을 곧 알수 있었다. 무어니 무어니해도 이게 사람죽이는 풍경이 아니냐……
> 어린것들이 한결같이 부엌바당쪽으로 눈을 주고 있는것으로 밀우어보아 안해가 거기 있을것도, 또 아이들이 먹을 것을 졸르고 있었던것도 추칙할수 있었다.[3]

인용한 부분은 술에 취해 돌아온 '경수'의 시선에 포착된 집안의 풍경
이다. '올망졸망한 다섯 어린것들'과 누추한 집안 풍경은 이전 소설들처
럼 사회적 빈곤의 한 단면만을 제시하기 위한 것이 아니다. 저녁을 먹지
못한 아이들이 모여 앉은 모습을 '경수'는 '무서운 광경', '사람죽이는
풍경'이라고 말한다. 집안의 풍경이 무섭게 느껴지는 것은 청년 시절
깨닫지 못했던 아비로서의 자각이 개입되어 있기 때문일 것이다. 즉, 가
난하기 때문에 무서운 것이 아니라 아비로서의 책임을 느끼기 때문에
무서운 것이다. 개인의 빈곤이 사회적 문제로 환원되기 이전에 스스로의
처지와 실존적 문제를 환기하는 것이다. 이는 곧 한설야 소설 속에 개인
적 차원의 생활이 자각됨을 의미한다. '경수'가 아들 '길호'에게 사과를
사주고 집으로 돌아와 아내의 시선을 피하는 장면은 이런 생활에서 파생
된 개인적 문제와 사회적 문제의 갈등을 암시한다.

> 안해의 말이나 표정이 보기 싫었든 것이다. 다만 한개의 남편으로서나
> 아버지로서 비처지는 이 속된 인정의 찰라를 그는 물리처 버리고 싶었든
> 것이다. 그의 머리에는 지금 수다한자기와 안해와 아들이 서리어서 더위
> 잡히고 있지 않은가.[4]

'경수'는 자신이 발견한 생활의 모습을 그 자체로 수용하기보다는 이
를 사회적 범주로 확대하려 한다. 가난한 자신의 아이와 아내에게서 '수
다한' 아이와 아내를 발견하려는 것이나 순간의 '속된 인정'을 물리치려
하는 '경수'의 태도에는, 보편적이고 사회적인 차원의 시각을 확보해야
한다는 의식이 적극적으로 개입하고 있다. 가족에 대한 연민의 감정이
가족주의에 머물러서는 안된다는 당위에 의해 통제되는 것이다. 그러나

---

3) 한설야, 「林檎」, 권영민·이주호·정호웅 편, 『한국근대 단편소설대계29』(태학사, 1988),
   pp.71-72.
4) 한설야, 앞의 책, p.101.

이전의 한설야 소설에서 개인적 연민과 사회적 책무 사이의 갈등을 찾아
보기 어려웠다는 점을 고려한다면, 이런 갈등의 출현은 그 자체로 의미심
장한 것이다. 특히 아들 '길호'의 볼품없는 뒷모습을 보며 눈물을 흘리거
나 아내의 눈길을 의식하는 '경수'의 모습은, 조직 운동가로서의 면모보
다는 가족에 대한 애정과 책임을 자각하는 아비로서의 면모에 더 가깝다
고 할 수 있다.

그러므로 '경수'의 새출발은 사회적 의식의 재각성만으로 해결될 수
있는 문제가 아니다. 「林檎」의 '가난'에는, 가난한 생활로부터 파생되는
아비로서의 책임 의식과 빈곤의 사회성이라는 두 층위가 병존한다. 개인
적 차원에서 '경수'가 느끼는 생활의 문제를 방기한 채, 철도회사와의
대결을 매개로 룸펜 생활의 청산과 사회적 의식의 회복을 설정하고, 이를
통해 '경수'의 새출발을 해명하려는 「林檎」의 결말은 단선적일 수밖에
없다. 특히 '경수'가 룸펜 생활을 청산하고 노동 현장으로 들어가고자
다짐하는 부분은 과도한 의식성의 개입으로 인해 작위적인 느낌을 준다.

> 그와 가장 친하든 동무 몇사람도 얼마전부터 거기서 일을 하고 있다.
> 옛날에 같은 단체에 있었을 때는 물론이었지만 그후 룸펜으로서도 친분
> 이 두터웠든 그들이지만 지금은 저기서 일하고 있다. 제머리에 남아있는
> 몇자의 글씨와 과거에 가졌든 턱없이 높은 자만(自慢)이 그를 가로 막는
> 외에 그 무엇이 그가 그리로 가는 것을 막으랴. 몸도 퍽 튼튼하다. 일할
> 뜻도 죄다 마르지 않았다.(중략)
> 그는 이날에 비로소 제가 갈길을 찾은듯 하였다. 맨바닥으로 걸어가자!
> 거기서부터 다시 떠나기로 하자!5)

인용한 부분은 「林檎」의 결말 부분으로 '경수'가 룸펜생활을 청산하고
새로운 출발을 다짐하는 부분이다. 새로운 출발에 대한 다짐은 건강한

---

5) 한설야, 앞의 책, p.102.

의식과 삶의 회복 의지이며, 이는 곧 계급 운동에 대한 적극적인 지향을 의미한다. 그러나 이런 새로운 출발에의 의지는 소설의 내적 필연성으로부터 귀결된다기보다는 작가의 의식이 개입된 것으로 판단된다. 개인적 일상에서 사회적 의식으로의 비약과 단선적이고 관념적인 갈등의 해소 방식은 이전 카프 소설의 관습적 문법의 답습에 불과하다. 그러므로 '경수'의 이런 다짐이 소설의 내적 근거에 의해 뒷받침되지 않는다는 것은 「林檎」이 지닌 가장 큰 맹점이 아닐 수 없다. 느닷없는 주인공의 각성과 의지의 선언이 필연적이지 않다는 것은 작가 자신이 스스로가 처한 상황을 타개할 방안을 찾지 못하고 있음을 의미한다고도 할 수 있다. 이전과 달리 이념의 표출이 어려워진 상황임에도 불구하고 기존의 소설 문법을 벗어나지 못하는 데서 발생하는 난처함이 한설야 소설에도 반영되어 나타난다고 할 수 있을 것이다. 그러나 「林檎」에서 보이는 생활의 발견과 아비로서의 자각은 이후 「歸鄕」과 「泥濘」으로 이어지는 한설야 소설의 전개 양상에서 중요한 의미를 지닌다고 할 수 있다.

　「林檎」에 나타난 생활의 문제가 본격적으로 다루어진 작품이 1939년 발표된 「歸鄕」이다. 이 소설은 '귀향'이라는 모티브를 통해 본격적인 생활 세계로의 진입을 다루고 있다. '귀향'이라는 유사한 모티브를 사용하고 있는 「過渡期」에서 '창선'의 만주로부터 귀향이 본격적인 계급운동의 시작을 의미한다면, '기덕'의 귀향은 생활 세계로의 귀환이며 빚더미만 남은 세계로의 귀환이다. 사회운동에 관여했다가 투옥되었던 주인공 '기덕'은 출소 후 고향으로 돌아온다. 아버지와의 갈등으로 집을 떠났던 '기덕'의 귀향은 곧 아버지와의 화해를 의미한다. '기덕'과 '유단천'의 갈등은 세대 갈등이자 이념 갈등라 할 수 있다. 봉건적이고 관습적인 사고방식의 소유자였던 아버지와 진보적인 사회주의자였던 아들의 갈등은, 기성세대와 새로운 세대 간의 갈등이자 보수와 진보의 갈등이다. 이 갈등은 '기덕'이 귀향하고, 이미 약해진 아버지가 아들의 사고방식과 삶의 태도를 인정하는 방식으로 해소된다.

'못된물이 잘되는 세상에서 잘되라고 욕하는 내가 글르지'6)

　'군청고원이든지 순사든지 하다못해 면서기라도 못단기냐 말이다'라고 '기덕'을 책망하고 끝내 부자의 연마저 끊었던 '유단천'은, 출옥한 '기덕'의 귀향을 기다리며 스스로를 반성한다. 세속의 욕망을 쫓아 살아온 자신의 삶과 그런 삶의 방식을 자식들에게 강요했던 과오를 인정하는 순간, '기덕'과 '유단천'의 화해는 이미 예정된 것이다. 이런 갈등 해소의 과정에서 특이한 점은 아버지의 반성을 토대로 화해가 성립된다는 것이다. 갈등의 두 축인 아버지와 아들이 서로 반성하고 변화하는 방식이 아닌 아버지 세대에 대한 아들 세대의 이념적 우월성을 드러내는 일방적 방식으로 화해가 이루어진다. 물론 '기덕'이 자신의 이념을 온전히 유지하며 귀향하지만 자신이 생각한 바를 실현하지는 못한다. 아버지와의 화해 이후 '기덕'은 자의든 타의든 아버지의 역할을 대신해야 하는데, 이는 곧 '기덕'이 이념과는 거리가 먼 생활 세계의 문제와 직면하게 됨을 의미하기 때문이다. 그러나 일정정도 작가적 욕망이 반영된 듯한 이런 화해의 방식을 통해, '기덕'은 자신의 이념을 고수하면서도 '집', 즉 생활의 세계로 돌아오는 명분을 얻게 되는 것이다.

　생활로 귀환하는 실목에서 아버지와의 회해는 중요한 문제라 할 수 있다. 봉건의 타파와 급진적 사회개혁을 고민하는 아들들에게 전근대와 관습을 상징하는 아버지는 극복과 부정(否定)의 대상이다. 갈등의 대상이었던 아버지를 긍정하고 그와 화해하는 것은 그 아들들이 생활로 돌아오게 될 때이다. 한설야는 생활로 진입하려는 인물들에게서 갈등의 대상이

---

6) 한설야, 「歸鄕」, 권영민·이주호·정호웅 편, 『한국근대 단편소설대계29』(태학사, 1988), p.588.

었던 아버지의 모습을 발견해냄으로써 아버지와의 화해를 암시한다.

> 웃을때의 기덕이의 웃입설에서 그는 너무도 아버지의 그것과 같은 모
> 습을 발견하였다. 아버지와 아들은 본래부터도 어덴지 모르게 비슷한
> 점이 있었지만 이렇듯 흡사한 특징은 어머니로서도 일즉 찾어본 일이
> 없었다.
> 다짜고짜로 사람을 후려부려치랴는 성난때의 아버지의눈독과 무었을
> 꿰뚫을듯이 무거운 위압을 주는 침중한 아들의 눈쌀은 비슷한듯하면서
> 도 인상이 각각 판이하건만 웃음 짓는 싹싹한 반면만은 어쩌면 그리도
> 흡사할가.[7]

> "옳지 꼭 그의아버지 모습이야"
> 사람은 어쨌든 나이먹으면 그부모 모습을 나타내는건가부다고 민우는
> 생각하였다. 알은 작지만 그 씩씩하고 연설 잘하기로 이름난 박군도 어느
> 새 늙었구나 싶었다. 그리하야 박군도 그렇게 서루 싸우던 그아버지의
> 모습으로 차차 변하여가는것이라 생각하니 사람의일이란 실로 헤아리기
> 어려운것이다.[8]

「歸鄕」의 인용 부분은 '기덕'의 어머니가 아들의 웃는 모습에서 남편
의 모습을 생각해내는 장면이다. 부자의 연을 끊고 집을 떠난 아들에게서
아버지의 모습을 발견하는 것은 이후 전개될 아버지와 아들의 화해를
암시하는 것이라 할 수 있다. 또한 「泥濘」에서 '민우'가 우연히 마주친
'박군'의 모습에서 '물과 불'처럼 갈라서 있던 그의 아버지를 발견하는
것 역시 '박군'과 그의 아버지의 화해를 암시한다.

소설 속 인물들이 갈등의 대상이었던 아버지를 닮아간다는 것은 근친
성의 재확인이자 아버지와의 화해를 암시하는 것이다. 그리고 그 화해는

---

7) 한설야, 앞의 책, p.591.
8) 한설야, 「泥濘」, 『문장』, 1939.5, p.26.

생활 세계로 귀환하게 되는 계기임을 의미한다. 「歸鄕」에서 '기덕'은 아버지와의 화해 이후 아버지를 대신하게 된다. 비록 빚더미만 남은 집안이지만 가장으로서 생활 세계를 떠안게 되는 것이다. 또한 '청년회패중에서는 그전에 극장에서 연설두 하구 제일 똑똑'했지만, 지금은 도청 사회과에 취직하여 '월급도 그패중에서는 제일 많이 받는다'는 「泥濘」의 '박군' 역시 그의 아버지와 화해했으며 아버지로부터 '존경'까지 받으며 산다. 세대 갈등의 주요한 원인이었던 이념이 생활의 세계에서 그 효용성을 상실하게 되며, 아버지와의 화해는 그런 생활 세계에 대한 인정을 의미하는 것이다.

한설야 소설에서 아버지와의 화해가 생활 세계로 진입하는 주요한 계기가 된다면, 아버지로서의 자각은 본격적인 생활 세계의 전개를 나타낸다. 아버지와 화해하고 생활 세계로 돌아온 한설야 소설의 인물들은 스스로가 아버지임을 자각한다. '아비'로서의 자기 존재는 생활이라는 테두리와 가족이라는 관계 속에서만 확인할 수 있는 것이다. 카프 활동 당시 한설야 소설의 주인공이 주로 '청년'이었던 것과는 달리, 1939년 이후 가족의 일상사를 배경으로 아이들과 아내가 등장하는 소설에는 주인공이 늘 아버지로 설정되어 있다. 소설의 인물들이 청년에서 아버지로, 20대에서 30대로 변화한 것은 소설의 중심이 사회 개혁에서 생활의 문제로 옮아갔음을 암시하는 것이라 할 수 있다. 소설의 인물이 아버지임을 자각하는 것은 곧 스스로가 생활 세계에 처해 있음을 자각하는 것과 동가의 일이다.

> 그리고 자식들에게 대한 태도도 많이 변했다. 그전에는, 어려서 다리를 앓아서 끝내 한쪽 다리를 잘록거리는 맏놈은 물론, 그다음 아이들 이름조차 잘 불르려고 안하고 무슨 잘못이 있던가 울던가하면 당장 욕하고 따리고 했는데 지금은 그버릇이 없다.[9]

　‘청년회’ 활동을 하던 시절 자식들에게 무관심했던 ‘민우’는 감옥을 다녀온 이후 아이들의 학교 성적이며 재주에 대해 관심을 갖는다. 아이들이 관심의 대상이 되는 것은 곧 ‘민우’ 스스로가 아버지임을 자각하는 것이며, 이는 ‘민우’가 은근히 ‘취직운동’을 하고 다니는 것과 크게 동떨어진 문제는 아니다. 청년 시절과는 달리 생활 세계에서는 가족의 생계를 부양해야 하는 아비로서의 역할 문제가 제기되는 것이다. 흥미로운 것은 한설야 소설의 ‘아버지’들은 대부분 아버지로서의 역할을 다하지 못한다는 점이다. 이 시기 한설야 소설의 문제적 상황은 인물들이 그런 상황에 처해 있음을 깨닫는 데에서 발생한다. 「泥濘」의 ‘민우’, 「술집」의 ‘한민’, 「報復」의 ‘종태’, 「種痘」의 ‘경구’, 「摸索」의 ‘남식’, 「아들」의 ‘학선’ 등 39년 이후 한설야 소설의 중심 인물들은 일정한 직업이 없거나 무능력한 아버지들이다. 역설적으로 아버지의 위치와 역할은 주인공이 제 자리에서 가장의 역할을 다하지 못할 때 환기된다. 특히 현실의 제도와 맞닥뜨렸을 때 자신의 무능력과 그에 대한 자의식이 확연히 부각된다.

　　그는 우선 풋면목이나 있는 병원으로 찾아가 보았다. 그러나 문은 거개 굳게 걸려서 아무리 두드려도 대꾸가 없다. 두드리는 손에 노상 권위가 없었던것도 사실이다. 의사가 나와서 수술할테니 입원수속하시오 하는 경우의 자기자신을 그는 잊어낼수 없는 것이다.[10]

　아픈 아들 때문에 병원을 찾은 ‘한민’의 심리는 착잡하다. 아들의 병세를 생각하면 의사가 서둘러 문을 열고 나와주길 바라지만, 덜컥 입원이라도 해야 한다면 그 병원비를 감당할 자신이 없기 때문이다. 그러므로 병원문을 두드리는 ‘한민’의 손에 ‘권위’가 없다. 또한 ‘한민’은 아들을

---

9) 한설야, 앞의 책, p.5.
10) 한설야, 「술집」, 『문장』, 1939.7, p.54.

진찰한 외과 의사에게 병명을 물어보지 못하고, 반말하는 의사 조수를 못마땅해 하면서도 항의하지 못한다. 이런 '한민'의 모습은, 「報復」의 '경찰서', 「摸索」의 '우체국', 「種痘」와 「아들」의 '학교' 등의 현실적 제도들 앞에서 무력한 인물들의 모습과 유사한 것이라 할 수 있다. 이렇게 현실적 제도 앞에서 무기력한 인물들의 모습은, 「林檎」의 '경수'가 역장 앞에서 보이는 당당한 모습과 대조적이다. 「林檎」을 비롯한 이념 지향적 소설의 등장인물들은 작가의 세계관을 표상하며 이념을 실현하는 인물 들이기에 투쟁의 대상이 되는 제도들에 당당할 수 있는 반면, 생활의 세계에서 전개되는 39년 이후 소설들의 인물들은 자기 의지가 약화되며 환경과 제도에 굴복하는 모습을 보일 수밖에 없는 것으로 해석된다. 즉, 「林檎」의 '경수'가 이념의 기호였다면, 아버지로서 생활을 살아가는 39 년 이후의 한설야 소설의 인물들은 일상의 기호라 할 수 있을 것이다.

3. 닫힌 공간과 생활의 발견

「泥濘」을 필두로 한 1939년 이후의 한설야 소설이 자리하는 세계는 본격적인 생활의 세계이다. 「泥濘」, 「種痘」, 「太陽은 병들다」, 「摸索」, 「波濤」 등의 작품들은 주로 생활에서 발생하는 사소한 사건들과 갈등들 을 다룬다. 이전의 한설야 소설들과 달리 이들 작품들이 지니는 두드러진 특징 중의 하나는 공간의 변화이다. 경향적 성격을 지닌 작품들이 '거리' 와 '공장' 혹은 '농촌'을 중심으로 전개되었다면, 이 시기 한설야의 소설 은 주로 '집'과 '방'을 중심으로 전개된다. '거리'와 '공장' 혹은 '농촌'을 중심으로 전개되는 39년 이전의 한설야 소설이 적극적인 이념 지향성을 보이는 것에 비해, 이 시기 한설야 소설이 '집' 혹은 '방'을 중심으로 한 개인적 생활의 문제를 집중적으로 다루고 있는 것은 작가의 경험 영역

의 변화와 관련이 있을 것이다. 카프 해산과 문학적 지형의 급변, 객관적
정세의 악화에 따른 대외적 활동의 중단과 의식의 굴절 등이 작가의 경험
영역을 협소하게 만든 듯하며, 이것이 곧 서사 공간의 변화를 수반하는
것으로 보인다. 이 시기 소설의 공간이 '집' 혹은 '방'을 중심으로 전개되
는 것은 소설의 등장인물이 대부분 직업이 없는 룸펜 생활을 하고 있는
것과 관련된다.

> 이 조그맣고 찌그러진 대문에 비교적 완구한 걸쇠를 만든 남편의 심리
> 에는 도둑이나 거랭뱅이를 예방한다는 외에 다분히 말썽군이 동리 아낙
> 네를 막으려는 맘이 섞여 있었든 것이다.11)

'조그맣고 찌그러진 대문'은 생활의 누추함이 나타나기도 하지만, 그
대문에 걸린 '완구한 걸쇠'는 직업이 없이 집에 머물러 있으며 집안일이
나 해야 하는 '경구'의 착잡함이 숨어 있다. 가장임에도 일정한 직업이
없는 이런 인물 유형은 생활의 문제를 다루는 한설야 소설에서 자주 발견
된다. 출옥 후 취직 운동을 하는 '민우'(「泥濘」), 돈벌이는 못하고 집에서
메주나 빚는 '경구'(「種痘」), 많지 않은 부모의 유산으로 살아가는 '나'(「
太陽은 병들다」), 재산있는 과부와 결혼한 '명수'(「波濤」) 등 한설야 소설
의 대부분의 인물들은 무능력한 남편이거나 아버지들이다. 그러므로 '집'
과 '방'은 사회적 활동을 하지 않는 인물들의 주된 활동 공간이 되며
소설의 갈등이 발생하는 공간이 된다. 정주에서 아낙들이 나누는 소리가
들려오는 「泥濘」과 「太陽은 병들다」의 윗방, 친구들과 왕래를 끊고 사는
「波濤」의 골목안 집은 모두 사회와의 직접적인 접촉이 단절된 공간이다.
　이런 서사적 배경인 집 혹은 방은 인물들로 하여금 사회적 관계로부터
이탈하여 가족과 일상 생활의 문제에 집착하게 하는 요인이 된다. 사회와

---

11) 한설야, 「種痘」, 『문장』, 1939.8, pp.5-6.

직접 접촉함으로써 그 사회와 끊임없이 갈등하는 보다 열린 활동 공간에서 생활은 부차적인 문제일 것이다. 그러나 활동 공간이 집과 방일 수밖에 없는 한설야 소설의 인물들에게 생활이란 매순간 부딪혀야 하는 주요한 문제로 부각된다. 그러므로 생활이란 닫힌 공간에서만 발견된다고도 할 수 있다.

일상 생활과 가정사가 사회 현실과 관련된다는 점에서 '집'과 '방'은 현실의 축도이며, 생활의 문제는 사회적 문제와 분리될 수 없음은 물론이다. 그러나 닫힌 공간에서 생활의 형식으로 접하게 되는 현실의 문제들에 대한 등장인물들의 태도는 지극히 냉소적이다. '손바닥만한 숨막히는 뜰악'(「種痘」)이나 '숨막히는 오막집'(「摸索」)에 머무는 인물들은 스스로 '구절구절하고 어둡고 좁고 초라한 세상에만 처백혀있다고 생각'(「摸索」)한다.

사회적 연관을 상실한 인물들에게 외부세계도 닫힌 공간의 연장일 뿐이다. 그들의 시선에 포착된 외부 세계는 '눈지방이 비뚜러지는 언짢은 일'(「摸索」)로 가득 차 있다. 비판적 의식은 잔존해 있지만 그것을 실현할 수 있는 활동 공간을 상실한 인물들에게 당면한 현실 상황은 지극히 환멸스러운 것으로 나타난다. 그러므로 이즈음 한설야 소설에 나타난 생활은 「泥濘」의 제목처럼 '진흙구덩이'같은 '불쾌한' 상태로 그려진다.

> 민우가 맘가운데 저울을 들고 정주에 모인 안악네들의 미리를 달아보기시작한지 이미 이윽하되 저울추는 거이 움직임이 없다. 아무것도 없는 것이나 일반이다. 그는 사막과같이 텅부인 공허감(空虛感)을 느끼는 한편, 사람의지혜를 진창으로 반죽 해주라는 무서운 우치(愚痴)의 세계를 또한 본다. 그것은 지옥을 보는것보다 더싫고 미운일이다.[12]

---

12) 한설야, 「泥濘」, 『문장』, 1939.5, p.15.

윗방에 누워 있는 '민우'는 정주에 모인 아낙들의 대화를 엿듣는다. 아내를 비롯한 아낙들의 대화란 곧 세상 인심과 풍속을 전해 듣는다. 풍문의 형식으로 전해지는 옛친구들의 근황은 곧 時俗의 변화이자 '민우' 자신이 당면한 생활의 진면목이기도 하다. 아낙들은 '돈버릴 하라면 무슨 파문이나 당하듯이 꺼리던 사람들'이 감옥을 다녀온 지금은 '단돈 이삼십원 버리'라도 잡고 살아가려 하는 것을 '철들이 나서 그런지 세월 좋아져서 그런지'라고 평가한다. '민우'는 이런 아낙들의 이기적인 욕망과 단순한 세계관을 불쾌하게 생각한다. 그러나 '민우'의 불쾌감이 발생하는 데에는 아낙들의 사고방식과 몰염치보다는 천박한 현실 상황이 더 크게 작용하는 것으로 보인다. 즉, 일상적 삶에 적응해가는 옛친구들과 그로 인해 환기되는 자신의 처지, 아내를 비롯한 아낙들의 사고와 욕망을 지배하는 현실 원리의 비속함, 그리고 윗방에 누워 아낙들의 대화를 엿듣고 있어야 하는 자신의 난처한 상황 등, '민우'가 자리한 생활 세계 자체가 불쾌감의 근본 원인이라 할 수 있을 것이다. 불쾌감 혹은 환멸의 감정은 비속한 현실 상황을 적극적으로 비판하고 그것과 대결하려는 태도가 미약할 때 발생하는 것이다. 이전과 달리 이 시기 한설야 소설에서 냉소적 시선이 우세한 것은 이념을 유보한 채 생활이라는 닫힌 공간에서 살아야 하는 자아상과 깊은 관련이 있는 것으로 판단된다.

4. 생활의 의미와 환멸의 서사

카프 해산 이후 한설야 소설의 인물들이 직면하게 되는 생활 세계의 본질은 비교적 명확하다. 그것은 소설 속에서 주인공으로 하여금 끊임없이 생활을 환기하게 하는 아내를 통해 제시된다.

민우가 거기서 나온지도 벌써 거이 반년이 된다. 민우가 돌아온후, 온집
이 다만 반가운 빛과 소리로 찾던 한동안이 지나간 그뒤에 온 안해의
당부는 제발 이제부터 되지두않을 딴생각말구 살아갈 연구-안해는 늘
이렇게 말한다-를 하라는거다. 민우가 낸들 어디 살일 안허구 죽을연굴하
느냐고 웃으면 안해는 아니 그런게아니라 인제 남의일 다 알안곳 할것없
이 집안일에만 고시라니 착념하라는거다.[13]

아내의 당부 속에서 '되지두않을 딴생각'과 '남의일 다 알안곳'하는
것은, '살아갈연구'와 '집안일에만 착념'하는 것과 대비된다. 그것은 곧
'도끼'와 '글'의 대비와 같은 것이다.

그러다가 낭중은 민우더러 글까지 쓰지말라는거다. 글없는 사람은 글
이 필요할 때면 아무데 가서도 돈 안주고 얻어오지만서두 곁집에 도끼
빌러가면 있구두 없답디다, 하는 안해는 사실 민우가 거기 가있는 한
사년동안에 글보다 장작팰 도끼가 더 필요하다는걸 육신으로 체험한 것
이다.[14]

'살아갈연구'나 '집안일에만 착념'하는 것이 곧 생활이라면, 그 생활을
지탱하는 것은 '글'이 아닌 '도끼'이다. 생활의 원리를 지배하는 것은
'도끼'로 상징되는 물질적 가치인 것이다. 아내는 실제 생활에서 '글'보
다는 '도끼'가 더 유용함을 '체험'에 의해 터득한다. 이런 아내의 가치체
계의 기저에는 換錢性이 자리한다. 그러므로 아내는 '글'도 '몇백원' 혹
은 '몇천원 현상'이 붙으면 가치있는 것이며 따라서 '시속을 잘맞훠서
쓰면 팔모야광주보다 낫다'(「泥濘」)고 하기도 하며, '定價'도 없고 그나
마 '십원'은 될 거라 한 것이 '사오원밖에 안되는 원고료'(「世路」)는 '일정
한 수입이 있는 월급자리'(「摸索」)만 못하다고도 생각한다. 환전성의 여

---

13) 한설야, 앞의 책, p.3.
14) 한설야, 앞의 책, p.3.

부에 따라 가치의 우열을 판단하는 아내의 사고방식은 자본주의적 생활 원리의 정확한 반영이라 할 수 있다. 출옥한 한설야 소설의 인물들이 생활에서 맞닥뜨린 것은 '거대한 교환 가치적 질서'15)가 지배하는 자본 주의 일상인 것이다.

한설야 소설에서 환전성의 질서가 지배하는 자본주의 일상세계를 표 상하는 인물들이 '아내들'이다. 특히 「宿命」의 '아내'는 환전성의 질서에 적응해 살아가는 생활적인 인물의 전형이다. 아내는 '일원오십전에 주고 사서 싫건 알을 내'고 '이원'에 '닭'을 팔아 '오십전'을 남기고 그 돈으로 '삼원 주고도 못산다는 운동화'를 '일원육십전' 주고 사온다. 이런 아내 에 비해 '치술'은 그 닭을 다시 '이원 오십전'에 사온다. '닭'을 매개로 드러나는 '아내'와 '치술'의 사고방식의 차이는 현격하다. 아내가 생활의 질서에 충실하다면, '치술'은 현실의 질서를 위반하면서도 생명에 대한 연민을 고수하려 한다. 생활의 질서를 고수하려는 아내와 그런 질서에서 비껴 서려는 남편의 모습은 한설야 소설에서 반복적으로 등장한다. 「泥 濘」의 '글'과 '도끼' 혹은 「摸索」의 '원고'와 '정가표(定價表) 붙은일'은, 「宿命」의 '치술'과 '아내'가 보이는 사고방식의 차이에 대한 또 다른 변 주라 할 수 있다.

이런 차이에 의해 한설야 소설에서 주인공들은 끊임없이 아내와 갈등 을 겪을 수밖에 없다. 「泥濘」, 「種痘」, 「宿命」, 「摸索」, 「世路」에서 아내 들은 지극히 생활적이면서 주인공들로 하여금 끊임없이 생활을 환기하 게 하는 역할을 한다. 이들 소설에서 아내들이 현실적 삶을 표상하는 생활의 기호들인 반면, 주인공인 남편들은 무능력하거나 끊임없이 생활 의 원리에서 벗어나려 한다. 이런 주인공들의 관점에서 보면 아내들의

---

15) 이경훈, 「이후(以後)의 풍속」, 문학과사상연구회, 『한설야 문학의 재인식』(소명, 2000), p.189.

지극히 생활적인 면은 대개 혐오의 대상이 된다. 생활을 표상하는 아내와의 갈등은 곧 현실과의 갈등을 암시한다. 한설야 소설의 인물들에게 생활 현실은 '산눈뺄세상'(「泥濘」)이며, '눈지방이 비뚜러지는 언짢은일'(「摸索」)로 가득 차 있다.

> 대체 오고가는 사람들의 옷매무새와 걸음거리만 보아도 밉성이다. 아무 광채도 영리함도 사람따움도 찾을 수 없는 그런따위 바보의 거림자가 춤을 추고있는 것이다.16)

외부세계를 바라보는 화자의 시선은 냉소적이다. 거리를 지나는 사람들이 '밉성'이며 바보스럽다고 느끼는 화자의 환멸은, '행길바닥 높고 낮고 크고적은 건물 이마패기와, 뺨따구니에 처붙인 간판주련의 글자'(「摸索」)와 같은 표현에서도 반복된다. 그리고 외부세계뿐만 아니라 자신에 대한 환멸로도 나타난다.

> 그는 뜻하지 않고 관속에 가로누운 자기를 생각하였다. 그 관뚜께우에 먹으로만 쓴 글씨 – 민우의 약력이 나타난다. 그담에는 주묵글씨 또 그담에는 백묵글씨……이렇게 수없이 바뀌어지나. 그리다가 이 가지가지 빛깔글씨가 얼룩덜룩 섞여 쓰인 것이 보인다. 그는 또한번 몸소름을 친다.17)

아내들은 생활적인 욕망의 소유자들이며 현실 원리에 충실하다. 주인공들인 남편들은 모두 지극히 생활적인 아내들을 혐오한다. 그러나 그런 혐오는 결국 스스로에 대한 혐오에 불과하다. 아내들에 의해 환기되는 자신의 위치나 의무는 피할 수 없는 생활 세계의 진실이다.18) 전직 사회

---

16) 한설야, 앞의 책, p.25.
17) 한설야, 앞의 책, p.27.

주의자인 주인공들의 눈에 비친 아내의 모습은 생활 세계 처한 자신의 모습을 발견이기도 하다. 거리를 걷는 낯선 사람들을 보며 '대체 오고가는 사람들의 옷매무새와 걸음거리만 보아도 밉성'이라고 하는 것이나 '바보의 거림자가 춤을 추고있는 것'이라는 화자의 환멸적 태도는 결국 자기 자신의 삶을 반추하는 순간에도 여지없이 드러난다. 수없이 바뀌어 나중엔 얼룩투성이가 되어버리는 '약력'은 전향자의 씁쓸한 자기 반성이자 현재 자신의 냉소적 심리상태를 상징한다. 외부세계만이 아니라 자신도 환멸의 대상이 되는 것이다. 이런 한설야의 인물들이 보이는 환멸적 태도는 그들이 보이는 생활 세계에 대한 미묘한 입장과 깊은 관련이 있는 것으로 판단된다. 그들은 생활 현실을 부정적으로 보면서도 어쩔 수 없이 거기에 적응해 살아야 한다. 생활은 선택의 문제라기보다는 적응의 문제로 주어지는 것이다.

> 차라리 세속을 멀리 떠나서 살도리를 하든가 그렇지않으면 남들처럼 바람부는대로 돛을 달고 시속을 따라가며 맘을 안취시켜야할것인데 이건 그것도 저것도아니니 어쩌자는 노릇일가고 혼자 한탄하고 혼자 고소

---

18) 한설야 소설에서 주인공들은 그런 아내와 대립하면서도 아내에게서 보이는 강한 생활력에 무의식적으로 견인되기도 한다. 아내에 대한 이중적인 태도는 결국 생활에 대한 주인공들의 이중적인 태도를 의미한다. 한설야 소설의 인물들은 생활 세계를 혐오하면서도 그 생활을 견뎌내야 한다는 이중의 과제를 떠안고 있는 것이다. 「泥濘」의 민우나 「種痘」의 경구, 「모색」의 '남식'은 생활적인 아내를 싫어하지만, 이들 소설들의 말미에서 주인공들은 아내에게서 보이는 강한 생활력을 이끌리기도 한다. 「泥濘」에서 '족제비 사건'이나 「종두」의 '철이네'와의 갈등, 「모색」의 공급소에서의 다툼, 「숙명」의 땅파는 아내의 모습 등에서 주인공들은 아내에게 고마워한다거나 혹은 아내에게서 '숨겨진 보배'같은 것을 발견한다. 이는 아내에게서 생활인으로서의 진면목을 발견하는 것이며, 함께 생활을 살아가야한다는 사실의 재인식이기도 하다. 그것은 생활의 발견 이후에 뒤따르는 '생활을 살아가는 힘의 발견'이라 할 수 있다. 벗어날 수 없는 범주로서의 생활을 인식할 때, 그 생활을 살아가는 힘을 발견하는 것은 생활을 새로운 갈등의 장으로 인식하고 그것과 대결하려는 의지를 재확인하는 것이라 할 수 있다.

(苦笑)하는일도 있다.[19]

　'세속'을 떠날 수도 없고 그렇다고 '시속'에 적당히 맞춰 살 수도 없는 것이 30년대 후반 한설야 소설의 인물들의 난처한 상황이다. 이미 생활 세계에 진입했기에 세속의 삶을 버릴 수는 없지만 그렇다고 '눈지방이 비뚜러지는 언짢은일'로 가득 차 있는 현실에 맞춰 사는 것도 쉬운 일은 아니다. 현실을 부정적으로 보면서도 그 현실을 벗어나거나 교정할 수 없을 때 환멸의 태도는 발생하는 것이다.

　그러므로 이즈음 한설야 소설의 인물들은 '아내들'과 '안민'(「杜鵑」)의 사이 어디쯤에 서 있다고 할 수 있다. 「杜鵑」의 '안민'는 한설야 소설에서 드물게 긍정적인 인물로 그려지고 있다. 현실과 일체의 타협없이 살다 자살한 '안민씨'는 '아내'로 상징되는 생활의 반대편에 자리하는 인물이다. 이 소설에서 '두견새'는 지조와 절개를 지키며 살다간 '안민씨'를 상징한다. 화자는 선비로서의 삶을 살다간 '안민씨'를 '미친 사람'으로 보는 세상을 비판하면서도 비속한 현실을 견뎌내는 한 정신을 발견하다. 그러나 이미 생활세계에 진입해버린 한설야 소설의 인물들에게 '안민'의 삶은 하나의 관념에 불과하다. 그들은 현실에 대해 환멸을 느끼면서도, 가족들에 대한 '무거운 책임'(「摸索」)을 느끼며 '진창'같은 삶에 적응해 살아가야 하는 것이다. 그러므로 1939년 이후의 한설야 소설은 이런 교착 상태에서 발생하는 것이라 할 수 있다.

5. 결론

　카프 해산 이후 한설야 소설은 생활의 발견과 그 생활과의 갈등을

---

19) 한설야, 「摸索」, 『인문평론』, 1940.3, p.123.

중심으로 진행된다. 내외적인 조건의 변화에 따른 이념의 약화와 경험 지평의 변모에 의해 그의 소설은 생활 세계의 문제들을 주로 다루게 된다. 본고는 이런 변화의 양상을 가족 관계와 공간의 변화를 매개로 살펴보았다. 가족의 발견과 아버지와의 화해, 아비로서의 자각이 생활 세계를 발견하는 계기로 작용하고 있으며, 그 생활 세계는 곧 '집' 혹은 '방'이라는 닫힌 공간으로 인식되고 있음을 밝혀 보았다. 그리고 닫힌 공간에서의 위축된 사회적 의식이 환멸의 태도로 귀착되고 있음을 통해 한설야 소설 의식의 일단이 여전히 사회 비판적 경향과 닿아 있음을 살펴볼 수 있었다.

　이념과의 거리 측정을 통해 한설야 소설의 변화를 '전향 소설'로 보거나 '후일담 소설'로 파악하는 것은 그 판단의 정확성 여부를 떠나 30년대 후반기 한설야 소설의 유의미성을 상당부분 은폐하는 것으로 보인다. 한설야 소설에 나타난 생활 세계가 단순한 이념적 진공 상태가 아닌, 환전성의 현실원리가 작용하는 자본주의 일상이라고 한다면, 이 시기 한설야 소설에 대한 보다 적극적인 평가가 가능해질 것으로 판단된다. 또한 현대소설의 일상성이라는 관점에서 한설야 소설의 인물들이 생활의 장에서 보이는 다양한 태도에 대한 다각적인 접근도 뒤따라야 할 것으로 보인다.

김윤식.『한국근대문예비평사연구』. 일지사. 1976.

문학사상연구회.『한설야문학의 재인식』. 소명. 2000.

이상갑.『한국 근대문학과 전향문학』. 깊은샘. 1995.

임　화.『문학의 논리』. 학예사. 1940.

장석홍.『한설야 소설 연구』. 박이정. 1997.

Abstract

A Study on Han Seul Ya's Novel
in the latter half of 1930's

Na, Myoung-Sun

The purpose of this study is to analyse the aspect of 'Living' and its meaning appears in Han Seul Ya's novel. After the dissolution of KARP, a matter of 'Living' become a important question in Han Seul Ya's novel. Especially, through the discovery of the family, reconciliation with father and self-consciousness

This article analyses the aspect of 'Living' and its meaning in Han Seul Ya's novel through the intermediary of relationships of family and change of space. Discovery of family, reconciliation with father and self-consciousness of paternalism. These provide opportunities to find the world of 'Life'. The world of 'Life' is recognized by the closed spaces, that is 'House' or 'Room'. Han Seul Ya's novel is still in contact with the trends of social-criticism. This is revealed through leading shrunk social consciousness to the disillusioned attitudes.

주요어 : 한설야. 생활. 일상성. 환멸.

退溪의 詩世界와 心身修練法의 關係

윤경희*

1. 序論

조선시대의 성리학은 한국사상의 철학적 심도를 심화시킨 학문으로, 그 시대의 우리 문화를 질적으로 고양시킨 사유체계이다. 性命義理之學으로서 성리학은 義理之學, 理學, 道學이란 명칭이 의미하듯이 인간이 지닌 본성과 도리를 궁구하는 학문이다. 조선성리학의 집대성자인 退溪 李滉(1501-1507)은 한국 사상의 철학적 심도를 심화시키고 우리 문화를 질적으로 고양시켰다. 따라서 그에 대한 철학과 문학 방면의 연구 업적 또한 많이 축적되어 있다. 근래에는 ≪活人心方≫을 중심으로 도인체조에 대한 관심도 높아지고 있다. 다만 이러한 연구들이 연구자 각자의 영역에서 분산적, 산발적으로 진행되어 연계적 이해의 장이 마련되지 못한 실정이다.

이에 본고는 퇴계의 철학 중에서 이기론적 인간관에 대한 인식을 바탕으로 시세계와 심신수련법의 관계를 통일적으로 시론해 보고자 한다.

---

* 고려대 병설 보건대 교수

원래 사상과 문학이 비현실적인 사고방식이나 상상만의 산물이 아니라 주체의 일상적으로 영위되는 현실 생활을 통하여 구현되는 이상, 주체의 심신수련 방법과 밀접한 관련이 있다고 생각하기 때문이다.

2. 退溪의 理氣論的 人間觀

시세계와 심신수련 방법의 관련성을 구명하기 위한 전단계로 여기서는 퇴계의 인간관을 살펴보고자 한다. 그의 인간과 자연에 대한 기본 입장이 그의 철학의 골격을 이루며, 또한 그 내용이 시세계와 심신 수련법의 방향성에도 깊은 영향을 미친다고 보기 때문이다.

철학이란 근본적으로 참된 삶의 가치를 모색하는 학문이다. 동양철학 중에서 그 어느 유파보다도 윤리적 성향이 강한 유학의 경우, 윤리적 존재에 대한 자각과 실천은 특히 중요하다. 유학에서는 인간은 乾坤, 즉 천지를 부모로 하여 태어나 천지와 더불어 살아가는 존재하고 간주한다.[1] 인간은 천지로 표현되는 우주 자연의 분신적 존재이므로 인간의 궁극적 행복과 완성도 자연에 귀의하여 조화롭게 사는 데 있다는 '天人合一'의 사상은 실로 이런 관념의 발로인 것이다.

퇴계의 인간관도 기본적으로 이런 입장 위에서 출발한다. 다만 그는 성리학자이니 만큼, 송대 주자학의 理氣論으로 재구성된 인간관을 확립하게 된다. 그는 太極을 인간 존재의 궁극적 근거로 삼는다. 그리고 주자학에서 태극은 만물의 존재를 가능케 하는 궁극적 원리인 理이기도 하다. 모든 현상의 원리와 원인(所以然인)인 理에 의해 氣도 생성 된다.

성리학에서 만물의 생성시초에 바탕을 이루는 물질적인 요소가 氣이

---

1) 윤사순, ≪조선시대 성리학의 연구≫, 민족문화연구원, 1998, 53면.

다. 기의 구체적 내용은 陰陽과 五行인데, 이것이 인간을 포함한 만물의 물질적 바탕이다. 퇴계는 사물의 현상적 존재의 측면을 나타낼 때는 氣質이란 용어를 쓰기도 하는데, 이러한 기는 生滅, 淸濁, 屈伸의 속성을 지니고 있다.[2] 기가 지닌 이런 속성을 이해, 체득하는 것은 퇴계의 심신수련법에서 중요하다. 왜냐하면 물질적 기초를 이루는 재료가 음양 오행의 기라면 현존하는 생명체로서의 인간 신체도 결국 이러한 재료로 이루어졌기 때문이다.

현존하는 만물은 氣로 생성되어 존재하지만, 그 기의 생성 자체는 理로 말미암은 것으로 보는 것이 퇴계의 이기론적 인간관의 핵심이라 할 수 있다.[3] 다만 인간이 타고난 기질의 다양한 속성으로 인하여 인간 안에서도 聖人과 愚人의 차이가 있게 되고, 건강한 사람과 병든 사람의 현상적 차이도 나타나게 된다. 그러나 이는 기의 불균형, 부조화로 인한 일시적 현상일 뿐, 理의 측면에서 확고부동하게 정해진 것은 아니다.

> 하나의 理가 모든 사물에 고르게 부여되어 있는 것으로 말한다면 어느 물체든지 거기에 천지자연의 性이 있지 않음이 없다. 氣가 비록 스스로 외물에 제약되어 다른 양상을 보이지만, 理 는 氣에 구애되어 끝내 없어지는 것이 아니다. 그러므로 '만물은 각각 하나의 태극을 갖는다'고 한다[4]

퇴계는 理와 氣가 합하여 사물을 이룬다고 보며, 만물과 사람마다 갓추어져 있는 理나 氣인 本然의 性은 끝내 없어지지 않으므로 내면의 수양, 심신의 단련에 힘쓴다면 인간의 본래 모습을 회복할 수 있다고 생각하였다. 뒤에서 살펴볼, ≪활인심방≫의 처방이 현대의학에 시각에

---

2) ≪退溪全書≫ 하권, <答鄭子中別紙>, 161면.
3) 윤사순, 앞의 책, 55면 참조.
4) ≪退溪全書≫ 상권, <答寄姪問目>, 897면.

서 보면 너무나도 관념적, 고답적인 것으로 효과를 기대하기 어려워 보일 지도 모른다. 그러나 퇴계의 이기론적 인간관의 관점에서 보면, 인간의 질병은 기의 부조화로 발생된 일시적인 현상에 불과하며, 그 근본 원인도 자신의 내면에 있게 된다. 외적 방해없이 자신의 본성을 실현할 수 있는 강한 신념을 지켜나간다면 자신의 건강 회복은 물론, 우주의 조화에도 다가갈 수 있다.

3. 퇴계의 자연친화적 시세계

우주 전체를 한 理(太極)의 체계로 인식하고 우주 만물의 생성과 운행을 주체의 내적 수양, 심신의 단련과 연계시킨 퇴계 철학의 구도는 그의 시에서도 구현되었다. 퇴계는 우리나라의 대표적인 철학자이지만 16세기 문학사에서 결코 소홀히 할 수 없는 시인이자 문학이론가이기도 하였다. 흔히 퇴계로 대표되는 도학파 문인들은 문학의 가치를 폄하했으며, 그들의 시도 사변적이라고 알려져 있다. 철학적 논변을 시화하여 문학적 가치를 찾기 어렵다는 것이다. 道本文末論의 말류로 흐른 일부 도학자들의 작품에는 분명 그런 폐단이 있다. 그러나 이를 조선 시대 도학자들의 전체 시경향으로 일반화시킬 수는 없다.

퇴계는 문학이 창작주체, 독자의 정신을 개발시킨다는 확고한 견해를 가지고 있었으며, 그 자신이 詩作을 즐겨 전 생애에 걸쳐 2000여 수의 작품을 남겼다. 시의 격조도 높고 표현도 섬세하여 어느 유명한 시인의 작품과 견주어도 뒤지지 않는다. 더구나 퇴계가 동료, 제자들과 주고받은 시에는 넘치는 詩心 속에 따뜻한 인간미가 배어있어 깊은 감동을 준다.

종일토록 책만 끼고 있기 어려운데

비 개인 맑은 가을날 저버릴 순 더욱 없으리
저녁 해 깃들자 산 빛도 어두워지고
노을 쏟아져 물 빛이 밝아지네
시름 띤 물가에 외딴 배는 아스랗고
흥취 띤 江東에 기러기 비꼈도다
영주에서 잠깐 나와 조각배를 띄우니
밭 갈고 고기 낚겠다던 옛 맹약과 어떠한가

不堪盡日群書擁	難負高秋積雨晴
暮色漸迎山色暝	霞光時倒水光明
愁連海上孤査遠	興遠江東一鴈橫
暫出瀛洲弄烟艇	何如耕釣赴初盟

<夕霽舟上 示應霖景說>[5]

41세에 湖堂에 있을 때의 작품이다. 비 개인 가을 저녁 무렵, 학업에 지친 심신을 한강의 뱃놀이로 푸는 정경이 표현되어 있다. 동행했던 金澍(應霖)와 閔箕(景說)는 호당에서 같이 생활했던 동료였다. 퇴계는 이들과의 사귐을 기뻐하며 '그대들과 같이하는 학문 강습이 좋아서, 스며들었던 온갖 병을 잊었네'[6]라 하기도 했는데, 20년이 지나서까지 이때의 놀이를 가 사람을 그르치는 것이 아니라 사람이 그릇되는 것"이라 하면서 興과 情이 오가는 상황에서울에서의 추억으로 기억하며 그리워하였다. 퇴계는 제자였던 鄭惟一에게 보낸 시에서 "시서는 이미 詩心을 억누리기 어렵다고 토로한 바 있다. 저녁 해들 무렵 석양의 노을이 시심을 한껏 돋구는데 이를 그대로 억누르지 못하고 자연스럽게 시작에 몰두하는 상황을 잘 보여주며, 그런 일상 속에서 친우를 그리는 정 또한 각별하다.

---

5) 국역퇴계시 1, 한국정신문화연구원, 1990, 20면
6) <南樓壁上 有六言四韻 次韻示二君>, 국역 퇴계시 1, 21면.

인생이란 모두가 바닷속의 거품인데
약한 닻줄 바람 자니 조금은 편안하네
학문의 길은 가닥 많아 흔히 길을 그르치고
세상 인심은 백 번 변해 모두 고갤 돌리누나
산은 가을 들에 비껴 여윈 몰골 맞아주고
국화는 서리 숲에 가득하여 먼 시름을 던지누나
상자 속을 뒤져 보니 벗의 시가 있어
온 종일 길게 읊고 혼자서 즐기노라

人生同作海中漚　　弱纜收風覺少優
道術千岐多失脚　　世情百變盡回頭
山橫晚野迎新瘦　　菊滿霜林佇遠愁
賴有故人詩發篋　　長吟終日獨由由

<秋日獨至陶舍 篋中得趙士敬詩 次韻遣懷>[7]

　퇴계는 61세 봄에 明의 사신을 맞이하기 위해 상경하다가 落馬하여 도산으로 돌아오지만 이후 거듭된 特命을 固辭하느라 편치 않은 나날을 보내고 있었다.[8] 사양할수록 높은 벼슬이 내려졌기 때문에 퇴계의 태도에 대한 비난도 만만치 않았다. 위의 시에 보이는 물거품 같이 허망한 인생과 수시로 변하는 세태에 대한 탄식은 이런 상황 속에서 나온 것이다. 여전히 지친 심신과 실수하기 쉬운 학문의 길을 잡아주는 것은 자연이며 陶山書堂이다. 그리고 상자 속에 있던 제자의 시 한 편이 큰 위로가 된다. 이 당시 수제자 趙穆(1524-1606)은 어려운 생활을 감수하면서도

---

7) 국역 퇴계시 2, 89면.

8) 퇴계는 이미 15세에 안동에서 낙마한 적이 있다. 이미 낙마로 인한 후유증이 있다가 이 때에 다시 낙마하여 고통이 심하였다. 서울을 오가는 과정에서도 浮腫과 胃l病을 얻어 어렵게 상경을 하고도 입궐조차 못하는 경우가 많았다. 權五鳳, ≪退溪先生의 生活實常≫, 友信出版社, 1988, 44-45면 참조.

벼슬을 사양하였기에 둘의 마음이 더욱 통했으리라 생각되는데, 이황은 조목의 가난을 생각하면 한숨이 절로 나온다고 하면서 부서진 집에서 詩書로 배를 채워 얼굴이 누렇게 변했는데도 고인의 樂事를 따른다고 칭송한 바 있다.[9]

사실 퇴계의 시 중 대부분은 도산에서의 일상생활 속에서 창작된 것으로, 그는 주변 경관의 변화에 따른 마음의 굴곡을 섬세하게 그려내었다. 다음의 시는 도산서당을 짓고 이주할 시기의 작품으로 내면에서부터 솟아오르는 즐거움을 솔직히 그려내고 있다.

기쁘도다 내 산 집 반은 이미 이뤄졌네
산에서 살면서 몸소 농사 짓는 일은 면하여
책을 옮기니 점차 묵은 책장 거의 비고
대 심어 보고 보니 새 죽순 돋아나네
물 소리 크다한들 밤의 정적을 깨리
산 빛이 아름다워 개인 아침이 더욱 좋네
알겠노라 예로부터 숲 속에 깃든 선비
온갖 일 모두 잊고 이름마저 숨기고저

自喜山堂半已成　　　山居猶得免躬耕
移書稍稍舊籠盡　　　植竹看看新筍生
未嫌泉聲妨夜靜　　　更憐山色好朝晴
方知自古中林士　　　萬事渾忘欲晦名

<陶山言志>[10]

제자들이 남긴 言行錄에 의하면 퇴계는 43세부터 본래 벼슬할 마음이 적었던 데다 시국이 어지러운 것을 보고 정치권을 떠날 뜻을 굳혔다 한

---

9) <贈趙士敬>, 국역 퇴계시 2, 33-34면.
10) 국역 퇴계시 2, 84면.

다. 그러나 서울에 오래 머무를 수 없었던 더 직접적인 원인은 건강 상태 때문이었다. 그는 "나면서는 어리석고, 자라서는 병이 많았다"[11]고 했는데, 이시기 심질환 등 신병으로 늘 어려움을 겪고 있었다. 단순히 형식상으로 와병을 칭탁하는 것이 아니었음을 알 수 있다.

퇴계는 결국 豊基郡守로 있던 50세에 사표를 내고는 회보를 기다리지도 않고 임지를 떠나 귀향해 버렸다. 이러한 행동은 당대 관료 사회의 풍토나 소심하다고까지 할 수 있을 만큼 조심스러운 그의 평소 성품으로 보면 예외라 할 정도로 과감한 결단이었다.[12] 이후 퇴계는 여러 차례 벼슬을 받으나 부임하지 않고 서원에 머물면서 재야의 학자, 교육자로 여생을 보낸다. 이런 생활은 그의 성품에 맞는 것으로 그는 여러 작품에서 은거의 즐거움을 표현하였다.

몸이 물러난 것은 분에 편안하지만
학문의 후퇴는 늙으막의 걱정거리
시내 위에 비로소 거처를 정하니
물을 보며 나날이 반성하네.

身退安愚分　　　學退憂暮境
溪上始定居　　　臨流日有省

<退溪>[13]

50세에 퇴계에서의 생활을 시작하면서 지은 짧은 위 시에는 여전히 식지않은 학문에 대한 정열과 자신을 끊임없이 되돌아보는 겸허한 자세를 엿볼 수 있다. 그는 이 시기에 지은 시에서 책이 가득한 집에서 사는

---

11) <自銘)>, "生而大癡, 壯而多疾."
12) 이 일로 이황은 함부로 직장을 버렸다하여 告身 2 등을 삭탈 당했다.
13) 국역 퇴계시 1, 140면.

즐거움을 말하면서 '古人은 여기 있지 않지만, 그 말의 향기는 넘쳐난다' 라 하며 三益友가 三徑으로 찾아와 주기를 바라기도 하며14), 도연명의 飮酒詩에 화답한 시에서는 자신의 스승으로 천년 전의 朱子를 거론하면 서 '회암이란 한 초당에 숨어 앉아서, 책을 지어 만고의 사람을 깨우쳤 다'15)라 칭송하였다.

　　퇴계의 은거 생활의 일상적 즐거움을 알 수 있는 글로는 60세에 지은 <陶山雜詠 幷記>가 있다.

　　　나는 항상 오래된 병에 시달려 비록 산에 있더라도 마음껏 책을 읽지
　　는 못한다. 몸조리를 잘하여 때로 신체가 편안하고 심신이 쇠락해지면
　　우주를 우러르고, 굽어보면 감개가 이어져, 책을 덮고는 지팡이를 짚고
　　나선다. 軒에 다다라 연못을 구경하고 壇에 오르기도 하고, 園圃에서 약
　　초를 심기도 하고, 숲에서 꽃을 찾기도 한다. 돌에 앉아 샘물을 퉁겨보
　　고 대에 올라 구름을 바라보며, 낚시터에서 고기를 구경하고 배에서 갈
　　매기와 친해지기도 한다. 마음이 끌리는 대로 발길을 옮겨 소요하고 배회
　　하며 눈길이 닿는 대로 홍취가 일어나니 좋은 경치를 만나 취미를 이루다
　　가 홍취가 다하면 돌아온다. 집은 고요하고 벽에는 책이 가득하다.16)

　　陶淵明의 <歸去來辭>를 연상시키는 위의 글에서 우리는 퇴계가 자 연 속에 살면서 주체와 객체의 구분이 없는 자유의 경지에 이르렀음을 알 수 있다. 이 시기에 이르러 퇴계는 인간과 자연, 나아가 우주까지 아우 르는 통일적 인식과 실천의 경지에 이른 것이다. 이기본적 인간관에서 추구하고자 했던 천인합일적 삶을 구현했다고 할 수 있다. 그러나 이는

---

14)　<寒棲雨後書事>, 국역 퇴계시 1, 141면. " 古人不在玆, 其言有餘馥 / 望望三益友, 來從
　　三徑讀"
15)　<和陶集飲酒 二十首>　其十三, 국역 퇴계시1, 151면. " 我思千載人, 蘆峰建陽境 /
　　藏修一庵晦, 著書萬古醒"
16)　국역 퇴계시 2, 17면.

세상과 단절한 은둔자거나 세상을 내려다보는 거룩한 성자의 삶이 아니다. 명철한 인식 능력, 명징한 판단력을 갖추고 세속적 인간들과 여전히 어울려 사는 따뜻한 시선을 지닌 지식인의 모습이다.[17)

앞에서 살펴보았듯이 퇴계의 철학이 지향했던 궁극적 목표인 주체적 인간의 확립은 물론 이성적 인간의 모습이다. 그러나 자신의 감정에 충실한 정감적 인간의 모습이 배제된다면 진정한 주체의 확립은 불가능할 것이다. 자신의 삶과 환경, 주변 인물에 대한 따뜻한 정감의 교류와 연대감이 밑바침될 때만이 인간성의 완전한 발현은 가능하다. 그는 자연에서의 생활을 말하면서 '저절로 마음에 즐거움이 솟아올라 말을 하지 않고자 하여도 그럴 수 없다'[18)고 고백하였다. 퇴계에게 있어 문학은 일상적 생활 가운데서 자연스런 계기를 통해 우러나오는 즐거움의 표현이었다. 이제 그런 작품을 하나 감상해보자.

> 놀 빛 파란 그 너머 땅을 사서
> 맑은 시내 곁에 옮겨 사노라
> 탐나는 건 오직 수석,
> 좋은 구경은 소나무, 대나무.
> 조용한 가운데 철마다 佳興을 보고
> 한가로이 지나간 芳香 펼치네
> 시립문 외떨어져 좋으니
> 내 할 일은 書牀을 마주하는 것일 뿐.
>
> 거친 땅, 푸른 둑에 이어 있고
> 엮은 집은 붉은 바위를 마주하네.
> 시냇가 풀들은 대부분 이름 없고
> 모랫가의 새들 모두 아름답네.

---

17) 민족문학사연구소 고전문학 분과, ≪한국고전문학 작가론≫, 소명, 1998, 209면.
18) <陶山雜詠 幷序> " 其所以自娛悅於中者不淺, 雖欲無言, 而不可得也."

산에서 살면서 손익을 생각하리오
냇가에 앉아 음악소리를 듣네
신선한 푸성귀를 푹 삶으니
어찌 배고프길 기다리리오.

買地靑霞外　　　移居碧澗傍
深耽惟水石　　　大賞只松篁
靜裏看時興　　　閒中閱往芳
柴門宜逈處　　　心事一書牀

開荒臨綠岸　　　結屋對丹巖
澗草多無號　　　沙禽並不凡
山居思損益　　　溪座聽韶咸
爛煮新蔬美　　　何須待晚饞

<溪居雜興　二首>[19]

　퇴계는 병약했음에도 성공적인 건강관리로 70세까지 살았는데, 죽기 한달 전에도 기대승과 致知格物說에 대해 편지를 주고 받으며 논변하였다. 죽음에 직면해서는 빌린 책을 돌려 주게 하고는, 국가에서 重臣에게 내리는 禮葬을 사양하고 비석을 세우지 말며 단지 조그만 돌에다 <退陶晚隱 眞城李公之墓>라고만 새기라고 유언했다. 생의 마지막 순간까지 名利를 초월한 학자의 태도를 잃지 않았고, 그렇게 기억되기를 바란 것이다.

　퇴계는 개인적 인격의 함양과 학문에 철학적 깊이를 획득해나가는 과정이 자연과의 친화, 매개를 통해 자연스럽게 이루어진다고 보았다. 이것이 바로 퇴계가 삶의 지표로 삼았던 古人이 갔던 길이다. 다만 그 길은 《도산십이곡》에서 '愚夫도 알며 하거니 긔 아니 쉬온가, 聖人도 못

---

19) 국역 퇴계시 1, 140-141면.

다 하시니 긔 아니 어려온가 '라 했듯이 누구나 갈 수 있지만 종착지가 없어 죽은 후에나 그만 둘 수 있는 지난한 것이기도 하다.

4. 퇴계의 심신수련법
─ 활인심방을 중심으로 ─

퇴계는 철저한 관념론자였음에도 심신수련에 대한 전문적 저서를 남겨 그가 심신수련에도 체계적으로 접근하여 실천했음을 알 수 있다. 이곳에서는 퇴계의 자연친화적 시세계와 그의 심신수련법이 지닌 관련성을 구체적으로 논해보고자 한다.

퇴계의 일생에서 특이한 점은 그가 19세 때(1519년)에 永川(지금 영주)에 있는 醫院에 가서 공부하였다는 것이다. 이 때의 의원이란 단종 즉위년(1452)부터 확립된 지방 의료기관으로 각 도에서 파견된 교수관이 양반 자제를 선발, 의서를 교육하던 곳이다.[20) 퇴계가 이 시기에 영천에 어느 정도 머물면서 어느 수준의 의학교육을 받았는지는 확인되지 않는다. 주지하다시피 조선시대에 의료교육은 雜科에 속했기 때문에 비록 양반 자제를 선발했다고 하나 일반적으로 희망자가 많은 편은 아니었기 때문이다. 그러나 퇴계가 영주의 醫院에서 길지 않은 기간이나마 의학교육을 받았었다는 사실은 시사하는 바가 크다고 하겠다. 태어나면서부터 병약했던 그로서는 자연히 건강관리에 관심이 클 수밖에 없었고, 이 때 익힌 체계적인 의학 지식이 규칙적이고 합리적인 건강관리법을 개발하는데 밑받침이 되었으리라 추정되기 때문이다. 퇴계는 성장과정에서도 병이 많았고, 벼슬길에 나간 후에도 70여 차례나 사임장을 제출할 정도로 건강이 좋지 않았다. 그러나 퇴계가 평균수명이 30세 정도였던 16세기[21)에

---

20) 丁淳睦, ≪퇴계평전≫, 지식산업사, 1987, 104면.

古來 稀라는 70까지 장수할 수 있었던 것은 병약한 자신의 건강상태를 전문가 수준의 의학 지식으로 적절히 조섭했기 때문에 가능했을 것이다.

　　사실 퇴계는 명문가의 자제가 아니었다. 생후 7개월만에 아버지를 여의었는데, 어머니 박씨가 장차 집안을 유지하기 위해 농사짓기와 양잠에 힘을 썼다는 기록으로 보아 살림살이가 넉넉하지 못했음을 알 수 있다. 이러한 가운데 퇴계의 학문에 대한 열정을 누구보다도 컸다.

　　홀로 숲속 작은 집, 만 권 책을 사랑하여
　　한결 같이 십여년을 지내왔네.
　　근래에 근원을 깨달은 듯하니
　　내 마음 태허를 바라보노라.

　　獨愛林廬萬卷書　　　　一般心事十年餘
　　邇來似與源頭會　　　　都把吾心看太虛

<詠懷>

　　영천 의원에서 공부했던 19세에 지은 시로 학문에 뜻을 두고 전력하는 청년시기 퇴계의 열정이 잘 드러나 있다. 그는 번잡한 세속적 교유를 끊고 독서와 사색을 통해 자신의 내면 세계를 성숙시켜 나가고자 했던 순수한 젊은이였다. 또한 그는 10대 후반에 벌써 사물의 근원이나 태허와 같은 우주론적 문제를 학문의 과제로 삼았던 철학도이기도 했다. 퇴계는 20세에 『周易』을 읽으면서 침식을 잊을 정도의 과도한 공부로 고질병을 얻어 평생 고생하였다.[22] . 짐작컨대 이 무렵부터 퇴계는 ≪활인심방≫을 필사하여 자신의 심신단련법으로 삼은 것 같다.

---

21) 권이혁, ≪인구와 보건≫, 동명사, 1982, 140면 참조.
22) 권오봉, 앞의 책, 20면 참조.

　　사람을 살리는 방법을 모은 책이란 의미의 ≪活人心方≫은 원래 현주 도인(玄州道人) 함허자(涵虛子)가 엮은 도가류의 서적인 ≪活人心≫의 일부분이다. 丹丘 선생으로도 불리는 玄州道人은 명 태조 주원장의 열여섯째 아들이며, 본명은 朱權, 호는 臞僊이다. 상하권으로 되어 있는 구선의 ≪활인심≫은 상에서는 양생을 하에서는 약과 처방에 대한 내용이 주가 된다. 이 중에서 퇴계는 양생의 방법, 양생호흡, 오장건강법, 정신을 가다듬는 법 등 자신의 건강관리에 필요한 부분을 발췌, 편집하여 ≪활인심방≫을 만들었다.

　　≪활인심방≫ 序文에는 '성인은 병들기 전에 다스리고 의원은 병이 난 후에 고치는 것'이라 하면서 治心과 藥餌의 치료법을 구별하고 있다. 예방의학이라 할 수 있는 치심의 방법은 퇴계의 인간관, 자연친화적 생활 태도에서 볼 수 있는 수양의 방법을 말한다. 마음이 도의 근원도 되고 화의 원인도 되기 때문에 마음의 상태에 따라 氣血의 흐름이 달라지게 되는 것이다. 즉 마음부터 활인을 시켜야만 병이 접근하지 못하여 오래 건강하게 살 수 있는 것이 바로 치심하는 것이고 심성을 바로 해야 정신의 안정을 유지하는 것이 건강의 요결임을 강조한다.

　　최근 서양의학에서도 인간의 육체와 정신을 분리하여 접근하던 이분법적 사고에서 벗어나 정신이 인간의 내면에 일으키는 다양한 영향, 질병에 대해 연구하고 있다. 모든 병의 발생 원인을 마음 상태에서 찾는 ≪활인심방≫의 접근법은 현대 의학에도 시사하는 바가 크다고 생각한다. 퇴계는 喜, 怒, 憂, 思와 같은 감정이 한쪽으로 치우쳐 평정심을 잃게 되면, 자연히 심장, 간, 폐와 같은 해당되는 장기에 질병이 생긴다고 보고 中和湯을 처방하였다. 이 처방은 먹을 수 있는 물질적인 약이 아니라 마음을 다스리는 정신적인 약이다. 정신적 치우침을 질병으로 보고 처방한 것이다. 세목을 살펴 보면, 思無邪(사악한 생각을 하지마라), 行好事(좋은 일만 행하라), 莫欺心(스스로 마음을 속이지 마라). 行方便(편안하

게 행동하라), 守本分(자기 분수를 지켜라), 莫嫉妬(질투 하지마라), 除狡
詐(간사하고 교활한 성격을 버려라),務誠實(모든 일에 성실하라), 順天道
(하늘의 뜻에 따라라), 知命限(자기 명의한도를 알아라), 淸心, 寡慾, 忍
耐, 柔順, 謙和, 知足, 廉謹, 存仁, 節儉, 處中, 戒殺, 戒怒 戒暴, 戒貪,
愼獨, 知機, 保愛, 恬退, 守靜, 陰騭(남을 해치지 마라) 등이다 이같이
정신 수양에 좋은 30여 항목을 가루로 만들어 거기에 心火 한 근과 腎水
두 대접을 넣어 약한 불에 달여서 수시로 따뜻하게 복용하라고 한다.
마음을 심화 한근이라고 하고,약물 대신 신수라 하여 음양오행의 水에
해당하는 腎을 쓴 익살스런 이 처방을 퇴계는 몸소 실천하고 평생토록
지켜 나갔던 것이다.

심신수양법으로 퇴계가 중화탕과 더불어 실천한 것이 和氣丸이다.
화기환은 참을 忍字를 가슴에 새기고 잊지 말아서 분내거나 성내지 말고
기를 조절하는 약이다. 이 환약은 반드시 입을 꼭 다물고 침으로만 삼키
라고 하는데 이는 아무 말도 말고 모든 불만을 삼켜 버리라는 뜻이다.
현실에서 부딪치는 갈등, 고통으로 스트레스를 받지 말고, 내적 수양을
통해 축적된 인내심으로 해소시킬 것을 강조한 것이다. 이 경지에 이르면
참음은 인내의 고통이 아니라 자신이 처해있는 상황을 너그럽게 받아들
이면서 주위 사람을 포용할 수 있는 여유까지를 포함하는 것이다. 참다운
군자의 仁의 실천이다.

또한 養生之法이라 해서 건상하게 오래 사는 방법 들중에 일상생활에
서 실천할 수 있는 것들을 예로 들고 있다. 양생은 스스로 병이 나지
않게 자기 몸을 돌보는 예방의학의 하나이고 일종의 자강술이다.

≪퇴계집≫ 별집에는 <養生絶句次古人韻詩景霖>[23] 다섯 수가 전하
는데 그 첫째 수와 셋째 수를 보면 다음과 같다.

---

23) 허경진, ≪퇴계 이황 시선≫, 평민사, 1996, 115면참조

어지러운 세상 일이 정신만 괴롭혀
도를 배워도 이룬 게 없으니 이 몸을 어찌 하랴.
내 본래 할 일을 병중이라서 잃어 버린 것 같으니
책상 위에 책들은 먼지만 쌓여 있네.

紛紛世事只勞神	學道無成奈此身
匹似病中忘素業	任他書籍滿牀塵

자연에서 정신 수양하는 것을 잘 알면서도
조정과 시장의 인연에 따라 이내 몸을 맡겨 두었네.
병으로 눕고 추위에 겁내며 문 굳게 닫았더니
고요하게 비고 흰 방에는 먼지도 없구나.

極知林下可頤神	朝市隨緣寄此身
臥病怯寒深閉戶,	湛然虛白實無塵

　20세 전후에 생긴 고질병인 위장병 등 많은 질병에 시달렸던 퇴계는 양생법에 특히 관심이 많았는데 늘 걱정은 정신을 손상시키고 오직 자연 속에서 청허하려는 노력이 속세의 번잡함에 연루되어 쉽게 헤어날 수가 없다. 병중이라 글도 못읽고 가슴에 시름을 탄식과 더불어 풀어 내며 섭생의 의지를 드러내고 있다.

　그래서 '기다란 끈으로 불로장생의 약을 낚아 올릴 수만 있다면……' (大藥長繩如可試)라고 읊기도 한다. 그만큼 건강이 퇴계에게는 절실한 당면 과제였던 것이다.

　양생법의 요지는 자연의 순리에 맞추어 몸도 자연스럽게 적응해야 한다. 예를 들어 봄과 여름에는 아침에 일찍 일어 나고 가을과 겨울에는 푹 자고 조금 늦게 일어 나되 일찍 일어 난다고 닭이 울기 전에 일어 나거나 늦게 일어난다고 해서 해가 뜬 후에 일어 나는 것은 좋지 않다.

겨울철은 천지가 닫혀진 듯 고요한 계절이다. 따라서 혈기 또한 은밀하게 간직하는 것이 바람직 한 것이다. 다음으로 인간의 정신 상태와 몸이 자연계의 기운과 서로 조화를 이루도록 하는 데에는 음식물의 조절이 중요하다. 신 것, 쓴 것, 단 것, 매운 것, 짠 것, 등 오행 법칙에 따른 인체에 필요한 필수적인 것을 골고루 갖추어야 몸과 마음이 상쾌하고 건강하다. 그렇지 않으면 여러 가지 질병이 생겨 오장 육부에 손상이 온다. 자연의 이치에 따른 식생활을 강조하고 있다.

이어서 다시 治心으로 이어지는 단락이 있는데, ≪활인심방≫에서는 정신적인 중요성을 특히 강조해서, 중화탕 화기환 등의 치료 처방도 마음을 다스리는 방법이었지만 뒷부분에서 또 정신을 가다듬는 방법을 소개하고 있다. 이는 결국 인간의 질병은 대부분 마음으로 인해서 발생하는 것으로 보고, 마음속의 또 하나의 자신을 극복하는 수련을 재차 강조하는 것이다.

이밖에도 ≪활인심방≫에는 導引이라고 하는 신체활동에 대한 양생법을 기술하고 있는데, 도인은 단순히 인체의 굴신 운동만이 아니라 호흡을 동시에 하면서 인체의 기혈의 순환을 촉진시키고 체내의 나쁜 기운을 몸 밖으로 배출시키는 일조의 건강 운동법이다. 즉 우주의 진기는 인체에 끌어 들이고 체내에 축적된 기는 인체 각 부에 기능을 원활하게 돕도록 해주는 운동을 말한다. ≪활인심방≫에서 제시하고 있는 도인의 요지는 크게 호흡, 手技, 握固, 叩齒운동 및 정신집중으로 요약될 수 있다. 즉 앞에서 다루고 있는 제반 사항을 종합적으로 사용하여 그 각각의 효능을 증대시켜 건강을 유지하는 방법이라 할 수 있다. 오늘날 도인체조는 과학적으로도 그 효용이 연구 검토되고 있고, 임상적인 측면에서는 그 임상적 효과가 나오고 있어 많은 사람들의 호응을 받으며 전파되고 있다.

5. 결론

16세기를 살았던 퇴계의 일생이 우리에게 감동을 줄 수 있다면 그것은 그가 우리나라를 대표할 만한 위대한 철학자이거나 훌륭한 교육자이었기 때문만은 아닐 것이다. 퇴계는 평범한 한 인간이 자발적 노력에 의해 어느 수준까지 이를 수 있는가를 보여주며, 한 인간의 삶을 진정 가치있게 하는 것은 무엇인가를 거듭 생각하게 해 준다.

퇴계의 사후 500여년이 흐른 지금, 아직까지도 그를 四端七情論의 논자 중의 한 사람이나 주자철학의 계승자로만 평가한다면 그의 삶이 우리에게 무슨 큰 의미가 있겠는가.

우리가 퇴계의 생애에서 눈여겨 보아야 할 것은 그가 도달한 높은 학문적, 문학적 성취와 아울러 한 인간이 자신의 일상적 삶 속에서 보여준 생활 태도이다. 퇴계는 절대자유를 체현한 주체적 인간의 경지를 삶의 지표로 삼았는데, 이것은 정신과 아울러 신체가 건강해야만 이룰 수 있는 것이었다. 젊은 시절부터 정신과 신체의 통합적, 유기적 관계를 통찰하고 있었던 퇴계는 ≪활인신방≫의 다양한 실천을 통해 그 성공 사례를 보여주고 있다.

참고문헌

李滉, 退溪全書

李滉, 국역퇴계시 한국정신문화연구원, 1990.

한국사상사연구회 편저, 조선유학의 학파들, 예문서원, 1996.

丁淳睦, 퇴계평전, 지식산업사, 1987.

윤사순, 퇴계철학의 연구. 고려대학교출판부 1993.

윤사순, 한국의 성리학과 실학, 삼인, 1998.

윤사순, 조선시대 성리학의 연구, 고려대학교, 민족문화연구원, 1998.

한국사상사연구회 편저, 조선유학의 자연철학, 예문서원, 1998.

權五鳳, 退溪先生의 生活實常, 友信出版社, 1988.

金裕赫 우리에게 있어서 李退溪는 누구인가? 항산문고, 2001.

鄭淑, 이퇴계의 활인심방, 범우문고, 2001.

이철완, 쉽게 보는 활인심방, 일중사, 1994.

권이혁, ≪인구와 보건≫, 동명사, 1982

ABSTRACT ——————————————————————————————————

Correlation between Toegye's Poetic World and His Discipline of Mind and Body

Yoon, Kyoung-Hee

Sung Confucianism in Joseon Dynasty was a school of philosophy that deepened the depth of Korean thought and a system of thought that enriched the quality of our culture of that age. The purpose of this study is to find out a correlation, if any, between the poetic world of Toegye. Lee Hwang, who made a comprehensive study on Sung Confucianism in Joseon Dynasty and his discipline of mind and body.

Basically, thoughts and literature have a close correlation with how to discipline mind and body, since they are the ones materialized through daily life.

Toegye distinguished mind control from medicinal treatment, as he once said, "A sage controls before falling sick, while a physician cures after being affected by a disease." In short, the method of mind control, which we can consider as an area of prophylactic medical science, indicates a method of discipline through which we can look into one's view of human life and bearing toward life.

He chose <Hoal-In-Sim-Bang> as his method of discipline, and so he could keep his mind as well as his body healthy by applying the method to control his mind and make internal discipline. He also put emphasis on removing troubles and agonies, which one may face in real life, by perseverance built up through internal discipline instead of confining oneself to such pressure of stress. According to him, coping with troubles and agonies in such a way enables one to accept the situation where the one is placed with a broader mind so as to recover composure to embrace all people around.

This is to put the principle of benevolence into practice for a genuine man of virtue.

주요어 : 퇴계, 이기론, 태극, 자연친화, 도산, 활인심방, 중화탕, 화기환, 양생, 치심

'명사+동사'형 합성동사의 형성 원리

고광주*

1. 서론

이 논문에서는 '명사+동사'형의 합성동사가 통사 구성으로부터 형성되며, 그것의 형성 과정에 통사론적 원리가 작용함을 보이려고 한다. 구체적으로 말해서, '명사+동사'형 합성동사는 통사부에서 이동 규칙에 의해 형성되며, 이 과정에 통사론적 원리인 공범주원리(empty category principle, ECP)가 작용함을 밝히고자 한다.

'명사+동사'형 합성동사란 선행 요소가 명사이며 후행 요소가 동사로 되어 있는 단어를 말한다. 이러한 구조를 갖는 단어는 일정하게 대응하는 동사적 구성을 갖는다. 말하자면, (1)의 합성동사는 (2)와 같은 '목적어 – 타동사' 관계의 통사적 구성으로 자연스럽게 환원될 수 있으며, 이들은 화용론적인 차이를 제외하고는 의미상 동일한 것으로 보인다.

(1) 가. 춤추다
나. 헤엄치다

---

* 홍익대

(2) 가. 춤을 추다

　　나. 헤엄을 치다

　'명사+동사'형 합성동사의 형성 원리를 밝히기 위하여, 이 논문에서는
다음과 같은 순서로 논의를 진행할 것이다. 우선 2절에서는 '명사+동사'
형 합성동사가 어휘부의 단어 형성 규칙을 적용받은 어휘적 단어(lexical
word)로 볼 수 없는 이유들에 대하여 살펴보려고 한다. 3절에서는 '명사+
동사'형 합성동사가 선행 성분과 후행 성분 간의 통합 관계에 따라 하위
분류될 수 있으며, 이를 통해서 이들이 통사부에서 형성된 통사적 단어
(syntactic word)임을 보일 것이다. 4절에서는 일정한 통사 구조로부터 합
성동사가 실제로 형성되는 과정을 다룬다.

2. 어휘적 단어 형성의 문제점

　'명사+동사'형 합성동사에는 그에 대응하는 통사적 구성이 있음을 이
미 언급한 바 있는데, 이들의 형태론적 구조와 통사론적 구조를 각각
보이면 아래와 같이 될 것이다.

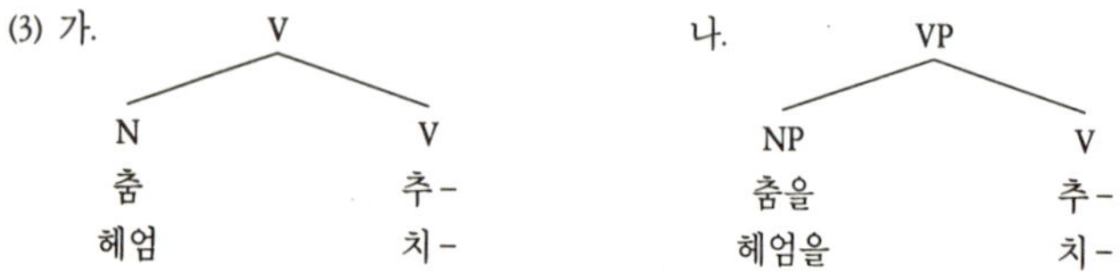

　이와 관련하여 '명사+하다' 형태의 합성동사도 대응하는 통사적 구성
을 가지며, 이들의 구조도 아래와 같이 상정될 수 있다. 즉, '명사+하다'
형태의 합성동사도 (3)과 동일한 구조를 보이는데, 이들도 '명사+동사'

형 합성동사에 포함된다.

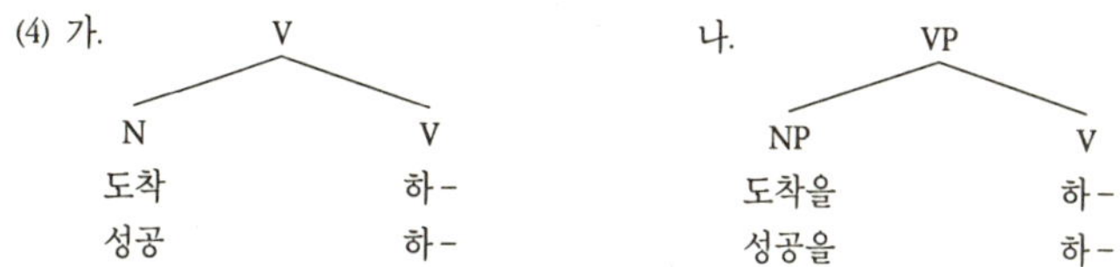

이러한 '명사+동사'형 합성동사들에 대하여 크게 두 가지의 내부 구조를 상정할 수 있다. 한 가지는 후행하는 동사 성분을 접미사로 처리하는 방법이다. 이는 '명사+동사'형 합성동사를 '명사어근+접미사'의 내부 구조를 가진 파생어로 보는 것이다. 또 다른 한 가지는 후행하는 성분을 동사어근으로 보아 어휘적 합성동사로 처리하는 방법이다.

첫 번째 방법은 (3가)와 (4가)에 쓰인 동사를 파생어로 다루고 (3나)와 (4나)에 쓰인 동사를 본동사로 다루기 때문에, 이들 사이에 존재하는 일정한 대응 관계를 포착해 낼 수 없게 된다. 또한 두 번째 방법처럼 (3가)와 (4가)에 쓰인 동사를 어휘부에서 형성된 합성동사로 처리하는 경우에도 통사적 구성인 (3나), (4나)와의 관련성을 포착해 내기가 어렵게 된다.

이러한 문제로 인해 (3가)와 (4가)에 쓰인 합성동사를 어휘부에서 형성된 어휘적 단어로 처리하기는 힘든데, 이와 관련하여 임홍빈(1979)에서는 '용언의 어근분리 현상'을 제안하고 있다. 즉, 임홍빈(1979)에서는 (4가)와 같은 동사들을 어휘적인 파생어로 처리하면서도 그 동사의 어근이 (4나)에서 보는 것처럼 '을/를' 주제화에 의해 분리될 수 있다고 주장하였다[1]. 이러한 내용을 통사 구조로 나타내면 아래와 같이 될 것이다.

---

1) 임홍빈(1979)에서는 용언의 어근분리 현상으로 접미사 '하다'가 쓰이거나 '가다, 오다, 나가다, 나오다, 다니다' 등 장소이동의 이동동사가 접미사로 쓰이는 경우만을 들고 있다. 따라서 (3가)와 같은 동사에 대해서까지 용언의 어근분리 현상으로 다룬 것은 아니다. 그럼에도 불구하고 이 절에서는 이러한 주장에 대하여 자세하게 살펴볼 것인데, 이는

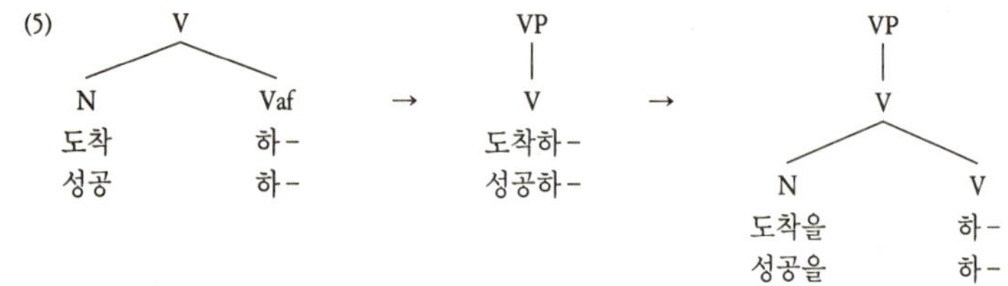

'도착하다'나 '성공하다'와 같은 단어는 어휘부에서 파생법에 의해 형성되고, 이 단어가 통사부에 들어가면 위의 중간구조가 되는데, 여기에 '을/를' 주제화가 적용되면 용언의 어근이 분리되어 위의 마지막 구조가 된다는 것이다. 이는 '도착을 하다'와 같은 통사적 구성에서 '도착'과 같은 성분이 독립적인 명사구(NP) 성분이 아니라 어근으로서 명사(N)의 자격을 가져야 함을 뜻한다.

이러한 논의를 뒷받침하기 위해 임홍빈(1979)에서는 다음과 같은 다섯 가지의 근거를 제시하고 있다.

(6) 가. 철학자는 상식을 연구를 한다.
　　나. *철학자는 상식을 깊은 연구를 한다. (관형성분의 첨가)
　　다. *철학자가 상식을 하는 연구. (관계문의 표제명사)
　　라. ?*철학자는 상식을 그 성격을 살펴봄을 한다. (명사구 보문의 성립)
　　마. *철학자는 상식을 연구를 하고, 문학자는 진실을 그것을 한다.
　　　　(대명사화)
　　바. ?*철학자는 상식을 연구를 열심히 한다. (부사의 개입)

즉, '연구를 하다'에서 '하다'에 선행하는 성분인 '연구'는 일반적인 명사구와 달리 관형성분을 첨가하여 확장될 수 없으며 관계문의 표제명사로 쓰일 수도 없다. 또한 '하다'에 선행하는 '연구'의 위치는 명사구

임홍빈(1979)에서 다룬 예들이 모두 본 논의의 대상에 포함되기 때문이다.

보문이 성립하지 않으며 대명사화도 거부하는 것으로 보인다. 그리고 '연구를'과 '하다'는 부사의 개입에 의해서 쉽게 분리될 수도 없다. 따라서 '연구를'은 독립적인 명사구가 아니라 어근으로서 '연구하다'와 같은 동사의 한 성분이라는 것이다.

그러나 이러한 설명 방법과 절차에는 다소 문제가 있다. 우선 어휘부에서 형성된 단어는 일반적으로 통사부에서 분리될 수 없다.

(7) 가. 밀치다 → 밀{*을/*은/*도/*만/*이야/*이나/*안/*잘}치다
    나. 노하다 → 노{*을/*은/*도/*만/*이야/*이나/*안/*잘}하다
    다. 밝히다 → 밝{*을/*은/*도/*만/*이야/*이나/*안/*잘}히다
    라. 찰랑이다 → 찰랑{*을/*은/*도/*만/*이야/*이나/*안/*잘}이다

(7가)는 동사에 접미사 '-치-'가 붙어 강조의 뜻을 더하고 있고, (7나)는 어근 '노'에 '하-'가 결합한 것이며, (7다)는 형용사가 동사화된 것이고, (7라)는 비자립성 어근에 접미사 '-이-'가 붙어 동사화된 것이다. 이들은 모두 어휘부에서 형성된 단어들로서 통사부에서 분리될 수 없음을 보여주고 있다.

또한 (6)에 제시된 근거들은 (4가)와 같은 구성에서 '도착'이나 '성공' 등이 명사구가 아니라는 증거로 이용될 수 없다. (6)에 제시된 근거들을 하나하나 살펴보자.

(8) 가. 한국이 빠른 성장을 하고 있다.
    나. 그 가수는 팬들의 열렬한 박수 속에 화려한 등장을 했다. (고재설, 1987:74)

둘 이상의 대격성분을 필요로 하지 않는 예들은 위에서 보듯이 관형성분의 첨가를 허용한다. (6나)에서처럼 대격중출의 구성에서는 두 번째

대격성분에 관형성분의 첨가가 불가능한 것으로 보이지만, 그렇지 않은 구성에서는 대격성분에 관형성분의 첨가가 가능한 것으로 보인다는 것이다. 이는 (6나)에서 관형성분의 첨가에 대한 제약이 '공부를 하다'와 같은 구성에서 '공부'가 단순한 어근임을 나타내는 것이 아니라, '수학을 공부를 하다'와 같은 대격중출의 구성에서 두 번째 대격성분에 대해 작용하는 제약임을 뜻하는 것이다[2].

이번에는 관계문의 표제명사에 관한 제약에 대하여 살펴보도록 하자.

   (9) 가. 나는 영희를 며느리로 삼았다.
       나. *내가 영희를 삼은 며느리.

임홍빈(1979)에서는 속격에 지배를 받는 명사구를 제외하고는 문장에 등장하는 모든 명사구 성분이 관계문의 표제명사가 될 수 있다고 하였으나, 위의 예문은 사실이 그렇지 아니함을 말해 주고 있다. 즉, (9가)에서 '며느리로'라는 문장성분은 명사구임에도 불구하고 (9나)에서 보는 것처럼 관계문의 표제명사가 되지 못한다. 따라서 해당성분이 관계문의 표제명사가 될 수 있는지의 여부가 명사구의 지위를 보장해 주는 것은 아니다.

다음으로 명사화 구문에 대하여 살펴보도록 하자.

---

2) 대격중출 구성에서 두 번째 대격성분에 대하여 관형성분의 첨가가 제약된다는 사실은 대격중출 구성의 구조와 관련하여 시사하는 바가 매우 크다. 시정곤(1993)에서는 이러한 성격에 주목하여 예문 (가-나)에 대한 기저구조로 (다)를 상정하고 있다.

   (가) 영자가 수학을 공부한다.
   (나) 영자가 수학을 공부를 한다.
   (다) 영자가 [NP [N' [NP수학] 공부]]를 한다.

기저구조인 (다)에서 명사인 '공부'는 핵이동을 통해 (가)와 같은 표면구조를 도출할 수도 있으며, 제자리에서 대격을 부여받아 (나)와 같은 표면구조를 도출할 수도 있다.

(10) 가. ?철수가 수학을 [문제를 풀기]를 했다.

　　　 나. *어제 집에 가다가 [비가 옴/오기]를 만났다.

　(10가)에는 두 번째 대격성분이 명사화되어 있는데, 이 문장은 다소 어색하지만 비문은 아닌 것으로 보인다. 이보다 더욱 중요한 것은 (10나)에서 보듯이 어떤 위치에 명사화가 될 수 없다고 해서 그 위치를 명사구가 아닌 것으로 보아야만 할 이유는 없다는 것이다. 왜냐하면 '-음, -기' 등의 명사화가 모든 용언에 가능한 것은 아니기 때문이다. 이를테면 '만나다, 모으다, 잡다, 밀다, 읽다' 등의 타동사는 '-음'이나 '-기' 등의 명사화형과 호응하지 않는 용언이다(홍종선, 1990).

(11) 가. 철수는 (취학 전부터) 수학을 공부를 했지만, 영희는 그것을
　　　　　 안 했다.

　　　 나. ?*철수도 학생이고, 영희도 그것이다.

　한편 (6마)에서는 대명사화 제약을 보이고 있는데, 이것도 또한 명사구 여부를 결정하는 기준으로 삼을 수 없다. 왜냐하면 (11가)의 경우 '수학을 공부를'이 대명사화되어 있는데, 이때 대명사화되는 성분이 명사구라면 '수학을 공부를'이라는 성분이 하나의 명사구로 취급될 수 있기 때문이다3). 또한 (11나)에서 보듯이 명사구라 할지라도 대명사화가 되지 않는 구성이 존재하므로, 대명사화 자체를 명사구 여부를 가리는 기준으로 취급할 수는 없다4).

---

3) 실제로 대격중출 구성의 경우 대격으로 표시된 두 성분이 하나의 명사구로서 다루어질 가능성도 있다. 이에 대해서는 각주 (2)를 참고.

4) 계사 구문에서 '-이다'에 선행하는 요소는 명사구로 분석되어야 한다. 왜냐하면 관형성분의 첨가로 인한 명사구로의 확장이 가능하기 때문이다.

　(가) 철수는 [NP 성실한 학생]이다.

마지막으로 부사의 개입 여부에 대하여 살펴보자.

(12) 가. 철수가 수학을 공부를 안 했다.
　　　나. 기차가 도착을 빨리 했다.

임홍빈(1979)에서는 (6바)의 문장을 비문으로 처리하였으나, 사실은 그렇지 않은 것으로 보인다. 이를테면 (12)의 예에서 보듯이 '공부를'과 '하다' 사이에 부정의 '안'이 삽입될 수 있으며 '도착을'과 '하다' 사이에도 부사 '빨리'가 삽입되어 있지만, 이들은 모두 아주 자연스러운 문장이기 때문이다. 따라서 부사의 개입 여부는 오히려 '공부를'과 '하다'가 어근과 동사의 구성이 아니라 별개의 성분임을 보여준다.

지금까지 임홍빈(1979)에서 제시한 자료를 바탕으로 '도착을 하다'에서 '도착'과 같은 성분이 어근으로 다루어져야 할 이유가 없음을 살펴보았다. 이제는 몇 가지의 예를 통해 '도착'과 같은 성분이 명사구임을 입증할 필요가 있다. 따라서 해당 구성이 통사론적 운용에 투명한지의 여부를 알아보도록 하자.

첫째, 주제화와 어순재배치(scrambling)를 적용해 보면, 그 양상은 아래와 같다.

(13) 가. 철수가 영희보다 먼저 입사를 했다.
　　　나. 입사$_i$는 철수가 영희보다 먼저 t$_i$ 했다.
　　　다. 입사$_i$를 철수가 영희보다 먼저 t$_i$ 했다.

즉, (13나)에서는 '입사를'이 주제화되어 문두로 이동한 뒤 '입사는'으

(나) 철수는 [NP 성실한 학생]이 아니다.

계사 구문의 통사구조에 대해서는 고광주(2001)을 참고.

로 실현되었고, (13다)에서는 '입사를'이 어순재배치되어 문두로 이동하였다. 이때 (13나)와 (13다)의 문장이 모두 적형의 문장이라면, '입사를'과 같은 성분은 통사론적 운용에 투명하다고 말할 수 있다. 즉, 주제화나 어순재배치와 같은 통사적 운용은 명사구에 적용되는 것으로서, (13가)에서 '입사를'과 같은 성분은 그 통사범주가 명사구이어야 한다[5].

둘째, 생략과 같은 통사적 운용을 적용할 수 있다.

    (14) 가. 철수는 도착을 했고, 영희는 도착을 안 했다.
        나. 철수는 도착을 했고, 영희는 $\emptyset$ 안 했다.
    (15) 가. 철수는 영어를 공부를 하고, 영희는 수학을 공부를 했다.
        나. 철수는 영어를 공부를 하고, 영희는 수학을 $\emptyset$ 했다.

이를테면 (14-15 가)의 문장에서 후행하는 문장의 '도착을'과 '공부를'을 생략하면, (14-15 나)와 같은 문장이 된다. 이때 (14-15 나)의 문장에서 생략된 부분이 선행 문장에 나타나는 '도착을', '공부를'과 같은 요소임을 알 수 있다. 여기서 생략이라는 통사적 운용은 구 범주에 있어서 적용되는 것으로, 해당 구성이 생략이라는 통사적 운용에 투명할 뿐만 아니라, '도착을'과 같은 요소가 통사범주상 명사구이어야 함을 확인할 수 있다.

셋째, 구성의 분리가능성을 확인하기 위해 부정을 나타내는 '안'과 같은 요소를 삽입해 보자.

---

5) (13)에서는 대격성분이 하나이지만 대격성분이 둘인 경우에는 주제화가 적용되지 않는다.

    (가) ?*공부i는 철수가 수학을 ti 했다.
    (나) ?공부i를 철수가 수학을 ti 했다.

다만 (나)에서 보듯이 어순재배치의 경우는 보다 자연스러워 보인다. 대격성분이 둘인 구문에 대해서는 그 구조와 관련하여 보다 깊이있는 연구가 필요하다.

(16) 가. 철수가 도착을 안 했다.

　　　나. *철수가 안 도착을 했다.

(17) 가. 철수가 수학을 공부를 안 했다.

　　　나. *철수가 수학을 안 공부를 했다.

앞서도 살펴보았듯이 '-을' 성분과 '하다' 사이에는 '안'과 같은 부정의 수식부사가 개재할 수 있다. 국어에서 '안'의 부정범위는 그것이 부착되는 동사에 한정되는 것으로서, 동사구(VP)를 그 부정의 범위로 삼을 수 없고, 단지 동사(V)만을 부정할 수 있다. 따라서 '도착을 하다'와 같은 구성은 (16나)에서 보듯이 '안'에 의해 수식될 수 없고, (16가)에서처럼 '하다'만이 수식될 수 있다[6].

3. 합성동사의 유형 분류

앞에서 우리는 '명사+동사'형 합성동사에 일정하게 대응하는 통사적 대응물이 있음을 살펴보았다. 이렇듯 '명사+동사'형 합성동사는 선행하는 성분인 명사와 후행하는 성분인 동사 사이에 일정한 문법적 관계가 드러나는데, 이것을 기준으로 그 유형을 분류하면 아래와 같다[7].

---

6) 그러나 '명사+하다'형의 합성동사라 할지라도 선행성분과 후행성분이 '-을/를'에 의해 분리되지 않는 등 선행성분을 명사구로 볼 수 없는 예들도 있다.

　　(가) 권(勸)하다, 망(亡)하다, 중(重)하다, 통(通)하다 등
　　(나) 든든하다, 껄렁하다, 서걱서걱하다 등

이들은 '도착하다'의 부류와 달리 어근과 '하다'가 어휘부에서 합성된 것으로, 어휘적 합성어에 해당하는 것들이다. 즉, 이들은 어휘부에서 일정한 합성어 형성의 원리에 따라 어근과 어근이 결합한 단어로 보아야 한다.

7) 여기에 제시된 합성동사의 예들은 이기문 감수(1994)의 「동아 새국어사전」에서 일부 간

(18) '명사+동사'형 합성동사의 유형

　　가. 목적어 – 타동사 관계

　　　　겁내다, 공들이다, 노래부르다, 눈뜨다, 눈물짓다, 더위먹다, 도
　　　　착하다, 등지다, 맛들이다, 맛보다, 매맞다, 머리얹다, 목매다,
　　　　본받다, 불때다, 빛내다, 손떼다, 액때우다, 오줌싸다, 이름짓
　　　　다, 입맞추다, 주름잡다, 춤추다, 코골다, 편짜다, 헤엄치다, 흠
　　　　잡다 등

　　나. 주어 – 능격동사 관계

　　　　ㄱ. 값싸다, 귀아프다, 낯익다, 눈부시다, 뜻있다, 멋없다, 배다
　　　　　　르다, 손부끄럽다, 손크다, 입바르다, 힘세다 등

　　　　ㄴ. 겁나다, 공들다, 금가다, 기막히다, 눈맞다, 눈물지다, 동트
　　　　　　다, 목마르다, 살찌다, 샘솟다, 얼빠지다, 정들다, 풀죽다 등

　　다. 부사어 – 동사 관계

　　　　거울삼다, 남다르다, 눈설다, 번개같다 등[8]

'명사+동사'형 합성동사는 선행요소인 명사와 후행요소인 동사 사이
의 통합관계에 따라 목적어 – 타동사 관계와 주어 – 능격동사 관계, 부사
어 – 동사 관계로 나누어진다. 이는 타동사가 그것의 목적어나 부사어
성분과 함께 합성동사를 형성할 수 있으며, 능격동사의 경우 그것의 주어
나 부사어 성분과 함께 합성동사를 형성할 수 있음을 보여준다.

　여기서 능격동사(ergative verb)란 상적 의미구조를 동작성과 상태(변화)
성으로 구분할 때 상태(변화)성에 속하는 논항만을 취하는 동사이다. 이
는 용언의 체계를 기존의 연구들처럼 상태성(stativity)을 기순으로 동사와
형용사로 구분하는 것이 아니라, 행위자성(agentivity)을 기준으로 행위자
성 동사와 비행위자성 동사로 구분하는 것을 전제로 한다. 예를 들어,

추려 분류한 것이다.

8) '거울삼다'는 '거울로 삼다'와 같은 부사어 – 동사의 관계도 가능하지만 '거울을 삼다'와
　같은 구조도 가능하다. 여기서는 '무엇을 거울로 삼다'를 기본적인 구조로 보아, '거울삼
　다'를 부사어 – 동사 관계로 분류하였다.

타동사와 행위자성 자동사는 행위자성 동사로 분류되고, 형용사와 비행
위자성 자동사는 비행위자성 동사(=능격동사)로 분류된다9).

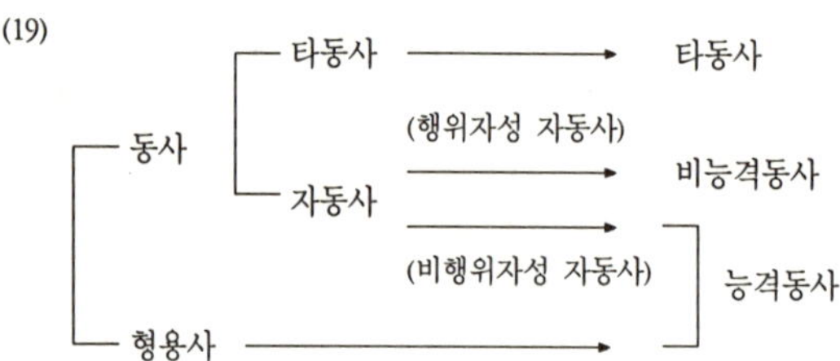

  (18나)에서 (ㄱ)에는 '주어 – 형용사' 관계가, (ㄴ)에는 '주어 – 비행위자
성 자동사' 관계의 합성동사가 예시되어 있는데, 이들은 모두 비행위자성
동사(=능격동사)로 분류될 수 있다. 이는 '명사+동사'형 합성동사에 '주
어 – 타동사' 관계나 '주어 – 행위자성 자동사(=비능격동사)' 관계의 합
성동사가 존재하지 않는다는 사실을 포착하기 위한 것이다.

  여기에서 우리는 '주어 – 타동사' 관계나 '주어 – 행위자성 자동사(=비
능격동사)' 관계의 합성동사가 존재하지 않는다는 사실에 주목하여야 한
다. '명사+동사'형 합성동사가 어휘부에서 형성된 어휘적 합성어라면
이러한 유형의 합성동사가 존재하지 않을 이유에 대해서 아무런 설명을
해줄 수가 없다. 이는 '목적어 – 타동사' 관계나 '주어 – 비행위자성 동사
(=능격동사)' 관계의 합성동사가 자연스럽고 생산적으로 형성될 수 있다
는 사실과 대조를 이룬다.

  이와 같은 사실은 용언형 관용어가 합성동사화하는 양상을 살펴보면
더욱 명확해진다. 즉, 용언형 관용어는 생산적으로 '명사+동사'형 합성
동사를 형성하는데, 이러한 양상은 '목적어 – 타동사' 구성의 관용어나

---

9) 이와 같은 용언의 체계 및 능격동사에 관하여 자세한 것은 고광주(2001)을 참고.

'주어 - 능격동사' 구성의 관용어에 한하여 이루어진다('꼬리를 치다' →
'꼬리치다', '금이 가다' → '금가다')[10].

> (20) 가. 꼬리치다, 나팔불다, 눈감다, 눈뜨다, 더위먹다, 등지다, 맛들이
> 다, 맛보다, 머리얹다, 목매다, 문닫다, 물먹이다, 배불리다, 벼락
> 맞다, 빛내다, 손떼다, 손잡다, 입맞추다, 자리잡다, 호박씨까다
> 등
> 나. 금가다, 기막히다, 김빠지다, 낯설다, 낯익다, 눈맞다, 눈부시다,
> 땀나다, 멍들다, 모나다, 목마르다, 바람나다, 바람들다, 배다르
> 다, 배부르다, 불나다, 빛나다, 손부끄럽다, 손크다, 얼빠지다, 입
> 맞쓰다, 입바르다, 좀먹다, 풀죽다, 피나다 등

사실 '명사+동사'형 합성동사는 매우 생산성이 높은 단어부류로서
(18)에 제시된 유형 이외에도 그 숫자가 대단히 많다. (18)에 제시된 합성
동사는 사전에 등재된 예들이지만, 사전에 등재되지 않은 예들까지 고려
하면 어휘적 합성어로 처리하기는 더더욱 어려워진다. 이를테면 아래에
서 보는 것처럼 '명사+동사'형 합성동사는 매우 생산적으로 만들어진다.

> (21) 가. 밥을 먹고 학교에 가야지.
> 나. 밥먹고 학교가야지.
> (22) 가. 눈이 내리면 운전을 하기가 겁이 난다.
> 나. 눈내리면 운전하기가 겁난다.

이와 같이 '명사+동사'형 합성동사는 일정한 환경이 주어지면 매우
생산적으로 만들어질 수 있다. 이는 이러한 합성동사가 통사부에서 일정
한 통사규칙에 의해 형성된 단어라는 사실을 더욱 지지해 주는 증거가

---

10) 용언형 관용어의 하위유형 및 그 형성 과정에 대하여 자세한 것은 고광주(2000ㄱ)을
참고.

된다. 그리고 '명사+동사'형 합성동사의 형성규칙은 (18)의 유형에서 보았듯이 '주어-타동사' 관계나 '주어-비능격동사' 관계의 합성동사를 형성하지 못한다는 제약을 갖는다.

> (23) 가. 아이가 저수지에서 헤엄을 쳤다.
> 　　나. *아이치다
> 　　다. *저수지치다
> 　　라. 헤엄치다
> (24) 가. 아이가 운동장에서 놀았다.
> 　　나. *아이놀다
> 　　다. *운동장놀다

(23)은 타동사가 쓰인 문장이고, (24)는 행위자성 자동사인 비능격동사가 쓰인 문장이다. 여기서 타동사와 비능격동사는 그것의 주어와 함께 합성동사를 형성할 수 없음을 알 수 있다. 이는 아래의 예를 통해서도 확인된다.

> (25) 가. 철수가 가는 게 좋겠다.
> 　　나. *철수가는 게 좋겠다.

또한 (23다)와 (24다)에서 보는 것처럼 일반적으로 부사어는 그것의 동사와 함께 합성동사를 이룰 수 없다. 이러한 사실은 앞서 본 (18다)의 양상과 다른 것인데, 이들간의 차이는 필수성 여부에 있다. 즉, (18다)의 명사성분은 동사가 필수적으로 요구하는 논항으로서 논항구조상 간접내재논항(indirect internal argument)에 속하는 것이다. 반면에 (23다)와 (24다)의 명사성분은 동사가 필수적으로 요구하지 않는, 논항구조상 부가어에 속하는 것이다. 따라서 기본적으로 부사어 성분은 동사와 함께 합성동사를 형성할 수 없다.

4. 통사적 단어 형성과 제약

앞 절에서는 '명사+동사'형 합성동사가 목적어-타동사 관계, 주어
-능격동사 관계 등으로 나타나면서 통사적 구성과 일정하게 대응함을
확인하였다. 또한 이러한 사실은 '명사+동사'형 합성동사가 어휘부에서
합성이나 파생과 같은 단어 형성 원리에 의해 형성된 단어로 보기 힘듦을
의미한다고 하였다.

이에 따라 이 절에서는 '명사+동사'형 합성동사가 구체적으로 어떤
과정을 거쳐 통사적 구성으로부터 형성되는지 살펴보기로 한다. 우선
앞 절에서 목적어-타동사 관계에 해당하는 것으로 분류한 합성동사부
터 살펴보자.

 (26) 가. 춤을 추다
   나. 춤추다
 (27) 가. 빚을 내다
   나. 빚내다
 (28) 가. 도착을 하다
   나. 도착하다

(26-28 가)의 통사적 구성은 (26-28 나)의 합성동사와 일정하게 대응하
고 있는데, 이들의 최종적인 구조를 나타내면 아래와 같이 될 것이다.

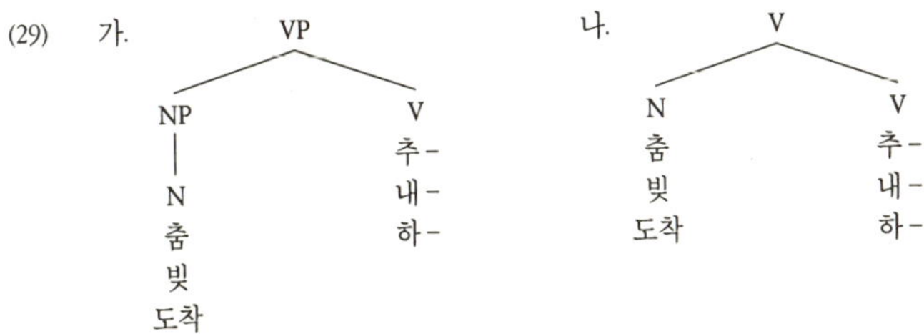

　(29가)의 구조는 명사구가 동사의 보충어 위치에 자리한 것으로 전형적인 타동구조를 나타내고 있다. 여기서 명사구는 타동사로부터 대격을 부여받을 수 있다. (29나)는 명사와 동사가 이루는 합성동사의 구조를 나타내고 있다. 따라서 (29가)와 같은 통사적 구성과 (29나)와 같은 합성동사 사이에 존재하는 구조상의 차이를 변환해 낼 수 있는 통사규칙이 필요하게 된다.

　이러한 통사규칙은 Baker(1988)에서 '명사포합(noun incorporation, NI)'으로 제안된 바 있다. 명사포합이란 통사적 이동규칙이 통사적인 최대투사범주가 아닌 어휘범주에 작용하는 것을 말한다. 통사부에는 어떤 위치에 있는 어떤 범주 α를 다른 위치로 이동시키는 α이동규칙이 있는데, 이는 최대투사범주를 이동시키는 구이동(phrase movement)과 어휘범주를 이동시키는 핵이동(head movement)으로 이루어진다. 이때 핵이동에 따라 일정한 통사적 단어를 형성하는 규칙을 명사포합이라고 한다.

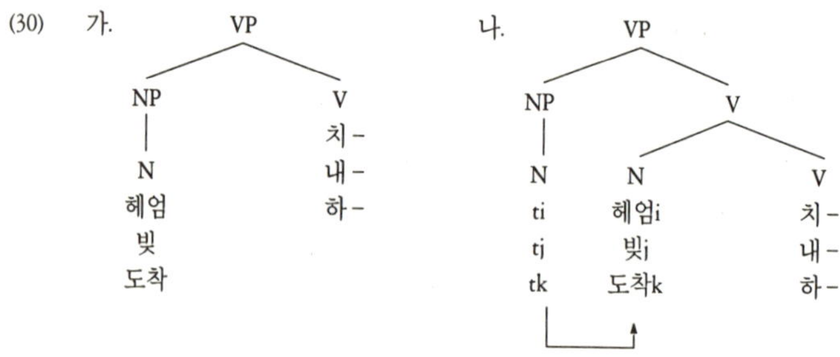

　즉, (30가)의 통사적 구성에서 명사구의 핵은 이동을 통해 동사에 부가된다. 이러한 구조가 바로 (30나)의 수형도이다. (30나)에서 명사핵이 동사핵으로 이동하여 도출된 구조는 (29나)의 합성동사 구조와 일치한다[11].

---

11) 이와 유사한 제안이 고재설(1987), 고재설(1992), 시정곤(1994) 등에서 제안된 바 있다.

명사포합은 α이동의 한 형식으로서 α이동이 준수하는 조건을 충족
시켜야 한다. 이러한 이유로 명사포합은 통사부에서 핵의 이동에 대한
조건인 핵이동제약(Head Movement Constraint, HMC)의 적용을 받는다.

(31) 핵이동제약
; 핵 Xo는 Xo를 고유지배하는 Yo로만 이동할 수 있다(Travis, 1984).
(32) 고유지배(proper government)
; α가 β를 고유지배하려면, α는 β를 의미역 지배하거나 선행사
지배해야 한다[12](Chomsky, 1986:17).

(31)에 제시된 핵이동제약에 의하면, 동사와 같은 어휘항목은 자신이
고유지배하는 단어들만을 포합할 수 있다. 여기서 고유지배란 (32)의 정
의에 따라 대체로 동사와 같은 의미역 배당자와 그것이 의미역을 배당하
는 자리, 이를테면 그것의 보충어와의 관계를 뜻한다.

그런데 (31)에 제시된 핵이동제약은 핵의 이동시 그 핵의 흔적이 고유
지배되어야 한다는 것으로, 결국 보다 일반적으로 흔적에 부과되는 공범
주원리(Empty Category Principle, ECP)로 수렴할 수 있다.

(33) 공범주원리

고재설(1987)에서는 '명사+하다'형의 합성동사를 중심으로 통사부의 명사포합 현상을
논의하였다. 그러나 여기서는 이론의 차이로 인해 '명사+하다'형의 합성동사가 V-교점
아래에 놓일 수 없고 V'-교점 아래에 놓이는 것으로 처리하였다. 고재설(1992)와 시정곤
(1994)에서는 '명사+동사+접사'형의 복합어를 논의하는 가운데 '명사+동사'형의 합성
동사를 다루었는데, 이에 대해서는 고광주(2000ㄴ)을 참고.

12) 의미역 지배(theta government)와 선행사 지배(antecedent government)는 아래와 같이 정의
된다(Chomsky, 1986).

(가) α가 β를 의미역 지배하려면, α는 β를 지배하고 의미역표시해야 한다.
(나) α가 β를 선행사 지배하려면, α는 β를 지배하고 α는 β와 동일지표되어야 한다.

; 혼적은 고유지배되어야 한다(Chomsky, 1986:17).

　통사부에서 일어나는 모든 α이동은 혼적을 남기는데, 그 혼적에 대하여 적용되어야 하는 것이 위의 공범주원리이다. 따라서 공범주원리는 α이동 자체에 대한 적법성 여부를 가려주는 것으로서 최대투사(XP)의 이동뿐만 아니라 핵(X_0)의 이동에도 적용되어야 한다.
　이러한 공범주원리에 따르면 보충어 위치에서 일어나는 핵이동은 가능하나 그 이외의 위치에서 일어나는 핵이동은 불가능하게 된다. 이는 아래와 같은 형상에서 보다 명확하게 드러난다.

(34)

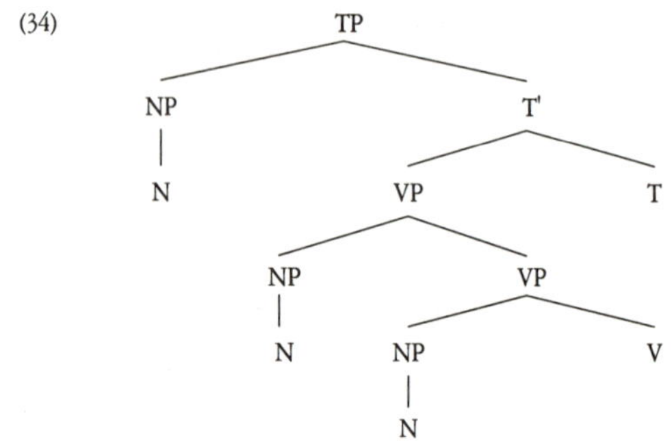

　위에 제시된 형상은 기본적인 문장의 구조를 나타낸 것이다. 이러한 형상에서 명사핵이 동사핵의 위치로 이동할 수 있는 경우는 세 가지가 있다. 먼저 시제소구(TP)의 지정어 위치에 있는 명사핵이 동사핵의 위치로 부가이동하는 경우가 있다. 이러한 핵이동이 이루어지면 시제소구의 지정어 위치에 있는 명사핵의 혼적은 고유지배될 수 없다. 왜냐하면 시제소구의 지정어 위치는 의미역 지배되지 않는 위치일 뿐만 아니라 이동한 명사핵으로부터 선행사 지배도 될 수 없는 위치이기 때문이다. 이를테면 동사는 시제소구의 지정어 위치를 지배하지 못하며 오히려 시제소구의 지정어가 동사의 위치를 성분통어하고 있다[13]. 따라서 이 위치로부터의 명사포합은 불가능하다.

둘째로 동사구에 부가된 위치에서 명사핵이 동사핵 위치로 부가이동하는 경우가 있다. 부가어의 자리에서 명사가 동사에게로 핵이동하는 경우도 부가어가 의미역이 표시되지 않고 의미역이 표시되지 않는 자리는 지배에 대한 장벽(barrier)이 되므로 불가능하다. 즉, 부가어의 구절점(NP)은 장벽이 되어 동사의 복합체가 포합된 어휘항목의 흔적을 지배하지 못하도록 한다.

셋째로 고려할 수 있는 핵이동은 동사의 보충어 위치로부터 이루어지는 경우이다. 동사의 보충어 위치는 동사에 의해 의미역을 부여받는 위치이기 때문에 이동 후에 고유지배될 수 있다. 따라서 위의 형상에서 유일하게 핵이동제약을 준수하는 위치는 동사의 보충어 자리이다.

이러한 양상은 '명사+동사'형 합성동사의 형성에 그대로 반영되어 나타난다. 이를테면 앞서 제시한 (23가)의 문장으로부터 명사포합이 일어날 수 있는 경우를 고려해 보자.

---

13) 지배(government)와 성분통어(c-command) 등의 개념은 아래와 같이 정의된다.

   (가) 지배 : α가 β를 최대통어하고 γ가 α를 배제시키는 β의 장벽인 γ가 없을 때에만, α는 β를 지배한다(Chomsky, 1986:18).

   (나) 성분통어 : α가 β를 관할하지 않고 α를 관할하는 모든 γ가 β를 관할할 때에만, α는 β를 성분통어한다(Chomsky, 1986:13).

   (다) 배제(exclusion) : α의 어떤 분절(segment)도 β를 관할하지 않으면, α는 β를 배제한다(Chomsky, 1986:9).

   (라) 관할(domination) : α는 β의 모든 분절에 의해 관할될 때에만 β에 의해서 관할된다(Chomsky, 1986:7).

여기에 제시된 성분통어는 Reinhart(1981)의 첫 번째 분지 절점(first branching node)이라는 개념이며, 최대통어는 Aoun and Sportiche(1983)의 개념이다. 장벽(barrier)의 개념에 대해서는 Chomsky(1986)이나 Haegeman(1991) 등을 참고.

(23) 가. 아이가 저수지에서 헤엄을 쳤다.
　　　나. *아이치다
　　　다. *저수지치다
　　　라. 헤엄치다

　우선 (23가)에서 시제소구의 지정어 위치에 있는 명사핵 '아이'는 타동사 '치다'로 핵이동하여 부가될 수 없다. 또한 동사구에 부가된 위치에 있는 명사핵 '저수지'도 타동사 '치다'로 핵이동하여 부가될 수 없다. 따라서 이러한 핵이동에 따라 형성된 '명사+동사'형 합성동사는 존재하지 않는다. 반면에 동사의 보충어 위치에 있는 명사핵은 타동사 '치다'로 핵이동하여 부가될 수 있으며, 따라서 (23라)와 같은 합성동사를 형성할 수 있다. 이러한 양상을 수형도로 보이면 아래와 같다.

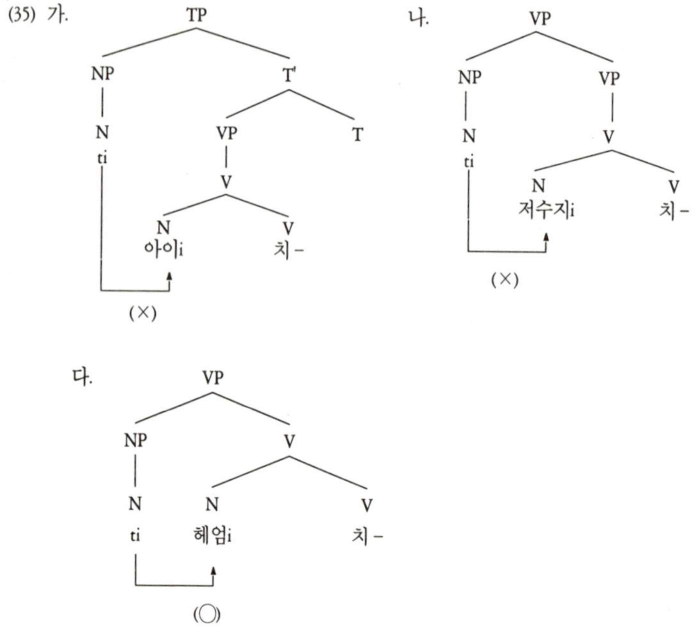

이번엔 능격동사와 비능격동사의 경우를 살펴보자.

(36) 가. 아이가 운동장에서 놀았다.
　　 나. *아이놀다
(37) 가. 동이 트다.
　　 나. 동트다

비능격동사가 쓰인 예에서는 (36나)에서 보듯이 합성동사가 형성될
수 없으나, 능격동사가 쓰인 예에서는 (37나)에서 보듯이 합성동사가 형
성될 수 있다. 이는 비능격동사가 외재논항을 갖는 동사인데 반하여, 능
격동사는 내재논항을 갖는 동사이기 때문이다. 따라서 비능격동사의 경
우 외재논항은 시제소구의 지정어 위치에서 핵이동하여 동사에 부가될
수 없으나, 능격동사의 경우 내재논항은 동사의 보충어 위치에서 핵이동
하여 동사에 부가될 수 있다.

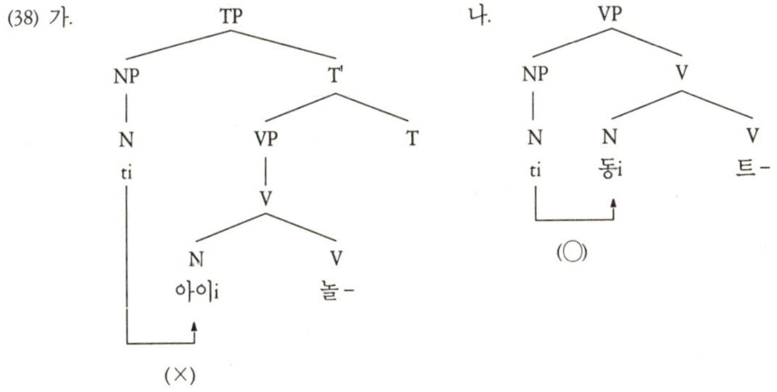

이러한 측면에서 앞서 살펴본 '명사＋동사'형 합성동사의 유형이 아래
와 같은 이유가 명확해진다. 즉, 명사포합 현상에 따라 목적어－타동사
관계나 주어－능격동사 관계의 합성동사는 가능하지만, 주어－타동사

관계나 주어－비능격동사 관계의 합성동사는 불가능하다는 것이다. 이
와 같은 면에서 앞서 살펴본 (21), (22), (25)의 자료들도 마찬가지로 설명
할 수 있게 된다.

      (18) '명사＋동사'형 합성동사의 유형

          가. 목적어－타동사 관계 ⇨ 직접내재논항－타동사 관계

             겁내다, 공들이다, 노래부르다, 눈뜨다, 눈물짓다, 더위먹다 등

          나. 주어－능격동사 관계 ⇨ 직접내재논항－능격동사 관계

             값싸다, 겁나다, 공들다, 귀아프다, 금가다, 기막히다, 낯익다 등

          다. 부사어－동사 관계 ⇨ 간접내재논항－동사 관계

             거울삼다, 남다르다, 눈설다, 번개같다 등

      (21) 가. 밥을 먹고 학교에 가야지.

          나. 밥먹고 학교가야지.

      (22) 가. 눈이 내리면 운전을 하기가 겁이 난다.

          나. 눈내리면 운전하기가 겁난다.

      (25) 가. 철수가 가는 게 좋겠다.

          나. *철수가는 게 좋겠다.

    한편 위의 (18)에서 부사어－동사 관계로 분류한 것들은 문제가 될
수 있다. 왜냐하면 부사어는 (35나)에서 보듯이 동사로 핵이동할 수 없기
때문이다. 그러나 (18다)에 제시된 것들은 부가어가 아니라 모두 동사의
논항구조상 필수적으로 요구되는 논항이다. 이를테면 '삼다'는 세 개의
논항을 필요로 하며, '다르다'와 '설다', '같다' 따위는 두 개의 논항을
필요로 한다. 따라서 보충어 위치에 있는 이들 간접내재논항들은 동사
위치로 핵부가하여 합성동사를 형성할 수 있다[14].

---

14) 그러나 이 경우 한 가지 의문이 들 수도 있다. 즉, '삼다'의 경우, 왜 대격표시된 성분이
    동사로 포함되어 합성동사를 이루지 못하는가? 이를테면 목적어가 동사로 포함될 수

5. 결론

이 논문에서 지금까지 논의한 내용을 간략하게 요약하면 다음과 같다.

첫째, '명사＋동사'형 합성동사는 통합관계상으로 '목적어－타동사' 유형과 '주어－능격동사' 유형, '부사어－동사' 유형으로 하위구분된다. 이들은 모두 논항구조상 내재논항과 서술어의 관계에 있는 것이다. 다른 한편, '주어－타동사' 유형이나 '주어－비능격동사' 유형은 존재하지 않는다. 이들은 모두 논항구조상 외재논항과 서술어의 관계에 있는 것이다.

둘째, '명사＋동사'형 합성동사는 통사부의 핵이동을 통해 형성된 통사적 단어이다. 이들이 형성되는 과정에는 공범주원리가 준수되어야 한다. 이에 따라 '목적어－타동사' 유형 등은 합성동사를 형성할 수 있지만, '주어－타동사' 유형 등은 그러한 과정을 겪을 수 없다.

있으므로, '그녀삼다'와 같은 합성동사를 형성하지 못할 이유가 없음에도 그러한 예가 없는 것은 왜인가? 이러한 문제에 대해 포합될 수 있는 명사가 의미상 총칭적(generic)이거나 비한정적인 것으로 제한된다고 가정할 수 있다. 또한 두 개의 내재논항을 취하는 동사의 경우 원리상으로 두 가지의 합성동사가 나타날 수 있으나, 실제로는 어느 한쪽만이 가능하고, 다른 한 가지는 해석상의 혼란으로 제약되는 것으로 보인다. 이를테면 "그가 아이에게 벌을 주다"와 같은 구성에서 "벌주다"와 같은 합성동사는 형성될 수 있지만, "*아이주다"와 같은 합성동사는 형성될 수 없다. 이에 대해서는 더욱 면밀한 연구가 필요하다.

고광주(2000ㄱ), "관용어의 논항구조와 형성제약," 어문논집 42.

고광주(2000ㄴ), " '명사+동사+접사'형 파생명사의 형성과정," 한국어학 12.

고광주(2001), 국어의 능격성 연구, 월인.

고영근(1986), "능격성과 통사구조," 한글 192.

고재설(1987), 국어의 합성동사에 대한 연구: '명사+하다' 구성을 중심으로, 서강대 석사학위논문.

고재설(1992), "'구두닦이'형 합성명사에 대하여," 서강어문 8.

김영석·이상억(1992), 현대형태론, 학연사.

김창섭(1983), "'줄넘기'와 '갈림길'형 합성명사에 대하여," 국어학 12.

박영준·최경봉 편저(1996), 관용어 사전. 태학사.

시정곤(1993), 국어의 단어형성 원리. 고려대 박사학위논문.

시정곤(1998), 수정판 국어의 단어형성 원리, 한국문화사.

시정곤·고광주·유혜원·김미령(2000), 논항구조란 무엇인가, 월인.

유목상(1976), "통어론적 구성에 의한 어구성에 관한 연구," 성곡논총 5.

유현경(1998), 국어 형용사 연구, 한국문화사.

이관규(1994), "합성동사의 구성에 대한 고찰," 한국어학 1.

이기문 감수(1994), 동아 새국어사전, 동아출판사.

임홍빈(1979), "용언의 어근분리 현상에 대하여," 언어 4-2.

최경봉(1992), 국어 관용어 연구, 고려대 석사학위논문.

홍종선(1990), 국어 체언화 구문의 연구, 고려대학교 민족문화연구소.

후지사와 후미또(1996), 현대 한국어의 형태론 연구, 계명대 출판부.

Aoun, Y. and D. Sportiche(1983), "On the formal theory of government," *The Linguistic Review* 2·3.

Baker, M.(1988), *Incorporation: A theory of grammatical function changing*, The University of Chicago Press.

Chomsky, N.(1986), *Barriers*, The MIT Press.

Haegeman, L.(1991), *Introduction to government and binding theory*, Blackwell Publishers.

Mardirussian, G.(1975), "Noun incorporation in universal grammar," *CLS* 11.

Mithun, M.(1984), "The evolution of noun incorporation," *Language* 60-4.

Reinhart, T.(1981), "Definite NP anaphora and c-command," *Linguistic Inquiry* 12.

Uriagereka, J.(1998), *Rhyme and reason: An introduction to minimalist syntax*, The MIT Press.

ABSTRACT ■

A Study on 'N+V' Compound Verb in Korean

Ko, Kwang-ju

This paper argues that 'N+V' compound verbs are not the lexical word which is formed by word-formation rule in morphology. Rather, theses compound verbs must be dealt with the syntactic word, which is formed by head movement in syntax. Because the compound verbs that are composed of noun and verb have the corresponding syntactic constructions. Furthermore, the two constituents of the syntactic construction corresponding to 'N+V' compound verb are in the relation of verb and its complement, but not of verb and its specifier. These specific property show us that the word formation process of 'N+V' compound verbs are sensitive to syntactic conditions. Owing to these facts, 'N+V' compound verbs have to be dealt with syntactic words. Concretely speaking, empty category principle is applied to the word formation process of 'N+V' compound verbs.

주요어 : 합성동사, 핵이동, 통사적 단어, 능격동사, 명사포합

국어 형용성 동사의 의미적 특성

도원영*

1. 머리말

일반적으로 단어는 다른 단어들과 비슷한 형태와 기능, 의미를 공유함으로써 일정한 품사에 귀속된다. 그러나 어떤 부류의 어휘는 형태, 기능, 의미 면에서 양면적이거나 중간적인 특성을 보이기도 한다. 다음 예를 보자.

> (1) ㄱ. 신발이 내게 잘 {맞는다/맞다}.
> ㄴ. 터진 소파를 꿰매는 그의 솜씨는 정말 기가 {막힌다/막히다}.
> ㄷ. 한지를 뜨는 일이 아주 {힘드는/힘든} 건 아니다.
> ㄹ. 나는 {저리는/저린} 어깨 때문에 가방을 더 이상 들 수가 없었나.

(1)ㄱ에 보이는 '맞다'는 해라체 평서문 종결형에서 의미의 차이 없이 형용사 활용과 동사 활용이 모두 가능하다. (1)ㄴ에서 '막히다'는 '기'와 어울려 관용구로 쓰이는데, '맞다'와 같은 활용 양상을 보인다. (1)ㄷ의

---

* 고려대 민족문화연구원

'힘들다'나 (1)ㄹ의 '저리다'가 관형형에서 동사 활용이나 형용사 활용이
모두 가능함을 보이고 있다. '힘들다'의 경우 정도 부사의 수식을 자연스
럽게 받고 있다.

　(1)의 '맞다, 막히다, 힘들다'는 대개 동사로 보아온 것들이며, ㄹ의
'저리다'는 주로 형용사로 보아 온 경우이다.[1] 하지만 위에서 볼 수 있는
이들의 용법은 동사나 형용사의 범주 속성으로 설명하기 어렵고,[2] 동사
와 형용사로 각각 사용되는, 즉 품사 통용어로 처리하기도 힘들다.[3] 앞선
연구를 살펴보면, 이러한 예외적 특성에 대해서 부분적으로 지적되기는
하였지만 전면적인 입장에서 고찰되지는 못하였다. 김상대(1990)에서는
형용사의 의미적 특성을 다루는 과정에서 정도 부사의 수식을 받고 형용
사와 의미의 쌍을 이루는 동사를 형용사성 동사로 처리하였다.[4] 유현경
(1997), 고광주(2001) 등에서 비대격성 또는 능격성 논의에서 이들 용언의
양면적 특성에 주목하고 예외적 용법을 제시하고 있다.
　도원영(2002ㄴ)에서는 예문의 용언와 같은 부류가 의미와 형태, 통사에

---

1) '저리다'의 경우, 한송화(2000)에서만 자동사로 처리하였고 국어 사전과 개별 논의에서는
　　대개 형용사로 처리되어 있다(김상대 1990, 신순자 1996, 정경숙 1994, 서정수 1996,
　　유현경 1997, 김정남 1997).

2) 국어 사전에서도 범주 예외적 특성을 기술하기보다는 전형적인 하나의 범주 속에 포함시
　　키는 경우가 대부분이다. 또한 같은 어휘에 대해 사전마다 다른 품사로 처리한 경우도
　　있다. 예를 들어, '힘들다'의 경우 「연세한국어사전」에서는 동사로 처리하였으나 「금성국
　　어대사전」과 「표준국어대사전」에서는 형용사로 처리하였다.

3) 품사 통용의 경우, 동사와 형용사로서의 형태, 기능, 의미 각각이 분명하게 구분되어야
　　한다. 그러나 위의 예들은 의미 차이가 분명하게 구분되지 않는 상태에서 형용사와 같은
　　형태적 특성과 기능적 특성을 보이고 있기 때문에 품사 통용어에 해당하지 않는다. 서정
　　수(1996:725)에서 제시한 '밝다, 크다, 늦다' 등의 예는 형용사와 동사로 구분되는 품사
　　통용어이다

4) 김상대(1990)에서는 '좋아하다(좋다), 믿다(미덥다), 사랑하다(사랑스럽다), 파래지다(파
　　랗다)' 등을 형용사성 동사로 보았다. 그러나 단어의 범주로 보기 힘든 '길게 하다(길다),
　　먹고 싶다(먹다)' 등도 포함시켰다.

걸쳐 형용사적인 특성을 일관되게 보이는 동사라는 점에서 이들을 형용
성[5] 동사로 설정하였다. 형용성 동사의 용법이 모국어 화자의 직관으로
볼 때 자연스러울 뿐만 아니라 대규모 자연언어 데이터베이스에서도 유
의미한 어휘 빈도를 보이고 있다는 점에서 이들을 하나의 어휘 범주로
설정할 수 있다고 보았다.[6] 형용성 동사는 의미적으로 상태성을 띠면서
'-다, -ㄴ'으로도 활용하고 정도 부사의 수식을 받는 동사를 말한다. 본고
에서는 형용성 동사의 의미적 특성에 대해 살펴보려고 한다. 먼저 형용성
동사가 상태성을 띠고 있음을 확인하고 상태성을 띠는 동인을 상적 의미
의 전이를 통해 설명할 것이다. 아울러 계열적 의미 관계에서 형용성
동사와 유의 관계 및 반의 관계를 형성하는 어휘들에 대해 살펴보겠다.

2. 상태성과 의미 전이

2.1. 상태성의 확인

형용성 동사의 특성은 의미적으로 상태성을 띠는 것이다. 이를 검증하

---

5) 형용성(adjectival)은 형용사적 특성을 말한다. 조성식 편(1990)에 따르면, 'adjectival'이란
   개념은 '형용사적' 또는 '형용사류'를 뜻한다고 하였다. 이는 해당 언어에서 형용사가
   수행하는 기능과 동일한 기능을 수행하는 어구를 가리킨다. 영어를 예로 들면 명사를
   수식할 수 있는 소유 대명사, 동명사, 분사 등이 형용사적 특성을 가지며 그래서 형용사류
   이다. 언어 유형론적으로 국어의 형용사는 영어나 불어 등의 인구어와는 달리 활용을
   하면서 시제나 상, 서법과 같은 문법 범주들과 결합한다. 그래서 국어에서는 형용사의
   자리에 대신 나타날 수 있는 범주, 형용사적 특성을 띠는 어구는 엄밀히 말해 동사와
   '-이다' 구성에 제한된다고 할 수 있다.
6) 본고가 동사의 형용사적 용법을 확인하는 데 사용한 코퍼스는 김흥규·강범모(1996)의
   '고려대학교 한국어 말모둠 1'이다. 이 코퍼스에 포함된 텍스트는 문어 대 구어의 비율이
   약 88 대 12로 구성되었다고 한다. 문어가 구어에 비해 상대적으로 보수성과 규범성,
   논리성, 격식성을 갖추었다고 본다면, 코퍼스에서 상당한 빈도로 추출되는 동사의 형용
   사적 특성은 연구될 만한 문법 현상이라고 할 수 있다.

기 위해 '어떠하냐' 질문에 대한 대답으로 가능한지를 보아야 한다. '어떠하냐' 질문에 대한 대답으로 가능한 동사는 형용성 동사이다. 지금까지 '어떠하다'에 대당되는 말이 형용사임을 검증하는 방법은 전통 문법에서부터 지적된 것이다. 이는 동사를 확인하는 '어찌하다' 검증법과 함께 논의되었다.[7] 이를 질문형으로 바꾸어 형용성 동사임을 확인하는 기제로 사용할 수 있다. 일반적인 동사라면 '무엇이 어찌하냐?'라는 질문에 응답해야겠지만, 형용성 동사는 '무엇이 어떠하냐?' 또는 '누가 어떠하냐?'라는 질문에 대한 대답으로 나타난다.

>
> (23) ㄱ. 너는 어떠하냐?
> 　　　나는 아프다.
> 　　　나는 다리가 {저린다/저리다}.
> 　　　나는 일이 {힘들다/힘든다}.
> 　　ㄴ. 백화점은 어떠하냐?
> 　　　백화점은 요즘 한산하다.
> 　　　백화점은 사람들로 {바글바글한다/바글바글하다}.

(23)ㄱ에서처럼 '너는 어떠하냐'라는 질문에 형용사가 대답으로 가능한 것처럼 '저리다'나 '힘들다'와 같은 형용성 동사도 그러하다. (23)ㄴ에서 '백화점이 어떠하냐'는 질문에서도 마찬가지이다. '한산하다'와 같은 형용사가 가능한 것처럼 '붐비다', '바글바글하다'와 같은 형용성 동사도 가능하다.

반면, 행위성 동사나 상태 변화성 동사는 '어떠하냐' 질문에 대한 대답으로는 불가능하다. 이들은 '어찌하냐' 질문에 대해서 대답으로 나타난다.

---

7) 천기석(1984), 남기심·고영근(1993)에서는 동사는 '무엇이 어찌하다'에서 '어찌하다'의 자리를 채울 수 있는 것이며 형용사는 '무엇이 어떠하다'에서 '어떠하다'의 자리를 채울 수 있는 것이라 하였다.

(24) ㄱ. 영미는 {*어떠하냐/어찌하냐}?
　　　영미는 점심을 먹는다.
　　　영미는 밖에서 뛰어 논다.
　　ㄴ. 강물이 {*어떠하냐/어찌하냐}?
　　　강물이 흐른다.
　　　강물이 넘친다.

따라서 형용성 동사가 '어떠하냐' 질문에 대한 대답으로 나타날 수 있음을 통해 상태성을 띠고 있음을 확인할 수 있다. 이는 '어떠하냐'가 사물이나 사람, 현상의 상태를 질문하기 때문이다.

2.2. 견인 작용

앞에서 형용성 동사가 행위성이나 상태 변화성이 아닌 상태성을 띠고 있음을 보았다. 도원영(2002ㄷ)에서는 형용성 동사에 나타나는 상태성을 상적 의미의 전이라는 기제로 설명하였다. 이에 대해서 살펴보자.

언어의 의미는 외계에 대한 인간의 인식 작용을 통해 정해진다. 그러한 인식은 외계에 대한 구분, 즉 범주화를 통해 이루어진다. 그래서 일정한 의미를 가진 어휘는 일정한 특성에 따라 어떤 범주에 속하게 되고 다른 어휘와의 계열적, 통합적 관계를 유지하게 된다. 그러나 스펙트럼에서 경계를 정확하게 구별할 수 없는 부분이 존재하는 것처럼 어떤 어휘는 범주와 범주 사이에 구별할 수 없는 경계 부분에 속해 있다. 이들은 서로 다른 영역에 속해 있지만, 가까이 있기 때문에 서로 끌어당긴다. 이는 일종의 견인 작용이다. '견인(attraction)'은 전통 문법에서 근접 원리 (proximity principle)에 의해 문장 중에 가까이 있는 말의 영향으로 인칭이나 격, 수 등의 일치 관계가 깨지는 현상을 말한다(조성식 편. 1990). 이러한 현상은 언어마다 다양한 영역에서 나타나고 있다고 한다.[8] Ullmann

(1962)에서는 이를 유의 관계에 있는 어휘의 집합에 작용하는 원리로 설명하였다. 즉, 유의 관계에 있는 어휘가 그들 중 기초 어휘에 해당하는 한두 개의 단어를 중심으로 의미적 유사성에 근거하여 뭉쳐 있는 현상을 말한 것이다. 전통 문법에서는 근접 원리에 따라 형태적 예외를 설명하였던 것을 Ullmann(1962)은 언어 단위들간에 의미적으로 연관을 맺는 기제로 확대한 것이라고 할 수 있다.

이러한 견인의 특성은 상적 의미 범주 사이에서도 적용 가능하다. 상태 변화성 범주에 속하는 어휘가 상태성으로 이끌리는 경우도 있고, 상태성 범주에 속하는 어휘가 상태 변화성 범주에 속하는 경우9)도 있다. 본고에서는 인접한 어휘간에 상적 의미가 이끌리는 현상을 견인 작용으로 설명하고자 한다. 견인 작용으로 의미적 관계가 새로이 나타나는 것10)은 의미의 전이(transfer)11)라고 할 수 있다. 형용성 동사의 경우 상태 변화성을

---

8) 'Each of them are responsible'의 문장에서 'them'에 이끌려 'is' 대신 'are'가 쓰인 경우가 견인 작용의 예에 해당한다. Jespersen(1924)에서는 모든 언어에서 견인력이 동일하지 않고 정도 차가 있다는 점을 이태리어와 영어의 예를 통해 설명하였다. 이태리어에서 ventun anno(21년)은 'one'의 뜻인 'un' 때문에 햇수를 나타내는 말에 'anno'라는 단수가 쓰였으나 영어에서는 'twenty'에 이끌려 원근에 상관없이 'years'로 나타난다(one and twenty years 또는 twenty-one years)고 하였다.

9) '아프다'나 '고프다'와 같은 일부 감각 형용사의 경우가 그러하다. 이들은 빈도 부사의 수식을 받고 '오다'나 '보다'와 같은 보조 동사의 도움을 받으며 '-기 마련이다'와 같은 구성에도 나타난다
  ⅰ) ㄱ. 다리가 {자주/잘/가끔} 아프다
     ㄴ. 다리가 점점 아파 온다.
     ㄷ. 몸이 많이 아파 봐야 다친 사람 심정을 알 수 있다.
     ㄹ. 굶으면 배가 고프기 마련이다.

10) 이정식(2002:26-27)에서는 다의의 생성에 대해 의미 확장이나 의미 파생이 아닌 의미 발생의 관점에서' 설명하였다.

11) 본래 의미의 전이(transfer)는 의미 변화의 원리의 하나로서 다의를 발생시키는 방법이다. 의미의 축소, 즉 특수화와 의미의 확대 즉, 일반화와 함께 의미의 전이는 사물의 유사성에 따라 의미가 전용되는 경우이다. 대개 은유나 환치로서 특수의미가 넓어지는 경우를

가지는 동사가 상태성으로 전이된다. 그래서 형용성을 띠게 되는 것이다.[12] 우리는 상적 의미 전이의 양상을 다음과 같이 나타낼 수 있다.

(1) 상적 의미의 전이

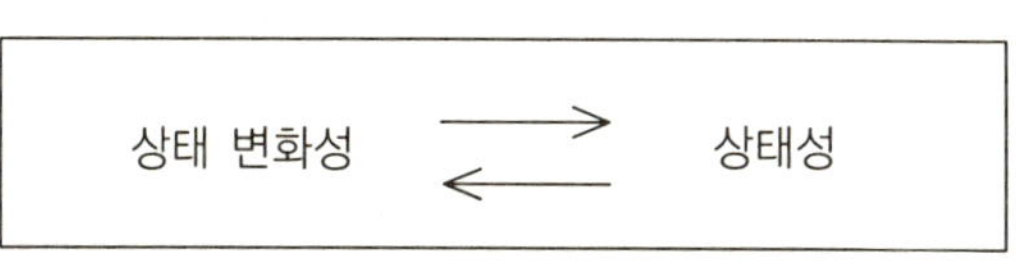

상적 의미에서 상태 변화성과 상태성이 서로 인접한 범주임은 Grimshaw(1990;26)에서 제시된 바 있다. 그녀는 하나의 문장이 서술어와 논항 사이의 관계에 따라 어떤 의미를 갖는다고 할 때 기본적으로 나타나는 상적 의미 구조를 아래와 같이 형식화하였다.

(8)

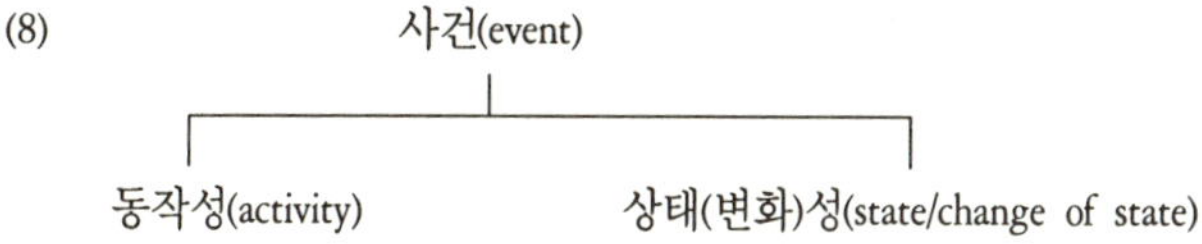

위 그림에서는 어떤 문장이 나타내는 사건 구조가 동작성이나 상태성, 상태 변화성으로 나누어질 수 있음을 보여 주고 있는데, 여기서 상태성과 상태 변화성이 하나의 무리로 묶인 것은 이들이 외도저 행위주를 가지는 행위성을 띠지 않기 때문이다. 문제는 상태성과 상태 변화성은 완전히 분리된 범주인가 하는 점이다. 상적 체계를 나눈 Givón(1984)에서는 상황의 동적 특성의 여부를 정도성의 관점에서 이해하여 상태성과 동태성 간에 명확한 경계를 짓지 않고 화살표로 표시하였다. 이는 사태의 여러

말한다(꽃(花)->미인, 여우(弧)->간사).
12) 의미의 전이 유형은 다음 절에서 자세히 다루려고 한다.

범주 경계를 스펙트럼과 같은 모습으로 파악한 것이라고 할 수 있다.

본고에서 다루고 있는 형용성 동사는 상적 의미 구조에서 범주간 인접 부분에 위치한 어휘소라고 할 수 있다. 동사가 품사 경계를 넘어서면서 형용사적 용법을 띠는 것은 상적 의미가 상태성으로 견인되었기 때문이다. 본고에서는 이러한 관계를 의미의 전이로 보았다. 의미의 전이를 겪은 동사는 상태성을 띤 형용사와 같은 형태·통사적 특성을 보이게 되는 것이다.

2.3. 상태성으로의 전이

언어가 범주적으로 완전히 분리되지 않기 때문에 범주와 범주 사이에 상호 작용이 가능하며 범주와 범주의 경계 부분에 속하는 어휘간에 의미적 유사성이 있는 경우 견인 작용이 일어난다. 그래서 이러한 이끌림의 결과로 나타나는 의미적 현상을 의미의 전이라고 하였다. 그렇다면 동사가 어떻게 형용사와 의미적으로 관련을 맺는지, 즉 어떤 과정을 통해 의미를 전이 받는지 살펴보자. 전이되는 상태성[13]에 따라 세 유형으로 나눌 수 있다.

첫째, 동사의 의미가 지속적 상태성을 띠는 경우이다. 의미적으로 비행위성을 나타내는 일군의 동사가 있다.[14] 품사로 볼 때 자동사에 속하는

---

13) 도원영(2002ㄱ)에서는 상태성을 지속적 상태성, 가변적 상태성, 장면적 상태성으로 나누고 그에 따른 형태통사적 차이를 보였다. 지속적 상태성은 '통나무집이 견고하다'에서 '견고하다'와 같이 현실 세계에 속성적, 지속적으로 존재하는 상태를 언어로 표현하였을 때 포착되는 상태를 말한다. 가변적 상태성은 '나는 배가 아프다'에서 '아프다'처럼 자극에 의해 감각되는 증상이나 감정의 상태를 말한다. 이는 감각 자체의 시간에 대한 인식이 가능하고 감각이 반복 가능한 점에서 가변적이고 일시적인 특성이 있다. 장면적 상태성은 '그는 회사에서 바쁘다'에서 '바쁘다'처럼 실제 여러 움직임이 내재적으로는 존재하지만, 언어로 표현될 때에는 그런 전체를 마치 하나의 장면처럼 포착한 상태를 말한다.

이들은 대개 무의도적 상태 변화, 자연 작용 등을 나타낸다. 이 움직임의 결과는 상태의 변화를 초래하게 된다. 변화가 완료되면 그 지속됨으로써 고정된다. 바로 그 고정된 상태가 지속적 상태로 전이되는 것이다. 그래서 형용성을 띠게 된다. 이들은 현재 시제 종결형으로 나타나지 않고 과거 시제형으로 나타난다. 이때의 '-었-은 과거 시제소로서의 역할을 하지 않고 상태 변화가 끝났음을 나타내는 완료의 상 역할을 하고 있다.[15)

    (2) ㄱ. 그는 참 잘생겼다.
        ㄴ. 부장의 사고 방식은 받아들일 수 없을 만큼 케케묵었다.
        ㄷ. 그런 일로 남을 때리다니, 아주 못됐다.

'생기다'는 본래 '집 앞에 도로가 생긴다'에서처럼 '없던 것이 있는 상태로 되다'는 뜻을 가진 자동사이다. 이런 상태의 변화가 순간적으로 일어나는 것이기 때문에 정문수(1984)에서는 순간 동사로 분류하였다. 순간 동사는 '-는다'가 붙으면 현재 시점을 나타내지 못하고 앞으로 일어날 일에 대해서만 가능하다. 그래서 '건물이 *{지금/곧} 생긴다'와 같이 나타난다. 이러한 순간 동사로서의 특성이 (2)ㄱ에서 '어떤 모습으로 보이다'는 의미로 쓰이는 경우에는 다르게 나타난다. 현재 시제형뿐만 아니라 미래 시제형도 불가능하다.[16) 주어의 동작이 완료됨으로써 어떤 대상

---

14) 고광주(2000)에서는 '상태 변화성'이라고 하였다. 그는 국어의 용언 체계의 의미적 기준으로 Grimshaw(1990)에 의거하여 사건 구조를 동작성과 상태(변화)성으로 나누었다. 이찬규(1993)에서는 무의도성 동사로 명명하였다. 한송화(2000)에서는 비행위성 자동사로 처리하고 있다.
15) '*그는 예전에 멋지게 생겼다'와 같이 과거를 나타내는 부사어구를 넣어 보면 '-었-'이 시제소가 아님을 알 수 있다.
16) *그는 멋지게 {생긴다/생기겠다}.

의 지속적 상태를 나타내도록 의미가 전이된 것이다. 그래서 형용성을 가진다.[17)18)]

　(2)ㄴ에서 '케케묵다'는 오랜 시간의 경과로 낡거나 시대에 뒤떨어지는 변화를 나타내는 동사이다. 과거 시제문으로 현재의 케케묵은 상태를 기술하는 점은 '생기다'와 마찬가지이다. 이는 (2)ㄷ의 '못되다'에서도 동일하다.

　둘째, 동사의 의미가 장면적 상태성을 띠는 경우이다. 예를 들어, 개체들의 구체적인 동작을 통해 상태 변화를 나타내는 동사 '바글바글하다'를 보자.[19)] 주어로 나타나는 명사구가 상태 변화의 대상이기 때문에 의지나 의도성를 갖지 못한다. 하지만 대상의 움직임을 전체적으로 포착하기 때문에 이들은 장면적 상태성으로 전이된다. 즉, '바글바글하다'라는 동사는 어떤 곳에 복수의 대상이 혼잡스럽게 왔다갔다하며 움직이는 모습을 마치 하나의 장면처럼 포착하고 있다. 이는 '바쁘다'와 같은 형용사처럼 '장면적 상태'의 기술과 같다. 그래서 정도 부사의 수식이 자연스럽고,[20)] '바글바글하다'처럼 형용사 활용도 가능하다.

---

17) 「금성국어대사전」과 「표준국어대사전」에서는 앞에 오는 '-게'를 본용언으로 보고 후행하는 '생기다'를 보조 형용사로 처리하였다.

18) 김정남(2001)에서는 이런 동사의 의미적 특징이 형용사와 비슷하다고 하여 형용사의 의미 자질로 [+완료성]을 설정하였다. 그러나 '완료성에 의한 상태성'은 동사의 의미적 특성일 뿐 형용사의 의미 자질일 순 없다. 이는 완료형 동사가 왜 의미적으로 형용사와 같은지를 설명해 주는 것이 설득력이 있다.

19) 한송화(2000), 도원영(2002)에서는 '붐비다', '들끓다, 바글바글하다'와 같은 동사가 기본적으로 주체의 행위성이 없지만, 장소의 논항 '에'가 '에서'로 바뀐다거나 '-고 있다' 구성이 가능한 점으로 보아 의사 동작성을 띤다고 보았다.
　　가. 날이 더워 그런지 강가에서 사람들이 북적거린다.
　　나. 동굴 안에서 박쥐들이 우글거리고 있다.

20) 이들은 교차 구문을 형성하는 동사들이다. '에'형 문장과 '로'형 문장이 정도 부사의 수식 양상에서 차이가 난다. 다음 예를 보면, '로'형 문장은 정도 부사나 빈도 부사의 수식을 자연스럽게 받는다. 반면, '에'형 문장에서는 정도 부사나 빈도 부사의 수식이

(3) 백화점이 사람들로 {바글바글한다/바글바글하다}.

셋째, 동사의 의미가 가변적 상태성으로 전이된 경우이다. 증상을 나타내는 '저리다'를 예로 살펴보자. 아래 예문에서 '저리다'는 정도 부사의 수식을 자연스럽게 받는다. 이는 마치 감각 형용사가 감각 상태의 정도를 나타내는 용법과 동일하다.

(4) 오늘따라 어깨가 매우 {저린다/저리다}.

'저리다'는 상태 변화의 동사이지만 그러한 상태 변화의 과정이 감각 기관의 변화를 통해 내부에서 일어나기 때문에 가변적 상태성을 띠게 된다.

위에서 본 바와 같이 상태 변화성을 띠는 동사가 상적 의미에서 상태성을 전이 받아 형용성을 띠게 됨을 보았다. 의미의 전이로 인해 상태성을 띠지만, 이들의 상적 의미가 상태성으로 언제나 완전하게 고정되는 것은 아니다. 다음 예를 보자. '힘들다'는 '힘이 들다'와 같은 동사구가 생성되는 원리에 따라 합성된[21] 형용성 동사이다.

모두 부자연스럽다.
가. 공장 안에 인부들의 가족들이 {?매우/?자주/?종종} 붐볐다.
나. 공장 안이 인부들의 가족들로 {매우/자주/종종} 붐볐다.
도원영(2002)에서 밝혔듯이 이들 사이에는 의미적 차이가 존재하기 때문이다. '붐비다'가 상태 변화를 뜻하는 상적 구조를 가지지만, '에'형 문장의 의미에는 의사 동작성이 있기 때문에 정도 부사와 공기가 어색해진다. 반면, 무정 명사인 장소 논항이 주어로 나타나는 '로'형 문장에서의 '붐비다'는 동작성을 띠지 못한다. 그래서 정도 부사의 수식이 자연스럽다.
21) 양정석(1991)에서는 '배부르다, 재미나다'와 같은 구성을 어휘부에서의 재구조화 조건을 통해 합성된다고 보았다.

(5) 힘들다/힘든다 힘드냐/힘드느냐 힘들구나/힘드는구나 힘드는/힘든

    해라체 활용 양상에서 동사 활용과 형용사 활용이 모두 가능하다는 점에서 이들은 형용성 동사이다. 또한 정도 부사의 수식을 받기도 한다. 그런데 동사 활용과 형용사 활용에서 상적 의미의 차이가 있음을 지적한 논의가 있다.

    (6) ㄱ. 아이 보기란 시간이 갈수록 힘든다.
       ㄴ. 아이 보기란 시간이 갈수록 힘들다.
    (7) ㄱ. 요즘 일이 많이 힘들다.
         {힘든/힘드는} 일이라도 상관없으니 맡겨만 주십시오.
       ㄴ. 참 세상 살기 힘든다.
         살기 {힘든/힘드는} 세상이라도 저승보다 낫다.

    이정민(1985:63-64)에서는 (6)에서처럼 형용사 활용일 때에는 '어렵다'라는 뜻으로, 동사 활용일 때에는 '힘이 들어가다'는 뜻으로 구분하였다. 이러한 의미의 차이가 감지되는 듯하지만 '힘들다'는 의미 차이에 제한 받지 않고 양용된다. (7)ㄱ에서 '힘들다'는 '어렵다'는 뜻보다는 '일을 하는 데 힘이 더 들어가다'는 뜻으로 해석하는 것이 더 자연스럽다. 반대로, (7)ㄴ에서는 동사 활용이지만, '어렵다'라는 의미로 해석하는 것이 좀더 자연스럽다. 활용에 따른 어휘 의미의 차이를 단정할 수 없는 것은 '어렵다'는 형용사 의미로 해석될 때에도 동사 활용인 '힘든다'형이 나타나고 '힘이 더 들어가다'는 동사 의미로 해석될 때에도 형용사 활용인 '힘들다'형이 나타난다는 점 때문이다. 따라서 '어렵다'라는 형용사를 따로 둔 이정민(1985)의 처리는 현재의 용법과 직관으로 볼 때 그리 적절한 해결책이 아니다. '힘들다'의 양용적 활용이 의미와 상관없이 이루어진다는 점에서 이들은 형용성 동사이다.22)

형용성 동사의 어휘 의미 내에는 상태 변화성과 상태성을 넘나드는
의미 차이가 존재한다.[23] 이를 인정하되, 어휘의 기술을 위해서 준거가
되는 쪽을 택하여 개념적 의미를 정하는 쪽이 더 적절하다. 그래서 '힘들
다'의 경우, 형용사적 특성이 있으나 품사 범주를 동사로 처리하는 쪽을
택하고, 어휘 의미 자체도 '힘이 더 들어가다'와 '일이 더 어려워지다'는
상태 변화성을 띠는 동사의 풀이로 나타내는 것이 적절하다.

3. 계열적 의미 관계

어휘는 산만하게 흩어진 상태로 존재하는 것이 아니라 다른 어휘와
의미적 관계를 맺으면서 존재한다. 형용성 동사의 경우도 마찬가지이다.
형용성 동사와 의미적으로 관련되어 대치될 수 있는 어휘들에 대해 살펴
보자. 계열적 의미 관계란 어휘가 종적으로 대치되는 관계이다.[24] 하나의
어휘소가 다른 어휘소와 맺는 양상이 통합적으로 이어지는 것이 아니라
선택적으로 대치되는 것을 말한다. 유의 관계[25]와 반의 관계가 이에 속한

---

22) 사전에서의 의미 정의에서는 '힘이 더 들어가다'와 '일이 어려워지다'라는 상태 변화성
을 띠는 것으로 뜻풀이하되, 문장 내에서는 상적 의미를 전이 받아 상태성을 띠어 '힘이
더 들어가는 상태이다'나 '어려운 상태에 있다'로 해석되는 것으로 이해하는 것이 적절
하다.

23) 이는 '힘들다'의 경우에 국한되는 것이 아니다. 양용적 활용을 띠는 형용성 동사의 경우,
상적 의미의 전이가 이루어지기 전과 상태성으로 전이된 후의 의미 차이가 감지된다.
어휘의 기술이라는 측면에서 동사를 기준으로 형태, 통사, 의미적 특성을 기술하는 쪽이
유의미하다는 것이 본고의 입장이다.

24) 김광해(1993:197)에서는 계열 관계를 세로 관계라고 번역하였다. 세로 관계에 해당하는
유의 관계는 기호간의 관계로, 반의 관계는 개념간의 관계로 설명하고 있다.

25) 본고에서 유의 관계는 'synonymy'를 번역한 것이다. 일반적으로 유의 관계보다는 동의
관계로 번역되어 쓰인다. 본고는 실질 의미를 가진 어휘의 경우에는 완전 동의가 없다는
입장에서 유의 관계와 유의어(synonym)라는 용어를 사용할 것이다.

다. 먼저 유의 관계를 살펴보자. 유의 관계란 둘 이상의 어휘소가 같거나 비슷한 의미를 지닐 때 성립하는 관계이며 이런 관계에 있는 말이 유의어이다. 형용성 동사의 경우 유의 관계에 있는 말들을 살펴보자.

(7) ㄱ. 그는 어디가 좀 {모자라는/모자란} 데가 있어 보였다.
　　　 그는 어디가 좀 멍청한 데가 있어 보였다.
　　ㄴ. 성장을 한 미영의 모습이 오늘따라 눈이 {부신다/부시다}.
　　　 성장을 한 미영의 모습이 오늘따라 {황홀하다/멋지다/아름답다}.
　　ㄷ. 우리 회사는 지난 1년간 눈이 부시게 발전했다.
　　　 우리 회사는 지난 1년간 {엄청나게/훌륭하게} 발전했다.

(7)ㄱ에서 '모자라다'는 '지능이 정상적인 수준보다 낮다'는 뜻으로 '어수룩하다', '덜떨어지다', '멍청하다' 등과 대치될 수 있다. 이들 어휘는 '모자라다'와 계열적인 유의 관계를 형성하고 있는 무리로 볼 수 있다. 재미있는 점은 '모자라다'가 동사인데 반해 '부족하다'는 형용사로서 품사에서 차이가 난다는 것이다. 이러한 특성은 (7)ㄴ과 ㄷ의 예에서도 동일하게 나타난다. '(눈이) 부시다'는 '매우 아름다워 보기 좋다'는 뜻으로 '황홀하다, 아름답다, 멋지다' 등으로 대치가 가능하다. 반면 (7)ㄷ에서 '(눈이)부시다'는 '활동이나 업적 따위가 아주 뛰어나다'는 뜻으로 '엄청나다, 훌륭하다' 등과 유의 관계를 이룬다. 유의 관계에 있는 어휘는 모두 동사가 아니라 형용사이다. 형용성 동사와의 유의 관계에 있어 종적으로 대치되는 것들이 형용사라는 점은 형용성 동사의 특성이라고 할 수 있다. 한송화(2000:50-51)에서도 이러한 자동사의 특성은 이들이 동사이기는 하지만, 동적인 의미가 없고 상태가 어떠함을 기술하는 상태성의 의미를 지니기 때문이라고 지적하고 있다.

대개의 유의쌍은 상위 개념 안에 묶이며, 이들은 의미적 관련성을 지닌다.26) 품사를 넘어서 의미적으로 관련되는 형용성 동사의 유의 관계에는 어떤 공통성이 있는지 살펴보자. '눈부시다'는 장면적 상태성을 띠는 형용성 동사이다. '찬란하다', '훌륭하다' 역시 장면적 상태성을 띠는 형용사이다. 그래서 상적 의미에서 장면적 상태성을 통해 묶이며, 의미적으로는 '정도나 수준이 보통을 넘어 뛰어날 정도의 상태'라는 의미적 공통성을 가지고 있다. 아래 예에서도 마찬가지이다.

    (8) ㄱ. 바글바글하다 = 붐비다 = 복잡하다
       ㄴ. 틀리다=그르다
       ㄷ. 맞다=옳다
       ㄹ. 재미나다=재미있다
       ㅁ. 케케묵다=진부하다

(8)ㄱ에서 '바글바글하다'는 '붐비다'라는 동사 외에도 '복잡하다'와 유의 관계를 형성하고 있다. 이들은 의미적으로 장면적 상태성을 띤다는 점에서 공통성을 가진다.27) (8)ㄴ과 ㄷ에서 '틀리다'와 '맞다'는 모두 지속적 상태성을 지닌 형용성 동사이다. 이들과 의미 관계를 이루는 '그르다'나 '옳다'도 역시 지속적 상태성을 띤다. 아래 예문을 보자.

    (9) 네 생각은 내 생각과 {틀린다/틀리다}.

'옳지 않다'의 의미가 아니라 '같지 않다'의 뜻으로 쓰인 '틀리다'는 잘못된 용법으로 쓰인 경우이다.28) 이때의 '틀리다'는 '다르다'와 유의

---

26) 김성화(1993, 1995)에서는 유의쌍을 이루는 두 고유어가 의미의 겹침이 없이 변별적인 의미로 대응하면서 하나의 상위 개념 안으로 묶이는 것을 특징으로 한다고 하였다.
27) '붐비다'는 '백화점이 매우 붐빈다'처럼 정도 부사의 수식을 받기도 한다. 그러나 형용성 동사는 아니다. 왜냐하면 이들은 형용사 활용을 취하지 않기 때문이다.

관계에 있다. 동사인 '틀리다'가 의미적으로 상태성을 띠기 때문에 잘못
된 용법에서도 '다르다'와 같은 형용사와 유의 관계를 맺고 있다. 이를
통해 어휘의 계열 관계에서는 품사 범주를 넘어서서 어휘들이 관련을
맺고 있다는 점을 확인할 수 있다.

　이러한 관계는 반의 관계에서도 나타난다. 형용성 동사가 서술어로
쓰인 문장에서 이들과 대치가 가능하며 의미적으로 대립성을 드러내는
어휘를 살펴보면, 형용사임을 알 수 있다. 앞서 유의 관계와 마찬가지로
형용성 동사가 형용사와 반의 관계를 형성하고 있다.

　　　(10) ㄱ. 모자라다 : 똑똑하다
　　　　　 ㄴ. 맞다 : 그르다
　　　　　 ㄷ. 틀리다 : 옳다
　　　　　 ㄹ. 재미나다 : 재미없다
　　　　　 ㅁ. 바글바글하다 : 한산하다

　앞에서 '바글바글하다'는 '복잡하다'와 유의 관계에 있음을 보았다.
(10)ㅁ에서는 '한산하다'와 반의 관계를 형성하고 있다. 이들 모두 장면적
상태성을 띤다는 점에서 공통성을 가진다. '바글바글하다'는 '움직임이
없고 한가한 상태'라는 뜻의 '한산하다'와 대립하고 있다.

　우리는 형용성 동사와 형용사의 유의어와 반의어를 살펴봄으로써 의
미간의 계열 관계가 품사 범주를 넘어서 관련된다는 점을 보았다. 그러나
김준기(2000:70-71)에서는 품사나 문장 성분을 포함하여 문법 조건이 동
일한 경우에만 어휘간의 반의 관계나 유의 관계가 성립한다고 보았다.
그러나 품사가 다른 경우에도 의미적 계열 관계를 이루는 경우를 찾기는

---

28) 「표준」에서는 이러한 용법의 '틀리다'를 '다르다'에 대한 비표준적 용법으로 처리하
　　였다.

어려운 일이 아니다.

(11) ㄱ. 모자라다, 딸리다 = 부족하다 : 충분하다
　　ㄴ. 찌다 = 덥다
　　ㄷ. 못살다=가난하다 : 부유하다
　　ㄹ. 울다=우글쭈글하다 : 반반하다, 편편하다

　위의 예들은 상태 변화성 동사가 형용사와 유의 관계 및 반의 관계를 형성하는 것들이다. (11)ㄴ에서 '찌다'와 '덥다'를 살펴보자. '날씨가 푹푹 찐다'에서 '찌다'는 날씨의 현재 상태를 나타내고 있다. '찌다' 자체는 '날씨가 아주 더운 상태로 되다'는 상태 변화성 동사이지만, 날씨의 속성 중의 하나를 표현함으로써 지속적 상태성을 띤다고 할 수 있다. '덥다' 역시 지속적 상태성을 띠는 형용사이다. 이들은 상적 의미에서 둘 다 지속적 상태성을 띤다는 공통점을 가지고 있음을 알 수 있다. 또한 '보통의 온도보다 높은 상태'라는 의미적 공통성을 가지고 있다. (11)ㄹ에서 '울다'는 '장판이 운다'에서처럼 장판의 현재 상태를 나타내고 있다. 이와 유의 관계에 있는 '우글쭈글하다'가 형용사이며, 반의 관계에 있는 '반반하다'나 '편편하다' 역시 형용사이다. 오히려 동일 문법 조건의 범위를 상위 범주로 확대하여 논의하는 것이 용언류에 나타나는 범주간 계열 관계 형성과 같은 의미 관계를 포착하는 데 더 유리하다.

4. 맺음말

　위에서 국어 형용성 동사의 의미적 특성에 대해 살펴보았다. 형용성 동사가 상적 의미에서 상태성을 지녔음을 '어떠하냐' 질문법으로 확인할 수 있었고, 그러한 상태성이 견인에 의한 의미의 전이 과정을 거쳐 나타

나는 것임을 세 유형으로 나누어 살펴보았다. 의미적 계열 관계에서는 형용성 동사와 유의 관계, 반의 관계를 형성하는 어휘가 주로 형용사라는 점에 주목하여 다루었다.

본고에서는 형용성 동사의 활용 양상을 해라체를 중심으로 다루는데, 이는 형용성 동사의 형태적 특징이 잘 드러나고 코퍼스에서도 유의미한 어휘 빈도를 보이고 있기 때문이다. 다른 상대존대법 체계에 대해서도 형용성 동사의 활용 양상을 확인하는 작업이 더 필요하다.

한편, 본고가 형용성 동사를 대상으로 논의를 진행하였기 때문에 상적 의미 전이에서 상태성으로의 전이에 초점을 두었다. 반면, 상태성이 상태 변화성으로 견인되어 전이되는 양상에 대한 부분도 연구되어야 할 부분 이다. 일부 감각 형용사에 나타나는 동사적 특성에 대해서 이를 감지할 수 있다. 이 부분은 후고로 미룬다.

고광주. 2000. 「국어의 능격성 연구」 고려대 박사학위논문.

김상대. 1990. 「형용사의 의미 특성」 「선청어문」16・17합.

김성화. 1993. "형용사 유의어의 연구(1) : '곱다/예쁘다/아름답다'." 「우리말교육」(부산교대)2.

김성화. 1995. "동사 유의어 연구(5):'돋다/솟다'." 「어문학교육」(한국어문교육학회)17.

김정남. 1998. 「국어 형용사의 연구」 서울대 박사학위논문.

김정남. 2001. "국어 형용사의 의미 구조." 「한국어 의미학」 8.

김흥규・강범모. 1996. "고려대학교 한국어 말모둠 1(KOREA-1 CORPUS)." 「한국어학」3.

남기심・고영근. 1993. 「표준국어문법론」(개정판) 서울: 탑출판사.

남지순. 1993. "한국어 형용사 구문의 통사적 분류를 위하여1-심리 형용사 구문-." 「어학연구」29-1.

도원영. 2002ㄱ. "국어 형용사의 상태성에 대한 고찰." 「어문논집」(민족어문학회)45.

도원영. 2002ㄴ. "동사에 나타나는 형용사적 특성에 대한 고찰." 국어학회 여름집중강좌 발표논문집.

도원영. 2002ㄷ. 「국어 형용성 동사 연구」 고려대 박사학위논문.

서정수. 1996. 「국어문법」(수정증보판) 서울: 한양대 출판부.

유현경. 1997. 「국어 형용사 연구」 서울: 한국문화사.

이정식. 2002. 「국어 다의 발생의 양상과 원인」 고려대 박사학위논문.

이찬규. 1993. "국어 동사문의 의미구조 연구-무의도성 동사문을 중심으로-." 중앙대 박사학위논문.

임지룡. 1992. 「국어의미론」 서울: 탑출판사.

정경숙. 1991. 「우리말 그림씨의 의미론적 연구」 부산대 석사학위논문.

정문수. 1984. "상적 특성에 따른 한국어 풀이씨의 분류."「문법연구」5.

천기석. 1984.「국어의 동작동사와 상태동사의 체계 연구」경북대 박사학위논
문.

한송화. 2000.「현대 국어 자동사 연구」서울: 한국문화사.

Givón, T. 1984. Syntax : A Functional-Typological Introduction, Vol. 1.
Amsterdam : John Benjamins.

Grimshaw, J. 1990. Argument Structure. The MIT Press.

Lehmann, C. 1995. "Predicates: Aspectual Types." The Encyclopedia of Language
and Linguistics. Pergamon Press.

Ullmann, S. 1962. An Introduction to the Science of Meaning. Oxford:
Basil Blackwell.

Willams, E. 1981. "Argument Structure and Morpholgy." The Linguistic Review1.

- 사전 자료 -

국립국어연구원 편. 1999.「표준국어대사전」서울 : 두산동아.

운평어문연구소 편. 1996.「금성국어대사전」서울 : 금성출판사.

연세대학교 언어정보개발원 편. 1998.「연세한국어사전」서울 : 두산동아.

조성식 편. 1990.「영어학사전」서울 : 신아사.

ABSTRACT ──────────────────────────────────────■

A Study on the Semantic Characteristics
of Korean Adjectival Verb

Do, Won-Young

The purpose of this paper is to explicate the semantic characteristics of Korean adjectival verb. In the aspectual meaning, the adjectival verb has transferred to state from the change of state by attraction. Therefore the adjectival verb bears on stative semantically and it is possible for adjectival verb to answer against 'how' question. The adjectival verb is divided to three stative - continuous stative, variable stative, scene stative. It is also delineated that the word of paradigmatic semantic relation with adjective verb has closer relationship with adjective than verb through the synonym and the antonym.

주요어 : 형용성 동사, 상태성, 의미전이, 견인, 계열적 의미 관계

일 반

조선 후기 국어 연구자들의 종성 의식에 대하여

이상혁*

1. 서론

　15세기에 훈민정음이 창제되어 새로운 문자 생활을 영위하게 되면서 한자가 여전히 그 권위를 떨치면서도 어느 정도 한자가 가진 기능을 훈민정음이 담당하게 되었다. 그 이전에는 한자음의 표기가 소위 말하는 '反切'의 방법에 따라 이루어졌기 때문에 한자음은 성(聲)과 운(韻)의 이분법적 분석에 따라 읽혔다. 그러나 훈민정음이라는 표음문자의 등장은 한자음의 전사를 용이하게 하였으며, 한자음을 성과 운으로 인식하는 단계를 뛰어넘어 초성, 중성, 종성이라는 3분법적 분석을 가능케 했다. 그리하여 정음으로 한자음을 표기하면서 우리는 종성을 중성으로부터 분리하여 사고하게 되었고 초성과 비록 유사한 면은 있으나, 음절말에서 쓰이는 종성에 대한 새로운 규정에 대하여 고민하게 되었다. 그리고 그러한 언어 의식은 15・16세기를 지나 조선 후기에도 여전히 발전하고 계승되어 그 독자성을 확보하게 되었으며 그것은 곧 국어 음운 의식 및 표기법

---

* 성신여대

의 발달로 이어졌다.

　따라서 이 글은 조선 후기 국어 연구자들의 종성 표기 의식이 그 동안 많이 논의되어 왔던 조선 전기의 종성 표기 규정과의 비교 및 대조를 통해서 어떻게 계승되고 변모되었는지를 살펴보는데 그 목적이 있다. 즉, 조선 후기의 제 연구자들은 조선 전기와 달리 어떻게 종성에 대하여 이해하고 있었으며, 그 양상은 어떠한 특징을 지니고 있었는지를 제 연구자들의 문헌에서 언급한 내용을 중심으로 종성 의식을 통해서 검토해 보고자 한다.

2. 본론

2.1 조선 전기의 종성 의식

2.1.1 〈訓民正音 例義〉의 종성 체계

　15세기 훈민정음 예의에서 종성 표기와 관련된 규정은 주지하다시피 '종성부용초성(終聲復用初聲)'이다. '종성부용초성'이라는 이 대전제 속에는 종성자를 따로 만들지 아니하고 초성을 다시 쓴다는 의미를 담고 있는데, 이것은 위치에 따라 나타나는 異音(allophone)을 정확하게 파악한 것으로 높이 평가받고 있다[1]. 이것은 또한 당시 형태주의적 사고를 반영하는 의식이기도 하다.

　그런데 이 '종성부용초성'에 대한 구체적인 설명이 없다는 점에서 兪昌均(1995)에서는 그 의미를 두 가지로 보고 있다. 그 첫째는 모든 초성자는 종성에 다시 쓸 수 있다는 의미이다. 그리고 그 둘째는 종성의 표기를 필요로 하는 경우에는 초성자 중에서 택해서 쓴다는 의미이다. 우리는

---

1) 金敏洙(1980), 姜信沆(1987, 1995)에서 재인용.

위의 두 의미 중 축자적인 해석에 근거하여 전자의 의미를 일반적으로 받아들이고 있으나, 후자의 의미를 고려한다면 해례에 나오는 '팔종성가족용'의 원칙과 대립되지 않을 수 있는 개연성이 존재한다. 따라서 이 글에서는 예의의 종성 의식과 해례의 종성 의식을 절대적인 모순의 관계로 인식하는 본질적인 차이라기보다는 표면적인 차이로 파악하고자 한다.

2.1.2 〈訓民正音 解例〉의 종성 체계

훈민정음 예의의 종성 의식이 종성부용초성이라는 원칙이었다면 훈민정음해례의 종성 의식은 해례의 종성해에서는 표면상 달리 드러난다. 이 종성해에서 해례의 종성 의식을 알 수 있는 대목은 아래와 같다.

然ㄱㆁㄷㄴㅂㅁㅅㄹ八字可足用也 如빗곶爲梨花 영의갗爲狐皮 而ㅅ字可以通用 故只用ㅅ字 且ㆁ聲淡而虛 不必用於終 而中聲可得成音也 ㄷ如볃爲彆 ㄴ如군爲君 ㅂ如업爲業 ㅁ如땀爲覃 ㅅ如諺語옷爲衣 ㄹ如諺語실爲絲之類

해례를 편찬한 집현전 학사들은 해례의 종성해에서 이형태의 발음에 충실한 音素主義를 표방하고 국어의 종성 의식을 팔종성가족용(八終聲可足用)이라는 내용으로 전개하였다. 즉, 그것은 종성의 표기를 위해서는 8자만 씀이 족하다는 규정을 내세움으로써 예의의 종성부용초성의 원칙에서 표면상으로 벗어난 의식이었다. 예를 들어 '비곶'을 '비곳'으로 표기하고 '영의갗'을 '엿의갓'으로 적자는 것이었다. 결국 당시의 실제 규정은 이 팔종성가족용으로 정해지는데, 그 결정은 표기법의 한 이상인, 배우고 쓰기 쉬운 방안으로 낙착된 것이다. 이런 처리는 현행 맞춤법과고 상반되지만, 당시 서민 대중을 위한 표기법으로서는 당연하고 타당한 결정이었다[2].

　이러한 팔종성가족용의 규정은 80여년이 지난 후, 한 학자의 '초성종성통용팔자'라는 원칙으로 계승되었다. 그 학자는 다름 아닌 최세진인 바, 그의 이러한 의식이 당시의 일반적 견해를[3] 그의 범례에서 반영하여 옮겨 놓은 것이라고 할지라도, 여기서 우리는 국어학사상의 의의를 찾을 수 있다. 그것은 예의의 종성부용초성의 원칙과 해례의 팔종성가족용의 규정 중에서 후자가 그 이후으 시기인 조선 후기에 계승되었다는 사실이며, 이 규정은 조선 후기 국어학사에서 많은 연구자들에게 종성부용초성이라는 원칙보다 더 타당하고 현실적인 규정으로 받아들여졌다는 역사적 계승성을 내재하고 있다.

　따라서 우리는 조선 전기 종성 의식의 현실적 양상은 팔종성가족용이라는 표현과 초성종성통용팔자라는 표현으로 압축할 수 있겠다. 그러나 편의상 조선 전기의 종성 의식을 파악할 때는 팔종성가족용이라는 훈민정음해례의 규정을 초성종성통용팔자보다 더 근본적인 바탕으로 삼고자 한다.

　그런데, 조선 후기에 종성을 의식하는 연구자들의 태도는 절대적으로 '팔종성가족용'으로 경도되어 있었던 것은 아니었다. 예의의 '종성부용초성'의 원칙을 고수하는 연구자도 있었으며, 조선 후기라는 새로운 시대에 걸맞는 독특한 종성 의식을 구현한 연구자들도 있었다. 이 장에서는 바로 이 점에 주목하여 후기의 연구자들이 조선 초기의 종성 의식의 두 전제를 어떻게 계승하고 반영하고 있는지를 살펴보고자 한다.

---

2) 金敏洙(1980), p125에서 재인용.

3) 金敏洙(1980)에서는 八終聲과 불가분의 관계에 있는 이 諺文字母의 세 구분은 成俔의 慵齋叢話에서 이미 기록되어 있다고 밝히고 있다. p 150. 참조.

2.2. 조선 후기의 종성 의식

조선 후기 국어 연구에서는 크게 종성 체계에 대한 의식의 양상이 세 경향으로 나뉜다. 귀납적으로 분석한 결과 우선 조선 전기 훈민정음 종성 체계의 두 양상인 예의의 종성부용초성의 의식을 반영한 종성 체계와 해례의 팔종성가족용의 체계를 그대로 반영하거나 변형시킨 체계, 마지막으로 독자적 경향의 종성 체계를 드러내는 경우가 있다.

2.2.1 〈훈민정음 예의〉의 종성 체계 계승

① 崔錫鼎의 종성 의식

최석정은 그의 저서『經世正韻』에서 그의 종성 의식을 드러내고 있는데, 그 양상이 이원적이다. 우선『經世正韻』乾(상권)에서는 '終聲十六'이라 하여 종성 체계를 16 종성으로 파악하고 있으며4),『經世正韻』坤(하권)에서는 '論諺文終聲'이라 하여 훈민정음 예의의 종성부용초성의 원칙을 제시하고 그 예를 들면서 종성 의식을 전개하고 있다. 이 장에서는 崔錫鼎이 훈민정음 예의의 체계를 계승한 측면만을 그의 종성 의식의 한 단면으로 먼저 서술하고자 한다.

論諺文終聲

訓民曰終聲復用初聲　不復細論　今以意細推　則初聲十七字　皆可爲終聲
特著于下

鮒부魚어	붕어	角각이	가기
極극히	그키	山산이	사니
筆붇이	부디	末귿히	그티
木남오	나모	食밥이	바비
葉닢히	니피	花곳이	고지

---

4) 崔錫鼎의 이러한 독특한 終聲 의식은 3.2.3에서 따로 다루고자 한다.

漆옻이 　　오치　　　衣옷이 　　오시
乙을이 　　으리　　　主쥬人신 　쥰인

　위의 내용은 표면상으로 볼 때 훈민정음 예의의 종성부용초성을 그대로 계승한 것으로 이해할 수 있다. 그러나 金敏洙(1980)에서는 위에서 '종성부용초성'이라는 의미는 초성을 모두 종성으로 쓴다는 뜻으로 해석하여 훈민정음해례와는 상반되었다고 했다. 위의 원문에서 '則初聲十七字 皆可爲終聲'이라는 표현이 그런 뜻으로 해석될 수 있는 근거가 된다.

　그리고 崔錫鼎이 종성부용초성의 예로 든 위의 내용을 보더라도 그러하다. 즉 '鮒부魚어 붕어'와 '主쥬人신 쥰인'을 제외하면 그 나머지는 '角각이 가기'와 같이 '가기'의 '기'의 초성 'ㄱ'이 '각이'에서 종성으로 쓰이는 형태를 보여주고 있다. 그런데 과연 훈민정음 예의의 종성부용초성이 위의 예에서 드러난 의미로 제시된 원칙인가? 그렇지는 않을 것이다. 초성을 모두 종성으로 쓴다는 의미를 종성은 새로운 글자를 만들지 않고 초성을 다시 쓴다는 의미로 이해한다면 양자간의 논리적 모순은 없다고 생각한다.

　따라서 崔錫鼎은 훈민정음 예의에서 구체적인 설명이 없는 종성부용초성에 대하여 '則初聲十七字 皆可爲終聲'이라고 하였으니 이러한 표현이 종성부용초성에 대하여 틀린 해석이라고 볼 수는 없을 것이다. 그렇다면 '論諺文終聲'에서 드러낸 崔錫鼎의 종성 의식은 훈민정음 예의의 종성부용초성의 원칙을 기본적으로 준수한 태도라고 볼 수 있을 것이며, 그의 독자적인 종성 의식은 아닐지라도 종성부용초성에 대한 그 나름의 해석을 담고 있다는 점에서 국어학사상의 의의를 찾을 수 있을 것이다.

② 鄭東愈의 종성 의식
　鄭東愈는 그의 저서 『畫永編』 二에서 훈민정음 예의의 종성부용초성

의 종성 의식을 계승하고 있다. 鄭東愈는 다음과 같은 그의 설명과 예를 통하여 그의 종성 의식의 전개하고 있다.

> 訓民正音曰 終聲復用初聲 夫以初聲爲終聲也 其分屬之理盖有自然之
> 妙 而非容人智者也 今讀가갸―成각야 讀다댜―成닫야 讀바뱌―成밥아
> 讀나냐―成난야 讀마먀―成맘야 讀라랴―聲랄야 以下字初聲爲上字終
> 聲 則下字初聲自聲喉音 而其連呼之聲便成同音 故ㄱ 爲각終聲 ㄴ 爲난終
> 聲 ㄷ 爲닫終聲 ㅂ 爲밥終聲 ㅁ 爲맘終聲 ㄹ 爲랄終聲也

이 설명과 예는 崔錫鼎의 '論諺文終聲'에서 그가 전개하고 있는 내용과 유사하다. 그렇다면 鄭東愈의 종성 의식도 기본적으로 훈민정음의 종성 의식을 계승하고 있다고 볼 수 있다. 그 역시 위의 원문에서 훈민정음에서 종성부용초성을 언급했다고 말하고 그것은 "초성으로써 종성을 삼는 것이다(以初聲爲終聲也)"라고 분명히 언급하고 있다. 이 표현은 위에서 崔錫鼎이 언급한 '則初聲十七字 皆可爲終聲'과 같은 의미라고 할 수 있겠다. 그렇다면 鄭東愈 역시 崔錫鼎과 마찬가지로 초성을 모두 종성으로 쓴다는 의미로 훈민정음 예의의 종성부용초성을 이해했다고 볼 수 있다. 이 의미 역시 논리적으로는 훈민정음 예의의 종성부용초성의 의미-終聲은 새로운 글자를 만들지 않고 초성을 다시 쓴다-와 모순이 없다.

위에서 보여주는 예도 崔錫鼎이 열거한 예와 형식 상 유사한데, 崔錫鼎과 약간의 차이가 있다. 崔錫鼎은 'ㅋ, ㅌ, ㅍ, ㅈ'과 같은 초성도 종성이 되는 예를 보여주고 있지만, 鄭東愈는 그러한 초성이 종성이 되는 예는 보여주고 있지는 않다. 그렇다면 鄭東愈의 終聲復用初聲의 의식은 "종성을 위해서는 새로운 문자를 만들지 않고 초성 글자 중에서 필요한 것을 가져다 쓴다"의 의미를 내포하고 있지는 않은가 하는 문제 제기도 가능할 수 있다. 즉 그는 의식적으로 'ㅋ, ㅌ, ㅍ, ㅈ'과 같은 초성을 종성

으로 쓰는 예를 보이지 않음으로써 종성부용초성의 의미를 좀더 해례의 팔종성가족용의 규정과 연관지어 보고자 했던 것은 아닌가 하는 해석도 해 보게 된다. 자료가 미비하다는 점이 안타까울 따름이다.

요컨대, 종성 의식과 관련하여 그는 표면상으로 훈민정음 예의의 종성부용초성을 계승한 연구자이며, 崔錫鼎의 '論諺文終聲'에서 보여주는 내용과 유사한 형태로 그의 종성 의식을 구현한 인물이라는 평가를 내릴 수 있겠다.

③ 李思質의 종성 의식

李思質의 종성 의식은 그의 저서『訓音宗編』에서 드러난다. 그는 그의 저서에서 훈민정음 예의 부분의 종성부용초성을 언급하고 그 의미를 새롭게 해석하였다. 또한 그는『訓音宗編』第八終聲起例에서 8 종성을 제시하며 훈민정음해례의 종성 의식을 계승하기도 하였다5). 李思質의 종성부용초성 의식과 팔종성가족용 의식은 서로 연관이 있는 것이지만, 이 장에서는 훈민정음 예의 부분의 終聲 의식이 계승된 종성부용초성 의식만을 다루고자 한다.

臣謹按終聲復用初聲云者非以聲謂之也 謂其聲之字也 假如ㄱ字卽初
聲字而於其終聲也 復以ㄱ 附書於下之類也

李思質은 위의 원문에서 보다시피 종성부용초성에 대하여 새로운 해석을 내리고 있다. 훈민정음 예의에서 구체적 설명 없이 종성부용초성이라고만 원칙을 정했기 때문에 그 의미에 대하여 앞선 두 연구자들의 해석 방식이 있었듯이.李思質도 그 규정에 대한 자신의 견해를 밝히고 있다.

---

5) 李思質의 이러한 終聲 의식은 2.2.2 訓民正音 解例 부분의 終聲 의식 계승에서 따로 다루고자 한다.

그는 종성부용초성이라는 개념과 관련하여 '聲'을 가지고 그것을 이르는 것이 아니라 '聲'의'字'를 가지고 이르는 것이라고 했다. 즉 종성부용초성이라는 의미는 音을 가지 말하는 것이 아니고 初聲字를 다시 쓰라고 한 규정이라고 했다[6]. 여기서 聲이라고 함은 곧 소리요, 字라고 함은 문자이다. 소리와 그 소리를 표기하는 문자를 구분하고 있다는 점에서 대단히 주목되는 바이다. 이러한 그의 견해를 다시 뒷받침하는 내용은 『訓音宗編』의 第八終聲起例에서도 등장하는 바, 여기서는 다음과 같은 내용이 나온다.

> 又按訓文只有十七母字初聲　無十七母字終聲　而訓文中聲下曰終聲復
> 用初聲　此亦不以音謂之者　而以字言之者也.

위에서 그는 종성부용초성의 의미를 다시 한번 강조했다. 즉 훈민정음이라는 문자는 초성이 17자가 있는 반면에 종성은 17자가 없다. 그래서 훈민정음에서 中聲 아래에 종성은 초성을 다시 쓴다 함은 '音'으로써 그것을 이르는 것이 아니라, '字'로써 그것을 말하는 것이라고 자신의 견해를 밝히고 있다. 이것은 그가 앞선 두 연구자와는 다른 시각으로 훈민정음 예의의 종성부용초성의 의미를 파악한 의식인데 그것은 곧 그의 팔종성론으로 이어지게 된다. 즉 종성에서는 음은 8글자로 족하다는 것에 대한 전제로 종성부용초성을 이해하고 있는 것이다.

그렇다면 그는 종성부용초성과 팔종성가족용의 두 규정을 서로 어긋나는 규정으로 이해하지 않고 있는 셈이다. 다시 말하면 종성부용초성의 대전제 하에서 팔종성가족용의 실질적 규정을 따르고 있는 것이다.

요컨대 그는 훈민정음 예의의 종성부용초성의 의미를 위에서와 같이 두 번 강조함으로써 그가 가지고 있는 종성 의식의 일면을 드러냈다.

---

6) 姜信沆(1995), p86.

그 종성 의식은 훈민정음 예의의 종성부용초성에 대한 올바른 해석을
제시한 의식으로 평가할 만하다. 그리고 그의 그러한 종성 의식은 궁극적
으로 훈민정음 해례의 팔종성가족용의 규정을 받아들이는 전제로서 작
용하고 있다고 보아야 한다.

④ 石帆의 종성 의식

石帆의 종성 의식은 그의 저서『諺音捷考』권上의 <諺文源流>에서
드러나고 있다. 그는 여기서 다음과 같은 언급을 하고 있다.

　　　　旣合初聲ㄱ 中聲 ㅏ 而復用ㄱ 爲終聲　則成각則覺字也　餘倣此

위의 내용을 金敏洙(1990)에서는 종성부용초성에 대한 최초의 올바른
해석이라고 했다. 즉 위의 의미는 초성 'ㄱ'을 되써서 받침 'ㄱ'이 된다는
설명이다. 훈민정음의 '종성부용초성'은 모든 초성을 다 받침으로 쓴다
는 해석과 상반되며, 결국 받침 글자를 따로 만들지 않는다는 해석이라고
하였다. 石帆이 위에서 '初聲復用'이라고 한 점이 위와 같은 평가를 내리
게 된 셈이다. 그리하여 石帆의 이러한 終聲 의식을 金敏洙(1990)에서는
최초의 올바른 해석이라고 하였다. 그런데 앞에서 언급한 李思質도 그의
終聲復用初聲과 八終聲可足用이 서로 모순되지 않는다는 점에서 역시
올바른 종성 의식을 강조한 연구자가 될 수 있지 않을까 생각한다. 여하
튼 石帆도 훈민정음 예의의 종성부용초성을 올바르게 계승한 연구자로
보아야 할 것이다.

⑤ 盧正燮의 종성 의식

盧正燮은 그의 저서『廣見雜錄』에서 그의 종성 의식을 드러냈다. 그러
나 그의 저서가 말해주듯이 그는 앞선 연구자들의 저술을 널리 종합하여

보여주고 있다. 그 문헌들은 鄭東愈의 『晝永編』, 柳僖의 『諺文志』, 鄭允
容의 『字類註釋』 등이다7). 종성에 대한 그의 의식도 예외는 아니어서
그는 鄭東愈가 제시한 종성 의식을 따르고 있어서 鄭東愈의 終聲 의식을
거의 그대로 轉載하고 있다8).

그러므로 그의 종성 의식은 종성부용초성이라는 훈민정음 예의의 의
식을 계승한 것이었다. 조선 후기의 앞선 연구자들-崔錫鼎, 李思質, 鄭東
愈가 역시 종성부용초성에 입각한 종성 의식을 전개한 후 그는 19세기에
그런 의식을 역사적으로 이어받은 마지막 연구자이다. 이렇게 본다면
조선 후기에 드러난 종성의 한 의식은 훈민정음 예의의 의식을 이어받은
17세기의 崔錫鼎, 18세기 중반의 李思質, 18~19세기 초의 鄭東愈, 그리
고 19세기 중반의 石帆, 후반에 盧正燮으로 이어지는 역사적 양상이었다
고 볼 수 있다.

2.2.2 〈訓民正音 解例〉의 종성 체계 계승

① 朴性源의 종성 의식

朴性源의 종성 의식은 그의 저서 『華東正音通釋韻考』의 卷末에서 <
諺文初中終三聲辨>에 담겨 있다. 여기 나타난 그의 종성 의식은 기본적
으로 훈민정음 해례의 팔종성가족용의 규정을 계승한 것이나 현실적으
로는 崔世珍의 '諺文字母'의 初聲終聲通用八字를 그대로 옮긴 것이다.

初聲終聲通用八字

ㄱ 其役　ㄴ 尼隱　ㄷ 池(末)　ㄹ 梨乙　ㅁ 眉音　ㅂ 非邑　ㅅ 時(衣)

---

7) 金敏洙(1980), p178 참조.

8) 終聲復用初聲者 訓民正音曰 終聲復用初聲先以初聲爲終聲 其分屬有自然之妙 …라고
　표현하여 앞부분에서 약간의 표현 상의 차이기 있을 뿐 그 이하는 鄭東愈가 언급한
　예와 완전히 일치한다.

○ 異凝　其尼池梨眉非時異八音用於初聲　役隱(末)乙音邑(衣)凝八音用
於終聲　(末)(衣)兩字只取本字之釋俚語爲聲

　위의 원문에서 볼 수 있듯이『訓蒙字會』의 <諺文字母>의 내용을 그
대로 옮겼다고 하더라도 이 <諺文字母>의 初聲終聲通用八字의 규정이
훈민정음해례의 규정을 그대로 계승한 것으로 파악된다면, 궁극적으로
朴性源의 종성 의식은 훈민정음해례의 규정을 그대로 받아들인 것이다.
이것은 이하 연구자들에게도 마찬가지로 적용되는 논리이다.

　그런데 朴性源의 초성종성통용팔자 부분을 보면 崔世珍의 초성종성
통용팔자 부분과 약간의 차이가 있다. 위의 원문에서 볼 수 있듯이 崔世
珍의 <諺文字母>의 초성종성통용팔자에서는 중간에 나타나는 '(末)(衣)
兩字只取本字之釋俚語爲聲'이라는 표현이 朴性源의 <諺文初中終三聲
辨>에서는 初聲終聲通用八字 부분의 맨 끝에 와 있다. 朴性源이 崔世珍
의 것을 전재하는 과정에서 위의 내용을 뒤로 돌린 듯하다.

　이런 차이를 제외하고는 朴性源의 초성종성통용팔자는 崔世珍의 초
성종성통용팔자와 일치한다. 즉 그의 종성 의식은 崔世珍의 종성 의식을
이어받은 것이며, 그것은 훈민정음해례의 종성 의식을 계승한 것이다.
따라서 그의 종성 의식은 조선 전기의 종성 의식과 차이를 보이지 않고
전개되었음을 알 수 있다.

② 洪啓禧의 종성 의식

　洪啓禧는 자신의 종성 의식을 그의 저서『三韻聲彙』의 권두에 실린
<諺字初中終聲之圖>에서 드러내고 있다. 그의 종성 의식도 훈민정음
해례의 팔종성가족용과 崔世珍의 '초성종성통용팔자'의 내용을 그대로
이어받고 있다.

初終聲通用八字			
ㄱ 君初聲 役終聲	ㄴ 那初聲 隱終聲	ㄷ 斗初聲 末終聲	ㄹ 閭初聲 乙終聲
ㅁ 彌初聲 音終聲	ㅂ 彆初聲 邑終聲	ㅅ 戌初聲 衣終聲	ㆁ 業初聲 凝終聲

위의 <諺字初中終聲之圖>은 종성에 대한 의식이 드러난 부분만 따로 제시한 것이다. 洪啓禧는 위에서 初終聲通用八字라는 제목으로 종성 의식의 일면을 보여 주고 있다. 그런데 이 初終聲通用八字의 내용을 보면, 그것이 훈민정음해례의 팔종성가족용의 규정에 따른 여덟 자를 노출하고 있지만, 자모의 배열은 崔世珍의 초성종성통용팔자의 배열이다. 그리고 'ㄱ君初聲役終聲', '那初聲隱終聲' 등과 같이 각 자모가 종성에서 쓰일 수 있는 한자를 崔世珍의 初聲終聲通用八字의 한자와 일치시키고 있다.

洪啓禧의 종성 의식은 훈민정음해례의 종성 의식을 바탕으로 하고 있으면서 구체적으로 실현되는 형식은 崔世珍의 초성종성통용팔자에서 드러난 형식을 변형하고 있음을 알 수 있다. 그런 점에서 궁극적으로 洪啓禧 종성 의식은 훈민정음해례 규정을 계승한 종성 의식으로 파악할 수 있겠다.

③ 李思質의 종성 의식

李思質의 종성 의식을 엿볼 수 있는 또다른 대목은 그의 저서 『訓音宗編』第八終聲起例에서이다. 여기서 그는 그의 八終聲論을 전개하고 있다. 다음의 내용을 보도록 하자.

    ㄱ 終聲革   牙音見母
    ㆁ 終聲凝   牙音疑母

ㄷ 終聲東俗末字査音　　　舌音屬母未詳
ㄴ 終聲紉　　　　　　　舌音泥母
ㅂ 終聲法　　　　　　　脣音非母
ㅁ 終聲梵　　　　　　　脣音明母
ㅅ 終聲東俗衣字査音　　齒音當屬疑母
ㄹ 終聲例　　　　　　　半舌未母

그는 분명히 위의 팔종성을 그의 종성 체계로 제시하고 있다. 물론 이 팔종성은 훈민정음해례의 팔종성가족용과 崔世珍의 초성종성통용팔자이라는 조선 전기의 종성 의식이 반영된 것이다. 그러나 이 팔종성론이 훈민정음 예의의 종성부용초성과 모순되는 것은 아니다. 李思質이나 石帆이 종성부용초성을 해석한 내용을 보면 초성을 모두 종성으로 쓴다는 의미를 띠고 있는 것이 아니기 때문이다.

그런데 李思質은 종성의 음가가 초성의 음가와는 다르다고 하여 종성을 표시하는 한자를 초성과 同母가 아닌 다른 한자로 대체하고 있다. 예컨대 위에서 볼 수 있듯이 'ㄱ 終聲革, ㅇ 終聲凝, ㄴ 終聲紉…'등으로 바꾸어 제시하고 있음을 알 수 있다.

따라서 그는 崔世珍의 초성종성통용팔자에서 종성을 표시하기 위해 제시된 한자, 洪啓禧의『三韻聲彙』에서 종성을 표시하기 위해 제시된 한자를[9] 인정하지 않고 있는 셈이니, 그의 종성 의식은 앞서 洪啓禧의 종성 의식과는 그 내용 상 약간의 차이가 있음을 알 수 있다.

'ㄷ, ㅅ'은 각각 '東俗末字査音', '東俗衣字査音'이라고 위에서 언급하고 있는데, 나머지 6 終聲이 운서의 종성례에 따른 것이나 이 'ㄷ, ㅅ' 둘은 국어에 나타나는 것이라고 했다[10]. 그 설명은 李思質이 제시한 다음의 원문을 보면·알 수 있다.

---

9) 終聲 표시를 위해서 洪啓禧가 제시한 한자는 崔世珍의 것을 그대로 이어받고 있다.
10) 兪昌均(1995), p269 참조.

ㄷㅅ 字閉音入聲之類 雖其終聲同音 同而中有異 一則出於舌 卽卽也 一
則出於齒脣之間而其終之者齒 故屬齒卽ㅅ 也

　위에 의하면 'ㄷ, ㅅ' 字는 閉音入聲에 속하기 때문에 종성으로는 같다
는 것을 언급하고 있다. 그러나 두 字가 같은 가운데도 차이가 있는데
'ㄷ'은 설음으로 'ㅅ'은 치음 계열로 인식하고 있음을 알 수 있다. 그래서
우리 나라 사람들이 위에서 보이는 예와 같이 구별할 수 있다고 하였으
나, 'ㄷ'과 'ㅅ'을 구별하는 데 혼란스러움과 어려움이 있음을 언급하고
있다. 이것은 'ㄷ'과 'ㅅ'이 어말에서 중화되는 현상을 언급하고 있는
바, 姜信沆(1995)에서는 'ㄷ'과 'ㅅ'이 동일하게 발음되고 있었을 것으로
보고 있다. 그럼에도 불구하고 李思質은 이 팔종성에 대한 의식을 저버리
지 않고 있음은 그가 훈민정음해례의 규정을 이어받겠다는 뜻으로 해석
된다.

　결국, 이러한 그의 종성 의식은 훈민정음해례의 팔종성가족용이라는
종성 의식을 계승하고자 하는 면을 내재하고 있는 것이다. 그것은 훈민정
음예의의 종성부용초성이라는 대전제를 올바르게 해석하면서 해례의 팔
종성가족용을 현실적인 종성 체계의 참모습으로 받아들이고자 했던 조
선 후기 연구자의 한 양상이기도 하다.

　④ 琴榮澤의 종성 의식

　琴榮澤은 『晩寓齋集』 권 3에서 그가 추구하려고 했던 종성 의식의
단면을 보여주고 있다. 그는 『晩寓齋集』의 諺文字音起例에서 8 종성의
체계로 자신의 종성 의식을 드러냈다. 아래의 내용을 보도록 하자.

初聲終聲通用八畫 以其初而從中聲而其終事物成音

ㄱ 其役　ㄴ 尼隱　ㄷ 池末　ㄹ 梨乙　ㅁ 眉音　ㅂ 非邑　ㅅ 時衣

　ㅇ　異凝　其尼池梨眉非時異初聲也　役隱末乙音邑衣凝終聲也　末衣從俚
語

위의 내용을 보면 알 수 있듯이 그의 종성 의식은 기본적으로 훈민정음 해례의 팔종성가족용의 원칙을 계승하고 있다. 그러나 그 계승의 구체적인 내용은 崔世珍의 諺文字母式이며, 琴榮澤 본인이 밝혔듯이 朴性源의 『華東正音通釋韻考』의 <諺文初中終三聲辨>를 그 기반으로 하고 있음을 알 수 있다.

그러면서도 琴榮澤은 초성과 중성에서도 드러났지만, 자신만의 독특한 용어를 전개하면서 그의 종성 의식을 제시하고 있다. 崔世珍과 朴性源이 初聲終聲通用八字라 했던 표현을 위에서 그는 '初聲終聲通用八畫'이라는 표현으로 대체하고 있다. 즉 그는 '字'라는 글자를 '畫'이라는 표현으로 바꾼 셈이다. 그는 음절에 해당하는 표현을 '字'라고 일컬었으며, 자음과 모음 따위를 '畫'이라고 했다. 兪昌植(1958)에서는 琴榮澤의 이러한 술어의 사용은 일찍이 보지 못한 창안이라고 높게 평가하고 있다.

⑤ 鄭允容의 종성 의식

鄭允容은 그의 저서 『字類註釋』附錄의 <諺文反切> 항에서 그의 종성 의식을 전개하고 있다. 그는 여기서 洪啓禧의 諺字初中終聲之圖와 거의 유사한 표를 제시하고 다음과 같이 8 종성을 그의 종성 체계로 의식하고 있다.

圈 圈標 此有 數本 字자자자字 或혹或 不仝	用諺 釋故	末끝몰 衣온의	ㅇ	ㅅ	ㅂ	ㅁ	ㄹ	ㄷ	ㄴ	ㄱ	初초츷초 초초초초 츷초초 初 終聲 tjh 성 聲성通用 八字
			異 初聲 凝 終聲	時 衣 初 終 此 見 記略	非邑 初終	未音 初終	里乙 初終	池末初終	尼隱 初終	기기기 其役 初初聲 終聲	

우리는 초성과 중성에 대한 鄭允容의 의식에서 위의 표를 근거로 한다면 그의 초성 및 중성 의식이 洪啓禧의 의식을 답습 내지는 계승한 것으로 파악하였다. 종성 의식도 마찬가지여서 위에서 제시한 표는 그의 초성 의식에서도 언급한 바 있거니와 洪啓禧의 체계와 차이가 거의 없다. 따라서 그가 위에서 제시한 '初終聲通用八字'는 곧 훈민정음해례의 팔종성가족용, 崔世珍의 初聲終聲通用八字, 그리고 洪啓禧의 初終聲通用八字로 이어지는 종성 의식의 연속선상에 있는 종성 의식이라고 할 수 있겠다.

⑥ 姜瑋의 종성 의식

姜瑋는 그의 저서 『東文字母分解』에서 그의 종성 의식을 드러내고 있다. 그는 三十七字母, 내지는 三十五字母를 '擬定'이라는 명목으로 제시하고 있는 데, 두 곳에서 똑같이 종성의 수를 8종성으로 제한하고 있다.

그가 擬定이라는 명목을 세우고 초성과 중성과 종성을 제시하고 있으나, 궁극적으로 그의 독창적인 '擬定'은 초성에만 국한되는 것이다. 중성의 11자는 역시 훈민정음예의에서 제시된 11중성 체계와 일치하고 그의 종성 8자 역시 훈민정음해례의 8종성에서 벗어나지 않는다. 따라서 姜瑋의 종성 의식은 훈민정음해례의 팔종성가족용의 규정을 역사적으로 계승하고 있다고 볼 수 있다.

2.2.3 독자적 경향의 종성 의식

① 崔錫鼎의 종성 의식

崔錫鼎은 그의 저서 『經世正韻』에서 그의 또다른 종성 의식을 전개하고 있다. 그는 '論諺文終聲' 조에서 훈민정음의 종성부용초성에 대한 자신의 견해를 예를 들어 설명하였다. 그러나 '論諺文終聲'에서와는 달리 '終聲十六'에서는 종성 16자를 제시함으로써 이원적인 종성 의식을 드러낸 셈이다. 그의 16종성자 보면 아래와 같다.

終聲十六

牙音	ㆁ 凝	ㄱ 億			二合	舌牙	ㄹㄱ 乙億
舌音	ㄴ 隱	ㄹ 乙	ㄷ 得			舌脣	ㄹㅂ 乙邑
脣音	ㅁ 音	ㅂ 邑				舌齒	ㄹㅅ 乙思
齒音	△ 而	ㅅ 思	ㅈ 叱			舌喉	ㄹㆆ 乙益
喉音	ㅇ 矣	ㆆ 益[11]					

위의 표에 의거하면 그는 종성이 單字 12자, 二合字(합용병서) 4자를
합친 16자가 된다고하였으며, 종성은 초성으로써 쓰게 되나, 초종성자
중에서 次淸字와 純濁(全濁)字는 종성에서 제외된다고 하였다. 또한 한
자음의 경우는 위의 표에서 'ㄷ, ㅈ'이 제외되고 대신 순경음에 해당하는
'ㅱ, ㅸ' 두 자가 첨가된다고 하였다[12]. 이렇게 되면 국어 표기를 위한
종성은 16자에 해당하며, 한자음 표기를 위한 종성은 12자에 해당하게
된다. 二合字에 해당하는 4자는 한자음 표기를 위한 종성이 될 수 없으므
로 한자음을 위한 종성은 12자가 되는 셈이다.

김석득(1983)에서는 이 16종성 체계가 훈민정음해례의 팔종성법과 崔
世珍의 팔종성법에 대한 거부라고 할 만하다고 하였다. 특히 둘 합한
글자(二合之字)의 終聲 가능설은, 맞춤법상 음절 위주 표기에서 형태소
단위 표기인 표의적 표기에로 발전시키는 계기를 만들어 주었다고 할
수 있는 것이라 하였다. 따라서 崔錫鼎의 종성설은 훈민정음해례 이래
학문적으로 발전한 새로운 학설로서 국어학사 상에 그 중요한 의의를
갖는다고 하였다.

그 반면에 兪昌均(1995)에서는 위의 종성 체계와 '論諺文終聲' 條에서
언급한 '종성부용초성'을 비교해 볼 때 崔錫鼎의 논거는 일관성이 없다

---

11) 원문에서는 밑줄 그은 한자들이 원 속에 들어있다. 여기서는 편의상 밑줄로 대신한다.
12) 兪昌均(1995)에서 재인용.

고 언급하고 있다. '論諺文終聲'에서는 次淸字들이 종성으로 쓰이고 있
는 예를 보이고 있지만 '終聲十六'에서는 그렇지 않기 때문이다. 그래서
兪昌均(1995)에서는 '終聲十六'은 四象을 배합하기 위한 이상적인 체계,
즉 보편적 구조를 가정한 것이라 하겠고, '論諺文終聲'은 현실음을 反射
하려는 것이라고 하였다.

　그런데 終聲十六에서 崔錫鼎이 次淸字와 純濁(全濁)字를 종성에서 제
외하고자 했던 점에 주목할 필요가 있다. 즉 종성은 모든 初聲 글자에서
次淸字와 純濁(全濁)字의 글자를 제외한 12 글자를 얻을 수 있다(所謂終
者卽初聲諸字是已除次淸及純濁之字得終聲十二)는 표현은 비록 훈민정
음해례의 팔종성법은 아니나, 종성으로 초성 모든 글자를 쓴다는 관점도
아니다. 그것은 그가 현실적으로 東音이나 華音 표기에서 표음적 사고를
하고 있었던 것은 아닌가 하는 점을 시사한다.

　따라서 이 글에서는 崔錫鼎의 진정한 종성 의식은 '終聲十六'에서 드
러나 있다고 보고자 한다. '論諺文終聲'의 종성부용초성은 단지 훈민정
음예의의 종성부용초성을 자신의 입장에서 해석하고자 했던 것에 불과
하다13). 그 반면에 終聲十六의 종성 의식은 실제와는 모순되는 점이 있으
며 한편으로는 훈민정음해례와 같은 팔종성법은 아니나, 그 나름대로
현실적이면서도 독자적인 崔錫鼎의 종성 의식이라고 할 수 있다. 결국
崔錫鼎은 조선 전기의 종성부용초성에 대하여 언급하면서도 한편으로
그는 독자적인 16종성(한자음은 12종성)을 제시함으로써 이원적인 종성
의식을 드러내고 있다. 조선 후기라는 시대적 상황을 반영하는, 종성에
대한 독특한 의식이다.

---

13) 그는 종성부용초성에 대하여 初聲을 모두 終聲으로 쓴다는 뜻으로 해석하였다.

② 申景濬의 종성 의식

申景濬의 종성 의식은 그의 저서『韻解』의 <終聲解>에서 드러나고 있다. 그의 終聲解 象數條에 의하면 그는 초성은 象으로 중성은 數로 보고 있는데 종성은 象의 方圓과 曲直, 輪의 縱橫과 奇耦을 합하여 쓴다고 하였다.

> 初聲用方圓曲直中聲用縱橫奇耦終聲合方圓縱橫而用之

우선 여기서 우리는 申景濬의 종성 의식의 실마리를 얻을 수 있다. 종성을 초성과 종성을 합하여 쓴다는 의미는 초성과 중성은 곧 종성이 될 수 있다는 뜻이다. 이 중 초성이 종성이 될 수 있다는 것은 종성자를 따로 만들지 않고 초성자를 종성으로 쓸 수 있다는 종성부용초성의 올바른 해석이며, 중성이 종성이 될 수 있다는 것은 다음과 같은 그의 중성 겸 종성 의식이다.

> 縱橫者中聲兼終聲者也 ㅣㅡㅗㅛㅜㅠ ㅓㅕㅏㅑㅘㆇㅝㆊ也 世謂此十四字 無終聲 而凡字必合三聲而聲 若無終聲 則是不成字也 故謂之中聲兼終聲則可 謂之無終聲則不可

그는 縱橫인 중성은 종성을 겸할 수 있다고 하고 그 중성은 위에서 열거한 14중성이라고 하였다. 그리고 무릇 字는 반드시 三聲이 합해져야 자를 이룰 수 있고, 종성이 없으면 字를 이룰 수 없다고 하였다. 그리하여 중성 겸 종성은 옳은 것이며, 종성이 없으면 옳지 않다고 하였다. 이 의미는 곧 초성을 다시 쓰는 종성이 없을 경우, 즉 중성으로 끝나는 자는 중성이 곧 종성이 된다는 뜻이다. 그래서 중성으로 끝난 것은 이를 종성이 없음을 말하는 것이 아니라 중성 겸 종성이라고 했다. 결국 그는 개음절로 끝나는 경우 중성이 그 음절에는 종성의 역할을 한다고 보았던 것이다.

그리고 入聲條에서 다음과 같은 언급을 통하여 그의 진정한 종성 의식으로 결론짓게 된다.

初聲之中取其八字 兼作終聲用 附於上則爲初聲 附於下則爲終聲 ㄱㄴ
ㄷㄹㅁㅂㅅ ㆁ是也

위에서 '初聲之中取其八字 兼作終聲用'라 함은 모든 초성을 종성으로 쓴다는 의미라기 보다는 종성으로 쓰기 위해 초성 중에서 8자를 취한다는 뜻이다. 그래서 申景濬은 뒤이어 8종성의 구체적인 예를 제시하고 있다. 즉 그는 훈민정음해례의 팔종성가족용 규정을 계승하고 있는 셈이다.

따라서 申景濬은 훈민정음해례의 팔종성가족용의 규정을 계승한 연구자라 할 수 있다. 그러나 이에 덧붙여 그는 중성을 종성으로 보는 독특한 종성 의식도 전개함으로써 훈민정음해례의 규정이나 崔世珍의 팔종성법을 단순히 계승한 것이 아니라 종성의 영역을 보다 심층적으로 이해하고자 했던 의식을 전개한 연구자로도 평가할 수 있겠다.

③ 黃胤錫의 종성 의식

黃胤錫의 종성 의식은 그의 저서 字母辨에서 드러나고 있다. 그는 초성을 종성으로 다시 쓸 수 있는 것은 13자에 해당한다고 하였으며, 이 중에서 華語(중국어)를 번역하는 그 외에는 속용으로 8終聲이 쓰임을 아래와 같이 언급하고 있다.

…又反用初聲定十三終聲而自譯華語以外俗用八終聲也

ㄱㄷㅂㅸㅈㆆㅇㄴㅁ ㅱㄹ △ㅅ (反用初聲終聲)
ㄱㄷㅂ ㅇㄴㅁ ㄹㅅ (俗用終聲)

위에서 13종성은 華音 표기를 위한 종성이므로 종성의 보편적 체계에 해당한다. 그리고 속용 8종성은 東音 표기, 즉, 국어 표기를 위한 종성 체계이다. 이 중 우선 13종성 체계를 보면 崔錫鼎의 16종성 체계와 비교할 만 하다. 崔錫鼎의 16종성 체계 중 한자음 표기를 위한 12 종성 체계와 유사하다. 崔錫鼎의 12종성 체계에 들어있는 'ㅱ, ㅸ' 두 자가 黃胤錫의 12종성 체계에서 모두 반영되어 있다. 차이가 있다면 전자에서는 제외된 'ㄷ, ㅈ'이 후자의 체계에는 속해 있고 崔錫鼎의 12종성 체계에는 들어가 있는 'ㆁ'이 黃胤錫의 체계에는 빠져 있다. 그러나 그 수는 다르다 할지라도 두 체계가 중국 한자음(華音) 표기를 위한 체계라는 점에서 공통적이다.

속용 8종성은 역시 훈민정음해례의 팔종성을 계승한 체계이며 그것은 당대 현실음을 위한 체계라고 할 수 있다. 그런데 우리는 위의 원문에서 볼 수 있듯이 黃胤錫의 팔종성 의식을 '終聲反用十三…俗用八終聲'이라는 표현을 통해 새롭게 인식할 수 있다. 즉 그의 8종성은 종성을 다시 쓴 13종성 중 8종성이다. 이것에 따르면 黃胤錫은 소위 종성부용초성의 의미를 '終聲反用'으로 이해하고 있으며, 그 '終聲反用'을 8종성과 연관시키고 있다. 이 말은 그가 종성부용초성을 종성은 초성을 모두 다시 쓴다는 의미가 아니라 종성은 따로 글자를 만들지 않고 속용일 경우 8종성만으로 족하다는 팔종성가족용의 규정을 계승하고 있다는 의미이다.

따라서 黃胤錫의 종성 의식은 보편적 체계로서 13종성과 현실적 체계로서 8종성을 함께 제시한 이원론적 의식이다. 이러한 이원론적 의식은 그만의 독특한 의식으로 조선 후기라는 시대를 반영하는 의식이라고 할 수 있겠다.

④ 柳僖의 종성 의식

柳僖는 그의 저서 『諺文志』에서 그의 종성 의식을 드러나고 있는 바,

그는 다음과 같은 7 종성의 자신의 종성 체계로 제시하였다.

> 柳氏校定終聲正例六韻
> ㄱ ㄷ ㅂ ㅇ ㄴ ㅁ
> 終聲變例一韻
> ㄹ 每於全字之下及下左邊着之

이 종성 체계는 훈민정음해례의 8종성에서 'ㅅ'을 제외하고 정례에 해당하는 6종성과 여기에 변례에 해당하는 1종성을 합쳐 7종성이 된다. 그는 역대 운서에서 'ㆁ, ㅱ, ㅸ, ㆆ, ㅿ' 등을 종성으로 나타냈으나, 이 중에서 'ㆁ'은 음가가 없으므로 종성이 되지 못하고, 그 나머지는 본시 종성이 될 수 없다는 것이다[14]. 그리고 'ㄹ'은 본시 종성이 아니다. 이것은 한자음에서 'ㄷ'이었던 것이 東俗音에서 'ㄹ'로 변해서 된 것이라고 하였다. 또한 항간에 부녀자들이 'ㅅ'으로 'ㄷ'을 대신하는 경향이 있는데, 이것은 'ㅅ'이 종성으로 쓰이지 않음을 알지 못하기 때문이라고 하였으며, 그 'ㅅ'은 두 말(兩語)이 연결되는 데 쓰임을 언급하였다. 즉, 사이 'ㅅ'의 역할을 언급하고[15] 이 'ㅅ'은 '但以聯意而自生'이라 하여 단지 말(낱말)과 말을 잇는 뜻으로서 스스로 생겨난 것임을 밝히고 있다.

여기서 우리는 柳僖가 7종성을 세운 근거를 알 수 있는데, 우선 三平과 三入으로 각각 'ㅇ, ㄴ, ㅁ'과 'ㄱ, ㄷ, ㅂ'으로 양분하여 6종성을 설정하였으며, 여기에 'ㄷ' 종성에 해당하는 華音에 대응하는 東音을 고려한 'ㄹ'의 변례 설정이 있었으며, 마지막으로 東俗音에서 중화 현상을 경험하는 'ㄷ'과 'ㅅ' 중에서 'ㄷ'만을 설정하여 훈민정음해례의 팔종성에서 'ㄷ'과 'ㅅ'이 공존하는 체계로부터 벗어났다.

---

14) 兪昌均(1995)에서 재인용.

15) 김석득(1983)에서는 柳僖의 'ㅅ'에 대한 인식을 사잇소리에 대한 형태적 인식으로 바라보고 있으며 더 정확히는 형태배합론에서 합성법의 인식이라고 보았다.

　요컨대 柳僖의 7종성은 'ㅱ, ㅸ, ㆆ, ㅿ' 등을 설정한 다른 역대 운서들의 종성 체계보다는 현실적이었으나, 초성과 중성 체계가 이상적인 의식을 반영한 것이었듯이 이 종성 체계 역시 그 근본적 의식은 보편적 종성 의식을 구현하고자 했던 면이 엿보이는 의식을 드러낸 것이었다. 다만 '擬定'의 성격을 지닌다는 면에서 柳僖의 독자적인 의식이라고 할 수 있겠다.

⑤ 朴慶家의 종성 의식
　朴慶家의 종성 의식은 그의 저서 『四七正音韻考』에서 드러나는 데, 그는 華音을 기준으로 한 종성 의식과 東音, 곧 우리 한자음을 기준으로 한 종성 의식의 이원론적 경향을 제시하고 있다.

<blockquote>
華音 기준 - ㄴ, ㅁ, ㅇ, ㅗ, ㅜ, ㅣ(終聲六字)
東音 기준 - ㄱ, ㄴ, ㄷ, ㄹ, ㅁ, ㅂ, ㅅ, ㅇ, ㅣ(終聲九字)
</blockquote>

　위에서 알 수 있듯이 華音을 기준으로 한 朴慶家의 종성 체계는 독특하다. 우선 자음 중에는 'ㄴ, ㅁ, ㅇ'을 종성으로 삼았고, 모음 중에는 'ㅗ, ㅜ, ㅣ'만을 종성으로 삼아 합하여 6 종성을 華音의 종성으로 설정하였다. 여기에 종성으로 들어갈 법한 'ㄱ, ㄷ, ㅂ'은 빠져 있다. 짐작컨대 이 終聲 체계는 중국 운학에서 韻尾에 해당하는 것들 중에 入聲類를 제외한 체계로 이해된다. 'ㄱ, ㄷ, ㅂ'은 입성류에 해당하는 것으로 위에서 누락된 것이다. 그리고 'ㄴ, ㅁ, ㅇ'의 경우는 韻尾에서 陽聲類에 해당하는 것으로 알려져 있으며, 'ㅗ, ㅜ, ㅣ' 따위는 韻尾의 陰聲類에 해당하는 것이라고 한다16). 이렇게 본다면 위의 6종성 체계는 華音을 중심으로

---

16) 兪昌均(1995)에서는 韻學에서 韻尾는 종래에 다음과 같이 분류되어 있다고 하였다. 陽聲類 : -ㅇ, -ㄴ, -ㅁ, 陰聲類 : -ㅇ, -ㅣ, -ㅱ(오/우), 入聲類 : -ㄱ, -ㄷ, -ㅂ 등이다.

입성을 종성과는 다른 체계로 보고 陽聲類와 陰聲類의 韻尾를 종성으로
삼은 체계라고 할 수 있겠다.

　한편 東音 기준의 종성 체계는 훈민정음해례의 팔종성가족용 규정을
계승하면서 여기에 ' ㅣ'를 추가하여 9종성 체계를 설정하였다. 그런데
8종성에 ' ㅣ'를 설정한 근거를 알기가 쉽지 않다. 이것이 洪啓禧의『三韻
聲彙』에서 重中聲 ' ㅣ'를 가리키는 것 내지는 柳僖의 중성 체계에서 변
례의 ' ㅣ'를 가리키는 것이라면, 이 딴이가 다른 중성의 오른쪽에 덧붙을
수 있으니 이것을 다른 중성에 붙는다 하여 종성으로 파악한 것은 아닌
가 하는 추측을 해 보게 된다.

　요컨대 朴慶家는 그의 종성 체계에 대한 이원론적 의식을 드러내고
있는데, 이것은 철저하게 華音을 기준으로 한 체계와 東音을 기준으로
한 체계로서 독자적인 그의 종성 의식이라고 할 수 있겠다.

　⑥ 權靖善의 종성 의식
　權靖善은 그의 저서『音經』에서 '終聲新釋'이라고 하여 그의 독자적
인 종성 의식을 드러내고 있다. 그는 아래 보는 바와 같이 종성을 모두
16자로 설정하고[17] 그 16자를 세 부류로[18] 나누어 설명하고 있다.

　　　　韻部音七字 - ㅇ, ㆁ, ㄱ, ㄴ, ㄹ, ㅁ, ㅂ
　　　　閉音終聲五字 - ㄷ, ㅌ, ㅅ, ㅈ, ㅊ
　　　　半入聲四字 - ㅸ, ㅱ, ㆆ, ㅿ

　이 16종성은 그 분류로 보아 東音을 기준으로 세운 체계라기 보다는

---

17) 부록에 해당하는 萬國等韻合圖에서는 双終聲으로 各自並書로 된 7자와 合用並書로
　　된 세 자를 더 들었다.
18) 兪昌均(1995)에서 재인용.

주로 華音을 기준으로 세운 체계로 이해된다. 위의 세 부류 중 韻部音은 韻尾 부분의 종성에 해당하는 음이라고 생각된다. 왜냐하면 韻部音 7字 중에서 'ㄱ, ㄹ, ㅂ'을 제외하면 중국 운학에서의 韻尾에 해당하기 때문이다. 그리고 閉音終聲은 종성에서 막히는 폐쇄음을 일컫는 것이라고 짐작된다. 다만, 韻部音의 'ㄱ, ㅂ'이 왜 이 閉音終聲에 속하지 않는지는 의문이다. 그리고 半入聲 4자는 權靖善이 언급한 대로 漢音의 正音에서 소실된 入聲韻尾와 또 半母音으로 끝나는 韻尾의 半入聲이다[19].

결국 그의 종성 체계는 훈민정음예의의 종성부용초성의 원칙이나 훈민정음해례의 팔종성가족용의 규정을 계승한 체계라기 보다는 그의 독자적인 체계로 중국 운학에 입각한 종성 의식의 구현이라고 할 수 있겠다.

3. 결론

이상으로 우리는 조선 후기 연구자들의 훈민정음 종성에 대한 의식을 살펴보았다. 여러 학자들 모두 훈민정음의 종성에 대하여 다양한 의식을 전개하고 있음을 알 수 있었다. 이들이 제시한 훈민정음 종성에 대한 의식은 다음과 같이 세 가지 경향으로 나눌 수 있다.

우선 그 첫째가 훈민정음예의의 종성부용초성 규정을 받아들인 종성 의식이다. 두 번째는 훈민정음해례의 팔종성가족용 규정을 받아들인 의식이고, 마지막이 독자적인 종성 의식이다.

먼저 훈민정음예의의 종성부용초성의 규정을 받아들여 종성 의식을 전개한 연구자는 崔錫鼎, 鄭東愈, 李思質, 石帆, 盧正燮이다. 崔錫鼎은 論諺文終聲에서 예의의 종성부용초성에 대한 나름의 해설을 덧붙여 그

---

19) 姜信沆(1995), p147에서 재인용.

의미를 '則初聲十七字 皆可爲終聲'이라고 이해하고 예의의 종성 의식을 계승하였다. 그리고 鄭東愈 역시 崔錫鼎과 같은 견해를 취하며 그의 종성 의식을 전개하였다. 李思質은 종성부용초성의 규정에 대한 해석으로 그 의미는 '音'이 아니라 '字'로써 종성은 초성을 다시 쓴다고 이해함으로써 예의에 대한 종성 규정을 문자론적 관점에서 파악하고자 하였다. 石帆 역시 종성부용초성의 의미를 받침 글자를 따로 만들지 않고 초성으로 쓴다는 해석을 내림으로써 그 규정에 대하여 보다 정확하게 이해하고자 했다. 한편 盧正燮의 종성 의식은 鄭東愈의 終聲論을 轉載함으로써 곧 鄭東愈의 종성 의식을 그대로 계승한 꼴이었다.

다음으로 훈민정음해례의 종성 규정, 팔종성가족용을 계승한 연구자들로는 朴性源, 洪啓禧, 李思質, 琴榮澤, 鄭允容, 姜瑋 등이 있다. 朴性源은 전래해 온 초성종성통용팔자의 규정을 그의 종성 의식으로 받아들였으며, 그 양상은 그대로 琴榮澤이 이어받았다. 洪啓禧 역시 '初終聲通用八字'를 통해 팔종성가족용의 규정을 계승했으며, 李思質도 그의 '팔종성론'을 통해 팔종성가족용의 규정을 따랐다. 다만 洪啓禧는 崔世珍에 경도된 내용의 종성 의식을 전개하였고, 李思質은 종성을 위해 표시하는 한자를 洪啓禧와는 다르게 제시하였다. 鄭允容은 해례와 崔世珍, 그리고 洪啓禧의 규정을 이어받은 종성 의식을 제시하였던 연구자였으며, 마지막으로 姜瑋도 그러한 부류에 속하는 연구자였다.

세 번째로는 독자적인 경향의 종성 의식을 드러낸 연구자로서 崔錫鼎, 申景濬, 黃胤錫, 柳僖, 朴慶家 등을 들 수 있다. 崔錫鼎은 '終聲十六'을 통해 '論諺文終聲'에서 보여준 종성 의식과는 달리 16종성을 單字와 二合字로 구분하여 제시하고 있다. '論諺文終聲'의 종성부용초성이 훈민정음예의에 대하여 해설적 차원에서 이루어진 종성 의식이라면 이 16자 종성 의식이 그의 독자적인 종성 의식으로 이해할 수 있을 것이다. 申景濬은 그의 終聲解에서 중성 겸 종성이라는 의식을 제시함으로써 종성의 위상을 좀더 본질적으로 이해하고자 했던 연구자라 할 수 있겠다. 黃胤錫은 字母辨에서 13자 종성 의식을 전개하여 이 중 8자 종성을 속용으로 보고 그의 종성 의식의 결론을 삼았다. 즉 그는 보편적인 관점으로서의 13자 종성, 현실적 관점으로서의 8자 종성을 제시하여 이원론적 의식을 보여 주었다. 柳僖의 경우는 변례 'ㄹ'을 포함해 7자 종성 의식을 제시하여 'ㄷ'과 'ㅅ'이 공존하는 팔종성가족용의 종성 의식으로부터 벗어나 독특한 종성 의식을 보여 주었다. 朴慶家는 華音을 기준으로 6종성을, 東音을 기준으로 9종성을 제시하였으며, 權靖善은 '終聲新釋'이라 하여 종성을 16자로 설정하고 세 부류로 나누어 종성을 설명하는 의식을 전개하였다. 이러한 종성 의식 역시 예의나 해례의 종성 의식과는 구별되는 독자적인 것이었다.

이상과 같이 조선 후기 연구자들의 다양한 종성 의식은 초성, 중성 의식과 더불어 그 다양성이 두드러진다. 이러한 종성 의식은 물론 음운사적인 차원에서만 논의될 성질의 것이 아니다. 다만 조선 전기에 훈민정음 창제 당시에 제시된 두 규정이 문헌의 성격, 이상음과 현실음의 표기 문제, 華音과 東音 등과 맞물려 연구자들에게 다양한 종성 의식으로 전개되었다는 사실은 분명한 것이었다. 그것은 연구자들이 훈민정음이라는 문자의 종성을 받아들이는 관점의 차이라는 점에서 조선 후기 문자 표기 의식사의 한 양상으로 이해될 수 있다.

姜信沆(1958). "申景濬의 基本的 國語學研究態度." 「국어국문학」20.

姜信沆(1979). 「國語學史」 서울:普成文化社.

姜信沆(1982). "李圭景의 言語・文字研究." 「大東文化研究」16(成均館大 大東文化研究院).

姜信沆(1987). 「訓民正音研究」, 서울:成均館大學校出版部.

姜信沆(1991). "黃胤錫과 皇極經世聲音唱和圖.", 「東方學志」71・72.

姜信沆(1993). "韻解(訓民正音韻海)와 申景濬." 「훈민정음과 국어학」(전남대 어학연구소).

姜信沆(1995). 「國語學史」(增補改訂版), 서울:普成文化社.

金敏洙(1957). "訓民正音 解題." 「한글」121.

金敏洙(1980). 「新國語學史(全訂版)」, 서울: 一潮閣.

金敏洙(1981). "姜瑋의 '東文字母分解'에 대하여." 「國語學」10.

金敏洙(1987). 「國語學史의 基本理解」, 서울:集文堂.

김병제(1984). 「조선어학사」, 평양;과학,백과사전출판사.

김석득(1983). 「우리말연구사」, 서울;정음문화사.

金允經(1938). 「朝鮮文字及語學史」, 京城; 朝鮮紀念圖書出版館.

도수희(1992). "유희의 「諺文志」에 대하여." 「훈민정음과 국어학」(전남대 어학연구소).

朴炳采(1967). "韓國 文字 發達史." 「韓國文化史大系」5.

박종국(1994). 「국어학사」, 서울: 문지사.

朴泰權(1970). "황윤석의 어학설에 대하여." 「한글」146.

朴泰權(1976). "유희의 어학사적 위치(개고)." 서울: 샘문화사.

배윤덕(1991). "崔錫鼎의 「經世正韻」 연구." 「東方學志」71・72.

俞昌均(1995). 「國語學史」, 서울:螢雪出版社.

劉昌惇(1958). "諺文志註解." 서울: 新丘文化社.

이만성(1981). "언문지의 자모." 충주공전논문집 14-1.

李秉根(1988). " '訓民正音'의 初·終聲 體系." 「훈민정음의 이해」, 서울:한신
　　　　문화사.

이상혁(1996ㄴ). "국어학사의 서술과 관련된 몇가지 문제.", 「어문논집」(고려
　　　　대)35.

이상혁(1997ㄱ). "실학 시대 국어 의식의 흐름-당대 연구자들의 자모 배열 인
　　　　식을 중심으로-, 고려대 민족문화연구소 발표문.

이상혁(1997ㄴ). "우리말글의 명칭의 역사적 변천과 그 의미." 「한국어학의
　　　　이해와 전망」(一菴金應模敎授華甲紀念論叢).

이상혁(1998). "언문과 국어의식", 「국어국문학」121.

李商赫(1999). "朝鮮後期 訓民正音 硏究의 歷史的 變遷" 고려대 박사논문

정　광·김완진·장소원(1997). 「국어학사」, 서울:한국방송통신대출판부.

洪起文(1946). 「正音發達史」上下, 京城: 서울신문社出版局.

Abstract ■

On the character consciousness
of the final sound symbols of Hunminjungeum
in the late Chosun period

Lee, Sang-Hyoek

The object of this paper is in viewing the aspects of the final sound symbols of Hunminjungeum in the late Chosun period focusing on character consciousness from the aspect of Korean linguistic history.

We deal with the many aspects of the consciousness on the final sound symbols of Hunminjungeum by late Chosun scholars differing from early Chosun when the characters were created. It discusses aspects of late Chosun consciousness of the final sound symbols divided into consciousness of the final sound symbols succeeded from the system of Hunminjungeumyeui(訓民正音例義), consciousness of the final sound symbols succeeded from the system of Hunminjungeumhaerye(訓民正音解例), independent consciousness of the final sound symbols, etc.

주요어 : 종성, 종성부용초성, 팔종성가족용, 훈민정음, 훈민정음해례, 훈민정음예의

국어 구문적 공기관계 연구

박병선*

1. 서론

이 논문은 한국어 구문적 공기 현상을 고려하여, 논항 관계에 있는 단어와 서술어의 연어성과 구문 구조의 출현 유형을, 통계적 기법을 이용하여 연구하는 방법을 소개하는 것이다. 한국어 연어관계(collocation)의 개념이 명확히 정의되지는 않았지만, 지금까지의 논의를 토대로 본다면, 인접하여 쓰이고 공기관계(co-occurrence)가 높은 어휘들이라고 할 수 있다. 연어관계는 특히 영어 중심의 인구어에서 많은 연구가 있었고, 연구들의 결과는, 대규모 자료에서 통계처리한 결과를 이용하여 자동적으로 품시 정보 부차이나 구문 분석을 하는데 이용되고 있다. 국내에서 연어관계(collocation)[1]에 대한 연구와 전산적으로 자연언어처리를 위해 유의미

---

* 고려대 민족문화연구원

1) 영어의 collocation은 한 문장에서 유의미하게 공기하는 어휘들의 결합관계를 지칭하는 것으로, 통상적으로 '연어(連語)'로 번역하여 사용한다. 그러나 본고에서는 용어 '연어'가 '관계' 개념을 잘 나타내지 못하고 연어관계에서 중심어(base, node)와 연어관계에 있는 어휘에 대해 용어로 '연어(collocate)'를 사용하기 위해 연어관계(collocation)와 연어(collocate)로 구별하여 이후의 모든 용어는 이 기준을 따른다.

한 인접 공기 현상을 자동 추출하기 위한 방법론적 시도는 소수 있었으나, 다양한 공기 현상을 전체적으로 정리하고 언어학적 특성을 종합적으로 설명하고자 한 시도는 매우 드물었다. 특히 구문적의 공기관계 연구나 '연접범주관계2)'를 연구는 더욱 드물었다. 인구어의 연어관계 연구는 대상어휘와 인접하여 나타나는 것들을 주대상으로 삼는 것이 일반적이다. 그러나 한국어는 인구어와는 달리 비교적 어순이 자유롭다는 점을 고려한다면, 인접한 어휘들만을 고려한 연구보다는 한 문장 내에서 문법관계에 있는 어휘들간의 공기현상을 통한 연어성 연구가 좀 더 의미있는 결과를 보여준다고 생각된다. 이에 대한 논의가 홍종선, 강범모, 최호철(2000)에서 잘 다루어졌다.

여기서는 통계적 방법을 이용하여 좀 더 객관적이고 명시적인 결과를 바탕으로 논항관계에 있는 단어와 서술어의 연어성과 논항 출현 유형을 살펴본다. 여기서 서술하는 연어성 연구방법은 두 어휘간의 공기정도가 통계적으로 얼마나 유의미한가를 고찰하여, 이것을 바탕으로 해당 단어들간의 의미적 구문적 관계를 정리한 것이다.

이 논문에서는 '고려대학교 한국어 말모둠1' 균형 코퍼스에서 상위빈도에 있는 용언 100개를 선정하여 처리한 것 중에서 동사 '말하다'를 이용하여 처리한 결과를 예로 들어 방법론적인 측면을 중심으로 논의한다.3)

---

2) 연접범주관계는 영어 'colligation'의 번역으로, 국내에서 이에 대한 번역을 찾지 못하였다. '연접범주관계'는 중심어와 인접하는 어휘들의 품사 및 형태소 정보에 초점을 맞춘 공기관계를 나타내는 용어이다. '연어'라고 부르는 것이 단어 혹은 어휘의 연접 관계를 지칭하는 것에 착안하여, 중심어와 연접하는 통사적 구조에 초점을 맞춘 공기관계에 해당하는 개념으로 '연접범주관계'를 colligation에 해당하는 용어로 사용한다.
3) 여기서 사용한 기초 자료는 1997년도 한국학술진흥재단의 대학부설연구소 연구과제(홍종선, 강범모, 최호철) 수행을 위해 구축한 것임을 밝혀둔다.

2 연구의 특징

지금까지의 언어 연구는 어떤 문제가 되는 언어 현상이 적형인지 아닌
지에 주로 관심을 가져왔다고 볼 수 있다. 이런 연구는 객관적인 자료를
기반으로 하기보다는 주로 모국어 화자의 직관에 의존하는 경향을 갖는
다. 그러나 본 연구에서는 언어 표현의 적형 여부에 대한 관심보다는
실제 언어 자료를 바탕으로 어떤 것이 더 의미 있는 연어관계를 갖는지에
관심이 있다. 이를 위해서는 자료의 통계 처리가 필수적인데, 이를 통한
연구 결과는 자연 언어 처리에 있어 주요한 정보를 제공할 뿐 아니라,
일반 이론 연구에도 좀더 명시적인 자료를 제시할 수 있다. 그리고 실제
언어 사용을 반영한 자료를 이용하여 해당 문법관계의 출현 유형이 어떤
양상을 보이는지도 명시적으로 보여준다.

특정 중심어와 함께 한 문장 안에서 통사적 관계를 가지며 공기하는
단어에 대한 연구도, 인접성 이외에 유의미한 공기현상을 연구하기 위한
중요한 분야가 될 수 있다. 특히 고급의 자연언어처리를 위해서는 어절단
위의 형태소나 품사정보 분석 도구 뿐 아니라, 문장단위의 구문분석이
가능한 도구가 필수적이다. 이를 위한 연구가 윤준태(1998) 등에서 일부
이루어졌으나, 전산적 관점에서 자동적 구문분석 방법 개발을 중심으로
논의한 것이고, 자동처리에 의존하여 자료처리의 엄밀성에 대해 문제가
있을 수 있다.

본고에서는 언어학적 관점에서 엄밀한 기준의 적용과 정확한 문법관
계 정보부착을 통해 전산적 관점의 연구에서 시도했던 연구들의 문제점
들을 보완한 연구 방법을 보이고자 한다. 여기서 사용하는 자료는 홍종선
외(2000, 2001)에서 사용한 자료와 동일한 것이다. 홍종선 외(2000, 2001)
에서는 인접어형의 연어관계 분석에만 통계를 이용한 것과 달리 박병선
외(2001)에서는 문법관계에 있는 어휘들 간의 공기 유의미성도 통계를

이용하여 연구한 바가 있다. 이번 연구에서는 박병선 외(2001)에서 밝혀졌던 통계적 기법을 이용한 연구의 문제점을 보완하고, 또 새로이 문법관계의 출현 패턴을 통한 공기현상의 특징을 다룬다.

3. 연구방법

3.1 자료의 특징 및 처리

이 연구를 위해 사용한 자료의 가장 큰 특징은 연구자가 직접 해당 문법관계 정보를 부착하였다는 점이다. 따라서 정확도가 높아 신뢰성이 높고, 자동적 처리에서 발생할 수 있는 정보 유실을 최대한 극복한 장점이 있다. 그리고 '고려대 한국어말모둠1'을 이용하여, 말뭉치의 구성상 여러 언어 사용의 양상을 보여 줄 수 있는 균형성과, 비교적 대규모의 말뭉치로서 분석결과에 대해 신뢰를 할 수 있다고 본다.

홍종선 외(2000)에서 사용한 자료는 상위빈도 체언과 용언 100개씩을 선정하여 체언에 대해서는 수식관계에 있는 어휘에 대해 표시를 하였고, 용언에 대해서는 일정한 기준에 따라 논항관계에 있는 어휘에 표시를 하였다.[4] 예를 보이면 다음과 같다.

> 그로부터 S작가가 말하고자 하는 이야기가 어떤 것인가, O그것을 Mk어
> 떻게 [말하고] 있는가의 문제였다.

여기서 사용하는 자료에서 용언은 주어, 목적어, 기타 논항, 수식관계를 표시하였다. 다음은 사용한 표지의 간략한 설명이다.

---

4) 홍종선·강범모·최호철(2000, 2001)

(1) 수식관계
  - 체언 대상어를 수식하는 경우
    가. Da : 순수 관형사의 경우
    나. Dv, Dvx : '용언+관형사형어미'로 된 관형어의 경우
    다. Dn, Dnq : 명사 관형어의 경우
    라. Ds, Dsq : '명사+-의'로 된 관형어의 경우
    마. Dr : 완전한 종결어미 '-다, -냐, -라, -자' 등으로 끝난 관형절의
         경우
  - 용언 대상어를 수식하는 경우
    가. Ma : 순수 부사의 경우
    나. Mk : 형용사 어간에 부사화 접사 '-게'가 붙어 이루어진 부사의
         경우
    다. Mkv : 동사 어간에 부사화 접사 '-게'가 붙어 이루어진 부사의
         경우

(2) 주어 관계
    가. S : 일반적인 주어를 표시하는 경우
    나. S1, S2, S3 … : 주어가 복수일 경우, 단순 나열을 표시하는 경우
    다. Sa, Sb … : 주어가 복수일 경우, 부분 전체, 사물 속성의 관계를
         표시하는 경우
    라. Sx, Sy … : 주어가 복수일 경우, 감정 형용사나 소유 관련 서술어
         의 주어를 표시하는 경우
    마. Sq : 수량 단위명사를 표시하는 경우
    바. St : 동격을 표시하는 경우
    사. Sp : 수식 관계에서 의미상 주어를 표시하는 경우
    아. Sum / Ski : 체언화된 주어를 표시하는 경우

(3) 목적어 관계
    가. O : 목적어가 하나만 출현하거나 총칭어인 경우
    나. O1, O2 … : 단순 나열
    다. Oa, Ob … : 부분과 전체
    라. Oq : 목적어가 단위 명사
    마. Op : 수식 관계에서의 의미상 목적어

바. Ot : 동격의 목적어
사. Oko : 인용절이 목적어인 경우
아. Oum : '-음'인 경우
자. Oki : '-기'인 경우

앞에서 제시한 표지기준을 바탕으로 처리한 동사 '말하다'를 예로 들어 동사 '말하다'와 여러 문법관계에 있는 어절들을 엄밀한 통계적 기준을 적용하여 유의미한 공기현상을 추출하여 그 특징을 각 문법범주별로 논하고 문법범주의 출현 유형의 특징을 정리한다.

3.2 통계적용

이 논문에서 다루는 내용은 문법관계에 있는 두 어휘가 공기할 때, 공기하는 빈도가 일반적으로 기대되는 것보다 많이 나올 경우 두 어휘간에 연어성이 있다는 것을 전제로 고찰하였다. 이런 현상을 밝히기 위해서 박병선 외(2001)에서는 t-score와 MI-score를 이용하였는데, MI-score 이용에 문제가 있음을 지적하였다. 가장 큰 문제는 저빈도 공기현상에 대해 값의 왜곡이 심해 앞서 언급한 내용처럼 t-score에 의한 유의미 공기 어휘 목록과 MI-score에 의한 유의미 공기 어휘 목록이 차이가 난다는 점이다. 이를 보완하기 위해 저빈도 공기관계5)에 대한 고려가 반드시 필요하다. t-test도 저빈도 공기현상 처리에 많은 문제가 있다.6) 이번 연구에서는 이런 문제점을 보완하기 위해 통계처리에 왜곡이 심해 신뢰성을 확보하기 어려운 저빈도에 대해서 고려하지 않고 공기빈도가 5회 이상인 어절들만을 대상으로 하여 t-test를 적용하였다. t-test에 관해 간략히 설명하면 다음과 같다.

---

5) 일반적으로 t-score나 MI-score적용에는 빈도 5이하일 경우 값의 왜곡이 심하다.

6) 이를 극복하기 위해서 'exact test'를 사용한다. 이 방법은 통계적으로 저빈도 공기현상의 가장 적정한 분포설정를 가능하게 함으로써 기존에 사용해왔던 t-test를 사용할 수 있게 한다.

t값은 대상 서술어에 대해서 논항관계에 있는 어휘가 일반적으로 기대
대는 빈도와 어느정도 차이를 보이는가를 살펴보는 것이다. 결과가 기대
되는 빈도보다 많이 나오면 연어성이 나타나는 것이고 값이 클수록 연어
성이 크다고 볼 수 있다. 기대값은 모집단을 대규모 코퍼스로 보고 여기
서 고찰대상 어휘의 빈도와, 연어 현상 연구를 위해 대상어를 중심으로
추출한 표본에서 출현한 고찰대상 어휘의 빈도를 비교하여 추출한 것이
다. 단순화하여 설명하자면, 1000만 어절 말뭉치에서 5000번 출현한 A라
는 단어가 표본크기가 1000어절인 경우에 출현할 기대치는 0.5번이 된
다. 이 기대치보다 빈도가 높으면 대상어와 A라는 어휘가 연어성이 있다
고 볼 수 있는 것이다. 그러나 여기서 사용한 것은 단순히 기대치와의
비교뿐만 아니라, 통계적 유의미성도 고려하여 본 것이다. t값의 특징은
결과 수치가 기대값보다 빈도가 많이 나올 경우 결과가 확대되므로, 단순
히 t값이 큰 것이 작은 것보다 수치상 몇 배가 된다고 생각하면 안된다.
따라서 통계적 유의미값의 고려가 더욱 필요하다. t값을 산출하는 공식
은 다음과 같다.

$$t = \frac{O - E}{\sqrt{O}}$$

여기에서 O는 절대 빈도로 검색 공간내에서 출현한 빈도를 뜻하고,
E는 기대값으로 검색 공간내에서 출현할 기대값을 뜻한다. 기대값을 구
하는 것을 식으로 나타내면 다음과 같다.

$$\text{기대값} = \text{모집단에서 출현한 빈도} \times \frac{\text{검색공간크기}}{\text{모집단의크기}}$$

4. 문법관계 공기현상

앞서 언급한 바와 같이 동사 '말하다'의 논항에 해당하는 어휘들을
연구자가 직접 앞에서 보인 표지 기준에 따라 각 해당 정보를 부착하였

다. 홍재성 외(1997)에서 보면 동사 '말하다'는 기본 구문구조 틀은 'S1이 S2에게 O을 Adv하게 말하다'로 나타난다. 주로 S1에 해당되는 것이 주어 관계에 있는 것들이고 Adv는 수식, 나머지는 목적어 및 기타 논항에 해당되는 것들이다. 여기서는 앞에서 제시한 틀을 가지고 있는 동사 '말하다' 논항의 실제 출현 양상과 출현 유형을 유의미한 공기관계를 중심으로 살펴본다.

4.1 표지별 공기현상

4.1.1 주어

동사 '말하다'의 주어 자리에는 직관적으로도 유정명사, 특히 사람이 주로 올 수 있음을 쉽게 예측할 수 있다. 홍종선 외(2001)에서도 주어자리에 오는 단어들을 기본형을 고려하여 상위빈도에 있는 것들을 보여준다. 다만 홍종선 외(2001)에서는 통계적 유의미값을 갖는 것은 보이지 않고 전체 말뭉치와 비교한 상대빈도만 보였다. 여기서는 주어자리에 상위 공기빈도를 갖는 어절들과 t-test를 적용할 수 있는 범위내에 있는 어절들을 대상으로 통계적 결과를 구하여 보이면 다음과 같다.

순위	어절	빈도		순위	어절	빈도
1	그는	68		8	우리가	7
2	나는	38		11	대통령은	6
3	그가	22		11	목사는	6
4	내가	19		11	영달은	6
5	사람이	11		14	동영은	5
6	우리는	9		14	사내는	5
7	그녀는	8		14	사람들은	5
8	사내가	7		14	사람은	5
8	수혜가	7		14	어머니가	5

표(1) '말하다'의 주어자리 상위 빈도

어절	빈도	전체빈도	t-score
그는	68	11489	2.94681
사내가	7	96	2.507738
영달은	6	22	2.415328
목사는	6	107	2.283337
동영은	5	62	2.232666
사내는	5	64	2.127202
그가	22	3920	1.511539
그녀는	8	1351	1.011618
대통령은	6	1067	0.792622
어머니가	5	948	0.623484
내가	19	7805	-2.45185
나는	38	14597	-2.84239
사람들은	5	3414	-3.57128
사람이	11	6494	-4.13095
사람은	5	4740	-5.82685
우리가	7	6189	-6.2518
우리는	9	9188	-8.64927

표 (2) '말하다'의 주어자리 t-score

    표(1)은 주어자리 상위빈도 어절들을 보인 것이고 표(2)는 t-test[7]를 한 결과이다. 여기서 보이는 특징은 통계적 유의미성을 갖는 어절에서 3인칭 대명사가 있고, 이와 반대로 음의 유의미성을 갖는 어절에는 1인칭 대명사들이 주로 있다는 것이다. '말하다'의 주어는 인칭별로 큰 차이가 남을 알 수 있다. 이런 특징은 동사 '말하다'의 특징으로 보인다. 이 동사는 주로 다른 사람이 언급했던 내용을 옮길 때 주로 쓰이는 특징이 있기 때문에 이런 결과를 보인다고 해석할 수 있다. 통계적 유의미성을 고려하지 않고 단순히 빈도만을 보았을 경우에는 표(1)에서 보듯이 인칭별 차이가 있는지 알기 어렵고 단순 상대빈도만을 보인다고 해도 엄밀한 유의미

---

7) 통계값의 올바른 결과를 위해선 빈도 5이상에만 적용 가능하다.

성 검증을 통한 차이를 보이기 힘들지만, 비교적 간단한 통계식만 이용하더라도 연구대상 어휘의 실제 사용상의 특징을 명시적으로 알 수 있다는 것을 잘 보여준다. 표(2)를 보면 1인칭 단/복수 대명사들은 음의 값으로 통계적 유의미성이 있음을 알 수 있는데, 이는 동사 '말하다'는 1인칭 주어와 서로 공기하지 않으려는 특징이 있고 특히 1인칭 복수 대명사에서 그러한 특징이 더 분명히 나타난다. 그 밖의 고유명사나 특정 직업명칭등이 나오는 것은 연구 대상 자료의 특징으로, 단순히 그 인명이나 직업명칭이 의미가 있다고 해석하기 보다는 인칭의 측면에서 해석한다면 주로 3인칭이 쓰인다고 해석하는 것에서 크게 벗어나지 않는다고 이해된다. 다만 음의 통계적 유의미성, 즉 동사 '말하다'의 주어자리에 잘 나타나지 않으려는 경향이 있는 어휘 중에 명사 '사람'이 있다는 것이 흥미로운 점으로 보인다. 그런데, 동사 '말하다'의 주어에는 유정명사, 특히 사람이 주로 나오는데 실제로 '사람'이 주어일 경우 생략이 많이 되는 것으로 보이고, 실제 구문구조 출현 유형을 보면 주어가 생략된 형태가 많이 나타난다. 이런 점은 뒤에 다룰 문법범주 출현 유형을 보면 분명히 알 수 있다.

4.1.2 목적어

순위	어절	빈도	순위	어절	빈도
1	것	45	9	사실을	7
2	있다고	32	10	계획	6
3	있다	31	10	된다고	6
4	것이라고	27	12	것은	5
5	없다	18	12	그것을	5
6	한다	13	12	무엇을	5
7	한다고	11	12	있음을	5
8	없다고	10	12	했다	5

표 (3) 목적어자리 상위빈도

어절	빈도	전체빈도	t-score
있다	31	761	5.048133
없다	18	212	4.052668
한다	13	222	3.371467
것이라고	27	3166	2.879716
했다	5	73	2.111952
있다고	32	5618	1.881149
계획	6	388	1.84728
된다고	6	680	1.394071
것	45	9553	1.294121
없다고	10	1616	1.219457
한다고	11	2032	0.987361
무엇을	5	1470	-0.26326
있음을	5	2022	-1.20179
사실을	7	3409	-2.25282
그것을	5	4484	-5.38774
것은	5	28786	-46.7066

표 (4) 목적어 자리 t-score

목적어 자리에 나타나는 어절들은 대부분 '어떤 사실이나 상황'에 대한 기술이 많음을 예측할 수 있다. 흥미로운 것은 통계적 유의미값[8]을 갖는 어절들에서 최상위에 있는 것은 어떤 것에 대한 존재를 나타내는 '있다, 없다'이다. 이는 동사 '말하다'가 보문구조가 많이 나타나며 이 동사 자체가 보문동사임을 명시적으로 보여주는 증거로 볼 수 있다. 보문동사의 특성상 인용절이 많이 나타낼 수 있는데, 여기서 흥미로운 사실은 '것이라고' 형태는 통계적 유의미성을 갖는 반면에 다른 인용절 표현의 '된다고, 없다고, 한다고' 등은 통계적 유의미성이 없다는 것이다. 이 점은 보문동사 '말하다'가 특별히 '것이라고' 형태의 인용절과 존재사가 있는 보문과 공기적 유의미성이 있다는 특징을 잘 보여준다.

---

8) t-score 1.64 이상

4.1.3 수식

순위	어절	빈도
1	다시	82
2	이렇게	77
3	그렇게	24
4	솔직히	12
5	같이	7
5	분명히	7
5	이같이	7
8	다르게	6
8	더	6
10	아까	5
10	앞서	5

표 (5) 수식관계 상위 빈도

어절	빈도	전체빈도	t-score
이렇게	77	7216	5.648579
다시	82	10391	4.692822
솔직히	12	236	3.205094
이같이	7	237	2.305194
아까	5	140	1.998037
다르게	6	591	1.532207
그렇게	24	5123	0.923312
분명히	7	1235	0.871115
앞서	5	1466	-0.25646
같이	7	6285	-6.38549
더	6	14758	-20.4562

표 (6) 수식관계 t-score

수식관계에 나타나는 형태는 부사와 동사의 활용형이 다양하게 나타
난다. 양태표현인 '솔직히'가 유의미한 공기값을 갖는 것이 특이하다.
유의미값을 갖는 어절 중에서 부사 '아까'가 있는 것은 인용절을 많이

갖는 보문동사의 특성과 연관하여 설명될 수 있는 것으로 보인다. 음의 유의미값을 갖는 공기 어휘에 '같이, 더' 등이 있는데 특히 '더'가 다른 어절들에 비해 큰 음의 유의미관계를 보인다. 이는 부사 '더'가 동사 '말하다'와 서로 공기하지 않으려는 성질이 강하다는 것을 보여준다.

4.2 구문구조 출현 유형

여기서는 동사 '말하다'의 논항들이 어떤 유형으로 공기하여 나타나는지 정리하여 특징을 살핀다.

빈도	표지패턴		
472	Oko		
387	S		
170	Ma		
166	S	Oko	
151	O		
94	S	Mk	
63	Mk		
49	S	Ma	
36	S	Op	
33	S	O	
30	Oko	S	
14	Op		
12	Ma	Op	
12	Oko	Sp	
10	Oum		
9	O	Ma	
9	O2	O1	
7	Mk	Sp	
6	O	S	
6	O	Sp	
6	S	Oum	
5	S	O	Ma

표 (7) '말하다'의 논항 출현 유형

표(7)에서 보이듯이 주어와 수식형태 없이 목적어만이 인용격으로 나타나는 형태가 가장 높은 빈도의 논항 출현 양상을 보인다. 앞서 언급한 바와 같이 보문동사의 특성이 잘 나타난다. 그리고 특이한 것은 주어만 단독으로 나타나는 것, 수식 단독, 목적어 단독 유형도 상위 유형에 속한다는 것이다.

5. 결론

지금까지 논항 관계에 있는 단어와 서술어의 연어성 정도를 통계적 기법을 사용하여 연구하는 방법을 중심으로, '말하다' 동사를 예로 들어 서술하였다. '말하다' 동사는 보문 동사의 특징이 잘 드러나는 것을 알 수 있었다. 주어 자리에 나타나는 단어들의 특징은 통계적 유의미성을 갖는 어절에서 3인칭 대명사가 있고, 이와 반대로 음의 유의미성을 갖는 어절에는 1인칭 대명사들이 주로 있다는 것이다. 이는 '말하다'의 주어는 인칭별로 큰 차이가 남을 알 수 있다.

목적어 자리에 나타나는 단어들은 대부분 '어떤 사실이나 상황'에 대한 기술이 많음을 예측할 수 있는 어절들이 많았다. 어떤 것에 대한 존재를 나타내는 '있다, 없다'가 통계적 유의미성을 가장 많이 보이고, 이는 동사 '말하다'가 보문구조가 많이 나타나며 이 동사 자체가 보문 동사임을 명시적으로 보여주는 증거로 볼 수 있다. 보문동사의 특성상 인용절이 많이 나타낼 수 있는데, 여기서 흥미로운 사실은 '것이라고' 형태는 통계적 유의미성을 갖는 반면에 다른 인용절 표현의 '된다고, 없다고, 한다고' 등은 통계적 유의미성이 없다는 것이다. 이 점은 보문동사 '말하다'가 특별히 '것이라고' 형태의 인용절과 존재사가 있는 보문과 공기적 유의미성이 있다는 특징을 잘 보여준다.

수식관계에 나타나는 형태는 부사와 동사의 활용형이 다양하게 나타난다. 유의미값을 갖는 어절 중에서 부사 '아까'가 있는 것은 인용절을 많이 갖는 보문동사의 특성과 연관하여 설명될 수 있는 것으로 보이고 양태를 나타내는 파생부사 '솔직히'가 통계적 유의미성이 있는데 이 점도 동사 '말하다'의 의미와 관련된 특징으로 보인다.

구문구조 출현 유형의 특성은 앞 표(7)에서 보이듯이 주어와 수식형태 없이 목적어만이 인용격으로 나타나는 형태가 가장 높은 빈도의 논항 출현 양상을 보인다. 이는 보문동사의 특성을 잘 나타내는 것이다. 그리고 특이한 것은 주어, 수식, 목적어 단독으로 나타나는 것도 상위 유형에 속한다는 것이다.

여기서는 지면 사정상 '말하다' 동사 하나만을 이용하여 방법론 중심으로 서술하였는데, 코퍼스에서 추출한 상위빈도 용언 100개 모든 단어들의 논항 관계를 중심으로, 구문적 공기 관계를 언어학적 이론을 바탕으로 자동 구문분석에 이용한다면, 좀 더 효과적인 자동처리 방법이 개발될 것으로 기대된다. 실제로 영어권에서의 연어성을 바탕으로 한 공기관계 연구는 품사 정보 자동 부착이나 구문 분석에 효과적으로 이용되고 있는 점을 본다면, 한국어의 특성을 고려한 연어연구도 언어학 연구 뿐 아니라 자연언어처리의 여러 분야에서 효과적으로 활용될 수 있을 것으로 생각한다.

강범모. (1999), "빈도와 언어 기술." 「언어정보의 탐구」(연세대) 1.

김진해. (2000), 「국어 연어 연구」 경희대 박사학위논문.

김흥규·강범모. (1996), "고려대학교 한국어 말모둠 1 (Korea-1 Corpus): 설계 및 구성." 「한국어학」 3.

박병선. (1997), 「한국어 구어의 어휘 사용 특성」 고려대 석사학위논문.

박병선. (2000), "통계적 기법을 이용한 한국어 구문구조의 연어성 연구", 서울 국제언어학회 발표문

박병선·강범모(2001), 'Korean grammatical collocation', CL2001, UK

백운봉. (1996), 「통계학 개론」 서울: 자유카데미

윤준태. (1997), 「공기 관계 기반 어휘 연관도를 이용한 한국어 구문 분석」 연세대 박사학위논문.

이동혁. (1998), 「국어의 연어적 의미 연구」 고려대 석사학위논문.

홍재성. (1987), 「현대 한국어 동사구문의 연구」 서울: 탑출판사.

홍재성. (1998), "동사·형용사의 사전적 처리." 「새국어생활」 제8권 제1호.

홍재성 외. (1997), 「현대 한국어 동사 구문 사전」 서울: 두산동아.

홍종선·강범모·최호철. (2000), "한국어 연어 정보의 분석 응용에 관한 연구." 「한국어학」 11.

홍종선, 강범모, 최호철(2001), 「한국어 연어 관계 연구」 서울: 월인

Barnbrook, G.(1996), Language and Computers: A Practical Introduction to the Computer Analysis of Language, Edinburgh: Edinburgh University Press.

Biber, D.(1993), 'Co-occurrence Patterns Among Collocations: A Tool for Corpus-Based Lexical Knowledge Acquisition', Computational Linguistics 19(3). ·

Church, K. W. and Hanks, P.(1990), 'Word Association Norms, Mutual Information and Lexicogrphy', Computational Linguistics, 16(1).

Dunning, T.(1993), 'ccurate Methods for the Statistics of Surprise and Coincidence', Computational Linguistics,19(1).

Firth, J. R.(1957), Modes of meaning, In J. R. Firth, Paper in Linguistics 1934-1951, London: Oxford University Press.

Sinclair, J.(1991), Corpus, Concordance, Collocation, Oxford University Press.

Zernik, Stubbs, M.(1996), Text and Corpus Analysis - Computer-assisted Studies of Language and Culture -, Blackwell.

Abstract ▬

A study on Korean Syntactic collocation

Park, Byung—sun

This paper investigates the syntactic collocation of predicates and arguments in Korean in an objective way through statistical methods. I investigate the statistical meaning of the co-occurrence of the two words and the semantic relationship between them.

In the light of Korean grammatical structure, I study the collocation of the argument and the predicate using statistical measures. The definition of the collocation in Korean is not clear; however, on the basis of previous studies, we can say that it is words with adjacency and high co-occurrence relations.

I first investigate in how far the correlation between the occurrences of two words is statistically meaningful, and then analyze the semantic relationships between them. The Korean language has many auxiliary words used for case marking. For example, the subjective case is marked by the auxiliary words -i, -ka. Korean has developed its case mark system in this way. Therefore, Korean language order is relatively flexible. In this view, rather than the relationship between keyword and adjacency word, the relation between keywords and words that are grammatically related to the keyword is more meaningful for collocation. This paper focuses especially on predicates as keywords.

In this paper, I focus on a methodology for analyzing data, so I just introduce Korean grammatical collocation by example(verb malhada: say). This example is extracted from the Korea-1 corpus (H. Kim & B. Kang, 1996) that was balanced on a 10 million word scale.

주요어 : 공기관계, 연어관계, 연접범주관계, 유의미성, t-score

한국어 어절 중의성의 출현 양상
-어휘의 계량적 연구 방법을 통하여-

남경완*

1. 서론

　본고는 어휘의 계량적 연구 방법을 통하여 한국어에 나타나는 어절 중의성의 양상을 살펴보는 데에 목적이 있다. 또한 이를 통하여 한국어 어절이 가지고 있는 중의성을 기계적으로 해소하는 데에 기초 자료로 활용할 수 방안을 모색해 보고자 한다.

　본고에서 대상으로 하고 있는 어절 중의성은 한국어가 가지고 있는 교착적 특성으로 말미암아 나타나는 것으로 영어와 같은 인구 제어에서는 찾아보기 힘든 것이다. 그런데 이러한 어절 중의성은 한국어를 학습하는 외국인이 그 뜻을 파악하는 데에 상당한 어려움을 야기할 뿐만 아니라, 한국어 문장을 기계적으로 처리하는 데에도 많은 난점을 유발시킨다. 한국어의 모국어 화자는 문맥 정보로부터 이러한 어절 중의성을 비교적 쉽게 해소할 수 있기 때문에 어절 단위의 중의성 문제는 큰 문제점으로 인식되지 않을 수 있다. 따라서 단어 차원에서 하나의 형태가 여러 개의

---

* 건양대

의미를 가지는 다의어, 혹은 동음이의어의 문제에 대해서는 오랜 기간 여러 연구들이 진행되어 왔지만, 이에 비해 어절 차원에서의 중의성 문제에 대해서는 관심의 폭과 깊이가 적었다고 보여진다. 그러나 외국어로서 한국어를 습득하는 사람들에게나 문맥 정보를 자체적으로 이용할 수 없는 기계적 시스템에 있어서 하나의 형태가 여러 개의 의미에 대응된다는 사실은 그것이 단어 차원이든 어절 차원이든 관계없이 동일한 문제로 다가오게 된다.

이러한 문제에 대해 본고에서는 어휘의 계량적 연구 방법을 통하여 중의성을 가진 어절 가운데 일부를 대상으로 그 출현 양상을 살펴보고자 한다. 즉, 이러한 연구 방법은 1990년대 이후에 나타나기 시작한 대단위 말뭉치를 기초 자료로 하여 다양한 어휘 자료를 순수하게 양적 측면으로 계량하는 연구와 궤를 같이 하는 것으로 볼 수 있다. 이 때, '말뭉치(corpus)' 란 '응집성을 갖춘 텍스트를 언어 연구를 목적으로 전자화 시킨 것'이라고 정의할 수 있는데, 이러한 말뭉치들이 다양하게 개발되고 구축됨으로써 이를 이용하여 어휘의 연구는 단순히 연역적인 연구 방법으로부터 계량적 사실을 기초로 하는 귀납적인 연구 방법으로 나아갈 수 있다.[1]

이에 따라 본고에서는 한국어의 어절 중의성 문제를 살펴보기 위하여 우선 '간', '찬', '가는', '비는', '여기는'의 다섯 어절을 대상으로 중의성 양상을 계량적으로 조사해 보고, 이를 기계적으로 처리할 수 있는 방안을 찾아보고자 한다.

본 연구에서는 '21세기 세종 계획'의 일환으로 1999년도에 구축된 '형태소 분석 말뭉치'를 이용하였다. 이는 1999년 '기초국어자료구축 분과'

---

[1] 이러한 어휘에 대한 계량적 조사와 연구는 1차적으로 관찰적 결과를 토대로 다양하게 적용될 수도 있지만, 이러한 기초 조사를 토대로 보다 대단위의 사업, 즉 기계 번역이나 외국인에게 하는 한국어 교육, 음성인식 시스템 개발 등을 진행할 수 있는 밑거름으로 작용한다.

의 '현대국어 기초말뭉치 개발' 세부에서 개발한 것으로 그 양은 127개 파일, 150만 어절에 이른다.[2] 이 말뭉치는 어절을 단위로 하여 품사 정보와 조사 및 어미와 같은 문법 형태소 정보, 그리고 접두사, 접미사와 같은 형태소 정보를 포함하고 있는 형태부착 말뭉치(tagged corpus)이다.[3]

2. 연구 대상 선정과 분석 방법

2.1 연구 대상 선정

한국어의 어절 중의성이 어떻게 나타나는지를 살펴보기 위해서는 그 분석 대상으로 삼을 어절을 적절하게 선정하는 것이 중요하다. 왜냐하면 중의성의 양상이 너무 단순하거나 빈도 자체가 적은 어절을 대상으로 한다면 의미 있는 결과를 도출하기 어렵기 때문이다.

이에 따라 본고에서는 연구 대상으로 삼을 어절을 선정하는 조건을 다음과 같이 설정하였다.

> 1) 중의성을 가지고 있는 어절
> 2) 중의성의 양상이 다양하게 나타나는 어절
> 3) 빈도수가 최소한 30회 이상 나타나는 어절[4]
> 4) 음절수를 고려하여 1음절, 2음절, 3음절의 어절을 각각 선정할 것

이에 따라 우선 <MonoConc for Windows Version 1.2>를 이용하여 어절 빈도를 산출한 후, 빈도수 30회 이상의 어절 중에서 위의 조건에 해당

---

2) 127개의 파일명은 <2BT_001.hwp>부터 <2BT_127.hwp>까지이며, 그 세부적인 자료명과 각 어절수는 문화관광부(2000:185-187)에 제시되어 있다.
3) 본고에서 이용한 형태 분석 말뭉치의 분석 표지는 문화관광부(2000:188) 참조.
4) 어절의 빈도수가 30회 이상이라는 것은 전체 어절 빈도에서 그 순위가 최소한 상위 30% 내에 있는 어절임을 뜻한다.

하는 어절들을 찾았다. 그리고 각 어절의 빈도수를 살펴 우선 본고에서
관찰이 가능한 분량을 고려하여 다음과 같은 5개의 어절을 연구 대상으
로 삼았다.

순 위	빈도수	Percent	어절
272	1139	0.02%	간
809	507	0.01%	가는
3807	99	0.00%	찬
5696	65	0.00%	여기는
9080	38	0.00%	비는

2.2 분석 방법

본고에서 대상으로 하고 있는 말뭉치는 모두 127개의 텍스트 파일로
되어 있다. 우선 각각의 파일에서 헤더와 마크업을 삭제하면, 어절 단위
로 어절 번호와 원어절, 그리고 형태소 분석 결과의 세 열이 남게 된다.
이 중 본고에서는 어절 형태의 분석이 필요하므로 어절 번호만을 삭제한
후, 원어절과 형태소 분석 결과 두 열만을 새로운 텍스트 파일로 저장하
였다.[5]

[표1] 대상 파일의 전처리 결과

가공 전			가공 후	
<어절 번호>	<원어절>	<형태소 분석 결과>	<원어절>	<형태소 분석 결과>
2BT_0010000010	1.	1/SN + ./SF	1.	1/SN + ./SF
2BT_0010000020	아름다운	아름답/VA+ㄴ/ETM	아름다운	아름답/VA + ㄴ/ETM
2BT_0010000030	그	그/MM	그	그/MM

---

5) <원어절>을 삭제하지 않았기 때문에 경우에 따라 전체 빈도수가 늘어나게 될 수 있다.
즉, 한 어절이 하나의 단일 형태소로 분석될 경우, 전체 빈도에서는 두 번 중복해서 계산
되기 때문이다. 따라서 정확한 빈도수를 파악하는 것이 목적이라면 <원어절> 열까지
모두 삭제하여 한다. 그러나 본고에서 연구 대상으로 삼고 있는 것은 어절의 중의성이기
때문에 원어절이 검색되어야만 하므로, <원어절>과 <형태소 분석 결과> 두 열을 모두
검색할 수 밖에 없다.

용례를 추출하는 도구로는 기본적으로 <MonoConc for Windows Version 1.2>를 사용하였다.6) 용례가 추출된 결과는 텍스트 파일로 저장한 뒤, <UltraEdit> 텍스트 편집기의 매크로(macro) 프로그램을 이용하여 검색 어절의 앞 어절과 뒤 어절에 탭을 넣는 작업을 하였다.

탭을 넣는 이유는 이후 사용할 <Excel>프로그램을 이용하여 각 칼럼(column) 별로 필요에 따라 자료를 정렬시키기 위한 것인데, 분석 대상 어절의 특성에 따라 탭을 넣는 위치와 개수는 차이를 두었다. 즉, 분석 대상 어절의 중의성을 판별하는 데에 중요하다고 판단되는 요소가 선행하는가, 혹은 후행하는가에 따라 분석 어절의 앞 뒤 쪽에 적절하게 탭을 삽입하였다. 이러한 가공 후에 <Excel>에서 이 파일을 불러들여서 검색 어절의 선행 요소와 후행 요소를 경우에 따라 정렬시키는 방식을 거쳤다.

3. 한국어 어절 중의성의 출현 양상

3.1 어절 중의성의 개념과 문제

어절 중의성이란 하나의 어절이 여러 가지의 의미로 해석될 가능성을 가지고 있는 것을 말한다. 그런데 현재 학교 문법에 따르면 어절이라는 단위는 단어보다 같거나 큰 단위(어절≥단어)이므로, 어절 중의성의 개념 역시 다의어(혹은 동음이의어)의 차원과 중복되거나 디 큰 개념이 된다. 그런데 이러한 어절 중의성은 한국어를 학습하는 외국인이 그 뜻을

---

6) 어절의 빈도를 추출할 경우와 일부 자료의 용례 검색에 있어서 <글잡이 1.0>과 <SynKDP> 프로그램으로도 동일한 작업을 시도해 보았다. 각 프로그램별로 특성이 있으나, 전체적인 결과는 크게 다르지 않았다. 다만, MonoConc의 경우, Corpus Frequency data를 메뉴를 이용하여 다양한 option 환경에서 결과를 확인해 볼 수 있다는 장점이 있었기 때문에, 이후 검색과 분석 결과는 모두 MonoConc를 이용한 것만을 제시하도록 하겠다.

파악하는 데에 있어서나 혹은 한국어 문장을 기계적으로 처리하는 데, 특히 기계번역과 같은 영역에서 그 의미 분석에 많은 난점을 유발시킨 다.[7]

한국어에서 어절 중의성이 과연 어떻게 나타나는지 구체적인 예를 통 하여 살펴보도록 하자.

>
> (1) ㄱ. 철수는 손가락처럼 <u>가는</u> 철사를 쉽게 구부렸다.
>   ㄴ. 이곳은 그녀가 정기적으로 <u>가는</u> 곳이다.
>   ㄷ. 바드득바드득 이를 <u>가는</u> 소리가 너무나 신경에 거슬렸다.
>   ㄹ. 영희의 입가에 스쳐 <u>가는</u> 미소를 보았다.

위 (1)의 예문에서는 공통적으로 '가는'이라는 어절이 포함되어 있다. 그것은 현재의 어절 상태로는 모두 동일한 형태를 취하고 있지만, 모국어 화자들에게는 직관적으로 그 의미가 변별될 수 있다. 즉, (ㄱ)은 '가늘(형 용사) + ㄴ(관형형어미)'로, (ㄴ)은 [GO]의 의미를 가지는 '가(동사) + ㄴ (관형형어미)'로, (ㄷ)은 [GRIND]의 의미를 가지는 '갈(동사) + ㄴ(관형 형어미)'로, 그리고 (ㄹ)은 '가(보조용언) + ㄴ(관형형어미)'으로 분석됨 을 이해하는 것이 모국어 화자들에게는 그리 어려운 일이 아닐 수 있다. 그러나 한국어를 외국어로서 학습하게 되는 외국인들이 이러한 형태소 분석의 결과를 파악하는 것은 그리 쉬운 일이 아니며, 더군다나 이를 기계적으로 처리하기 위해서는 무엇인가 정보를 제공해 주지 않으면 안

---

7) 또한 외국인을 위한 사전 편찬이라는 측면에서도 이러한 어절 중의성은 중요한 문제로 부각되고 있다. 油谷幸利(2001)에서는 본고에서 다루고 있는 어절 중의성의 개념과 같이 "원래 다른 어형을 가지는 낱말들이 합성어가 되거나 어미 또는 조사가 붙음으로써 같은 어형이 된 것"을 동형이어로 정의하였는데, 이러한 동형이어의 학습이 얼마나 큰 문제가 되는지를 단적으로 보여주고 있다. 즉, "너 이거 아니?"와 같은 한국어 문장을 현재의 한일 사전만을 토대로 번역을 시켰더니 "너는 이사 안 가는 거야?"로 번역한 학생이 있었음을 지적한 바 있다.

된다.

이런 측면에서 어절 중의성의 양상이 어떻게 나타나는지를 살펴본다는 것은 중의성을 가지고 있는 어절의 의미를 포착할 수 있는 단서들을 찾는 작업과 일맥상통한다고 할 수 있다. 즉, 해당 어절이 출현하는 환경, 다시 말해서 그 어절에 선행하거나 후행하는 요소들의 문법적, 의미적 특성들을 찾아봄으로써 중의성을 판별할 수 있는 방법을 제공할 수 있는 것이다.

본고에서는 이런 측면에서 중의성을 가진 어절의 용례를 분석하여 중의성 판별의 기준으로 삼을만한 것들을 찾아보고자 한다.

3.2 어절 중의성의 분석

3.2.1 '간'의 분석

1음절 어절부터 어절의 중의성이 나타나는 양상을 살펴보기로 하자. 본고에서는 1음절 어절 중 중의항이 다양하게 나타나고 비교적 빈도가 높은 어휘를 예로 삼아 어절 중의성의 양상과 그 해소 방안을 살펴보도록 하겠다.

본고에서 예로 선택한 1음절 어절 '간'의 중의성은 다음과 같이 분석될 수 있다.[8]

> (1) 간(의존명사 NNB)[9]
> 예) 12년 간 살아온 서울

---

8) 본고에서 어절 중의성의 양상을 파악한 것은 품사 중의성과 동일 품사 내에 동음이의어 분석까지로 한정한다. 즉, 이는 다의 분석까지는 진행하지 않는다는 것을 뜻한다. 예를 들어, 동사 '가다'의 경우에 「표준국어대사전」에서는 모두 9개의 다의를 제시하고 있는데, 이러한 다의 분석은 품사 중의성과 동음이의어 분석 이후로 미루어 둔다.

9) 품사의 명칭과 분석 표지는 <21세기 세종 계획 국어 기초자료 구축>에서 사용한 것을 그대로 따랐다.

(2) 간(일반명사1 NNG)

　　예) 심장, <u>간</u> (肝) 등의 질환이 있다.

(3) 간(일반명사2 NNG)

　　예) 한신문화사 <u>간</u> (刊)

(4) 가(동사1 VV) + ㄴ(관형형어미 ETM)

　　예) 학교에 <u>간</u> 철수

(5) 갈(동사2 VV) + ㄴ(관형형어미 ETM)

　　예) 곱게 <u>간</u> 밀가루

(6) 가(보조용언 VX) + ㄴ(관형형어미 ETM)

　　예) 우리를 이끌어 <u>간</u> 사람

즉, '간'은 품사별로는 단독으로 사용되는 의존명사와 일반명사, 그리고 형태소 분석 이후에는 동사, 그리고 보조동사로 나뉜다. 이를 각각 살펴보도록 하자.

① 품사 빈도

MonoConc를 이용하여 추출한 어절 '간'의 용례 중에서 복합어가 분석된 결과가 용례에 포함되어 잘못 추출된 것들을 제외하면 총 334개의 용례를 찾을 수 있다. 이를 각 품사별로 나누어 보면 다음과 같은 분포를 나타낸다.

의존명사(NNB)	160개	47.90%
일반명사(NNG)	8개	2.39%
동사(VV)	98개	29.34%
보조용언(VX)	69개	20.65%
계	334개	100%

이를 살펴보면 의존명사의 비율이 다른 품사에 비하여 압도적으로 높은 것을 알 수 있다.

② 각 품사별 동음이의어 빈도[10]

위에서 분석한 품사별 빈도 중 동음이의어를 가지는 것은 일반명사와 동사의 경우이다. 동음이의어의 빈도를 살펴보면 다음과 같다. 괄호 안의 백분율은 같은 품사 내에서의 비율을 제시한 것이다.

(1) 간(의존명사 NNB)	160개	47.90%	
(2) 간(일반명사1 NNG 肝)	4개	1.19%(50.00%)	
(3) 간(일반명사2 NNG 刊)	4개	1.19%(50.00%)	
(4) 가(동사1 VV) + ㄴ(관형형어미 ETM)	97개	29.04%(98.97%)	
(5) 갈(동사2 VV) + ㄴ(관형형어미 ETM)	1개	0.29%(1.02%)	
(6) 가(보조용언 VX) + ㄴ(관형형어미 ETM)	69개	20.65%	
계	334개	100%	

'간'의 품사별 동음이의어 빈도 중 일반명사에서는 '간(肝)'과 '간(刊)'의 비율이 서로 비슷하게 나타났으나, 동사에서는 '가다(去)'의 빈도가 '갈다'의 빈도보다 압도적으로 많음을 확인할 수 있다.

③ 각 빈도별 선행/후행 요소

위와 같은 분포를 보이는 어절 '간'의 중의성을 기계적으로 판단하여 올바른 분석이 이루어지려면 이를 판단할 수 있는 단서가 존재하여야 한다. 그런데 어절 '간'의 경우에는 이 어절에 선행하는 요소들의 특성에 따라 중의성의 양상에 일정한 경향성이 나타남을 확인할 수 있다. 어절 '간'에 선행하는 요소의 문법적, 의미적 특성을 제시하면 다음과 같다.

---

10) 본고에서 제시한 동음이의어의 구별은 기본적으로 「표준국어대사전」의 기술 내용에 따랐지만, 그렇다고 「표준국어대사전」에서 제시한 모든 동음이의어를 대상으로 삼지는 않았다. 그것은 동음이의어의 구별은 사전에 따라 달리 파악될 뿐만 아니라, 본고의 목적이 기본적으로 어절의 중의성 양상을 보이는 것이므로 검색된 용례에서 출현하지 않는 것까지 포함할 필요는 없기 때문이다.

[표2] 어절 '간'의 선행 요소

종류	선행요소		빈도	비율	상위 주요 항목	항목별 빈도	항목별 비율	기타 예
NNB (160개)	NNB		125	78.13%	년	113	90.40%	
					일	8	6.40%	
					분	2	1.60%	
					개월	2	1.60%	
	NNG		28	17.50%	학교	6	21.43%	
					지역	6	21.43%	
					국	4	14.29%	
					조직	2	7.14%	
	NNP、		6	3.75%	남북한	2	33.3%	
					서울	2	33.3%	
					중국	2	33.3%	
	XSN		1	0.62%	들			
	계		160	100%				
NNG (8개)	간(肝)	JKG	2	25%	의			
		SP	2	25%	쉼표			
	간(刊)	NNP	4	50%	박영사			
	계		8	100%				
VV (98개)	EC		19	19.39%	으러/러	9	41.37%	
					다	5	26.32%	
	JKB		33	33.67%	에	17	51.52%	
					으로/로	15	45.45%	
	JKG		1	1.02%	의			
	JKO		8	8.16%				르, 을, 를 ……
	JKS		7	7.14%				이, 가 ……
	JX		7	7.14%				은, 는, 까지……
	MAG		12	12.24%	먼저	3	25.00%	
					같이	2	16.67%	
					가까이	2	16.67%	
	MAJ		1	1.02%	또			
	NNG		8	8.16%	한물	4	50%	군대, 시집, 유학……
	NP		1	1.02%	어디			
	SP		1	1.02%	쉼표			
	계		98	100%				
VX (69개)	EC	게	1	1.45%				기타 예 없음
		고	40	57.97%				
		아/어	28	40.58%				
	계		69	100%				

위 [표2]에서는 다음과 같은 사실을 확인할 수 있다. 첫째, '간'이 NNB로 분석될 경우에는 그에 선행하는 요소 역시 NNB인 경우가 80%에 육박하며, 그 중에서도 '년'이라는 의존명사가 선행하는 경우가 90% 이상이라는 점이다. 둘째, '간'이 NNG로 분석될 경우 '간'의 의미로 분석되는 경우는 예외없이 선행하는 요소가 NNP였다. 셋째, '간'이 VX로 분석되는 경우에 선행하는 요소는 당연히 EC인데, 그 중에서는 '고'와 '아/어'가 전체의 98% 이상을 차지한다.

이상과 같은 결과로부터 '간'의 중의성 판별에 의미있는 기준을 제시할 수 있지만, 다만 VV로 분석되는 경우에는 보다 세밀한 분석이 추가되어야 할 것으로 보인다. 또한 위 [표2]에서는 VV로 분석되는 '간'이 동사 '갈다'의 의미를 지니는 경우는 그 특성을 따로 제시하지 않았다. 그것은 전체 용례에서 '갈다'의 의미로 파악되는 경우가 단 한번에 그치기 때문인데, 그 경우 '밭'이라는 명사가 선행하고 있다.

3.2.2 '찬'의 분석

다음으로 또 다른 1음절 어절인 '찬'을 살펴보도록 하자. '찬'의 중의성은 다음과 같이 분석될 수 있다.

(1) 차(형용사 VA) + ㄴ(관형형어미 ETM)　　예) 찬 소주를 마신다.
(2) 차(동사1 VV) + ㄴ(관형형어미 ETM)　　예) 확신에 찬 목소리
(3) 차(동사2 VV) + ㄴ(관형형어미 ETM)　　예) 수갑을 찬 손
(4) 차(동사3 VV) + ㄴ(관형형어미 ETM)　　예) 철수가 찬 공

즉, '찬'은 품사별로는 크게 형용사와 동사로 나뉘게 되고, 동사 내에서는 세 개의 동음이의어를 가진다. 각각을 살펴보도록 하자.

① 품사 빈도

MonoConc를 이용하여 추출한 어절 '찬'의 용례 중에서 복합어가 분석된 결과가 용례에 포함되어 잘못 추출된 것들을 제외하면 총 94개의 용례를 찾을 수 있다. 이를 각 품사별로 나타나는 빈도는 다음과 같다.

형용사(VA)	22개	23.40%
동사(VV)	72개	76.59%
계	94개	100%

위 표에서 알 수 있듯이 어절 '찬'의 품사 중의성은 형용사보다 동사가 압도적으로 많음을 알 수 있다.

② 각 품사별 동음이의어 빈도

위에서 분석한 각 품사별 빈도 중 동음이의어를 가지는 것은 동사의 경우이다. 동음이의어의 빈도를 살펴보면 다음과 같다. 괄호 안의 백분율은 동사의 경우만을 한정하였을 때의 결과이다.

(1) 차(형용사 VA) + ㄴ(관형형어미 ETM) 　　예) 찬 소주를 마신다.	22개	23.40%
(2) 차(동사1 VV) + ㄴ(관형형어미 ETM) 　　예) 확신에 찬 목소리	57개	60.63%(79.16%)
(3) 차(동사2 VV) + ㄴ(관형형어미 ETM) 　　예) 수갑을 찬 손	13개	13.82%(18.05%)
(4) 차(동사3 VV) + ㄴ(관형형어미 ETM) 　　예) 철수가 찬 공	2개	2.12%(2.77%)
계	94개	100%

여기에서 알 수 있듯이 동사의 동음이의어 중 압도적으로 빈도가 높은 것은 (2)의 경우이다.

③ 각 빈도별 선행/후행 요소

어절 '찬'의 중의성이 나타나는 양상은 이에 선행하거나 후행하는 요소들의 특성을 살펴봄으로써 얻어질 수 있다. 이에 따라 '찬'의 중의성을 해결할 수 있는 선후행 요소를 관찰하면 다음과 같다.

[표3] 어절 '찬'의 선행/후행 요소

종류	빈도	선행요소	후행요소
(1) 차(형용사) + ㄴ	22	바람	소주, 스프레이, 물, 공기, 분진, 꽁보리밥, 서리, 공기, 이슬, 음식, 샘물, 병
(2) 차(동사1) + ㄴ	57	확신, 패기, 환상, 의혹, 애상, 수심, 악의, 노여움, 의심, 근심, 경탄, 호기심, 냉소, 의욕, 경멸, 애정, 불만, 악의, 저주, 거짓, 희망, 영웅심, 활력, 살기	눈동자, 눈빛, 눈망울, 저주, 표정, 눈, 목소리, 시선, 말, 언어, 사랑, 의욕, 울부짖음, 사람, 주간지, 잡지
(3) 차(동사2) + ㄴ	13	팔목, 수갑, 곰방대, 정조대, 완장, 허리, 칼	
(4) 차(동사3) + ㄴ	2		공

이 결과를 살펴보면, 형용사인 (1)의 경우에는 음식물 명사나 자연물 명사가 후행하는 것을 그 특징으로 하며, 선행요소에 '바람'과 같은 자연현상이 나타나는 것을 알 수 있다. 또한 (2)의 경우에는 선행요소에 사람의 심리를 나타내는 명사가 주로 나타나며, 후행요소에는 인간의 신체 명사, 특히 '눈'과 관련된 단어들이 나타난다. (3)의 경우에는 선행요소에 도구 명사가 주로 나타난다. 마지막으로 (4)의 경우에는 '공'이 후행하는 경우만이 두 번 나타났다.

3.2.3 '가는'의 분석

다음으로 2음절 어절 가운데 '가는'을 살펴보도록 하겠다. '가는'의 중의성은 다음과 같이 분석될 수 있다.

    (1) 가늘(형용사 VA) + ㄴ(관형형어미 ETM)
        예) <u>가는</u> 선으로 그렸다.
    (2) 가(동사1 VV) + ㄴ(관형형어미 ETM)
        예) 학교에 <u>가는</u> 철수
    (3) 갈(동사2 VV) + ㄴ(관형형어미 ETM)
        예) 밭을 <u>가는</u> 쟁기
    (4) 가(보조용언 VX) + ㄴ(관형형어미 ETM)
        예) 멀리 퍼져 <u>가는</u> 종소리

'가는'은 품사별로는 크게 형용사와 동사, 보조 용언으로 나뉘게 되고, 동사 내에서는 두 개의 동음이의어를 가진다. 이를 각각 살펴보도록 하자.

① 품사 빈도

MonoConc를 이용하여 추출한 어절 '가는'의 용례는 모두 507개이다. 각 품사별 중의성 분포는 다음과 같다.

형용사(VA)	32개	6.31%
동사(VV)	293개	57.79%
보조용언(VX)	182개	35.89%
계	507개	100%

'가는'의 품사별 중의성 분포는 동사, 보조용언, 형용사 순으로 나타남

을 확인할 수 있다.

  ② 각 품사별 동음이의어 빈도

위에서 분석한 각 품사별 빈도 중 동음이의어를 가지는 것은 동사의 경우이다. 동음이의어의 빈도를 살펴보면 다음과 같다. 괄호 안의 백분율은 동사의 경우만을 한정하였을 때의 결과이다.

(1) 가늘(형용사 VA) + ㄴ(관형형어미 ETM)	32개	6.31%
예) <u>가는</u> 선으로 그렸다.		
(2) 가(동사1 VV) + ㄴ(관형형어미 ETM)	289개	57.00%(98.63%)
예) 학교에 <u>간</u> 철수		
(3) 갈(동사2 VV) + ㄴ(관형형어미 ETM)	4개	0.79%(1.37%)
예) 밭을 <u>가는</u> 쟁기		
(4) 가(보조용언 VX) + ㄴ(관형형어미 ETM)	182개	35.89%
예) 멀리 퍼져 <u>가는</u> 종소리		
계	507개	100%

여기에서 알 수 있듯이 동사의 동음이의어 중 압도적으로 빈도가 높은 것은 [GO]의 의미를 가지는 (2)의 경우이다.

  ③ 각 빈도별 선행/후행 요소

어절 '가는'의 중의성이 나타나는 양상 역시 이에 선행하거나 후행하는 요소들의 특성을 살펴봄으로써 판별할 수 있는데, '가는'의 경우에는 선행하는 요소와 후행하는 요소에서 모두 주목할 만한 특성이 발견된다. 먼저 선행 요소를 관찰하면 다음과 같다.

[표4] 어절 '가는'의 선행 요소

종류	선행요소	빈도	비율	상위 주요 항목	항목별 빈도	항복별 비율	기타 예
VV+ETM (가+ㄴ) 289개	JKB	110	38.06%	로/으로	86	78.18%	서
				에	23	20.90%	
	EC	51	17.65%	고	21	41.17%	니까, 다가…
				러/으러	14	27.45%	
	NNG	37	12.80%	시간(4), 학교(3), 길(3), 날짜(1), 다음(1)…			
	MAG	27	9.34%	함께(5), 많이(4), 안(3), 못(2), 가까이(1), 같이(1)…			
	JKO	22	7.61%	을(22)			
	JKS	16	5.54%	이(14) , 가(2)			
	JX	14	4.84%	까지(9), 만(2), 는(2), 도(1)			
	기타	12	4.15%				
	계	289	100%				
VV+ETM (갈+ㄴ) 4개				이(1), 밭(1), 연탄(1), 커피콩(1)			
VX+ETM 182개	EC	182	100%	아/어	159	87.36%	게
				고	20	10.98%	

위 [표4]에서 확인할 수 있듯이 '가는'이 [GO]의 의미로 사용될 때에는 부사격조사(JKB)가 선행하는 예가 40%에 육박하며, 그 중에서도 '로/으로'의 비율이 80% 가까이로 나타났다. 부사격조사 다음으로는 '고, 으러'와 같은 연결어미(EC)가 많이 나타나는 것을 알 수 있다. 또한 VV로 분석되는 '가는'이 동사 '갈다'의 의미를 지니는 경우는 '이, 밭, 연탄' 등이 선행함을 알 수 있다.

연결어미가 선행하여 보조용언으로 사용된 '가는'에서는 '아/어'의 비율이 87%로 대단히 높게 나타났다.

[표5] 어절 '가는'의 후행 요소

종류	후행요소	빈도	비율	상위 주요 항목	항목별 빈도	항목별 비율	기타 예
VA+ETM 32개	NNG	30	93.75%	신체어	10	33.33%	철사, 소리, 띠…
				뿌리	4	13.33%	
				줄	2	6.66%	
	기타	2	6.25%				
VV+ETM (가+ㄴ) 289개	NNG	183	63.32%	길	41	22.40%	기차, 비행기, 사람…
				도중	8	4.37%	
				곳	7	3.83%	
	NNB	88	30.45%	것/거	56	63.64%	터, 대로, 듯…
				데	7	7.95%	
				줄	7	7.95%	
	MM	3	1.03%				
	기타	15	5.19%				
VX+ETM 182개	NNG	111	60.99%				
	NNB	52	27.51%	것	43	82.69%	양, 줄…
				데	5	9.62%	
	기타	19	10.44%				

[표5]에서는 '가는'이 형용사로 사용되었을 경우, 그 후행하는 명사가 공통된 의미 영역을 가지고 있음을 확인할 수 있는데, 신체 명사가 가장 높은 비율을 차지하고 있다. 또한 동사로서 [GO]의 의미로 사용된 경우와 보조용언으로 사용된 경우에 후행하는 의존명사는 '것'이 가장 높은 빈도를 보여주고 있다.

3.2.4 '비는'의 분석

2음절 어절인 '비는'의 중의성은 다음과 같이 분석될 수 있다.

(1) 비(일반명사 NNG) + 는(보조사 JX)
    예) 비는 그쳤다.

(2) 빌(동사1 VV) + 는(관형형어미ETM)
　　예) 소원을 <u>비는</u> 아이
(3) 비(동사2 VV) + 는(관형형어미 ETM)
　　예) 내일 <u>비는</u> 집이 있으면 좋겠다.

즉, '비는'은 품사별로는 크게 일반명사와 동사로 나뉘게 되고, 동사 내에서는 다시 두 개의 동음이의어를 가진다. 이를 각각 살펴보도록 하자.

① 품사 빈도

MonoConc를 이용하여 추출한 어절 '비는'의 용례 중에서 복합어가 분석된 결과가 용례에 포함되어 잘못 추출된 것들을 제외하면 총 37개의 용례를 찾을 수 있다. 이를 분석하여 각 품사별 중의성 분포는 다음과 같다.

일반명사(NNG)	29개	78.37%
동사(VV)	8개	21.62%
계	37개	100%

위 표에서 알 수 있듯이 어절 '비는'의 품사 중의성은 <NNG+JK>의 형태가 <VV+E>의 형태보다 많음을 알 수 있다.

② 각 품사별 동음이의어 빈도

위에서 분석한 각 품사별 빈도 중 동음이의어를 가지는 것은 동사의 경우이다. 동음이의어의 빈도를 살펴보면 다음과 같다. 괄호 안의 백분율은 동사의 경우만을 한정하였을 때의 결과이다.

(1) 비(일반명사 NNG) + 는(보조사 JX)　　　　　29개　　78.37%
　　예) <u>비는</u> 그쳤다.
(2) 빌(동사1 VV) + 는(관형형어미 ETM)　　　7개　　18.91%(87.5%)
　　예) 소원을 <u>비는</u> 아이
(3) 비(동사2 VV) + 는(관형형어미 ETM)　　　1개　　2.70%(12.50%)
　　예) 내일 <u>비는</u> 집이 있으면 좋겠다.

　　　　　　　　　계　　　　　　　　　　　37개　　100%

　여기에서 알 수 있듯이 동사의 동음이의어 중 압도적으로 빈도가 높은 것은 (2)의 경우이다.

③ 각 빈도별 선행/후행 요소

　다음으로 어절 '비는'의 중의성이 나타나는 양상을 살펴보면, 그것이 <NNG+JX>로 분석되는 경우와 <VV+ETM>으로 분석되는 경우에 각각 선후행 요소에서 특징이 발견된다. 즉, <NNG+JX>의 경우에는 선행하는 요소보다는 후행하는 동사에서 일정한 의미 영역이 확인되며, <VV+ETM>의 경우에는 선행하는 명사에서 일정한 의미 영역이 확인된다. 이를 살펴보면 다음과 같다.

[표6] 어절 '비는'의 선행/후행 요소 : 〈NNG+JX〉

종류	빈도	선행요소		후행명사	
(1) 비(일반명사) + 는	29	EC	7	내리다	6
		ETM	3	그치다	6
		JX	3	오다	5
		MAG	1	맞다	3
		MM	3	피하다	2
		NNG	2	새다	1
		SF	9	쏟아지다	1
		SS	1	기타	5

[표7] 어절 '비는'의 선행/후행요소 : 〈VV+ETM〉

종류	빈도	선행요소		비고
(2) 빌(동사1) + 는	7	EC	1	<선행명사> 복, 명복, 발전…
		JKB	2	
		JKO	5	
(3) 비(동사2) + 는	1	JKB	1	<후행명사> 집

위의 결과를 살펴보면, 우선 '비는'이 일반명사로 분석되는 것은 후행하는 동사를 참조하여 결정할 수 있다. 즉, 기본적으로 비와 관련된 동사 '내리다, 그치다, 오다, 맞다, 피하다'의 동사 4개만으로도 전체의 75.8%를 확인할 수 있다는 결론이 나온다. 다음으로 동사의 동음이의어 구별은 '빌다'의 의미인 경우 그것에 선행하는 명사가 '복, 명복' 등과 같이 일정한 의미 영역으로 묶을 수 있는 단어들이므로, 이를 참조하여 중의성을 해결할 수 있을 것이다.

3.2.5 '여기는'의 분석

마지막으로 3음절 어절인 '여기는'을 살펴보자. '여기는'의 중의성은 다음과 같이 분석될 수 있다.

    (1) 여기(일반명사 NNG) + 는(보조사 JX)
        예) <u>여기는</u> 그쳤다.
    (2) 여기(동사 VV) + 는(관형형어미 ETM)
        예) 소중히 <u>여기는</u> 마음

'여기는'은 일반명사와 동사의 두 가지 중의성을 가지고 있으나, 앞서의 예들과는 달리 각각의 경우에 동음이의어를 가지고 있지는 않기 때문에 비교적 쉽게 중의성이 해소될 수 있다.

① 품사 빈도

MonoConc를 이용하여 추출한 어절 '여기는'의 용례는 모두 65개이다. 이를 분석하여 각 품사별 중의성 분포는 다음과 같다.

일반명사(NNG)	20개	30.77%
동사(VV)	45개	69.23%
계	65개	100%

위 표에서 알 수 있듯이 어절 '여기는'의 품사 중의성은 <NNG+JX> 의 형태가 <VV+ETM>의 형태보다 많음을 알 수 있다.

② 각 품사별 동음이의어 빈도

'여기는'은 각 품사별 빈도 중 동음이의어가 존재하지 않으므로, 각 품사별 동음이의어 빈도는 생략한다.

③ 각 빈도별 선행/후행 요소

'여기는'의 중의성이 나타나는 양상은 그것이 <NNG+JX>로 분석되는 경우와 <VV+ETM>으로 분석되는 경우에 따라 명확한 대조를 보이고 있다. 즉, <NNG+JX>의 경우에는 주로 후행하는 요소의 품사와 의미 영역에 따라 중의성 해결의 단서가 포착되는 반면, <VV+ETM>의 경우에는 도리어 선행하는 요소의 품사에 따라 중의성을 해결할 수 있다. 이를 순서대로 살펴보면 다음과 같다.

[표8] 어절 '여기는'의 후행 요소 : 〈NNG＋JX〉

종류	후행요소	빈도	비율	상위주요항목
NNG+JX (20개)	NNG	7	35%	장소, 섬, 근처, 자리, 휴양원…
	NNP	4	20%	프랑스, 자라섬, 동독…
	VA	4	20%	있다, 없다
	NP	1	5%	저기
	기타	4	20%	

위 [표8]에서 확인할 수 있듯이 '여기는'이 <NNG+JX>로 분석되는 경우에는 후행하는 요소에 공간을 나타내는 일반명사와 고유명사가 주로 나타난다. 아울러 후행하는 용언에는 '있다'나 '없다'가 공기하여 주로 존재구문으로 나타나는 경우도 해당하며, '여기'와 짝을 이루는 '저기'가 나타나는 경우도 <NNG+JX>로 분석될 수 있다.

[표9] 어절 '여기는'의 선행요소 : 〈VV＋ETM〉

종류	선행요소		빈도	비율	비고
VV+ETM (45개)	EC	게	22	48.89%	
		라고	2	4.44%	
		으리라	1	2.22%	
		계	25	55.56%	
	JKB	로/으로	7	15.56%	
	JKQ	고	1	2.22%	
	MAG	소중히	8	17.78%	
		귀히	1	2.22%	
		계	9	20.00%	
	SF	마침표	3	6.67%	

'여기는'이 <VV+ETM>으로 분석되는 경우에는 선행요소에 연결어미(EC)가 나타는 경우가 전체의 반 이상을 차지한다. 그리고 연결어미 가운데에서는 '-게'가 전체의 90% 가까이를 차지하는 것을 확인할 수 있다. 또한 선행요소에 관형사(MM)가 나타나는 경우와 부사격 조사(JKB) '로/으로'가 나타나는 경우가 그 다음 순서를 보인다.

이상에서 확인할 수 있듯이, '여기는'의 어절 중의성은 그 선행요소와 후행요소의 특성이 명확하게 갈리므로, 이를 이용하여 중의성을 기계적으로 해결하는 데에도 쉽게 이용될 수 있다.

4. 결론

지금까지 한국어에 나타나는 어절 중의성의 양상을 살펴보는 데에 있어서 연역적이고 직관적인 틀에서 벗어나기 위해 말뭉치를 이용한 어휘의 계량적 연구 방법의 틀로 접근하여 보았다. 이에 한국어의 교착적 특성으로 인해 중의성을 가지고 나타나는 어절 중 1음절 어절 '간', '찬'과 2음절 어절 '가는', '비는', 그리고 3음절 어절 '여기는'을 대상으로 그 중의성 양상을 계량적으로 조사하였다.

그 결과, 각 어절이 가지고 있는 중의성을 판별하여 그 어절의 의미를 포착할 수 있는 단서들을 찾아볼 수 있었는데, 그것은 곧 중의성 어절이 출현하는 환경에 따라 각각의 의미에 대응되는 특징들을 발견할 수 있었다는 것을 의미한다. 즉, 중의성을 가지고 있는 어절에 선행하거나 후행하는 요소들의 문법적, 의미적 특성들을 찾아봄으로써 중의성을 판별할 수 있는 방법을 제공할 수 있는 것이다.

그러나 본고에서 다룬 부분은 품사 중의성과 동음이의어의 판별에 그칠 수밖에 없었는데, 그것은 대단위 코퍼스를 이용하여 어휘의 계량적인 연구를 진행한다는 것이 자료 검색과 분석에 상당한 시간을 필요로 하기 때문이다. 우선은 보다 쉽게 판단할 수 있는 품사 중의성 등의 문제로부터 출발하겠지만, 앞으로 각 어휘의 다의 분석에까지 확대해 나갈 작업은 남은 과제로 남겨 두며, 이러한 연구의 종착점은 한국어 어절 사전의 완성이 될 것이다.

고창수. 1992. "시제처리의 자질 통사론." 「어문논집」(안암어문학회)33.

고창수. 1999. "한국어 시제 형태소의 생성절차." 「민족문화」(한성대)10.

남경완. 2000. 「다의 분석을 통한 국어 어휘의 의미 관계 연구」 고려대 석사학위논문.

김영택. 1994. 「자연언어처리」 신아사.

김원경. 2000. 「한국어 격 정보와 자질 연산 문법」 고려대 박사학위논문.

김유정. 1996. "기계번역에서의 시제처리." 「한국어학」(한국어학회)4.

김일환. 2002. "표지 부착된 말뭉치 구축에서의 합성어 분석." 「한국어학의 오늘과 내일」(한국어학회) 한국문화사.

김홍규 外. 2000. 「21세기 세종계획 국어 기초자료 구축 연구보고서」 문화관광부.

김홍규·강범모. 1996. "고려대학교 말모둠 I : 설계 및 구성." 「한국어학」 3.

박병선. 2002. "국어 공기(共起) 현상을 이용한 어휘의미분석 연구." 「한국어학의 오늘과 내일」(한국어학회) 한국문화사.

서상규·한영균. 1999. 「국어정보학 입문」 태학사.

서종학. 1999. 「교과서의 어휘 분석 연구」 국립국어연구원.

이한섭. 1997. 「어휘 조사 단위에 대한 연구」 국립국어연구원.

홍종선·황화상. 1998. "한영 기계번역에서 선어말어미의 처리." 「한국어학」 8.

황화상. 1998. "자연 언어 처리를 위한 형태소 분석 방법론." 「어문논집」 37.

油谷幸利. 2001. "조선어 사전의 편찬: 학습자를 위한 한일사전." 「한국어 교육과 학습사전」(제2회 한국어 교육 국제 워크숍 발표자료집).

ABSTRACT

The Aspects of Ambiguity of Word-Clause on Korean

Nam, Kyoung—Wan

The purpose of this paper is to examine the aspects of ambiguity of word-clause on Korean through the method of measuring investigation. The concept of word-clause is the unique one of Korean caused by agglutinative feature. It means that one word-clause can be interpreted into several meaning, for example, the word-clause 'ganin(going)' composed by stem 'ga' and affix 'nin' can be interpreted into 'thin', 'going' and 'grind' etc. By the way, the ambiguity of word-clause makes lots of difficulties to understand the meaning of sentence especially for foreign language learners and it also disturb the mechanistic processing of Korean in special branch like machine-translation. So this study investigate the sentences containing ambiguous word-clause and look for the circumstance that determine the meaning of ambiguous word-clause. In the most cases, we can solve ambiguity by the information about the relation between the previous or next elements and ambiguous word-clause. The result of this study can be regarded as a fundamental data to distinct the ambiguity of word-clause.

주요어 : 어휘, 말뭉치, 어절 중의성, 선행 요소, 후행 요소

한국문학과 낭만성 2

인쇄일 초판 1쇄 2002년 02월 19일
         2쇄 2016년 11월 20일
발행일 초판 1쇄 2002년 02월 26일
         2쇄 2016년 11월 23일

지은이 우리어문학회
발행인 정 찬 용
발행처 국학자료원
등록일 1987.12.21, 제17-270호

서울시 강동구 성내동 447-11 현영빌딩 2층
Tel : 442-4623~4 Fax : 442-4625
www.kookhak.co.kr
E- mail : kookhak2001@hanmail.net
가 격 20.000원

★저자와의 협의 하에 인지는 생략합니다.